MON DOUX PÉCHÉ

AUTEURE DE BEST-SELLERS CLASSÉS AU NEW YORK TIMES

J. KENNER

En mille éclats

Dans ton ombre (prequelle)

En mémoire de nous

En demi-teinte

En haute voltige

En ton nom

En plein cœur

Droit au cœur - Mister Janvier

Vague à l'âme - Mister Février

Raison d'être - Mister Mars

Coup de sang - Mister Avril

État d'âme - Mister Mai

Droit au but - Mister Juin

Au beau fixe - Mister Juillet

Diable au corps - Mister Août

Cri du cœur - Mister Septembre

Corps à corps - Mister Octobre

État d'esprit - Mister Novembre

Force d'âme... - Mister Décembre

Mon Ange Déchu

Mon Doux Péché

Ma Cruelle Rédemption

MON DOUX PÉCHÉ

AUTEURE DE BEST-SELLERS CLASSÉS AU NEW YORK TIMES

J. KENNER

Traduit de l'anglais par Laure Valentin

M&O

LA SÉRIE DE L'ANGE DÉCHU

MON ANGE DÉCHU
MON DOUX PÉCHÉ
MA CRUELLE RÉDEMPTION

❦   I   ❦

Appuyé sur son coude, Devlin Saint regardait la femme nue qui dormait à côté de lui, sa peau pâle baignée par le clair de lune, les belles vagues brunes de ses cheveux déployées sur l'oreiller blanc.

Tendrement, il passa la main sur son épaule nue, puis sur son bras, savourant sa chaleur et la douceur de sa peau sous sa paume.

Sienne.

Ce mot lui vint à l'esprit et il émit un petit rire ironique. Il ne s'était pas senti possédé par une femme depuis son premier amour, et à l'époque, il était un homme différent. Avec un nom différent. Une apparence différente.

Depuis qu'il avait tourné le dos à Alex Leto pour devenir Devlin Saint, les femmes ne restaient jamais longtemps dans sa vie et il ne s'attendait pas à ce que cela change. Aucune femme ne l'avait charmé ni défié comme elle. Aucune femme n'avait fait chanter son cœur. Il ne s'était jamais senti possédé par aucune femme, pas même de loin. Il n'y avait que cet ancien amour, son premier amour perdu.

La même femme qui, par un miracle qu'il ne méritait pas, était maintenant blottie contre lui, sa peau douce éveillant ses sens alors que son esprit peinait encore à croire qu'elle était à nouveau sienne, après tout ce temps. Que d'une certaine manière, malgré ce qu'il était et ce qu'il avait fait, elle avait suffisamment confiance en lui pour revenir dans sa vie quoi qu'il en coûte.

Son El. Son amour. Sa lumière.

Elle avait occupé son cœur pendant toutes ces longues années. La meilleure partie de son être. Celle qui lui avait donné envie d'être un homme meilleur.

Celle à laquelle il s'était accroché, qu'il chérissait et qu'il avait essayé de conserver pendant les années infernales qui avaient suivi son départ.

Il n'avait pas voulu la quitter, et en la regardant maintenant, il ne se rappelait pas comment il en avait trouvé la force. Sauf qu'il avait dû le faire. Il n'avait pas eu d'autre choix. Il ne s'agissait pas de lui, mais d'elle. De sa sécurité. L'accompagner pendant ces journées froides et sombres n'aurait pas été une vie pour elle.

Et maintenant ? demandait la voix impitoyable dans sa tête. Est-ce vraiment si différent maintenant ?

Avec un soupir, il glissa hors du lit en prêtant attention à ne pas la réveiller. Il se dirigea vers la porte coulissante et contempla l'océan éclairé par la lune. La nuit était calme, paisible, et il s'en délecta, plus conscient que quiconque que de tels moments étaient rares.

Enfin, il se retourna pour regarder Ellie. Il aimait l'éclat de sa peau sous la lune. Depuis qu'il la connaissait, elle brûlait de l'intérieur, aussi sauvage et flamboyante qu'un feu vif éclairant son chemin.

Seigneur, et elle était toute à lui !

Lentement, pour ne pas la réveiller, il retourna au lit et se coula à côté d'elle, ses doigts à nouveau attirés par ses courbes délicieuses.

Il s'en voulait de l'avoir quittée. Et maintenant, il s'en voulait de se battre pour elle, de la faire sienne. De l'attirer au lieu de la repousser quand il en avait eu l'occasion, et surtout la force.

Mais il ne supportait pas l'idée d'être sans elle. Il l'avait laissée entrer dans son orbite, sachant pertinemment que c'était très dangereux.

Il n'était qu'un salaud égoïste, mais comment pourrait-il la repousser alors qu'il venait enfin de comprendre à quel point il était mort intérieurement depuis dix ans ? Elle l'avait ramené à la vie. Elle l'avait remis sur pied.

Il était sincère quand il avait juré de la protéger. Il espérait seulement en être capable. Parce que les loups rôdaient. Bientôt, ils allaient attaquer, libérant tout un essaim de secrets qu'il s'était efforcé de contenir. Des secrets qu'il avait cachés au monde entier et à ce public qui ne voyait en lui qu'un philanthrope reclus et intrigant.

Des secrets, surtout, qu'il cachait encore à El.

Et ce n'étaient pas des secrets dérisoires, comme l'identité de son père ou même la vérité sur la mort de son oncle, mais des confidences intimes et des mensonges dangereux.

Une fois ces secrets révélés, sa plus grande crainte était de perdre Ellie à nouveau.

Mais pour l'instant, elle était à lui, et ses secrets étaient en sécurité.

Et Devlin allait faire son possible pour que cela ne change pas.

$\maltese$ 2 $\maltese$

Je me réveille en sentant le corps de Devlin pressé contre le
mien, sa chaleur brûlante. Je ne bouge pas, respirant lentement, profitant de cette sensation encore nouvelle, la proximité si délicieuse de l'homme que j'aime.

Je ne sais pas quelle heure il est maintenant, mais d'épais rayons
de lumière traversent la chambre, se déversant entre les rideaux
devant les fenêtres orientées vers l'est. Mes yeux ne sont qu'à demi
ouverts, mon esprit encore troublé par des résidus de sensualité et
de chaleur. Je contemple d'un œil rêveur les minuscules taches de
poussière qui dansent dans le soleil.

Il doit être plus de dix heures. Il vaudrait mieux que nous
sortions du lit, mais je n'en ai pas envie. J'aimerais rester ici pour
toujours, en sécurité dans les bras de Devlin, loin des griffes du
monde extérieur.

*Tu es dans un sac de nœuds. Trouve la vérité. Ne fais confiance à
personne.*

Le souvenir du texto que j'ai reçu hier soir me donne des frissons. Je ne l'ai pas montré à Devlin. Je ne sais pas si je voulais
protéger l'intimité érotique de notre nuit ensemble ou si j'avais
peur de ce que je verrais sur son visage, de ce qu'il pourrait se sentir
obligé de me dire et de l'ombre des secrets qu'il cache.

Tout ce que j'ai appris récemment a bien failli me briser, après tout. Savoir qu'il est le fils de l'un des criminels les plus tristement célèbres, c'était déjà bien assez grave. Mais quand j'ai appris que c'était Devlin qui avait tué mon oncle Peter, des années plus tôt, le sol s'est dérobé sous mes pieds.

Il m'a fallu de longues discussions et des séances d'introspection pour accepter la vérité, comprendre ses motivations, et non seulement lui pardonner, mais aussi réaliser combien j'avais besoin de lui. Je suis revenue en courant, avec de nouveaux vêtements et la détermination de le convaincre que tout se passerait bien entre nous.

Puis ce texto est arrivé.

Et s'il y avait une autre révélation terrible ? Je pourrais l'affronter maintenant, à la lumière du matin. Mais la nuit dernière ? Avec les bougies et les baisers, la ferveur de la réconciliation ?

Il n'en était pas question, ce n'était même pas une option.

Ainsi, au lieu de lui faire part de ce texto, j'ai balayé mes craintes.

Je n'ai même pas envisagé la possibilité que le message vague puisse faire référence à autre chose qu'à Devlin. C'était forcément à propos de lui.

Il m'a dit tout de suite qu'il conservait des secrets. Mais les secrets sont mouvants, rarement bien protégés. Quelqu'un d'autre sait ce qu'il essaie de cacher.

J'ignore si ce texto m'a été envoyé comme un avertissement ou une menace, mais en tout cas, il était destiné à nous diviser, Devlin et moi.

Je ne le permettrai pas. Maintenant, je puise ma force dans ce que je connais de cet homme. Le vrai, pas l'image qu'il projette à tout le monde.

Enfin, ce n'est pas tout à fait exact, et pour tout dire, j'en tremble. Non que je connaisse ses secrets, mais je crains qu'il m'aime suffisamment pour s'en aller si ces secrets faisaient de moi une cible. D'ailleurs, il l'a déjà fait.

Cette certitude me pèse et je ferme les yeux en espérant

retrouver le sommeil. J'aimerais me réveiller à nouveau, un peu plus tard, sans me souvenir du texto. J'aimerais qu'il ne soit plus qu'un cauchemar. Un vague souvenir que je puisse ignorer.

Et non pas quelque chose que je doive lui annoncer.

Comme si la tempête mentale dans ma tête l'avait réveillé, sa main glisse le long de ma cuisse, de plus en plus haut jusqu'à me caresser la hanche. Ses lèvres effleurent ma nuque, et mon corps réagit immédiatement. Mes mamelons se tendent et cette pulsation insistante entre mes jambes augmente d'un cran.

Sans un mot, je me retourne et découvre son visage aux traits ciselés qui me sourit. Ses cheveux foncés encadrent son visage, et ses yeux – d'un brun sableux pour le moment – me regardent avec une telle tendresse que mon cœur se serre.

Nous avons traversé tant d'épreuves en si peu de temps. Des secrets, des mensonges, des promesses. Ses révélations m'ont à la fois effrayée et atterrée, pourtant je suis toujours là, malgré ses tentatives pour me repousser.

Maintenant, quelqu'un d'autre semble se dresser contre nous, suggérant des secrets encore plus noirs. Tant pis, cela n'a pas d'importance. Je me défendrai aussi contre cette nouvelle attaque.

Je suis passée de la haine envers Alex Leto, qui m'a tourné le dos il y a des années, à un amour profond pour Devlin Saint. Je sacrifierais tout pour le garder près de moi. Certes, il est entouré de ténèbres, mais j'aime croire que je suis la lumière dont il a besoin dans sa vie.

En tout cas, j'ai la certitude qu'il est exactement ce dont j'ai besoin dans la mienne. Et je refuse de laisser des menaces anonymes et infondées ébranler ma confiance en lui.

Il me dévisage. Le silence qui s'attarde entre nous est chargé de possibilités. Je ne le brise pas, tendant mon index pour effleurer délicatement la cicatrice sur son visage.

Il ne l'avait pas encore, quand nous étions jeunes, et même s'il ne m'a pas encore raconté toute l'histoire, elle marque l'homme qu'il est devenu. Elle coupe son front en deux, puis continue le long de sa joue, la lame ayant heureusement épargné son œil.

Elle se termine sur sa lèvre supérieure, sous la moustache bien entretenue que j'effleure tout doucement avant de poser la main sous son menton. J'aime sentir sa barbe rugueuse contre ma paume.

Il était rasé de près quand nous étions plus jeunes, mais je dois dire qu'il était bien différent, à l'époque. Honnêtement, je n'y ai pas perdu au change. L'Alex Leto que j'ai aimé faisait déjà tourner les têtes, sans aucun doute, mais Devlin Saint est d'un autre niveau. Il exsude l'assurance, le contrôle absolu, avec un soupçon de danger, le tout dans un corps qui me semble conçu par des dieux d'excellente humeur.

Et surtout, il est à moi.

— Salut, toi, dis-je dans un murmure.

Il ne répond pas. Du moins, pas avec des mots. Au lieu de quoi, il me fait rouler sur le dos et me chevauche, ses mains vénérant mon corps alors qu'il approche sa bouche de la mienne.

Le baiser est langoureux et profond. J'ai envie de m'y fondre, de me fondre en *lui*. J'écarte les jambes, prête à recevoir tout ce qu'il voudra me donner. Une pensée me vient et je grimace.

— Attends, chuchoté-je en resserrant ma poigne sur ses épaules. Tu as un préservatif ?

Il hésite une seconde de trop avant de tendre le bras pour ouvrir le tiroir de sa table de chevet. Il n'a peut-être même pas conscience de cet instant de flottement, mais je m'en rends compte. Et je sais pourquoi.

Nous avons omis ce détail hier soir. Ce n'est pas un problème majeur, puisque je porte un stérilet. Avant Devlin, toutefois, je n'ai jamais vraiment joué la sécurité. Cela fait un moment que je néglige cet aspect. Entre les baises rapides sur les banquettes arrière et les corps-à-corps anonymes, j'ai passé une grande partie de ces dix dernières années en équilibre sur le bord d'un volcan, mettant le monde au défi de m'y pousser.

Je ne craignais pas la mort, dansant dangereusement avec elle, lui offrant la tentation de m'emporter comme elle l'a fait avec le reste de ma famille.

Or maintenant, je comprends la peur.

Maintenant, j'ai quelque chose à perdre. Cela fait un moment que je n'ai pas été testée et l'idée que je puisse lui transmettre une maladie me hante.

Mais du point de vue de Devlin... eh bien, il a dû se dire que je n'avais pas insisté hier soir simplement parce que nous sommes vraiment ensemble, maintenant. Alors, comment interprète-t-il ma question, le matin venu ?

Il se garde de tout commentaire, enfilant docilement le préservatif. Avec un sourire plein d'humour, il me dit :

— Il en faudra deux.

Je ris, sans doute plus que la plaisanterie ne l'exige, avant de passer les bras autour de son cou.

— Embrasse-moi, murmuré-je. Fais-moi l'amour.

— Bébé, c'est exactement ce que j'ai l'intention de faire.

Nous sommes plus que prêts, tous les deux, comme si nos membres nus et emmêlés dans le sommeil avaient constitué des préliminaires suffisants. Je me cambre, le suppliant silencieusement de me prendre. Je ne désire rien de plus que cet homme, ses mains sur moi, son sexe en moi. C'est rapide et effréné. Bientôt, nous montons en flèche dans un élan de chaleur éperdu.

Je suis à bout de souffle, sur le point de basculer.

— Maintenant, dit-il. Jouis pour moi maintenant, bébé.

C'est un ordre auquel je ne peux pas désobéir. Mon corps se disloque, mon intimité se resserre autour de lui et je l'emporte avec moi sur la falaise. Nous dégringolons dans l'espace, tournoyant encore et encore jusqu'à nous retrouver épuisés et pantelants, enfermés dans les bras l'un de l'autre alors que le soleil inonde la chambre, nous invitant à cette journée.

Je m'étire langoureusement lorsqu'il se retire et enlève le préservatif.

— C'était tellement mieux qu'une alarme de réveil, commenté-je.

— Quel compliment ! répond-il avec une pointe de sarcasme tout en me caressant les cheveux. Tu veux du café ?

Je me redresse lentement.

— Toujours. Je vais en préparer.

Il secoue la tête, puis se penche pour me déposer un baiser sur les lèvres.

— Non, reste où tu es. J'aime l'idée que tu restes dans mon lit le plus longtemps possible.

Je hausse un sourcil et me penche en arrière.

— Un service en chambre ? Je pourrais m'y habituer.

— J'y compte bien.

Il me fait un clin d'œil et j'éclate de rire. Puis je reste paisiblement assise, à profiter de la vue tandis qu'il sort du lit et enfile un pantalon de survêtement qu'il trouve sur le dossier de la chaise.

Il se détourne pour se diriger vers la porte et je regarde son postérieur parfait s'éloigner de moi. Je soupire de joie. Je n'aurais jamais pensé qu'il serait de nouveau à moi, pas après tout ce que nous avons perdu autrefois.

Un étau se resserre autour de mon cœur lorsqu'une appréhension me saisit. Une fois de plus, j'ai peur que ça ne dure pas, que ce que nous avons trouvé ne soit pas permanent, que toutes les ombres de notre jeunesse reviennent nous hanter et que mes craintes en revenant à Laguna Cortez soient bel et bien fondées.

J'ai quitté Manhattan pour revenir dans ma ville natale avec la mission d'écrire un article sur la Fondation Devlin Saint, tout en menant mon propre projet de recherche sur les circonstances du meurtre de mon oncle Peter, il y a dix ans. J'ai eu beau grandir ici, ce retour me faisait l'impression de retourner en enfer.

Cette ville m'a fait beaucoup de mal. Ma mère est morte dans un accident de voiture, mon père a été brutalement assassiné dans l'exercice de ses fonctions. Et puis mon tuteur, Peter, a été tué d'une balle dans la tête, me laissant perdue et seule au monde.

La nuit de sa mort, c'était la première fois que son assistant, Alex Leto, et moi faisions l'amour, nous abandonnant tous les deux au chagrin, au deuil et au désir.

J'avais dix-sept ans, il en avait presque vingt, et la chaleur entre nous avait atteint le point d'ébullition. J'étais obsédée par cet homme qui me faisait tourner la tête. Il m'a aidée à oublier l'horreur de la mort de mon oncle, du moins pendant quelques précieux instants.

Il m'a apaisée, me disant combien il m'aimait, par ses mots et son corps.

Ensuite, il m'a réduite en miettes. Parce que c'est la dernière fois que j'ai vu Alex Leto.

Quand je suis revenue à Laguna Cortez dix ans plus tard pour faire des recherches sur ces deux histoires, ce n'est pas Alex que j'y ai rencontré, mais Devlin Saint. Un nouvel homme, un homme différent.

Un homme qui a juré qu'il ne voulait pas de moi à cause de son passé dangereux. Et pourtant, me voilà dans son lit, où j'ai la ferme intention de rester.

Tu es dans un sac de nœuds. Trouve la vérité. Ne fais confiance à personne.

Ces mots sinistres résonnent à nouveau dans ma tête et je tends la main vers mon téléphone pour les relire, une fois de plus, noir sur blanc. Pour que l'émotion qui s'attarde se raccroche à quelque chose de concret.

L'auteur de ce message n'est pas entré par effraction chez moi, ne m'a pas agressée en pleine rue, et pourtant le texto semble tout aussi intrusif. Il a été envoyé dans l'intention de me blesser et la flèche a atteint sa cible, indéniablement.

Bien sûr, je peux me tromper sur le sens du message. Si ce n'est pas à propos de Devlin et des secrets qui l'entourent, je n'y comprends plus rien. S'il s'agit de lui, en revanche, alors lui et moi avons beaucoup plus grave à affronter que les fantômes de notre jeunesse.

Le temps qu'il revienne dans la chambre avec deux tasses de café fumantes, je me suis assise dans le lit, les bras autour des genoux. En voyant ses sourcils froncés, j'en déduis que mon expression n'est pas celle à laquelle il s'attendait après cette grasse matinée délicieuse.

Il pose les cafés sur la table, puis s'assied au bord du lit.

— Qu'est-ce qui ne va pas ?

J'hésite, sachant que si j'ouvre cette porte, j'alimenterai ses craintes, à savoir que ses secrets risquent de me mettre en danger. En même temps, si je ne dis rien, l'auteur du texto a déjà gagné rien qu'en creusant ce fossé silencieux entre nous.

Alors je prends une inspiration, le regarde dans les yeux et annonce :

— Il faut qu'on parle.

Sa bouche frémit et il hausse les sourcils.

— Déjà lassée de moi ?

Je ris, comme si une soupape de pression s'était ouverte.

— Je dois te montrer quelque chose, dis-je en prenant mon téléphone, posé à côté de moi sur le matelas.

Il retrouve son sérieux.

— Que se passe-t-il ?

— J'aurais dû te montrer ça hier soir, mais je ne voulais pas...

Je me contente de hausser les épaules, sachant qu'il comprendra. C'était notre première nuit ensemble. Il doit savoir que je ne voulais pas apporter la moindre nuisance dans cette chambre avec nous.

Maintenant, je déverrouille mon téléphone et je le lui passe. Tandis qu'il lit le texto, j'observe son visage à la recherche d'un soupçon d'inquiétude, de colère ou de désarroi. Mais il n'y a rien. Et une fois de plus, je me rappelle qui est vraiment Devlin Saint. Cet homme est une invention. Une énigme. Un être au passé sombre et secret. Un garçon qui a dû apprendre à cacher non seulement lui-même, mais également ses émotions, afin de devenir l'homme qu'il est devenu.

J'ai beau savoir qu'il me fait confiance, je ne peux pas nier le petit coup porté à mon cœur quand je constate, en cet instant, qu'il me dissimule encore ses émotions.

Je suis incapable d'interpréter son regard lorsqu'il tourne son visage vers le mien.

— Je suppose que tu ne sais pas de qui ça vient.

— Non. J'ai cherché le numéro, mais il n'y a pas d'info. Ce doit être un téléphone jetable. Je vais voir avec Lamar s'il peut creuser un peu, ajouté-je, faisant référence à mon ami inspecteur de police.

— Non, je m'en charge. J'ai des ressources.

Je hoche la tête, guère étonnée qu'il ne veuille pas impliquer Lamar. Non seulement mon ami ignore mon passé avec Devlin, mais chaque fois qu'ils sont ensemble, je remarque une tension sous-jacente. Ils sont tous les deux protecteurs envers moi, et aucun ne fait entièrement confiance à l'autre. J'aimerais mieux ne pas jeter de l'huile sur le feu, dans la mesure du possible.

Quant aux ressources dont dispose Devlin, c'est logique. Après tout, sa fondation n'aide pas seulement à la réhabilitation des victimes de toutes sortes de crimes, mais elle apporte aussi un soutien et un accès aux organisations paramilitaires susceptibles de participer aux missions de sauvetage. Alors, même si la FDS n'a pas de département capable de retracer le numéro, je ne doute pas qu'il ait les bons contacts pour cela.

— D'accord, dis-je. Pas de problème.

Il prend mon téléphone, mais je le récupère.

— Je te donnerai le numéro à une condition. Tout ce que tu apprends, tu me le dis.

Il hésite, mais finit par hocher la tête. Je lui envoie le numéro par texto. Quand je lève les yeux, son expression est dure. Il se lève et passe les doigts dans ses cheveux avant de faire les cent pas dans la vaste chambre, en proie à une fureur glaciale.

— Ce sera toujours comme ça, n'est-ce pas ?

Sa voix est sèche, posée.

— Mon passé nous suit, reprend-il. Mes secrets menacent de s'interposer entre nous.

Je me glisse à mon tour hors du lit et prends le t-shirt qu'il n'a pas mis, l'enfilant par-dessus ma tête. Je ne sais pas pourquoi je ressens le besoin d'être habillée devant lui maintenant, mais c'est comme ça. Une fois que l'ourlet du t-shirt m'arrive à mi-cuisses, je me blottis dans ses bras.

— Non, dis-je en secouant résolument la tête. C'est une gêne, oui, et une intrusion. Une menace aussi. Mais ça ne s'interposera pas entre nous.

Pendant un instant, je ne vois rien sur son visage. Puis l'éclat d'un sourire s'épanouit dans ses yeux bruns. Il ne porte pas encore les lentilles vertes qui font partie intégrante du personnage qu'il s'est forgé. En ce moment, il est un peu Devlin et un peu Alex à la fois. Je referme les bras autour de l'homme que j'aime.

— Je parie que la personne qui m'a envoyé ça ne se rend pas compte que je sais déjà qui est ton père.

Levant les yeux, je le vois hocher lentement la tête, comme s'il envisageait cette possibilité. Je suis presque sûre d'avoir raison. Après tout, de quoi pourrait-il bien s'agir ?

— Certainement, mais je ne vois pas du tout qui.

Moi non plus, je n'en ai pas la moindre idée.

— Il doit bien y avoir des gens qui ont appris la vérité sur ta véritable identité. Peut-être qu'ils font profil bas en attendant leur heure.

Son comportement, neutre au départ, commence à se refroidir. Une fois de plus, j'ai un bon aperçu du danger que peut représenter cet homme.

Devant son silence, j'insiste :

— Qui d'autre qu'Anna, Tamra et Ronan sait que tu étais Alex ?

Ronan Thorne est son meilleur ami, avec qui Devlin a servi dans l'armée quand il était encore Alex, après avoir fui son père.

Quant à Tamra Danvers, elle connaissait sa mère et l'a cherché après sa mort, alors qu'Alex était encore jeune et retenu en otage par son père, en quelque sorte – un célèbre baron du crime connu sous le surnom du Loup. Elle l'a traqué pendant des années, allant même jusqu'à venir à Laguna Cortez à sa mort. Elle était agent de liaison avec la communauté, au département de police, en même temps que j'y faisais un stage au lycée.

Je l'adorais à l'époque et je l'adore encore, maintenant qu'elle est devenue directrice de la publicité de la Fondation Devlin Saint. Devlin et moi lui faisons entièrement confiance. D'ailleurs, c'est elle qui m'a le mieux soutenue, pendant des jours, quand j'ai appris que c'était Devlin qui avait tué Peter. Je lui suis à jamais reconnaissante de m'avoir aidée à retrouver le chemin vers lui.

Anna Lindstrom, la troisième de ce trio de proches, est désormais son assistante. Plus âgée que Devlin de quelques années à peine, elle a grandi avec lui dans le complexe du Loup, au Nevada. C'est aussi la première fille avec laquelle Alex a couché. C'est une femme sublime et voluptueuse. La première fois que je l'ai vue, dans une robe argentée moulante, j'ai eu envie de lui arracher les yeux. Maintenant, nous sommes amies, mais je dois avouer qu'il y a encore des résidus de jalousie.

Cela dit, elle n'y est pour rien. Elle est d'une loyauté sans faille et je ne peux pas imaginer qu'elle puisse faire du mal à Devlin.

Mais il n'y a pas qu'eux.

— Tu m'as dit que même si tu ne bénéficiais pas de la protection des témoins, tu as obtenu l'aide du gouvernement pour prendre l'identité de Devlin Saint après la mort de ton père.

Il hoche la tête.

— En échange d'informations sur le réseau de son opération, oui.

— Alors, ces gens connaissent la vérité. Et il doit y en avoir d'autres, dans leur entourage, qui sont aussi au courant. Un agent administratif, une secrétaire. Quelqu'un qui estime que tu ne mérites pas de prendre un nouveau départ, pas avec un père comme le tien.

Son visage se ferme et j'aimerais pouvoir revenir sur mes paroles. Parce que je sais qu'au fond, c'est ce que ressent Devlin. Il croit qu'il ne mérite pas cette nouvelle vie, qu'il a été contaminé par son père. Ainsi que par ses propres actes.

Je lui prends la main et la serre.

— Ce n'est pas vrai. Ce n'est pas ce que je crois. Mais quelqu'un pourrait être de cet avis. Imagine qu'ils t'aient observé, pendant tout ce temps, en attendant une occasion pour...

Je ne termine pas ma phrase, mais il hoche la tête.

— C'est une possibilité, concède-t-il. Je vais me renseigner.

Je fronce les sourcils, toujours songeuse.

— Peut-être qu'une personne que tu as connue à l'époque pense que tu diriges une entreprise illégale par le biais de la fondation. Tu sais, les péchés du père...

Ma voix est aussi tranchante que son expression. Cette possibilité ne me convient pas. Je n'y crois pas, mais je ne peux pas nier que c'est une éventualité. La Fondation Devlin Saint est une organisation caritative très réputée qui s'est imposée au cours de ses cinq années d'existence. Ce qui signifie qu'elle a attiré l'attention sur elle.

— La FDS s'est développée rapidement et tu l'as financée avec l'argent de ton père, continué-je, réfléchissant tout haut.

Il a hérité d'une grande partie de la fortune de son père simplement parce qu'il n'y a jamais eu assez de preuves pour que le gouvernement puisse légalement saisir ces fonds.

— Je voulais effacer l'empreinte de ces dollars. Faire le bien plutôt que le mal.

— Je le sais. Mais les gens voient ce qui les arrange.

Encore une fois, je pense à Ronan. Ils sont amis depuis l'époque où Devlin était dans l'armée, et maintenant, Ronan est engagé à la fondation. Il travaille avec Devlin à de nombreuses causes dignes d'intérêt. Pourtant, je ne peux pas m'empêcher de me demander qui était cet homme auparavant. Était-il jaloux de la fortune soudaine de Devlin ?

À l'armée, ils étaient sûrement égaux. Mais aujourd'hui, Devlin est le nom et le visage d'un organisme de renommée mondiale. Ronan applaudit-il les efforts de Devlin parce qu'il croit en eux ? Ou parce qu'il attend le bon moment pour cueillir ses propres lauriers ?

Je m'efforce de chasser ces soupçons. J'aime bien Ronan, vraiment, mais on ne peut pas nier qu'il m'a fait mauvaise impression dès le début en suggérant qu'il serait peut-être préférable pour moi de me retirer plutôt que de « déconcentrer » Devlin.

Eh bien, tant pis pour lui, parce que je suis ravie de pouvoir le déconcentrer.

Mais il vaudrait mieux que je ne laisse pas mon antipathie tirer des conclusions hâtives et sans fondement.

— Tu penses à quelque chose en particulier ?

Je lève les yeux pour croiser le regard de Devlin et je secoue la tête.

— Non. Pas vraiment, dis-je avec un petit sourire. J'espérais avoir de l'inspiration, mais *nada*. Tu vas parler à tes anciens contacts, alors ? Voir s'il n'y a pas quelqu'un de ton passé qui s'intéresse un peu trop à toi ?

— Crois-moi, je vais mener ma petite enquête. Je n'aime pas les menaces, et encore moins quand elles te sont adressées.

— Je suis bien d'accord. Je vais voir ce que je peux trouver de mon côté.

— Laisse-moi faire, dit Devlin. Je vais voir si je peux obtenir quelque chose, mais je ne veux pas que tu te renseignes. Quelqu'un t'a envoyé un avertissement. Ça signifie qu'il peut y avoir un danger.

— Oh, je t'en prie.

Le danger ne me fait pas peur, mais je crains de le perdre. Et s'il pense que je vais rester assise...

Je redresse mes épaules et affronte son regard.

— Quelqu'un semble croire que tu as ressuscité l'empire de ton père. Et j'ai intérêt à t'aider à prouver le contraire.

— Ce n'est pas ton...

— Attends, ce n'est pas tout, continué-je, l'interrompant alors que mon humeur s'échauffe. Le texto m'a été envoyé à moi, tu as oublié ? Toi, tu n'es même pas mentionné. Ça n'a peut-être aucun rapport avec toi. Si quelqu'un m'envoie des menaces, c'est à moi de prendre des mesures pour me protéger. Alors, ne me dis pas sur quoi enquêter ou non. Au cas où tu ne le saurais pas, c'est mon métier. Je suis journaliste, tu te souviens ? Sans compter mon passage dans la police.

Je constate que mon discours l'a agacé et je me prépare à une dispute.

— Journaliste ? s'exclame-t-il en éclatant de rire. Parce que tu comptes publier quelque chose à ce sujet ?

Je fais la grimace.

— Bien sûr que non. Ce que je veux dire, c'est que j'ai des compétences. Et j'ai l'intention de les mettre à profit.

— Bon sang, El, tu dois rester loin de tout ça. Tu n'as pas à te heurter aux vieilles histoires de l'empire de mon père.

— Je ne suis pas une enfant, Devlin. C'est mon...

— Putain de merde ! peste-t-il. Je ne joue pas à l'homme des cavernes surprotecteur, mais j'ai besoin de temps pour parler à mes sources tranquillement. Si tu commences à creuser de ton côté, celui ou celle qui t'a envoyé ce message saura qu'il a touché la corde sensible.

J'allais rétorquer, mais voilà qui me cloue le bec. Il soulève un point. Seulement, pas celui qu'il pensait faire valoir.

Il a raison, si je commence à me renseigner, l'expéditeur saura que je suis intéressée et il y a de fortes chances qu'il ait l'arrogance de se croire capable de me convaincre. Ainsi, une petite enquête pourrait bien être le levier dont j'ai besoin pour déclencher une avalanche d'informations.

— Bon, dis-je enfin avec sang-froid. Tu as peut-être raison.

Quoi qu'il en soit, je refuse de faire profil bas.

3

Devlin attrapa le dos de son t-shirt pour l'arrêter alors qu'elle passait devant lui.

— Tu as oublié que je te connaissais sur le bout des doigts ?

Elle jeta un œil par-dessus son épaule. Ses yeux bruns aux nuances de whisky se posèrent sur son poing, crispé autour du t-shirt gris des Forces spéciales de l'armée.

— Un problème, Monsieur Saint ?

— Laisse tomber, Ellie. Laisse-moi m'en occuper.

— Hmm.

Elle le toisa d'un œil froid, bien différent de son regard habituel. Il était certain qu'elle employait ce regard lorsqu'elle était dans la police. Cela faisait même partie de son uniforme. Sous ses yeux, elle s'était transformée de petit brin de femme à flic dure à cuire.

Ce devait même être le regard qu'elle utilisait en interrogeant une source récalcitrante. Il ne s'y attendait pas dans une chambre à coucher, mais il ne pouvait pas nier que ça lui faisait de l'effet. Elle était forte et l'avait toujours été.

Mais elle était têtue, aussi, et c'était dans des moments comme celui-ci que ce trait de caractère pouvait poser problème.

— C'est toi qui as dit qu'il y avait des gens à qui je pouvais parler, insista-t-il. Laisse-moi faire.

— Moi aussi, je connais des gens. Et au cas où je ne me serais pas clairement fait comprendre, c'est moi qui ai reçu le message. Il y a une possibilité que ça n'ait rien à voir avec toi.

— C'est ça, oui...

Ses épaules s'affaissèrent et lorsqu'elle lâcha « Bon sang, Devlin », il crut qu'il avait gagné. Mais elle se pencha en avant, passa la tête et les bras hors du t-shirt et continua vers la salle de bain, entièrement nue. Il resta là, le t-shirt à la main.

— El...

— Je refuse cette discussion, déclara-t-elle. Tu veux me garder ici, très bien. Tu es plus grand que moi, alors vas-y, utilise cette fringue pour m'attacher au lit. Sinon, je te préviens que je vais faire ce que j'estime être la meilleure solution, et tu ferais mieux d'en faire autant. Je compte identifier le connard qui m'envoie des textos anonymes comme s'il pouvait m'épouvanter.

Sur ce, elle se retourna et disparut en claquant la porte derrière elle. Il commença à la suivre, mais s'arrêta net, choisissant d'abord de se calmer. C'était une forte tête, tout comme lui, et Dieu savait qu'elle ne reculait pas devant ce qui l'effrayait. Au contraire, elle l'attaquait de front.

Il aurait dû savoir qu'il ne fallait pas chercher à la convaincre de se retirer, car elle risquait de mettre le feu aux poudres. D'ailleurs, elle mettait le feu aux poudres rien que pour ressentir un frisson d'adrénaline. Et mieux que quiconque, il comprenait cela.

Le problème, c'était qu'elle ne comprenait pas combien les poudres en question étaient inflammables et dangereuses. Le monde de Devlin Saint était précaire et trop de gens attendaient de le voir tomber. Si elle fouinait au mauvais endroit, elle risquait d'enflammer de mauvaises poudres.

Trop de secrets. Trop de mensonges.

Il se répétait sans cesse que moins elle en savait, plus elle était en sécurité. Si elle avait matière à mener l'enquête, elle allait creuser, le risque étant que son monde – et celui qu'ils comptaient bâtir ensemble – vole en éclats.

Elle ne craignait peut-être pas les conséquences éventuelles, mais lui, si.

Jusqu'alors, il n'y avait pas pensé. Jusqu'à ce qu'elle revienne dans sa vie, il se fichait éperdument du danger. Après tout, qu'avait-il à perdre ?

Il était devenu vulnérable, alors qu'auparavant, il était en acier. Il avait un point faible, maintenant, et Dieu savait qu'il tuerait quiconque toucherait un cheveu sur la tête d'El.

Il aurait voulu tout lui dire, la serrer contre lui et la voir se pelotonner, les yeux fermés, tandis qu'il lui confierait tous ses secrets. Dans ses rêves les plus fous, elle comprenait, et tout ce qu'il faisait, tout ce qu'il était, prenait un sens pour elle.

Pourtant, il n'arrivait pas à y croire.

Et en toute honnêteté, il était terrifié.

Voilà. C'était aussi simple que cela.

Il n'avait pas ressenti de véritable terreur depuis le jour où il avait fui son père, mais avec le retour d'Ellie dans sa vie, il retrouvait ce sentiment. Avec elle, il avait quelque chose à perdre, quelque chose à risquer.

Et quelque chose à protéger, aussi. C'était ce qu'il ferait, même si cela consistait notamment à la protéger contre lui-même, contre les recoins sombres de son âme. Si elle pouvait les voir, il savait qu'elle le regarderait d'un œil différent.

Merde.

Sans même se rendre compte qu'il s'était déplacé, il avait atteint la porte et l'avait ouverte. Elle était maintenant sous la douche, la silhouette de son corps visible à travers la vitre embuée. La pièce n'était éclairée que par une lucarne teintée, ce qui donnait à la scène devant lui des allures de film érotique.

Malgré son irritation, il sentit son corps réagir. Malgré ? C'était peut-être *à cause* de sa frustration, justement. Il voulait prendre à nouveau possession de cette femme, la soumettre à sa volonté. Il avait besoin de retrouver un tant soit peu de contrôle sur le tourbillon qui menaçait de l'engloutir.

Et si cela faisait de lui un homme des cavernes, primaire et animal, eh bien tant pis.

Sa tête était inclinée vers l'arrière, son visage sous le jet. Elle ne l'avait pas vu entrer.

Il dénoua le cordon de son pantalon de survêtement et le laissa glisser par terre, puis s'en débarrassa du bout du pied. Il était déjà dur, et pourtant, il ne la voyait pas distinctement. Il se pencha et entreprit de se caresser lentement tout en la regardant. Y avait-il eu un seul jour dans sa vie où cette femme ne l'avait pas excité ? Elle n'avait que seize ans quand il avait fait sa connaissance et cette première rencontre lui avait fait l'effet d'un coup de pied dans le ventre.

Elle était sa faiblesse, il le savait, et il n'aimait pas être faible. Mais cela en valait la peine, parce qu'elle était à lui.

Quoi qu'il en soit, elle était la manifestation de tout ce pour quoi il s'était battu, de tout ce pour quoi il se battait encore : l'amour, la bonté, l'espoir et un avenir. Le tout sous la forme d'une femme qui lui appartenait. Une femme pour laquelle il se battrait toujours, même si c'était contre elle.

Il traversa la pièce remplie de vapeur et fit coulisser la porte de la douche. Elle sursauta lorsqu'il passa un bras autour de son cou et l'attira à lui. La première surprise passée, elle s'abandonna avec soulagement.

— Dev... commença-t-elle.

Mais il la fit taire par un baiser punitif, la libérant juste assez longtemps pour la plaquer contre le carrelage noir, la retenant à un bras alors que les doigts de son autre main glissaient entre ses jambes. Elle était moite et ses lèvres s'écartèrent pour un doux gémissement qui se changea en halètement lorsqu'il enfonça deux doigts en elle, le pouce contre son clitoris.

— Si c'est comme ça quand on se dispute, murmura-t-elle, je ferai en sorte de continuer à t'asticoter.

Il pencha la tête pour lui mordiller l'oreille.

— Chérie, je suis vaguement énervé, c'est tout. Tu ne m'as jamais vu en colère. Je doute que tu le veuilles vraiment.

Il s'écarta légèrement pour voir son visage, s'attendant à recevoir une réplique cinglante de sa part. Au lieu de quoi, elle se contenta de répondre :

— Même chose pour moi.

Ce fut plus fort que lui, il éclata de rire.

— Je ne fais que mon travail, dit-elle. Et quelqu'un m'a envoyé ce message. Je veux savoir qui et pourquoi. Pourquoi quelqu'un voudrait me faire peur ? Pourquoi s'intéresse-t-on à nous ? D'ailleurs, est-ce qu'il s'agit vraiment de nous en tant que couple ? Ou est-ce à propos de ce que je suis, journaliste, et de ce que tu es, toi ? Est-ce que quelqu'un essaie de me provoquer pour t'atteindre ? Ou est-ce plus important que ça ?

Elle exerça une pression autour de sa main, puis elle soutint son regard alors qu'elle se plaquait contre lui, ouvrant la bouche sous le choc lorsque ses doigts la pénétrèrent plus profondément.

— Ils pensent peut-être que je suis leur alliée. Que je ne fais que t'utiliser pour obtenir ce que je veux.

— Et peut-on savoir ce que tu veux ?

Son sexe était si dur qu'il avait du mal à ne pas perdre le fil.

— Peut-être que je veux le danger, répondit-elle. Ou alors, que je veux juste une bonne baise.

— Comme tout le monde, commenta-t-il avec désinvolture. Mais, ma chérie, si c'est le danger que tu cherches, tu dois vraiment te méfier. Parce qu'il se peut que tu n'aimes pas ce que tu découvriras.

Elle leva le menton en clignant des paupières.

— Ah bon ?

Son sang rugissait dans ses oreilles, comme si son cœur lui criait de tout avouer, de lui dire ce qu'il avait sur le cœur. Mais il se contenta de répondre :

— Tu crois que je peux supporter de te perdre à nouveau ?

Ses doigts bougeaient en elle. Il eut le plaisir de la sentir se frotter contre lui en se mordant la lèvre inférieure dans un effort évident pour ne pas gémir.

Il se pencha pour l'embrasser, son membre à présent tellement rigide qu'il était sur le point d'exploser. Il avait envie de la retourner et de la prendre par derrière, ses seins lourds dans ses paumes alors qu'il s'ancrerait profondément en elle.

Pourtant, quand il commença à retirer sa main, elle la lui saisit et rencontra son regard en secouant la tête.

— Le seul risque de me perdre, c'est que tu t'en ailles un jour. Et pour info, j'ai beau mourir d'envie de te sentir en moi, là maintenant, il est hors de question que tu me baises pour me soumettre.

Se glissant sous son bras, elle rejoignit la porte de la douche.

— J'ai du travail à faire, maintenant. Et toi aussi, je pense.

$$\mathscr{H} \quad 4 \quad \mathscr{H}$$

— E llie ?

La voix de Brandy résonne dans le couloir silencieux.

— Oui, c'est moi, lancé-je en enlevant mes chaussures.

— Mais qu'est-ce que c'est que ça ? demande-t-elle, apparaissant en pyjama et tablier.

Ses cheveux blonds sont bleus, à présent, le rose visiblement oublié. Jake bondit dans le couloir en même temps et je me penche pour lui gratouiller le cou. Il gémit en se tordant de plaisir. Croisé labrador et bâtard au pelage fauve, Jake a presque onze ans, mais il est toujours convaincu d'être un chiot.

— Jake, panier, ordonne Brandy.

Elle lui accorde une caresse au passage alors qu'il se dirige docilement vers son énorme coussin, près de la porte de la terrasse. Elle reporte ensuite son attention sur moi :

— Tu devrais encore être chez Devlin pour une séance intensive de réconciliation sur l'oreiller, non ? À moins que tu aies encore besoin de fringues ? Je pensais que les vêtements seraient le dernier de tes soucis.

Elle me lance un clin d'œil taquin et je lève les yeux au ciel.

— C'est bien joli, mais je suis rentrée pour te voir. Et parce que Devlin a des réunions toute la journée. En même temps, Monsieur dirige un organisme caritatif de plusieurs milliards de dollars. Tu crois qu'il aurait bouleversé un peu son emploi du temps ?

— Quel monde de dingue.

— Tu l'as dit !

J'ajoute en reniflant :

— Si ce sont des muffins, alors tu pourrais avoir l'honneur de me remonter le moral.

Elle secoue la tête, feignant l'exaspération.

— Dis donc, tu as l'air sur un petit nuage, toi. Réunion ou pas, ton moral est au beau fixe.

— Oui, concédé-je en la suivant à la cuisine. C'est vrai, et il sera encore meilleur quand tu m'en passeras un.

Brandy est une fée aux fourneaux. Et devant une machine à coudre aussi. Elle se bâtit une solide carrière avec BB Bags, l'entreprise qu'elle a créée sur Etsy pour vendre ses sacs en toile cirée.

Aujourd'hui, ses articles se vendent dans plusieurs boutiques locales et même des magasins très branchés de Los Angeles. Mais elle aurait tout aussi bien pu ouvrir une boulangerie et il y aurait la queue devant tous les jours. Elle est grande et mince, capable de manger tout ce qu'elle cuisine sans jamais voir ses hanches s'arrondir. Moi, je ne mesure qu'un mètre soixante-cinq et je risque de prendre une taille chaque fois que je me laisse aller à ce petit plaisir. Enfin, c'est un risque qui vaut la peine.

— Banane noix, dit-elle en contournant son îlot central pour déposer un muffin sur une assiette. Plutôt basique. Désolée.

— Tu es folle ? Ça a l'air succulent.

Il est encore chaud au sortir du four. Je retire le papier en prenant soin de ne pas me brûler les doigts.

— Alors ? fait-elle en déballant son propre muffin. C'est vrai ce qu'on dit ? Tout est rentré dans l'ordre ? Devlin et toi, vous êtes à nouveau ensemble, même si tu n'es pas chez lui en ce moment même en train de t'envoyer en l'air ?

— Crois-moi, on s'est envoyé en l'air bien comme il faut. Réconciliation sur l'oreiller. Retrouvailles sur l'oreiller. Vénération de son corps de rêve sur l'oreiller...

— Ça fait beaucoup d'oreillers en moins de vingt-quatre heures, observe-t-elle.

J'affiche une mine innocente.

— Tu trouves ? Parce que sans ses réunions, on aurait pu continuer encore, et encore, et encore...

Elle lève la main pour m'interrompre :

— J'ai compris. Et je suis très heureuse pour toi et ta libido insatiable.

Je suis sur le point de lui poser des questions sur Christopher, son nouveau mec, et sur l'état de sa libido, mais une chose qu'elle a dite tout à l'heure me frappe :

— Attends, comment ça, *c'est vrai ce qu'on dit* ? Qui a dit quoi ?

Elle vient de prendre une énorme bouchée, et maintenant, elle s'empresse de mâcher et d'avaler en me regardant comme si la réponse était évidente.

— Les requins de la presse people. Les Instagrameurs. Les Twittos.

Je dois avoir l'air un peu hébétée, parce qu'elle s'empresse de m'expliquer :

— Tu ne les as pas vus, par ici ? Ou devant chez Devlin ? J'aurais cru que c'était la cohue, là-bas.

Je secoue la tête et elle me regarde comme si mon ignorance l'étonnait. Puis elle sort son téléphone, le tapote un peu et me le tend. Je fais alors défiler des milliards d'images, à grand renfort de hashtags, couvrant tous les événements de la veille, quand j'ai quitté précipitamment Brandy pour aller chez Devlin, jusqu'à ce matin, quand il m'a embrassée sur le pas de sa porte il y a moins d'une heure. Sous mes yeux ébahis, une autre photo apparaît. Je suis juste ici, en train d'enfoncer ma clé dans la serrure, loin de me douter de ce qui m'entoure.

— Je n'en reviens pas ! Je suis épiée, sans même m'en rendre compte.

Je fronce les sourcils en regardant Brandy.

— Génial pour une flic, non ?

— Ancienne flic.

Je suis sur le point de souligner qu'une journaliste doit aussi garder un œil vigilant lorsqu'elle continue :

— Et pour être honnête, ça ne saute pas aux yeux.

Elle se rend à la petite fenêtre de la cuisine qui donne sur le jardinet de devant.

— Cette Toyota verte était déjà là avant ton départ hier. Et le conducteur est tellement affalé qu'il est totalement caché. Tu vois ? demande-t-elle alors que je me laisse glisser de mon tabouret pour m'avancer derrière elle. Et cette Subaru rouge était partie depuis un moment, je pense qu'elle a dû te suivre chez Devlin la nuit dernière, puis revenir aujourd'hui. Mais ça ne se voit pas forcément, avec toutes les voitures garées dans cette rue.

Elle a raison sur ce point. Au bas de la colline, certains pâtés de maisons disposent de places de stationnement exclusivement réservées aux résidents, mais cette rue est suffisamment éloignée du quartier des arts pour que les touristes ne viennent pas monopoliser les parkings disponibles. Les places n'en sont pas moins rares en bordure de trottoir, et les différents véhicules se fondent dans le paysage.

Je retourne à mon tabouret, toujours avec le téléphone de Brandy. Il y a des tonnes de commentaires sous les différents posts, mais je ne suis pas d'humeur à les parcourir. Au lieu de ça, je fais glisser le téléphone vers elle sur le plan de travail.

— Alors, en résumé ?

— Eh bien, hier on disait que tu te précipitais là-bas pour lui remonter les bretelles, mais sans plus de précisions sur ce qui t'aurait énervée. Maintenant, la version est différente. Tout le monde dit que vous vous êtes réconciliés. La plupart des gens trouvent que c'est génial, mais il y a beaucoup de « et merde, le beau gosse n'est plus sur le marché ». Pour eux, tu n'es que la salope qui détruit leurs rêves.

— La gloire est une maîtresse très capricieuse, lui dis-je.

Elle s'esclaffe. Nous savons toutes les deux que les projecteurs sont pourtant le dernier endroit où je voudrais être.

— Enfin, ça pourrait être pire, continué-je. Étant donné qui est

Devlin, ils pourraient nous mettre la pression chaque fois que nous sommes en public. Jusqu'à présent, ils ont été plutôt discrets. Je ne savais même pas que quelqu'un nous épiait dans le désert jusqu'à ce que cette photo apparaisse.

Au début, quelques clichés de Devlin et moi ensemble étaient parus çà et là, mais la plupart des publications ne disaient rien de très alléchant, si ce n'est que j'étais une journaliste originaire de Laguna Cortez et que j'écrivais un article sur la FDS. Ce n'est que lorsque Devlin m'a emmenée en excursion sur un circuit de course, dans le désert, que les médias ont commencé à s'intéresser à moi. Nous avons fait l'erreur de partager un baiser langoureux sur les marches de notre camping-car. Après cela, adieu l'intimité et bonjour l'attention du public.

Maintenant, je suis la fille qui a jeté le grappin sur l'énigmatique Devlin Saint, le meilleur parti du marché.

Cela a dû en énerver plus d'un.

Je fronce les sourcils en songeant à l'étrange texto.

— Quoi ? me demande Brandy, remarquant mon changement d'humeur.

— Regarde ça.

J'affiche le texto avant de lui tendre mon téléphone.

— *Tu es dans un sac de nœuds. Trouve la vérité. Ne fais confiance à personne*, lit-elle à haute voix. Waouh, c'est flippant. Ça vient de qui ?

— Mystère et boule de gomme.

J'écrase rageusement des miettes de muffins sous mon doigt, comme s'il s'agissait de l'enfoiré qui me nargue.

— Quelqu'un qui n'a pas réalisé que j'étais au courant pour le père de Devlin. Mais c'est peut-être totalement autre chose.

— Comme quoi, par exemple ? demande-t-elle, soucieuse.

J'hésite, mais Devlin ne m'a jamais demandé de garder ma langue en présence de Brandy. Il comprend que j'ai besoin de quelqu'un à qui parler. Et en ce moment plus que jamais.

Je prends une grande inspiration avant de me confier à ma meilleure amie.

— Devlin m'a dit qu'il avait d'autres secrets. Mais il m'a dit aussi qu'il ne me les dirait pas. Jamais.

Elle penche la tête et me regarde fixement.

— Sérieux ? Et tu es d'accord avec ça ?

— Oui. Non. Je ne sais pas trop.

Je me passe les doigts dans les cheveux.

— On aurait dit qu'il me mettait en garde, mais je ne peux plus lui tourner le dos, Brandy. Je ne peux pas.

— Je comprends, fait-elle d'une voix douce. Enfin, quand même, s'il a des secrets qui font de toi la cible de messages inquiétants, bon Dieu, ce serait normal qu'il te les dise.

J'esquisse un sourire. Brandy n'est pas du genre à dire des grossièretés, alors cette marque de véhémence ne fait que souligner combien elle est indignée pour moi.

— C'est sûr. De toute façon, je ne crois pas qu'il gardera ses secrets éternellement. Ce n'est pas *nous*, tu vois ?

— C'est tout nouveau, Ellie. Ce n'est plus Alex, tu as oublié ? C'est un tout autre *nous*, maintenant.

Je ne réponds pas, parce qu'elle a raison. À cette vérité, mon cœur se serre.

Brandy se renfrogne, puis me tend un autre muffin comme si c'était un prix de consolation.

— Tu as sans doute raison. Après tout, il est complètement dépassé. Il veut te protéger pour le moment, mais il finira bien par t'en parler.

— Peut-être. Certainement. Je ne sais pas.

Chassant la mélancolie qui m'enveloppe, je reprends :

— Ça n'a pas d'importance, de toute façon. Tout ça pour dire que ce n'est peut-être pas sur son père. C'est peut-être à propos de ses secrets.

— Je comprends. Mais quel intérêt si tu ne les connais pas ?

— Aucun. En soi, les secrets ne sont pas pertinents dans cette histoire.

— Qu'est-ce qui est pertinent, alors ?

— Savoir qui d'autre les connaît.

Pendant un instant, elle a l'air perplexe, puis son visage s'éclaire. Elle contourne l'îlot et vient s'asseoir à côté de moi, faisant pivoter son tabouret.

— Tu dis que quelqu'un a envoyé ce texto pour te faire peur. Quelqu'un qui connaît les autres secrets de Devlin et qui ne veut pas que tu les apprennes ?

— Sans doute.

— Bon, mettons. Mais comment comptes-tu le démasquer ?

Je rencontre son regard.

— J'ai déjà ma petite idée.

— Qui ? demande-t-elle.

— Ronan Thorne.

Devlin le tient en haute estime, alors je me sens un peu déloyale en prononçant son nom, mais je n'arrive pas à me défaire de ce pressentiment. Je me suis toujours fiée à mon instinct.

Brandy fronce les sourcils.

— Mais ils sont très proches, tous les deux.

— Raison de plus. Ils se sont soutenus à l'armée, donc il soutient encore Devlin maintenant, n'est-ce pas ?

— Certainement, mais ça...

— Il ne me fait pas confiance.

Elle se redresse.

— Mais de quoi parles-tu ?

— Enfin, je ne sais pas, peut-être qu'il n'aime pas que je sois journaliste.

Je passe les doigts dans mes cheveux ondulés décoiffés.

— Tout ce que je sais, c'est qu'il a essayé de me mettre en garde contre Devlin dès le début. Il a dit que je le déconcentrais.

— Oh, fait-elle en hochant la tête. Tu le déconcentrais de tous ses autres trucs secrets.

— C'est ce que je pense. Et il était à Las Vegas en même temps que Devlin et moi. Ils discutaient au bar de l'hôtel tous les deux, tard le soir. Et quand je suis descendue les rejoindre, Ronan n'avait pas l'air content de me voir.

— Tu as peut-être interrompu une discussion importante. Ou

peut-être qu'il est protecteur avec son ami. Un peu comme toi et moi, nous veillons l'une sur l'autre.

— Peut-être, mais on dirait qu'il y a plus.

— Bon, alors prends les choses dans l'autre sens. Quel pourrait être le secret ? Quelque chose qui les affecte tous les deux, n'est-ce pas ? Pas leur service dans l'armée, puisqu'il est derrière eux depuis longtemps. Mais il reste la fondation, non ?

— Exactement. Cela dit, la fondation soutient beaucoup de causes. Je sais qu'elle aide des victimes de trafics, mais ce n'est que la partie visible de l'iceberg.

— Pourtant, Ronan était à Las Vegas, et c'est là que se trouve le centre d'aide aux victimes. Peut-être est-ce lié ?

— Sûrement. Enfin, ce n'est pas très loin. Il aurait pu venir à Las Vegas simplement parce qu'il avait besoin de parler à Devlin.

— Tu vas creuser de ce côté-là ?

Je déglutis, en proie au doute. Devlin m'a clairement fait savoir qu'il avait l'intention de garder ses secrets pour lui, alors fouiller pour les découvrir reviendrait à bafouer les règles de notre relation. En même temps, j'aimerais savoir ce que ce texto signifie, et à moins de connaître le secret, comment pourrais-je le découvrir ?

— *Merde*, lâché-je, récoltant un regard noir de Brandy. Le message doit faire allusion à autre chose. Sinon, pourquoi Devlin insisterait-il pour enquêter lui-même ?

— Oh là là, tu réfléchis trop, me dit Brandy en riant. Mais tu as peut-être raison. À moins que Devlin soit tout simplement surprotecteur et qu'il tienne à tout contrôler. Ça doit le rendre fou de savoir qu'un connard t'envoie des messages mystérieux. C'est évident qu'il veut découvrir qui se cache derrière tout ça. Cet homme est un vrai chevalier servant, non ?

— Chevalier terni, dis-je en souriant, me remémorant le surnom que Devlin s'est attribué.

— Quoi ?

— Rien. Enfin, tu as sûrement raison.

Je serre doucement sa main.

— Merci. Je vais y aller pas à pas, et attendre de voir si Devlin en apprend plus sur l'identité de l'expéditeur.

— Bonne idée.

— Et toi, alors ? demandé-je alors qu'elle descend du tabouret pour retourner à son plan de travail. Côté cœur, je veux dire...

— Moi ?

Sa voix est un peu trop aiguë, ce qui en dit long. Ou du moins, suffisamment.

— Allez, crache le morceau, dis-je en me levant pour attraper un autre muffin, malgré sa tentative amusée de me taper sur la main. Du nouveau avec Christopher ? Oh, mon Dieu, il a passé la nuit ici ?

Elle n'a rien sous-entendu de tel, bien sûr, mais je vois bien que quelque chose a changé entre eux, au rougissement qui s'est propagé sur ses joues.

— *Non*, s'écrie-t-elle. Enfin, d'accord, oui. Mais nous n'avons pas... tu sais...

Cette fois, ses joues sont écarlates.

— J'aimerais bien, pourtant, ajoute-t-elle d'une voix si basse que j'ai du mal à discerner ses mots.

Mon cœur se serre avec inquiétude.

— Tu en es sûre ?

— Il est gentil, dit-elle, rouge jusqu'à la racine des cheveux. Il n'insiste pas. Enfin, il en a envie... on en a déjà parlé. Mais il comprend que je tiens à y aller doucement.

Elle hausse les épaules comme si de rien n'était, mais je sais que c'est important.

— C'est vraiment un mec bien, tu sais ?

— D'après ce que tu m'as dit et tout ce que j'ai vu, cet homme est un vrai gentleman. Est-ce qu'il sait pourquoi tu veux prendre ton temps ?

Elle secoue la tête.

— Mon Dieu, non, s'exclame-t-elle en refermant les bras autour de son buste. Bien sûr, il sait que j'ai des problèmes, et je lui ai laissé comprendre que j'avais vécu une relation difficile.

— Brandy...

— Je sais.

— Tu sais, vraiment ? Parce que si tu es vraiment sérieuse avec lui, tu dois tout lui dire.

— Je *sais*. Seulement, c'est déjà assez dur d'en discuter avec toi. Je comprends très bien. J'aimerais lui parler. Je crois que c'est le premier mec qui compte assez pour que je le lui dise. Mais j'ai peur de tout faire foirer.

— Oui, dis-je, le cœur en miettes pour mon amie. Mais si tu veux que votre relation soit sincère, il faudra bien lui en parler à un moment donné, non ? Le plus tôt sera le mieux. Si tu attends trop longtemps, ce sera encore plus dur.

— C'est sûr. Tu sais, je fais vraiment des projets... Oh, *merde*. La deuxième fournée.

Elle s'éloigne en virevoltant et je baisse les yeux pour cacher l'expression de mon visage, concentrée sur mon muffin.

Brandy a de bonnes raisons de ne pas vouloir se confier sur ce qui lui est arrivé. Après tout, comme moi, elle a presque vingt-neuf ans. Et contrairement à moi, elle n'a couché qu'avec un seul homme, sans compter le connard qui lui a volé sa virginité. On ne peut pas dire que ça se soit bien passé. Brandy n'est pas très douée pour parler de sexe avec ses copains. Pas plus que pour choisir des hommes attentifs à ses besoins, d'ailleurs.

Elle a eu quelques mecs qu'elle aimait vraiment, mais jusqu'à présent, en apprenant qu'ils ne coucheraient pas ensemble avant longtemps, aucun n'est resté.

Le monde est vraiment trop injuste. Je l'ai toujours su. Brandy le sait depuis la terminale. Et cette réalité nous a été enfoncée dans le crâne à coup de marteau, à elle comme à moi. Preuve que c'est vrai.

Je détache un morceau de muffin et le mets dans ma bouche, savourant la noisette sucrée. Brandy est ma meilleure amie, et l'une des personnes les plus gentilles que je connaisse. Je suis dégoûtée par sa malchance en amour. C'est peut-être la loi des probabilités, mais je n'en reviens pas qu'elle ne trouve aucun homme non seulement prêt à attendre, mais également attentionné au lit.

Il se peut que Christopher soit vraiment le bon. Si elle a des intentions sérieuses, je l'espère pour elle. Je ne voudrais pas qu'elle soit à nouveau blessée. La vérité, c'est qu'ils ne se connaissent pas encore très bien. C'est un romancier venu en ville faire des recherches pour son prochain thriller. Je l'ai croisé dans la salle de recherche de la Fondation Devlin Saint. À peu près au même moment, il a rencontré Brandy par hasard. Autant dire qu'ils se fréquentent depuis cinq minutes. Je ne sais même pas où il habite, si ce n'est qu'il loue un Airbnb à Laguna Cortez.

Il est intelligent et gentil, et il semble sincèrement intéressé par mon amie. Ça se voit, et je sais qu'elle s'en rend bien compte, pourtant elle a toujours des réticences. C'est compréhensible, quand on sait qu'elle était pratiquement inconsciente lors de sa première fois, quand un connard en soirée lui a glissé une drogue du viol dans le verre. Comme si ça ne suffisait pas, elle est tombée enceinte. Sa famille a été chamboulée, et en fin de compte, le bébé s'est retrouvé dans un foyer d'adoption.

C'est traumatisant et je comprends qu'elle ne veuille pas en parler. Mais si elle garde ce secret trop longtemps, je crains que cela ne fasse fuir Christopher. Après tout, certains secrets sont acceptables dans un couple, mais quand le secret est aussi énorme, du genre à avoir un impact réel sur une relation, le silence n'est pas neutre. Au contraire, il devient vite un véritable obstacle dans la relation.

Je fronce les sourcils en réalisant que je ne pense plus à Brandy, en l'occurrence. Mes pensées sont orientées vers Devlin. Il m'a avoué ouvertement qu'il avait des secrets. *Il y aura toujours des secrets entre nous,* m'a-t-il dit. *Tu aurais dû garder tes distances.*

Il m'a dit aussi que c'était un pari dangereux, mais qu'il ne s'attendait pas à ce que je m'enfuie. Je n'en doute pas. Parce que Devlin me connaît. Il a vu mes démons et il sait que le danger ne me fait pas peur.

Enfin, pas tout à fait. Ça me fait peur, mais disons que c'est un frisson, une excitation d'autant plus forte que je ne m'y attendais pas. Le danger m'a volé toute ma famille, et pourtant je suis encore là.

Je ne suis pas du genre à flirter avec le danger, mais plutôt à l'envoyer se faire foutre. Nuance.

Je frissonne. Mes pensées prennent une direction trop sombre qui ne me plaît pas. Ce que je ressens pour Devlin est bien réel. Ce n'est pas une quelconque manifestation de culpabilité du survivant. J'en suis consciente et je le crois. Je l'aime, un peu plus accro chaque jour.

Mais jusqu'où les racines de notre relation peuvent-elles vraiment plonger, quand je sais que non seulement il entretient des secrets, mais qu'en plus, il n'a pas l'intention de me les révéler un jour ?

— On se retrouve ce soir ? demandé-je quelques heures plus tard à Brandy, concentrée devant son reflet dans le miroir de l'entrée. Toutes les deux avec Lamar, pour un verre à dix-sept heures ?

— C'est prévu. Tant que c'est pour rattraper le temps perdu et pas pour régenter ma vie amoureuse.

— Promis juré craché, dis-je en faisant mine de joindre le geste à la parole. Tu es sûre que tu ne veux pas parler un peu plus ?

Elle a habilement dévié la conversation après avoir sauvé in extremis sa deuxième fournée de muffins, et comme mes pensées étaient devenues trop troubles et dérangeantes, je n'ai pas insisté sur le sujet. Maintenant, cela dit, je culpabilise.

— Avec toi, peut-être, plus tard, me dit-elle. J'adore Lamar, mais je ne veux pas qu'il devienne mon conseiller conjugal. Juste un copain de beuverie, ça me suffit.

J'éclate de rire, incapable de la contredire.

— Ce n'est pas faux. Bon, j'esquiverai les questions sur Christopher, et toi, tu m'aideras à détourner les questions sur Devlin.

Elle fait la grimace.

— Il va falloir prévoir un gilet pare-balles.

— Très drôle.

— Je sais, répond-elle, amusée. Je suis désopilante.

Elle sourit et je fronce les sourcils. Nous savons toutes les deux que Lamar ne porte pas spécialement Devlin dans son cœur. Il estime que ce n'est pas la meilleure des fréquentations pour moi. Nous sommes amis depuis l'académie de police d'Irvine, tous les deux. J'étais la seule femme de la promotion, et lui, le seul cadet noir. Nous nous sommes tout de suite liés d'amitié. Même s'il n'a jamais été question de sentiments entre nous, nous sommes très protecteurs l'un envers l'autre. Devlin l'a bien compris.

Il y a longtemps, Lamar en pinçait un peu pour moi. Du genre à accepter un plan cul à l'occasion, pas du genre à entamer quoi que ce soit de sérieux. Parfois, il me taquine encore, mais ça reste léger. Je suis sûre qu'il aimerait toujours entretenir une relation de cette nature avec moi, mais c'est parce qu'il n'a aucun problème à mêler amitié et plaisirs charnels. Moi, ça ne me convient pas. J'ai mis mon veto à cette possibilité il y a des années. S'il est capable de coucher avec quelqu'un, puis de rester ami ensuite, moi, je suis du genre à m'enfuir après un coup vite fait.

Enfin, j'*étais* de ce genre. Devlin est la seule exception à ma règle. Parce que c'est justement mon passé avec Alex qui a entraîné cette règle particulière.

Maintenant, Lamar est comme Brandy. Un confident proche. Contrairement à elle, cependant, il ne sait pas que Devlin était Alex Leto. Ce qui veut dire que je dois faire attention avec lui, même si ça me déplaît. En même temps, il est hors de question que je trahisse la confiance de Devlin. Je le harcèlerai peut-être pour qu'il cède et me laisse en parler à Lamar, mais je ne ferai rien sans son accord.

Par conséquent, mon ami ne connaîtra peut-être jamais la vérité. À la différence de Brandy, Devlin ne lui fait pas confiance. C'est un problème, car je peux compter mes amis sur deux doigts, et même si je garde le secret de Devlin, il n'est pas question de laisser tomber Lamar juste parce que mon petit ami est jaloux.

— Au *Cask & Barrel* à cinq heures, c'est ça ? reprend Brandy.

Je hoche la tête.

— Parfait.

— Super. Tu pourras mettre Jake dans sa caisse quand tu t'en iras ? Je dois filer, sinon je risque d'être en retard.

J'acquiesce et elle tend la main pour caresser le chien, sagement assis dans le couloir.

Puis elle tourne sur elle-même, à la recherche de ses clés.

— Qu'est-ce que tu as prévu ? demande-t-elle en les retrouvant, non pas sur le guéridon de l'entrée, mais au fond de son fourre-tout.

— Je vais passer au poste voir si Lamar peut m'aider à faire des recherches sur Peter. Mais avant, je vais appeler Roger pour savoir si j'ai toujours un travail.

Elle avait fait un pas vers la porte, mais à présent, elle se fige.

— Tu retournes à New York ?

— Non, non.

J'ai pris la décision de rester à Laguna Cortez avec Devlin et je ne changerai pas d'avis. Mais j'aime aussi mon travail. Et si je peux trouver un moyen de le garder, eh bien, disons que je suis prête à quelques concessions.

— Bonne chance, me lance Brandy une fois que je lui ai répondu.

Elle m'embrasse, tapote la tête de Jake, puis se dépêche de sortir en claquant la porte derrière elle.

Le chien sur mes talons, je retourne dans ma chambre et m'installe sur mon lit. Jake s'affale par terre, dans un rayon de soleil près de ma fenêtre, alors que je mets mes écouteurs tout en composant le numéro du *Spall Monthly* à Manhattan.

— Salut, Brenda, dis-je lorsque la réceptionniste décroche. C'est Ellie. Est-ce que Roger est là ?

Roger Covington est mon rédacteur en chef. Nous n'avons pas parlé depuis qu'il a refusé mon article sur la FDS après avoir appris que je sortais avec son fondateur. En plus de cela, je lui ai annoncé que je restais en Californie. Maintenant, je ne sais plus vraiment où en est notre amitié, pas plus que mon poste au journal.

— Il est en conseil de rédaction, dit Brenda.

Ayant oublié le décalage horaire, j'effectue un rapide calcul de tête.

— Mais ils ont presque fini, ajoute-t-elle. Tu veux patienter ? Je peux lui demander de te rappeler, si tu préfères.

Je consulte ma montre. Si Roger est en forme — et c'est toujours le cas —, il leur faudra un peu plus de cinq minutes pour clore la réunion.

— Je peux attendre.

Pendant que la musique d'attente se fait entendre, je fouille dans le fond de mon placard à la recherche de la boîte contenant les journaux intimes de ma mère.

Je suis prête à accorder vingt-quatre heures à Devlin pour voir s'il peut apprendre quelque chose sur le texto. En revanche, je ne suis pas disposée à mettre un frein à mon enquête sur l'oncle Peter et ce qui lui est arrivé.

J'ai commencé à soupçonner Devlin d'être le fils du célèbre baron du crime connu sous le surnom du Loup après avoir feuilleté l'un de ces carnets. J'étais enfant à cette époque, et maman s'inquiétait que son frère, Peter, trempe dans des affaires louches.

Alors que maman et moi attendions dans la voiture, Peter était allé voir la mère d'un garçon, un certain Alejandro, le fils de son patron.

Peu de temps après ma lecture, j'ai fait le lien. Peter travaillait pour Daniel Lopez, alias le Loup. Alex Leto n'était autre qu'Alejandro Lopez, le fils du Loup. Et Alex était devenu Devlin.

Cette révélation m'a fait un choc, sur le moment. Maintenant que j'ai appris la vérité, je sais que ce n'est qu'une infime partie de ce qui fait de Devlin ce qu'il est aujourd'hui.

Pendant des années, je n'ai pas eu le cœur de lire les écrits de ma mère, craignant trop d'être accablée par le chagrin et de sombrer dans les souvenirs. Je n'ai commencé à feuilleter les carnets qu'en me lançant dans mon enquête sur l'oncle Peter.

Je suis revenue à Laguna Cortez parce que de nouvelles preuves étaient apparues après sa mort, et je n'ai pas tardé à apprendre que Peter avait été en contact étroit avec le Loup. Et lorsqu'il a commencé à escroquer de l'argent, le Loup l'a fait descendre.

Je voulais savoir comment un homme honnête en apparence, issu d'une solide famille de la classe moyenne, avait pu se laisser phagocyter par une organisation comme celle du Loup. Mais Peter est mort il y a plus de dix ans, et comme il n'y avait plus aucun membre de ma famille encore en vie ni aucune autre piste exploitable, je me suis tournée vers les journaux intimes de ma mère.

Ma première lecture est restée superficielle. Je sentais que cette incursion dans ses pensées intimes n'était pas correcte, à moins que j'aie eu trop peur de franchir le rideau noir du deuil. Maintenant, j'ai envie d'en savoir plus. Je veux savoir ce qui troublait ma mère à propos de Peter, mais je veux aussi en apprendre plus sur la femme qui m'aimait et qui m'a été injustement enlevée.

Ma mère n'a pas numéroté ses carnets, mais l'un d'eux n'est rempli qu'aux trois quarts. Ce doit être le dernier. Le cœur battant, je l'ouvre au dernier paragraphe.

Charlie a recommencé. Il a promis de rentrer à temps pour dîner avec Ellie et moi. Ça fait une semaine qu'il n'est pas là pour lui lire une histoire, à l'heure du coucher. Je sais qu'il nous aime toutes les deux, mais il doit comprendre qu'il faut nous le montrer.

Pardonne-moi, cher journal, je ne fais que me plaindre. C'est un homme bon. Il prend soin de nous. Et je sais qu'il est occupé avec toutes ses responsabilités, mais quand même...

J'ai essayé d'appeler Peter pour lui parler de Charlie. Je sais que je devrais garder mes problèmes conjugaux pour moi. Mais Peter a toujours été mon confident. Il m'en veut encore, sans doute, mais je dois lui parler. Il n'a pas répondu au téléphone. Je lui ai laissé un message, parce qu'il est possible qu'il filtre ses appels. Je lui ai demandé de me rappeler dans une heure. J'ai besoin d'air, je vais aller faire un tour. Avec un peu de chance, Lisa pourra faire du baby-sitting pendant une heure. Ellie dort, alors qu'elle fasse ses devoirs ici ou chez elle, ça revient au même.

Je vais peut-être faire encore quelques emplettes pour l'anniversaire d'Ellie demain. Ce sera une bonne excuse. Je ne voudrais pas donner l'impression de m'enfuir parce que je me sens seule et frustrée par les hommes de ma vie.

Comment se fait-il que mon bébé ait presque quatre ans ?!

Je viens d'appeler Lisa et elle arrive. Quelle chance d'avoir une lycéenne aussi responsable de l'autre côté de la rue !

La prochaine fois que j'écrirai, ce sera beaucoup moins larmoyant. Je vais peut-être même acheter une bonne bouteille de vin et séduire mon mari. Ça lui donnera une raison de rentrer tôt à la maison. Oui, ce plan me plaît bien...

Je ferme le carnet en tremblant. *L'anniversaire d'Ellie demain.* Elle a écrit cela le soir de sa mort. Le soir où sa voiture est tombée du haut d'une falaise, emportant un morceau de glissière de sécurité et tuant ma mère sur le coup.

Est-ce en partie pour cela que Peter a quitté Los Angeles pour s'installer à Laguna Cortez ? Se sentait-il coupable d'avoir raté l'appel de ma mère, ou pire, de l'avoir ignoré ?

Et pourquoi était-il en colère contre elle ? Je sais qu'ils ont toujours été proches. Mon père et l'oncle Peter m'ont dit la même chose. Alors, qu'a-t-elle fait pour qu'il la boude ?

Je remonte mes genoux contre ma poitrine et croise les bras. D'après le carnet précédent, je sais que Peter ne vivait pas en Californie quand j'avais deux ans. Mais il devait travailler à Los Angeles, puisque maman et moi lui avons rendu visite, et je sais qu'il s'y est installé par la suite.

Elle se faisait du souci pour lui, dans le premier passage que j'ai lu, écrivant que Peter était impliqué dans des affaires qu'il cherchait à lui cacher, en tant que femme du chef de la police.

Savait-elle quelque chose de concret ? Ou avait-elle seulement de vagues soupçons ? Qu'est-ce qui a changé entre ce moment et mon quatrième anniversaire ? Pourquoi Peter a-t-il déménagé à Los Angeles ?

Je ne connais aucune de ces réponses, mais j'ai bien l'intention de les découvrir.

En fouillant dans le passé de Peter, au moins, je penserai moins à certaines choses, notamment à l'identité de la personne qui m'a envoyé le fameux texto.

❧

Après cinq autres minutes d'attente, j'envisage de raccrocher, de prendre un café et d'essayer d'appeler plus tard. Je suis sur le point de le faire quand la musique d'attente s'arrête brusquement, cédant la place à la voix de Roger.

— Je m'attendais à ce que tu me rappelles, dit-il. Avec toutes ces journées de silence, j'en déduis que j'ai perdu une journaliste ? Sans parler d'une compagne avec qui partager les frites au fromage de chez Freddie ?

Je souris et mon estomac grogne au souvenir des délicieuses frites de l'épicerie fine, à deux rues du journal. Je souris aussi parce que s'il me taquine à ce sujet, c'est qu'il n'est pas trop fâché contre moi.

— On s'est croisés, alors, parce que moi, j'attendais que *tu* m'appelles.

En plus de mon article sur la FDS, j'ai quitté Manhattan pour enquêter sur la mort de Peter, espérant pouvoir écrire quelque chose, à terme, pour *The Spall*. Mais quand la nouvelle de ma relation avec Devlin a été divulguée dans la presse, Roger m'a retiré non seulement la mission, mais également l'article sur Peter.

Je m'éclaircis la voix.

— Après t'avoir lâché une bombe en t'annonçant que je restais à Laguna Cortez, je me suis dit que je devais réfléchir. Si tu penses que le journal veut encore de moi, tu dois négocier avec Franklin.

Franklin Coates est l'éditeur du journal, ce qui signifie que mon salaire dépend de lui.

— Je veux te garder, m'assure Roger, et Franklin est disposé à te laisser travailler à distance. Pour info, je ne trouve toujours pas que nous ayons réagi de manière excessive. Fricoter avec Saint tout en écrivant un profil sur lui et la fondation, c'était très moyen, preuve d'un manque de jugeote...

— Je sais. Je...

— Mais tout le monde commet des erreurs, et Franklin et moi savons que tu es une excellente journaliste et un véritable atout pour *The Spall*.

L'étau d'acier autour de mon cœur se relâche et je réalise soudain à quel point j'appréhendais d'être virée.

— Merci. Roger, c'est très important pour moi. Je...

— On continue avec le portrait de la fondation, dit-il tout à coup.

J'en soupire de soulagement.

— C'est une excellente nouvelle. La fondation fait un si bon travail que...

— Sans ta signature, précise-t-il, me donnant la chair de poule. Je suis désolé, petite, mais dans ces circonstances, il vaut mieux que le texte sur la Fondation Devlin Saint soit publié anonymement.

J'ai presque envie de protester, mais ce serait inutile. Il a certainement raison. Je crois sincèrement au travail de la fondation Devlin et je ne voudrais surtout pas brouiller le message.

— Très bien, dis-je.

Pour ne pas paraître trop sèche, je m'empresse d'ajouter :

— Merci.

— Nous voulons vraiment te garder, petite. Tu es un atout. Il ne faudrait pas qu'un torchon de la côte ouest te mette le grappin dessus.

— Et mon article sur la corruption à New York dans le... ?

— Ce n'est plus ton article.

Je me racle la gorge sans rien dire. Je ne peux pas m'attendre à ce que le journal paie pour mes allers-retours en avion entre les deux côtes.

— Corbin reprendra tous tes articles sur New York.

— Super, dis-je.

Un si petit mot, et pourtant dégoulinant de fiel.

— Dis-moi ce que tu ressens vraiment, me dit Roger.

Je ne peux retenir une grimace. Ce n'est un secret pour personne que Corbin Dailey et moi sommes à couteaux tirés. Je le déteste. C'est un connard arrogant et sournois, qui n'a aucun talent d'écriture. Il m'en veut parce que je le sais.

— Tu ne peux pas t'attendre à ce que je me réjouisse.

— Non, et c'était le choix de Franklin. Si tu veux considérer ça comme une punition, libre à toi.

— Bon, très bien. As-tu de bonnes nouvelles pour moi ?

— À part t'annoncer que tu continueras à toucher ton salaire ?

Je me frotte la tempe.

— Très drôle. J'espérais qu'on parlerait de l'histoire de Peter. J'ai toujours l'intention de l'écrire et je compte la publier quelque part. Alors si...

— Oh, attends ! J'en ai aussi parlé avec Franklin.

— Ah, dis-je en me redressant. Alors ?

— On aimerait la publier. Sous ton nom, cette fois. Ce sera un atout. Un texte personnel avec un reportage à l'appui pour appuyer les passages plus émouvants. Qu'en dis-tu ?

Ce que j'en dis ? J'ai envie de crier de joie, parce que c'est parfait. Je me fais un plaisir de le lui dire.

— Alors, tiens-moi au courant. J'aimerais qu'il paraisse le mois prochain, mais j'ai l'impression que tu auras besoin de plus de temps pour mener l'enquête.

— Tu as raison. D'ailleurs, j'allais partir au poste de police. J'espère que Lamar pourra me consacrer un peu de temps pour m'aider à mener quelques entretiens.

J'aimerais parler aux contacts professionnels de Peter à Laguna Cortez et commencer à remonter jusqu'à ses liens à Los Angeles.

— L'inspecteur Gage ? Celui qui est venu au bureau il y a environ un an ?

Cet été-là, Lamar était venu à New York pour un long week-end de théâtre et je l'avais emmené au journal. Je lui avais présenté mon rédacteur en chef et lui avais fait visiter mon bureau avec le même enthousiasme que lui, quand il montre son badge à des écoliers admiratifs.

— Passe-lui le bonjour, dit Roger.

— Je le ferai.

Bientôt, je raccroche, animée d'une toute nouvelle énergie. Non seulement je ne suis plus dans les limbes d'un point de vue professionnel, mais j'ai aussi une raison légitime d'effectuer toutes les recherches que Devlin aimerait que j'évite.

❧　6　❧

Lamar interroge quelqu'un quand j'arrive. J'ai appelé à l'avance pour m'assurer qu'il n'était pas en mission de terrain. Comme je suis attendue, et que je fais partie de la famille, dans la police, à cause de mon histoire personnelle, on m'escorte à l'intérieur et on m'autorise à rester derrière la vitre sans tain pour regarder Lamar faire son travail.

C'est un bel avantage, mais à choisir, je préférerais que mon père, l'ancien chef de la police, n'ait pas été tué. Le chef Randall et sa femme Amy ont été mes tuteurs entre le meurtre de papa et ma dernière année de lycée.

Mais je n'y pense plus, maintenant. Je regarde Lamar avec intérêt. Ce type est capable d'alterner sans sourciller entre les rôles de gentil et méchant flic, ce qui le rend excellent en interrogatoire.

Aujourd'hui, il interprète un policier agressif, et sa façon de s'en prendre verbalement au suspect, combinée à sa posture désinvolte, est une performance parfaite.

Le suspect sur sa chaise semble le penser, lui aussi, car à mesure que Lamar continue, il devient de plus en plus nerveux. Au bout d'une heure, il est prêt à balancer tout ce qu'il sait. C'est son propriétaire qui a mis le feu à la laverie, estimant avoir plus de chances de toucher la prime d'assurance que d'être condamné pour incendie criminel.

— Pas mal, dis-je à Lamar lorsqu'il sort de la salle d'interrogatoire sous mes applaudissements et ceux d'une poignée d'agents en uniforme qui ont apprécié le spectacle. Au fait, où est Endo ? demandé-je après l'avoir suivi dans le placard à balais qui lui sert de bureau.

Je n'ai rencontré qu'une seule fois son partenaire, Benton Endo. Quand j'habitais encore à New York, je suis allée à San Diego faire des recherches pour un article et tous deux se sont joints à moi pour dîner.

— Je pensais te l'avoir dit. Je reste en solo jusqu'à son retour. Congé de paternité. Trois mois à la maison à changer des couches, dit-il avec un sourire. Le pauvre.

— N'essaie même pas. Je parie que tu y passes au moins deux fois par semaine pour que le bébé apprenne à reconnaître son oncle Lamar.

— Merde, dit-il. Tu me connais trop bien.

— Aussi inintéressant que tu sois, je te connais par cœur. Transmets-lui toutes mes félicitations, à lui et à sa femme. Et pour ce qui est de ta période en solo, je n'ai pas eu l'impression que tu avais besoin d'aide, tout à l'heure. J'ai cru reconnaître un petit côté *Notre banlieue* quand tu cuisinais ton suspect.

Il fait la grimace.

— Arrête, tu te fous de moi.

— À peine, dis-je en me retenant de rire.

Notre banlieue était la série la plus populaire de Lamar, quand il était un enfant star. Elle a connu un grand succès il y a vingt ans, et c'était en partie grâce à Lamar, qui interprétait l'un des petits frères du héros. Je n'avais jamais vu cette série à l'époque, mais après l'avoir rencontré, je me suis fait un devoir de regarder tous les épisodes.

— Cette série, c'était une véritable œuvre d'art, ajouté-je.

— Je t'aime aussi, Sherlock, réplique-t-il.

— Tu es le meilleur, Watson.

Nous nous donnons ces surnoms depuis des années.

— Honnêtement, on devrait se refaire une soirée sur ce thème. Un coffret DVD de tes plus grands succès, de la pizza et des litres de vin. Toi, moi, Brandy, Devlin. Ce sera...

Je m'interromps en voyant son visage se fermer. C'est alors que je me rappelle que je ne lui ai pas tout dit. Ma vie s'est accélérée, dernièrement, et j'ai l'impression que ça fait des mois que je me suis remise avec Devlin. En réalité, je me résignais à ne plus jamais le revoir il y a quelques jours seulement. Depuis hier, revirement de situation, non seulement je crois en lui, mais je suis déterminée à travailler sur la possibilité d'un *nous deux*.

Lamar n'en sait rien, évidemment.

Je m'assieds et lui fais signe de prendre place, lui aussi.

— Tout va bien, lui dis-je alors. On est de nouveau ensemble.

— Qu'y a-t-il de bien là-dedans ?

— Lamar, arrête...

Il inspire par le nez, puis passe la main sur son crâne rasé de près. Quand nous nous sommes rencontrés, il m'a dit que pendant les trois années qui s'étaient écoulées entre sa carrière à la télévision et son entrée dans la police, il avait porté des dreads. Un jour, à San Francisco, quelqu'un l'a agressé en lui tirant les cheveux avant de le tabasser pour lui voler son portefeuille.

Cette mauvaise expérience l'a incité non seulement à se couper les cheveux, mais aussi à poursuivre la carrière de policier à laquelle il pensait depuis qu'il avait joué le rôle d'un adolescent membre de gang dans un film. Un jour, il m'a dit que c'était un film de merde, mais qu'il y avait puisé l'inspiration qui avait changé sa vie.

Quant à moi, j'ai trouvé son histoire instructive et j'ai décidé de toujours avoir les cheveux relevés quand je serais en uniforme. Pour ne pas donner d'idées aux sales types.

À présent, il me dévisage en plissant les yeux.

— Tu es sûre ? insiste-t-il. C'est ce que tu veux ? C'est Devlin que tu veux ?

— Oui.

C'est une réponse sobre, tout en retenue. J'aimerais tout lui dire, mais bien sûr, je ne peux pas.

Lamar ne voit que l'image d'un homme que Devlin a méticuleusement construit au cours des cinq dernières années. Un homme reclus, avec des milliards à son actif, qui a créé une fondation caritative. Un homme dur, secret, connu pour coucher à droite et à gauche tout en évitant les engagements à long terme. Un homme qui soutient sa communauté, c'est certain, mais pas du genre que vous avez envie de jeter dans les bras de votre meilleure amie. Je peux comprendre.

— Je m'inquiète, c'est tout, dit-il.

— Ce n'est pas nécessaire. Et on n'a pas besoin d'en parler non plus. Je ne suis pas là pour des conseils en matière de relations, dis-je en changeant de position sur ma chaise. Tu es toujours dispo pour venir avec moi à ces entretiens ?

Quand nous avons discuté, tout à l'heure, son emploi du temps n'était pas très chargé.

Il fait la grimace.

— Désolé, Sherlock. En ville, je peux, mais si tu comptes toujours aller à Los Angeles, je vais passer mon tour. Figure-toi que j'ai un témoin qui arrive dans quelques heures.

Je suis déçue, mais je hoche la tête. J'avais espéré fouiller dans le passé de Peter avant la mort de ma mère, afin d'essayer de comprendre ce qu'il mijotait avant de revenir s'installer à Laguna Cortez pour aider mon père à m'élever.

Mais il y a aussi beaucoup à apprendre sur Peter, pendant sa période à Laguna Cortez. En plus, j'ai autre chose à faire aujourd'hui. J'accepte en jurant à Lamar que ça me convient très bien.

— Demain, me dit-il. J'ai un jour de congé et je suis prêt à sacrifier mon temps libre pour toi. Tant que c'est le journal qui nous paie le déjeuner.

— C'est le moins que *The Spall* puisse faire pour nous deux.

Je m'arrête alors que nous nous dirigeons vers le lieu de notre entretien du jour. Une nouvelle pensée vient de me frapper. Lamar regarde par-dessus son épaule d'un air interrogateur.

— Un problème ?

— Rien, dis-je en secouant la tête. Je pense à un truc, c'est tout, mais peu importe.

— Sérieusement ? Tu ne vas rien me dire ? Tu sais que ça m'intrigue, maintenant.

— Ce n'est rien, insisté-je. Enfin, je pense.

J'inspire pour essayer de gagner du temps. Je devrais inventer quelque chose au lieu de lui demander ce que je m'apprête pourtant à lui demander.

C'est plus fort que moi :

— Bon, voilà. Tu connais bien Ronan Thorne ? Tu m'as dit que tu l'avais rencontré à l'une des réceptions de la FDS, mais est-ce que vous avez passé un peu de temps ensemble ? Ou vous vous êtes juste croisés par hasard ?

Il hausse un sourcil, mais répond sincèrement à ma question.

— Honnêtement, je le connais à peine. Il est ami avec Saint.

Sur ce, il me regarde en penchant la tête.

— Du coup, je ne sais pas quel genre d'homme ça fait de lui.

— Laisse tomber. Mais est-ce que tu pourrais te renseigner à son sujet ?

Il marque une pause lorsque nous sortons sur le parvis du poste de police.

— Pourquoi ? Que se passe-t-il ?

Il n'est pas question que je parle à Lamar du texto menaçant. Cela l'inquiéterait trop et je ne veux pas qu'il fouine, risquant d'apprendre des choses sur Devlin que nous ne sommes pas prêts à partager. J'opte donc pour la vérité, seulement pas toute la vérité.

— Il m'a fait comprendre que je ne devrais pas être avec Devlin. Et il était aussi à Las Vegas quand je suis partie en voyage avec Devlin. Il n'avait pas l'air très content de me voir là-bas.

— Apparemment, Ronan et moi avons plus en commun que je ne le pensais.

— Lamar...

Je sais qu'il perçoit la frustration dans ma voix. Brandy et lui sont mes meilleurs amis. Je tiens à ce qu'il s'entende avec l'homme que j'aime.

— Bon, d'accord. Qu'est-ce que tu veux savoir ?

— Ce type ne me revient pas, avoué-je. J'ai l'impression qu'il me cache quelque chose. Je veux savoir ce que c'est.

Quand Ronan m'a conseillé de renoncer, j'ai cru qu'il essayait de préserver le cœur de Devlin. Mais ensuite, un affreux criminel du nom de Lorenzo Bell a été assassiné à Las Vegas pendant notre séjour là-bas, abattu à bout portant par un agresseur inconnu.

Ronan n'était pas censé se trouver là, et pourtant Bell a été tué le soir de son arrivée en ville. Étrange coïncidence. Maintenant, je ne peux pas chasser le soupçon que Ronan voulait saboter ma relation avec Devlin pour éviter qu'une journaliste ne vienne fourrer le nez dans ses affaires.

Cependant, je ne suis pas prête à partager cela avec Lamar. Pas sans preuve. Je me contente de demander :

— Tu veux bien ?

— Qu'est-ce que je dois chercher ?

— Je ne sais pas. Tout ce qui t'intrigue, tu sais, qui te fait lever les sourcils. Comme ça, ajouté-je en adoptant une mimique censée illustrer mon propos.

Il sourit, penchant la tête en arrière.

— C'est une requête assez vague. Mais je devrais pouvoir faire une vérification de base des antécédents et voir si ça me mène quelque part. Honnêtement, j'aime bien ce type. Je ne pense pas découvrir grand-chose.

Je hausse les épaules.

— Tant mieux, à la rigueur. Je ne rêve pas d'apprendre que l'ami le plus proche de Devlin a des choses à se reprocher.

C'est la vérité. Ronan me tape peut-être sur les nerfs, mais Devlin a subi suffisamment de trahisons dans sa vie. Je n'ai pas envie que Ronan fasse partie de ce club limité, mais redoutable. Cela dit, je veux des réponses.

Je ne crains pas que Lamar tombe sur le lien entre Devlin et le Loup. C'est profondément enfoui. Et bien que Devlin m'ait avoué que Ronan connaissait la vérité sur sa famille, je suis sûre que Ronan et le Loup n'ont aucun lien. Après tout, ils se sont rencontrés dans l'armée, et c'était après que Devlin eut coupé les ponts avec son père.

C'est cette conviction qui m'évite de me sentir coupable.

Dans une certaine mesure, du moins.

— Alors, tu vas te renseigner ?

Il lève les mains en signe de capitulation.

— Je n'ai pas le choix.

Je souris. Il y a des années, nous avons promis de toujours nous soutenir mutuellement.

— Je t'aime, Watson.

— Moi aussi, Sherlock.

Une fois cette question réglée, nous nous dirigeons vers le *SeaSide Inn*. Nous décidons de marcher, même si ça fait une trotte. Mais la journée est belle, et si le temps presse, il pourra toujours rentrer en Uber au poste.

— Que penses-tu découvrir ? demande-t-il entre deux propositions de restaurants pour le lendemain, que je rejette catégoriquement.

— Tu veux dire là, maintenant ? À l'hôtel ?

Peter en était le propriétaire, autrefois. J'espère que l'actuel, qui y travaillait déjà comme gérant quand j'étais enfant, pourra me dire quelque chose sur les activités moins reluisantes de mon oncle.

— Si c'est le cas, alors ça veut sûrement dire qu'il n'est pas net, lui non plus. Il ne dira pas un mot.

— Peut-être, mais je dois poser des questions. Tu sais comment ça marche. On n'a pas de piste jusqu'à ce qu'on en ait une. En ce moment, je passe le sable au tamis.

— Rien dans le journal de ta mère ?

— À propos de l'hôtel ? Non, mais c'est impossible. Peter n'a emménagé ici qu'après la mort de maman. Il est venu aider papa à prendre soin de moi.

— C'est vrai. Alors, ces journaux ne te sont pas très utiles, en fin de compte...

— Si, peut-être plus que ce que j'en attendais.

Je me rends compte que je ne lui ai jamais raconté le paragraphe que j'ai trouvé quand Devlin et moi étions à Las Vegas.

— Ma mère a écrit qu'elle avait peur que Peter soit mêlé à des gens dont il ne pouvait pas lui parler, puisqu'elle était femme de flic.

— Tu penses que Peter travaillait déjà pour le Loup ? Même à l'époque ?

Je hoche la tête.

— Et il y a autre chose que j'ai trouvé, écrit juste avant sa mort. Peter était fâché contre elle. Je dois revenir en arrière pour savoir pourquoi, mais à mon avis...

— Elle poussait son frère à quitter le Loup.

Je hoche froidement la tête.

— Ses magouilles, du moins. Je ne sais pas si elle était au courant pour le Loup.

Je m'arrête net sur le trottoir, obligeant Lamar à faire un pas en arrière.

— Quoi ?

— Ça n'a pas de sens. Ma mère avait une famille super. Petite, d'accord, et ses parents sont morts jeunes, mais ils étaient formidables.

J'ai perdu tous mes grands-parents, emportés par diverses mala-dies. Ce n'étaient pas les tragédies inattendues de ma mère et de mon père, mais ils m'ont laissé un grand vide.

— Je veux dire, Peter était à l'aise financièrement. Et je sais qu'il avait de l'argent de côté parce que maman et lui ont tous deux hérité à la mort de leur père. Alors, pourquoi quitter cette vie confortable pour les dangers qui ont fini par entraîner sa mort ?

— Je ne peux pas répondre à cette question, mais c'est courant. Peut-être qu'au début, il cherchait des sensations fortes et qu'il a commencé tout doucement à se mouiller. Ou alors, il se sentait impuissant et il était avide de pouvoir. Il se peut aussi qu'il soit bizarre, tout simplement.

Je secoue la tête.

— Non, ce n'est pas ça. Il a toujours été super avec moi. Fiable. Il a dû supporter une adolescente en deuil et il s'est montré à la hauteur. Il m'aimait, malgré tout. Et j'ai peur que...

— Quoi ?

— J'ai peur de ce que je vais ressentir pour lui une fois que je connaîtrai toute la vérité.

Il prend ma main et la serre.

— Quoi qu'il en soit, il t'aimait. Il avait ses défauts, peut-être même irrécupérables. Mais il était là quand tu avais besoin de lui.

Il a raison, c'est à cela que je dois me raccrocher.

❧ 7 ☙

Le *SeaSide Inn* se trouve sur la Pacific Coast Highway, presque en face de là où se dresse aujourd'hui la fondation Devlin Saint. À l'époque où l'oncle Peter en était propriétaire, l'emplacement de la fondation n'était qu'un terrain vague jonché de mauvaises herbes, que les gens utilisaient pour se garer illégalement en bord de plage.

Peter et moi nous y rendions souvent à pied depuis sa maison, l'une des rares de Laguna Cortez qui se trouvaient de l'autre côté de la route, les pieds dans l'eau. Je l'ai même aidé à retaper l'auberge. Ou du moins, j'ai peint quelques murs. La plupart du temps, il me donnait de petites missions de décoration, car les entrepreneurs se chargeaient du gros œuvre. Mais je me sentais importante et j'ai toujours aimé ce joli petit hôtel.

La façade du côté de la route n'a rien de particulier. Elle est accueillante, certes, mais surtout fonctionnelle, avec une allée circulaire et une porte-cochère qui permet aux clients de se garer sans bloquer la circulation. Une fois à l'intérieur, cependant, l'hôtel dégage une charmante atmosphère méditerranéenne. C'est un carré, dont les quatre côtés sont longés de galeries extérieures donnant sur les différentes chambres.

Au milieu, l'atrium ensoleillé, avec sa petite piscine, ses transats et son bar attire à la fois les clients de l'hôtel et les habitants du quartier.

La première chose que l'on voit en franchissant la porte principale, c'est le bureau de la réception. Quand j'étais petite, le gérant était un certain Taggart. Je n'ai jamais connu son prénom. J'aurais pu le chercher avant de venir, mais je n'en ai pas pris la peine. Après la mort de l'oncle Peter, j'ai appris qu'il avait racheté l'hôtel et je ne vois pas pourquoi il l'aurait vendu depuis. Après tout, le tourisme à Laguna Cortez est toujours en plein essor.

Il est logique qu'il ne soit pas à la réception. C'est le propriétaire désormais, pas le gérant, et la femme qui nous accueille doit avoir mon âge, à peu près. Je regarde Lamar, qui saisit l'allusion et s'approche le premier. Il est beau comme un dieu, mieux vaut qu'il prenne les devants. La femme lève les yeux à notre approche et sourit en nous saluant.

— C'est pour une chambre ?

Elle a les yeux légèrement enfoncés, la peau d'un brun clair et un petit accent. Je pense qu'elle vient du centre du Mexique, mais je n'en suis pas sûre. Elle porte une chemise blanche sous un blazer bleu, avec un badge doré indiquant « Reggie ». Ses cheveux frôlent ses épaules. Ils sont très raides, brun foncé, avec des mèches bleu cobalt. Elle affiche un grand sourire chaleureux et je remarque qu'elle ne porte aucune alliance. Elle est donc célibataire. J'ai peut-être bien fait d'envoyer Lamar en première ligne.

— Nous espérions parler à Monsieur Taggart, dit-il. C'est le propriétaire, je crois ?

— Un problème ? Je suis la directrice.

— Non, aucun. Nous voulions seulement lui poser quelques questions sur l'homme à qui il a racheté l'hôtel.

Son attention quitte Lamar un instant pour se poser sur moi et je ne peux pas m'empêcher d'être étonnée par sa réaction.

— Oh, dit-elle. Mateo Taggart est mon père. Mais il n'est pas là. Il a eu une attaque il y a environ trois ans. Il habite dans une maison de retraite maintenant.

— Je suis désolé de l'apprendre, répond Lamar. Croyez-vous que nous pourrions lui rendre visite là-bas ?

— C'est possible. Mais je crains qu'il ne soit plus lui-même, ces derniers temps. Il y a peu de chances qu'il se souvienne de quoi que ce soit remontant aussi loin, ni même qu'il soit capable de mener une conversation cohérente avec vous.

Elle cligne des paupières et j'ai l'impression qu'elle essaie de se contenir. Je m'interroge sur sa relation avec son père. Je me demande s'il est plus douloureux de perdre un parent comme ça, lentement, par maladie ou défaillance des capacités mentales, que de se le voir arracher complètement à un jeune âge.

Je me rapproche un peu plus. Cette femme me dit quelque chose. Je me demande si nous nous sommes déjà vues quelque part.

— Êtes-vous allée au lycée à Laguna Cortez ?

Elle écarquille les yeux, surprise.

— Excusez-moi, ajouté-je. Mais vous me semblez familière.

— Oh. Non, je n'ai pas grandi ici. Mes parents ont divorcé quand j'étais jeune. Je vivais avec ma mère. J'ai déménagé ici il y a environ six ans, pour aider mon père.

Après une pause, elle reprend :

— Et aussi parce que je ne pouvais pas décider ce que je voulais faire de ma vie. Papa disait toujours que l'hôtel serait mon héritage et que je devais apprendre à le gérer.

Elle soupire.

— Il faut croire que j'ai touché mon héritage plus tôt que prévu.

— Je suis désolée pour votre père, lui dis-je. Mais ça doit le réconforter de savoir que l'hôtel est entre vos mains.

— Merci. C'est gentil.

Elle tapote sur le bord d'une pile de cartes postales afin de la redresser.

— Alors, en quoi pensez-vous que mon père pourrait vous être utile ?

— Peter White. C'était mon oncle et il a été tué quand j'avais dix-sept ans. J'essaie juste d'en savoir plus sur lui. Vous savez, combler les lacunes de mon histoire personnelle et comprendre pourquoi on aurait pu l'assassiner. C'était un meurtre étrange.

— Je connais ce nom. C'est l'homme à qui mon père a acheté l'hôtel, c'est ça ?

Je hoche la tête.

— Je suis désolée, mais c'est tout ce que je sais. Nous n'avons même pas de documents ni de notes laissées par Monsieur White concernant la gestion de l'entreprise. Je suppose que vous avez parlé à la police.

— Bien sûr, mais il ne s'agit pas vraiment de résoudre son meurtre. Il s'agit plutôt de comprendre l'homme qu'il était.

— Je comprends. J'ai emballé beaucoup d'affaires de mon père, ces dernières années, et en les triant, j'en ai appris un peu plus sur sa vie. Toutes mes condoléances. J'aimerais pouvoir vous aider.

— Eh bien, merci pour votre temps, dit Lamar.

Il me regarde et je lui fais un signe de tête. Pour autant que je sache, il n'y a rien d'autre à apprendre ici. Après avoir salué la jeune femme, nous ressortons.

Une fois dans la rue, je force Lamar à s'arrêter.

— Cette fille ne te disait rien ?

Il secoue la tête.

— Non. Crois-moi, je m'en souviendrais.

Je lève les yeux au ciel.

— En parlant de belles femmes... commence-t-il en jetant un œil vers la fondation, de l'autre côté de la rue. Ça te dérange si on y fait un saut ?

Au début, sa question me laisse perplexe, puis je me souviens de Tracy Wheeler, stagiaire à la Fondation Devlin Saint. Cette femme a fait tourner la tête de Lamar quand nous sommes allés au gala ensemble, il n'y a pas si longtemps.

— Quel enfoiré.

Il prend son air le plus innocent.

— Je ne vois absolument pas de quoi tu parles.

— Millie m'a déjà envoyé un texto. Tu lui as écrit pour lui

demander si elle voulait se joindre à nous pour le déjeuner de demain à Los Angeles.

Millie est une amie, de l'époque où nous servions à la police d'Irvine. Elle a démissionné peu de temps après notre arrivée pour suivre des études de droit. Maintenant, elle est assistante du procureur général des États-Unis à Los Angeles.

— Elle ne peut pas, au fait, continué-je. Elle se prépare pour le procès. Mais elle a dit qu'elle était contente d'avoir reçu ton invitation.

Je croise les bras sur ma poitrine.

— C'est une amie. Ne joue pas avec elle. Avec Tracy non plus. Je les apprécie toutes les deux.

Il lève les mains.

— Oh là. Je ne cherche à blesser personne. Mais si j'aime bien quelqu'un et qu'il me le rend bien...

Son sourire s'agrandit.

— Honnêtement, que pourrait-on ne pas aimer chez moi ?

J'essaie de garder mon sérieux, mais je finis par éclater de rire.

— Casanova ! Et ce n'est pas parce que je ris que le message est à prendre à la légère. Si tu fais du mal à l'une ou à l'autre, crois-moi tu porteras tes couilles en écharpe.

— Bien noté. Mes couilles et moi, on essaiera de se tenir.

Je secoue la tête avec une exaspération feinte. La vérité, c'est que j'espère qu'il trouvera quelqu'un, mais j'ai peur que dans sa recherche, il finisse par blesser l'un de mes amis. Ce n'est pas une crainte infondée. Je n'ai jamais vu Lamar dans une relation sérieuse. Il est sorti avec un certain nombre de femmes et d'hommes depuis que je le connais, toujours des gens sympas, drôles et intelligents pour la plupart. Le genre de personnes avec qui j'aurais pu l'imaginer heureux en couple. Pour une raison quelconque, ça ne fonctionne jamais.

Je ne sais pas pourquoi et je m'inquiète un peu. J'ai beau l'adorer, je ne le comprends pas vraiment. Un de ces jours, j'aimerais percer son mystère, mais d'ici là, on continue à se disputer à ce sujet.

— Ne brise pas le cœur de Tracy, ordonné-je en arrivant devant l'entrée de la FDS.

— Ce ne sont pas mes intentions.

J'aimerais lui donner un avertissement plus sévère – après tout, je me sens un peu protectrice envers Tracy, puisqu'elle travaille pour mon petit ami –, mais il m'a déjà ouvert la porte. J'entre, m'arrêtant un instant pour contempler l'intérieur familier, si étonnant par sa simplicité, tout en pierre et en acier.

Je passe à la réception où Paul, l'homme qui m'a accueillie le premier jour, est toujours assis. Il lève les yeux avec un sourire chaleureux.

— Mademoiselle Holmes. Dois-je faire savoir à Monsieur Saint que vous êtes ici ?

— C'est Ellie, Paul. Oui, avec plaisir. Mais dites-lui que ce n'est pas important. Nous sommes venus voir Tracy, alors s'il est occupé, il n'est pas obligé de descendre.

— Très bien. Je préviens aussi Tracy.

Je le remercie, puis Lamar et moi nous dirigeons vers l'immense baie vitrée offrant une vue imprenable sur le jardin. Les deux côtés du mur peuvent s'ouvrir, semblables à des portes dans la structure, pour former un vaste espace entre intérieur et extérieur, utile lors des réceptions. La fondation organise de nombreuses collectes de fonds, et avec la vue sur le Pacifique au-delà des dalles de la terrasse, on ne pourrait pas rêver meilleur emplacement.

Lamar me laisse pour faire un détour par les toilettes des hommes. Je contemple l'océan quand Tracy arrive derrière moi.

— Salut.

Je me retourne, et aussitôt, je suis attirée dans son étreinte.

— Quel plaisir de te voir, me dit enfin Tracy en reculant.

En coupe afro dense, ses cheveux accentuent ses pommettes hautes.

— Quoi de neuf ?

— Eh bien, tu as un admirateur, lui dis-je. Je suis ici avec Lamar. Il voulait passer te voir.

— Oh, fait-elle avec un sourire. C'est positif, non ?

J'envisage de l'avertir, de lui dire que Lamar collectionne les conquêtes. Mais je garde le silence. Après tout, je suis la dernière personne qui devrait donner des conseils en matière de rencontres. D'ailleurs, chaque fois que Lamar fait un commentaire sur ma relation avec Devlin, ça m'énerve.

— Vous vous êtes vus souvent, tous les deux ? demandé-je alors que l'assistante de Devlin, Anna, accourt vers nous.

Tracy secoue la tête.

— On se voit parfois dans l'immeuble, mais pas tant que ça. Nos horaires sont assez différents. Cela dit, ajoute-t-elle d'une voix douce, on s'envoie beaucoup de textos. Il est gentil.

— Oui, dis-je avec franchise. C'est vrai.

— Vous parlez de Lamar ? demande Anna. Je l'ai vu en haut. Je l'ai croisé dans l'escalier.

Je fronce les sourcils en me demandant pourquoi il n'est pas allé aux toilettes du rez-de-chaussée. Peu importe. Je chasse cette pensée alors qu'Anna tend la main. C'est une superbe rousse, avec des yeux d'un bleu vif et une peau claire sans défauts. C'est une combinaison rare, ces cheveux et ces yeux, je l'ai appris en rédigeant un article sur les gènes récessifs lors de ma première année à *The Spall*. Rare ou pas, l'essentiel est qu'Anna fait tourner les têtes. J'ai été jalouse comme un pou la première fois que je l'ai vue aux côtés de Devlin.

Maintenant que je sais qu'il n'y a rien d'autre que de l'amitié entre eux, j'ai appris à l'apprécier. Mais j'ai toujours l'air d'un garçon manqué qui joue à se déguiser, en comparaison avec son allure époustouflante de star de cinéma tout en courbes.

— Je suis *tellement* contente de te voir. J'allais t'appeler aujourd'hui pour te dire à quel point je suis heureuse. Devlin m'a dit que tout était arrangé entre vous. Je suis ravie pour vous deux. J'étais si inquiète, ajoute-t-elle en reculant pour m'envelopper du regard. Tu es vraiment rayonnante.

Je ris, un peu gênée. Je n'ai jamais beaucoup aimé attirer l'attention.

— Mais non, voyons.

— Si, confirme Tracy.

Je finis par le concéder à contrecœur.

En tant que stagiaire, Tracy est nouvelle à la fondation. Elle n'est pas dans le cercle d'amis de Devlin. Anna, en revanche, le connaît depuis l'enfance. Elle sait parfaitement qu'il s'agissait d'Alex Leto, alias Alejandro Lopez. Ce que j'ignore, c'est si Ronan ou elle connaissent la vérité sur l'assassinat de Peter. Probablement pas. Le contraire m'étonnerait. Après tout, ce n'est pas comme si Devlin l'avait crié sur tous les toits à l'époque où il était encore Alex. Je ne vois pas pourquoi il aurait ressenti le besoin de révéler ses secrets plus tard, quand il a fondé la FDS. Tamra le sait, mais c'est parce qu'elle était comme une mère de substitution auprès de lui et qu'il lui a raconté toute l'histoire après coup.

— ... en bas.

— Pardon ?

Je lève les yeux et je me rends compte que je me suis égarée dans mes pensées. J'ai raté tout ce que disait Anna.

— J'ai dit qu'il était en plein milieu de quelque chose quand Paul a sonné. Mais il devrait être en bas bientôt... oh, le voilà. Le timing est parfait.

— Pour nous deux, ajoute Tracy en se penchant pour me chuchoter à l'oreille.

Je ne comprends pas ce qu'elle veut dire avant de me retourner pour voir Devlin descendre les marches en compagnie de Lamar. Devlin porte un costume gris avec une chemise bleu clair. Ses cheveux encadrent son visage et la monture sombre des lunettes qu'il porte comme camouflage supplémentaire lui donne un côté guerrier des affaires.

Guerrier tout court, pensé-je. Sa posture est tendue, sa bouche pincée, chacun de ses mouvements précis. Il marche avec Lamar, mais ils ne parlent pas. L'air entre eux semble chargé, à l'orage.

Je ne sais pas ce qui s'est passé, mais mes yeux ne me trompent pas.

Et ce que je vois m'indique que Devlin est fou furieux.

						✣ 8 ✣

Lorsque les deux hommes arrivent au rez-de-chaussée, Lamar tend la main, mais Devlin avance déjà. Il se contente de frôler son épaule, lui faisant silencieusement comprendre qu'il préfère nous rejoindre. Je ne sais pas si c'est un affront intentionnel ou s'il n'a pas vu la main tendue. Je l'espère, mais je crains que ce soit la première éventualité.

Lorsqu'ils nous rejoignent, Tracy s'avance à la rencontre de Lamar et je n'ai pas l'occasion de lui demander de quoi il s'agit. Devlin s'approche de moi et Anna s'éloigne, probablement pour aller reprendre son poste là-haut, dans le bureau devant celui de Devlin.

Je recule à l'écart de Lamar et Tracy, puis je murmure :

— Mais qu'est-ce que c'est que ça ?

D'une voix blanche, il me répond :

— Ton ami avait un message à me transmettre.

— Ah oui, lequel ?

— Que si je te fais du mal, il me supprimera à mains nues.

J'ai envie d'éclater de rire. Je ne doute pas des talents de Lamar en tant que policier, mais l'idée qu'il puisse mettre à genoux un homme comme Devlin m'amuse. Je me contente d'un rictus contenu.

— Je suis désolée.

— À moins que ce soit toi qui le lui aies demandé, tu n'as aucune raison d'être désolée. L'inspecteur Gage, par contre, a beaucoup de comptes à rendre.

— Devlin, ne...

— C'est ton ami, alors je lui lâche un peu la bride.

Sa voix est pourtant aussi aiguisée qu'une lame.

— Mais la prochaine fois qu'il viendra ici pour me faire la morale...

Il s'est interrompu si nettement que je me retourne en me demandant si Lamar ou Tracy se sont rapprochés. Mais nous sommes toujours seuls, hors de portée de voix.

Devlin secoue la tête et ses traits s'adoucissent lorsqu'il dit :

— Putain, je suis désolé. Il veille sur toi, c'est normal. Je le sais. Tout va bien.

— Ça n'a pas l'air d'aller bien.

Il passe les doigts dans ses cheveux foncés, libérant involontairement quelques mèches du nœud de cuir qui les retient.

— Si, si, vraiment. Je suis désolé.

Je le dévisage, consciente qu'il est jaloux de l'amitié que Lamar et moi avons développée pendant ses années d'absence. Des années que nous ne pourrons jamais récupérer. Voilà pourquoi je me contente de le remercier du bout des lèvres.

— Je ne sais pas pourquoi tu me remercies, reprend-il, mais de rien.

Après m'avoir regardée attentivement, il fronce les sourcils et me prend par le coude.

— Viens avec moi.

J'hésite, mais comme Lamar est avec Tracy, je ne m'oppose pas à ce que Devlin me conduise à l'extérieur, dans une petite alcôve à l'abri de la baie vitrée offrant aux visiteurs de la fondation une vue splendide sur l'océan.

— Qu'est-ce que nous...

Mais mes mots sont coupés net par un baiser avide, brûlant et fervent. Je me fonds contre lui et mon corps s'enflamme instantanément, en proie à une envie de plus en plus pressante.

— Attends, dis-je, le souffle court, quand il me laisse reprendre ma respiration. Si tu m'excites trop, tu vas avoir du mal à ralentir la musique.

— Avec toi, je ne veux jamais ralentir.

Je passe les bras autour de son torse et me plaque contre lui, assez fort pour sentir son érection.

— J'aime entendre ça. Et sentir ça, aussi.

— Coquine.

— Avec toi ? Je serai aussi coquine que tu le souhaites.

Avec brusquerie, il m'empoigne les cheveux et me tire la tête en arrière. J'ai le souffle coupé, non par la douleur, mais par le mouvement inattendu et l'intensité fougueuse que je vois dans ses yeux.

— Tu m'appartiens, grogne-t-il, me liquéfiant par son timbre possessif. Dis-le.

— Je t'appartiens. Bien sûr.

Je souris, consciente qu'il n'est pas encore au courant de ma grande nouvelle.

— Sache que je reste officiellement à Laguna Cortez.

Il hausse un sourcil en me relâchant.

— Officiellement ?

Je hoche la tête.

— J'allais rester, de toute façon, mais maintenant, je peux le faire avec un chèque de paye. Roger m'a dit que je pouvais travailler depuis la côte ouest. Je garde même la plupart de mes enquêtes en cours, sauf celles basées à New York. C'est mon ennemi juré qui les a obtenues.

Mon nez se fronce et un sourire se dessine au coin de sa bouche.

— Je ne savais pas que tu avais un ennemi juré.

J'arque un sourcil.

— Comme tout le monde, non ?

— Bien vu.

Sa voix est légère, mais je remarque une ombre sur son visage.

Je repense au texto, et aussitôt, je regrette la plaisanterie. Puis l'instant passe et il s'éclaircit la voix avant de dire :

— Vas-y, raconte.

— C'est à peu près tout. Je suis toujours salariée, mais je travaille ici. Ils vont publier le profil sur la Fondation Devlin Saint, ne me remercie pas, mais il ne sera pas signé à mon nom.

Il fait la grimace.

— Oh, bébé, je suis désolé.

— Non, ça va, dis-je en exerçant une petite pression sur sa main. Étant donné que le compromis, c'est toi, je n'ai aucune objection. D'ailleurs, j'y ai réfléchi et je ne veux pas qu'il y ait le moindre soupçon de partialité dans l'article. Je veux que les lecteurs connaissent la FDS et comprennent tout le bien qu'elle fait. Parce que c'est une organisation vraiment exceptionnelle, tout comme ton travail.

— Ça me va droit au cœur de t'entendre dire ça.

— C'est la vérité, mais c'est là toute la beauté de la chose. Ce qui compte, ce n'est pas ton cœur, mais ceux de toutes les personnes à qui ta fondation vient en aide.

Il déglutit avant de porter ma main à ses lèvres pour déposer un baiser sur ma paume.

— Oui, murmure-t-il, la voix chargée d'émotion. Exactement.

— Et ma signature figurera au bas d'un autre article. Mais pas celui-là.

— Une nouvelle mission ?

J'hésite, car cette fois, il ne va pas m'applaudir des deux mains.

— Ils veulent que j'écrive cet article sur l'oncle Peter, tout compte fait.

Il accueille cette annonce avec une neutralité absolue.

— C'est vrai ?

Je parviens à émettre un petit rire.

— Cache ta joie. Tu verras, c'est bien. Comme ça, toutes les recherches que je comptais faire pour moi, de toute manière, seront financées et rémunérées.

Comme il ne dit rien, je continue :

— Ce sera un texte plus personnel. Presque un essai sur mon voyage pour comprendre ce qui est arrivé à Peter. Le déroulé de sa vie jusqu'à ce qu'il quitte l'organisation du Loup.

Il se frotte les tempes.

— Ellie…

— Je sais que cette idée ne te plaît pas, et c'est bien dommage, mais je vais trouver des réponses. Je veux en savoir plus sur mon oncle, dans quoi il trempait exactement. Je veux savoir comment il est passé de l'homme qu'il était à celui qu'il est devenu.

— Je comprends, mais bébé, tu risques seulement de te faire du mal. Plus tu en sauras sur l'ampleur de son implication dans l'organisation de mon père, plus tu verseras de sel sur la blessure.

Il me prend la main.

— Je ne veux pas que tu sois blessée, pas quand tu peux l'éviter.

— Je sais. Et je sais aussi que mon oncle Peter et son lien avec le Loup te touchent de près.

— Ce n'est pas ce que j'essaie de faire…

— Il faut que tu saches que je ne mettrai jamais rien dans cet article qui révèle qui tu es. Pas même des allusions. Je n'ai même pas besoin de mentionner ton nom.

— On en a déjà parlé. Ça ne me plaît toujours pas. Il n'y a aucun avantage à fouiller dans le passé, Ellie. Ce n'est jamais une bonne idée de déterrer des squelettes.

— C'est mon travail, Devlin, dis-je d'une voix sèche. Je déterre des squelettes. C'est comme ça.

— Pour trouver des réponses qui affectent le présent. C'est ce que fait un journaliste, je sais, mais tu n'auras jamais vraiment de réponses avec Peter, parce qu'il n'est plus là pour te les donner.

Je retire ma main de la sienne.

— Arrête de me dire comment faire mon travail. Je comprends que tu n'aimes pas me voir fouiner dans des domaines qui pourraient avoir un rapport avec ton père, mais tu vas devoir t'y faire. Je ne suis peut-être pas capable d'apprendre ce qui était dans la tête de Peter, mais il y a quand même des éléments concrets que je peux collecter. Des faits que je dois connaître.

Il fronce les sourcils.

— Quoi, par exemple ?

— De petites choses. Pourquoi il était en colère contre ma mère juste avant sa mort. Et si, oui ou non, c'est en partie pour ça qu'il est venu s'installer ici pour aider mon père à s'occuper de moi. Était-ce la culpabilité ? Se disait-il qu'elle avait conduit trop vite en pensant à leur dispute ? Que c'est pour ça que sa voiture a quitté la route ?

Il affiche une mine défaite.

— Bébé, non. Tu ne trouveras jamais ces réponses. Personne ne pourra te les donner.

— Je dois encore poser des questions. C'est comme une prière, tu sais ? C'est ma façon de leur rendre hommage.

Il prend une inspiration avant de la relâcher lentement. Je me dis qu'il rassemble ses pensées pour une autre objection, mais au lieu de ça, il dit simplement :

— D'accord.

— D'accord ?

Il hoche la tête et se répète, mais avec un sourire cette fois-ci.

— Oui, d'accord. Comme tu veux. Je sais que tu ne me demandes pas la permission, tu me tiens juste au courant.

Mon cœur se serre un peu. Il a raison et je suis ravie qu'il le comprenne.

Il me reprend la main.

— C'est pour ça que tu es venue ? Ou est-ce qu'on était censés se retrouver pour le déjeuner ?

— Non, non. Lamar voulait voir Tracy. Tu es la cerise sur le gâteau.

— Toi aussi.

Ses doigts sont toujours mêlés aux miens et je suis intensément consciente de son pouce qui m'effleure le dos de la main.

— Alors, que vas-tu faire maintenant ?

— Il retourne bosser, alors je me disais que je pourrais essayer de rencontrer d'autres personnes avec lesquelles l'oncle Peter a eu affaire.

Ce que je ne lui dis pas, en revanche, c'est que j'ai aussi une petite chose personnelle à faire. Du genre qui me fait mal à l'estomac, mais que je ne peux pas éviter.

— D'autres ? Tu as déjà vu des gens ?

Sa question me paraît désinvolte, pourtant je perçois une certaine irritation.

— Non, ça n'a pas marché. On a commencé au *SeaSide Inn*, lui expliqué-je. Le propriétaire a eu une attaque. Il est dans une maison de repos. C'est sa fille qui gère l'hôtel maintenant, mais elle ne sait rien du tout. Alors, c'était une impasse.

— J'étais au courant pour Monsieur Taggart.

Pendant un instant, je suis troublée, puis je me souviens.

— C'est vrai, les invités de la fondation séjournent souvent à l'auberge, n'est-ce pas ?

— Il y a un certain nombre d'hôtels en ville que nous suggérons, mais nous avons une relation particulière avec le *SeaSide*, oui. Mateo Taggart était un homme d'une grande gentillesse. Et Regina est une directrice très compétente.

— Elle était au gala ?

Il plisse le front avant de secouer la tête.

— Pas que je sache. Elle a dû être invitée, bien sûr. Mais je pense qu'elle n'était pas là. Pourquoi ?

— Je ne sais pas. Elle me semble familière.

Je hausse les épaules.

— Ce n'est rien, elle doit me faire penser à quelqu'un d'autre, c'est tout.

— Si tu la connais, je suis sûr que ça te reviendra.

Il a parlé avec détachement, comme si de rien n'était. Évidemment, c'est sans importance.

— Et qu'est-ce que tu fais ce soir ? demande-t-il.

— Je prends un verre avec Brandy et Lamar. Puis je pensais aller chez mon petit ami et lui faire à dîner.

J'attends un peu avant d'ajouter :

— À moins que je passe te voir.

Il m'adresse un sourire arrogant, puis m'attire à lui en passant ses bras autour de ma taille.

— Toi, tu me cherches.

— Oui, toujours et partout.

— Ça me plaît. Mais j'ai une réunion ce soir.

— Pas de problème, dis-je d'un ton enjoué, même si je suis déçue. Je n'aurai qu'à appeler l'un des nombreux mecs qui n'attendent que ça.

Il grommelle et je pouffe.

— Appelle-moi quand tu seras rentré, d'accord ?

— Tu pourrais m'attendre, suggère-t-il. De préférence dans mon lit. Nue, encore mieux !

— Je pourrais, mais je passe la nuit chez Brandy. Il vaut mieux que je continue à habituer chez elle, non ? Il ne faudrait pas que la personne qui nous veut du mal aille croire que, malgré l'avertissement, je suis tellement à l'aise avec toi que je me suis installée dans ta maison.

Il hoche la tête, même s'il est clair que la mention du texto mystérieux le dérange.

Je ne peux pas lui en vouloir. Moi aussi, ça me trouble.

❧ 9 ❦

Je n'aurai pas d'autres entretiens aujourd'hui et je me sens un peu coupable de mon mensonge à Devlin. Mais je me console en sachant que je lui ai donné une vérité littérale. J'ai dit que j'allais *essayer* de rencontrer d'autres contacts de Peter. Maintenant, j'y réfléchis. Je pense à tout, à vrai dire, sauf au fait que mes pieds sont actuellement dans des étriers et qu'une aimable infirmière me fait un prélèvement vaginal.

Lorsqu'elle se redresse et me sourit chaleureusement, je me rends compte que mes muscles faciaux sont pratiquement figés.

— C'est fait. Ce n'était pas si terrible, n'est-ce pas ?

— Tout dépend. Est-ce que c'est terminé ?

Un sourire se dessine sur son visage.

— Oui, vous pouvez vous rhabiller maintenant.

Je libère mes pieds et m'assieds.

— Quand aurai-je les résultats ?

— Je ne peux rien vous promettre, mais les résultats nous arrivent assez vite du laboratoire. Vous aurez peut-être une réponse dès demain après-midi, jusqu'à soixante-douze heures.

Je fais la moue. Ça ne me plaît pas de devoir attendre. En même temps, ce n'est pas comme si quelqu'un m'avait jeté à terre pour me poignarder avec une aiguille infectée. Je me suis fait ça toute seule, alors je dois prendre sur moi.

— Bon, d'accord.

Je laisse mes doigts appuyés sur la boule de coton et le ruban adhésif sur mon bras, après ma prise de sang.

— Si je n'ai pas de nouvelles d'ici là, je peux appeler ?

— Bien sûr. Mais en attendant, essayez de ne pas vous inquiéter. Ça ne changera rien. Et voilà, ajoute-t-elle en me remettant un sac en plastique avec des brochures et des préservatifs, comme un petit cadeau de bienvenue.

Je la remercie et l'assure que je ferai de mon mieux pour ne pas m'angoisser. Bien sûr, je suis déjà anxieuse. J'ai des raisons de l'être. Sans relâche, j'ai combattu mes démons en me servant de mon corps comme d'une arme. Mon *modus operandi* n'a jamais été un secret. Je n'ai pas agi malgré moi, sans m'en rendre compte. Je n'ai jamais cherché à baiser un mec dans un parking ou une ruelle, au contraire, c'était une fulgurance du moment, un imprévu aussi jouissif que dénué de sens. C'était une bataille. Une déclaration. Une évasion.

Par-dessus tout, c'était la culpabilité. Car chacune de ces rencontres éphémères aurait pu être la dernière. La dernière baise, le dernier baiser, mon tout dernier souffle. Je risquais tout, de la maladie jusqu'aux psychopathes. *La culpabilité du survivant.* C'est comme ça qu'on l'appelle. Je le sais, parce qu'un psy m'a dit un jour que je flirtais avec le danger. Au fond, je ne peux pas croire que je suis encore en vie alors que toute ma famille est morte. C'est vrai, qu'est-ce qui me rend si spéciale ?

Pendant des années, j'ai vécu avec le danger et ça me plaisait. Au bout du compte, je ne me souciais pas du résultat. En mode survie, je savais que l'existence pouvait m'en faire voir de toutes les couleurs. Quant à la mort... eh bien, finalement, elle rétablirait l'équilibre. Maintenant, cependant...

Maintenant, j'ai Devlin. Et je veux l'avoir pleinement. Entièrement. Je ne veux plus mettre de préservatifs. Je ne veux pas de ce rappel physique de mes erreurs du passé.

Je veux qu'il soit en sécurité, avant tout, car je ne supporterais pas l'idée de le perdre. Que l'on m'enlève à lui ou qu'on l'enlève à moi. Je ferai n'importe quoi pour que nous soyons ensemble, en toute sécurité.

Je m'habille et je paie, puis je sors de la clinique dans la lumière du jour. C'était le dispensaire le plus proche que j'ai pu trouver. Même s'il était parfaitement propre et stérile, je me sens un peu mal. C'est bête, puisque j'ai fait le bon choix avec ce test. Je me demande combien de personnes comme moi ne vont pas se faire dépister, trop gênées d'aller dans l'un de ces établissements, comme si c'était le reflet de nos propres erreurs. Mais je suis contente d'être venue. Devlin en vaut la peine. Et moi aussi, après tout.

Je pense à son nom en levant la tête, baissant mes lunettes de soleil sur mon nez. Pendant un instant, je crois l'imaginer au bout de l'allée allant de la rue jusqu'à la porte de la clinique. Puis mon cœur se serre quand je me rends compte que c'est vraiment lui. Une bouffée chaude me parcourt le corps, mélange de honte, d'embarras et de colère. Je laisse cette colère m'alimenter, car c'est l'émotion avec laquelle je suis le plus à l'aise, et je me précipite en avant, les poings serrés le long de mon corps.

— Sérieusement, tu me suis ?

Ma voix est chargée d'indignation.

Hier soir, nous avons paramétré nos téléphones pour connaître nos positions mutuelles. Compte tenu de l'engouement des réseaux sociaux pour notre relation, Devlin a pensé que ce serait utile. Et à la lumière de ce texto effrayant, on ne peut pas nier qu'il a bien fait, pour des raisons autrement plus inquiétantes que l'intérêt de la presse à scandale.

Mais je ne m'attendais pas à ce qu'il passe sa journée à surveiller mes allées et venues.

Il lève les mains, visiblement contrit.

— Ce n'est pas ça, je te le promets. Tu as dit que tu allais à des entretiens, et je voulais te remettre un dossier.

Il me tend une épaisse enveloppe en papier kraft que je n'avais pas remarquée dans sa main.

— J'ai demandé à Anna de rassembler autant d'infos que possible sur les différentes activités commerciales de Peter que nous avons dans les dossiers de la fondation, puis de les compléter avec tout ce qu'elle pouvait trouver en ligne. Tu en as déjà une partie, sûrement, mais j'ai pensé que tu voudrais voir s'il y avait des noms que tu pourrais contacter. Je voulais te le donner tout à l'heure, mais pour être honnête, après la petite conversation de Lamar, ça m'est complètement sorti de la tête.

— Oh.

Étant donné qu'il n'est pas vraiment enthousiaste à l'idée que je fouille dans la vie de Peter, je suis un peu surprise qu'il m'aide comme ça. Peut-être pense-t-il que plus il m'aidera, plus vite j'aurai terminé.

— Euh, merci. Mais ce n'était pas nécessaire de me suivre partout en ville. Ça aurait pu attendre demain...

Il lève la main et la pose sur ma joue.

— J'ai regardé si je pouvais te rejoindre à pied. C'est tout. Et je ne serais pas venu, sauf que la carte indique une clinique médicale. Tu étais censée interroger les associés de Peter et je ne pense pas qu'ils soient médecins, même s'il a pu être en contact avec des produits pharmaceutiques. Alors, j'ai eu peur qu'il te soit arrivé quelque chose. Ça pouvait être un service d'urgences. Quand je t'ai appelée et que tu n'as pas décroché... j'ai voulu venir voir par moi-même.

Je consulte mon téléphone. Il a sonné deux fois en mode silencieux.

Je prends une grande inspiration et ferme les yeux. J'aimerais rester en colère contre lui, me dédouanant ainsi de ma propre honte, mais ce qu'il dit est cohérent et j'apprécie sa sollicitude. Alors, je prends sur moi comme une grande et je souris en fourrant les mains dans les poches de mon jean.

— Oui, eh bien, c'est...

Je me racle la gorge.

— On n'a pas utilisé de préservatif. Et je voulais juste... Enfin, si je te donnais... Oh, bon sang ! Voilà, il fallait que je sache.

Je suis soulagée de voir qu'il n'a l'air ni choqué ni atterré. Au contraire, il est évident qu'il comprend parfaitement ce que je veux dire.

— Je m'en doutais, dit-il en se rapprochant un peu. Ce matin, tu m'as paru un peu hésitante. Soit tu avais autre chose en tête, soit tu essayais de me rendre fou d'impatience.

Je ris.

— Ce serait une bonne idée. Je sais que ça te rend dingue de devoir attendre. Mais non, figure-toi. Je… oh, mon Dieu, Devlin ! Et si j'avais tout fait foirer ? J'ai été tellement négligente !

— Non, ne t'inquiète pas.

Il me caresse la joue, mais je me dérobe à son regard. Du bout du doigt, il m'incline la tête vers lui.

— Bébé, tu as une idée de ce que ça représente à mes yeux ? Le fait que tu fasses ça, maintenant, par égard pour moi ?

— Bien sûr que c'est pour toi. Qui d'autre ?

— Oh, El.

Sa voix vibre d'un rire contenu. Il se penche et m'embrasse sur le front, puis m'attire à lui, m'écrasant contre son torse alors qu'il m'enveloppe de ses bras. Je libère mes mains et l'étreins en retour.

— Quel que soit le résultat, tout ira bien, dit-il. Je suis content que tu y sois allée. Parce que je te veux sans compromis. Dès que nous en aurons le cœur net, je veux tout de toi, sans barrière entre nous.

Les larmes me piquent les yeux.

— Mais si…

— Non. Pas de *et si*. On prendra les choses comme elles viennent. En attendant…

— Quoi ?

— Si je t'emmenais dîner ce soir ? Un vrai tête-à-tête.

Je fonds un peu à ces mots.

— Tu as dit que tu avais des choses à faire.

— C'est reporté.

— Oh.

Je soupire, mais je ne peux pas accepter.

— J'aimerais bien, mais j'ai des projets.

Il hausse les sourcils.

— Un autre petit ami ?

— Un truc à trois, rétorqué-je, amusée. Avec Brandy et Lamar. On a décidé de dîner ensemble après l'apéro. J'ai organisé ça quand tu m'as dit que tu étais occupé.

Un muscle de sa joue tressaute, mais il ne dit rien. C'est tout à son honneur.

— On n'a pas passé beaucoup de temps ensemble, souligné-je. Tous les trois, je veux dire. Soit j'étais avec toi, soit de trop mauvaise humeur pour sortir.

— À cause de moi, ajoute-t-il.

À son intonation, je comprends qu'il n'est pas fâché. Je hausse les épaules.

— Bref, ma soirée est occupée. Tu ne vas pas t'ennuyer ?

— Ça va aller. Je dois vérifier quelque chose au *Phoenix*, de toute façon.

— Tu pars à Las Vegas ?

Puisqu'il possède ses propres jets, ce n'est pas improbable.

— Non. Par Internet, ça suffira. Mais j'ai besoin que tu fasses quelque chose pour moi.

— Bien sûr. Quoi donc ?

— Embrasse-moi. Ça m'aidera à tenir jusqu'à demain.

— Avec plaisir.

Sur ce, je m'approche et me dresse sur la pointe des pieds, sans même me soucier d'être prise en photo. Je m'agrippe à ses épaules et ma bouche se referme sur la sienne. Alors qu'il me serre et m'embrasse avec passion, je ne peux m'empêcher de penser qu'en dépit de l'enfance la plus triste que l'on puisse imaginer, j'ai réussi à grappiller un peu de bonheur.

❧ 10 ☙

Comme j'ai encore beaucoup de temps avant de retrouver Brandy et Lamar, je m'assieds dans ma Shelby, la Cobra bleu foncé de 1965 que j'ai un peu délaissée depuis que Devlin occupe la première place dans ma vie, et je feuillette le dossier que Devlin m'a donné. Mon œil remarque immédiatement une référence à *Bricolage Cotton*, un établissement qui figure déjà en haut de ma liste des entreprises avec lesquelles Peter a travaillé régulièrement.

Quand j'ai appris que c'était Devlin – ou *Alex* – qui avait tué Peter, je me suis forcée à enquêter. Si je ne pouvais pas guérir la douleur de mon cœur, je pouvais au moins essayer de l'ignorer. Dans l'ensemble, je n'ai pas vraiment réussi, mais j'ai tout de même trié quelques cartons de vieux dossiers.

Après la mort de Peter, le chef Randall et sa femme Amy sont devenus mes tuteurs. Ils ont engagé un avocat pour fermer l'entreprise de construction de Peter, archiver tous les dossiers et les entreposer au cas où je souhaiterais les récupérer un jour. J'ai emporté quelques-unes de ces boîtes à la maison, à l'époque, et alors que mon cerveau engourdi se penchait sur la paperasse, j'ai réalisé deux choses. Primo, que mon oncle était assez intelligent pour tenir des livres de compte irréprochables. Rien n'indiquait un quelconque lien avec le Loup, l'argent de la drogue ni rien de douteux.

Et secundo, que l'oncle Peter avait des relations d'affaires à Laguna Cortez bien avant de venir s'installer ici pour s'occuper de moi. Mais c'était à peu près tout ce que je pouvais encaisser. En creusant plus profond, je me rappelais trop sa personnalité, sa mort et Alex, le garçon qui avait appuyé sur la détente.

Je ferme les yeux, repoussant le souvenir de ces jours sombres qui me semblent si lointains, mais qui, en réalité, datent d'hier. Devlin et moi avons dépassé ce stade, ce qui ne veut pas dire que ce n'était pas une blessure. C'en était une. Seulement, elle a cicatrisé. C'est tout l'intérêt des cicatrices : le tissu réparé finit par être beaucoup plus résistant que la peau d'origine.

Ce doit être pour cela que je peux m'y pencher, maintenant, que je suis capable de suivre les pistes dans les dossiers de Devlin et de Peter, y compris sur *Bricolage Cotton*, une entreprise que mon oncle fréquentait lorsqu'il était basé à Los Angeles, et plus tard, à Laguna Cortez.

Bricolage Cotton se trouve à l'intérieur des terres, après la route Cinq. Même si, techniquement, c'est toujours dans le périmètre de Laguna Cortez, ce n'est clairement pas une partie de la ville qui figure sur les cartes postales. L'exploitation comprend une sorte de hangar d'accueil, derrière lequel s'étend toute une scierie qui semble de plus en plus animée au fur et à mesure que l'on s'y enfonce. La zone la plus proche de l'entrée, côté rue, est réservée aux particuliers, et au fond, ce sont les clients commerciaux.

Je ne vois qu'un seul employé, identifiable à son gilet marron et à son badge en laiton. Comme il est à l'intérieur, en train de servir un client, je flâne du côté du bricolage en pensant à ce que je pourrais faire de la maison dont je suis propriétaire, une fois que mon locataire aura déménagé. Je n'y ai jamais vécu depuis que je suis adulte, mais c'était la maison de mon enfance jusqu'à la mort de mon père. J'en ai hérité et c'est l'oncle Peter qui s'est chargé de la mettre en location, utilisant les loyers et la prime d'assurance vie de mon père pour rembourser le crédit immobilier avant de placer les revenus sur un compte à mon nom. Ce n'est pas énorme, mais grâce à cela, je n'ai pas été trop prise à la gorge par les dépenses de ma vie à Manhattan.

Pour l'instant, je n'attends pas de mon locataire de longue date qu'il donne son préavis. Mais je sais que son bail actuel est arrivé à échéance il y a quelques mois et qu'il ne l'a pas encore renouvelé. Il a dit à la société de gestion qu'il tenait à rester « flexible », et pour cela, il préfère prévoir au mois.

Cette organisation me convient, même si je commence à avoir hâte qu'il s'en aille. J'aime bien vivre avec Brandy, mais ça me manque d'avoir mon propre appartement. Sans compter que je ne peux pas habiter chez elle éternellement. Ce n'est même pas sa maison. Elle ne la loue pas non plus, mais elle s'en occupe pour le propriétaire, absent la majeure partie de l'année, qu'elle surnomme Monsieur Plein aux As.

Au départ, je n'avais prévu d'être à Laguna Cortez que tempo-rairement, alors je pouvais squatter chez Brandy. Mais maintenant que je reste, je dois prendre mes dispositions.

Avec Devlin dans le paysage – et même au premier plan –, je dois envisager d'avoir mon propre chez-moi. Peut-être une maison d'hôtes ou une location dans l'immeuble de Lamar. Un endroit où j'aurais mon intimité, car ma relation avec Devlin s'épanouit. En dehors de ma chambre avec Brandy à l'université, j'ai vécu seule toute ma vie d'adulte, ce qui fait que j'ai l'impression de m'imposer dans le petit cocon de mon amie.

Chassant ces pensées – de toute manière, je ne réglerai pas ces questions aujourd'hui –, je retourne à l'intérieur en espérant que le vendeur soit disponible. La chance me sourit et il lève la main en me voyant entrer.

— Je venais vous chercher, me dit-il. Désolé pour l'attente. Comment puis-je vous aider ? Laissez-moi deviner, poursuit-il sans hésiter. Vous envisagez d'agrandir votre maison par une terrasse.

— Non, mais ce n'est pas une mauvaise idée. Je m'appelle Elsa Holmes. Je suis journaliste au *Spall Monthly*.

— Ah oui, j'ai entendu parler de vous.

— Du journal, vous voulez dire ?

Même ceux qui ne lisent que des magazines comme *People* et *Entertainment Weekly* ont généralement entendu parler de *The Spall*, puisqu'il est proposé juste à côté du *New Yorker* et de l'*Atlantic Monthly* aux caisses des supérettes. En revanche, il est rare que l'on connaisse les journalistes par leurs noms.

— Quoi ? Oh, non. Sur Instagram. Vous êtes la fille qui se tap... qui *sort* avec Devlin Saint, n'est-ce pas ?

Je parviens à maîtriser ma réaction.

— C'est ça, les deux sont exacts, dis-je avec un tel entrain qu'il rougit.

— Désolé, désolé.

Son visage clair est couvert de plaques rouges, à présent.

— Franchement, ajoute-t-il, on ne devrait pas me laisser sortir en public. Je n'ai pas de filtre, c'est terrible.

Cette fois, j'éclate de rire. Ce type me plaît bien.

— Ce n'est rien, je vous promets.

— Tant mieux.

Il s'essuie les paumes des mains sur son jean.

— Alors, vous êtes journaliste. En quoi puis-je vous être utile ?

— J'écris un article sur mon oncle. C'est un portrait, expliqué-je, et j'essaie de retrouver des gens qu'il a connus avant d'être tué.

— Oh, waouh. Je ne connais personne qui soit mort assassiné. Comment s'appelle-t-il ?

— Peter White, et je doute que vous le connaissiez. Il est mort il y a une dizaine d'années. Mais il a fait des affaires ici. Je pense qu'il était en contact avec le précédent propriétaire, Monsieur Cotton.

— Je vois.

Il hoche lentement la tête.

— Oh, je m'appelle Tom, au fait, dit-il en désignant son badge. Mon frère est le propriétaire maintenant, mais je suppose que vous le saviez.

— J'ai consulté les archives publiques en ligne. Il l'a racheté il y a environ six ans, c'est bien ça ? J'espérais qu'il serait resté en contact avec Monsieur Cotton, Harold de son prénom. Peut-être qu'ils sont amis ou que votre frère a ses coordonnées. Je n'ai pas vraiment creusé, mais rien n'est apparu lors de ma première recherche.

— C'est certainement parce que son nom n'était pas vraiment Cotton. C'était Longfeld. Harold Longfeld. Cotton était le nom de jeune fille de sa mère et sa famille possédait cette terre depuis des générations. Il a utilisé ce nom parce que… Honnêtement, je n'en sais trop rien. En tout cas, il signait même ses documents juridiques sous le nom de Cotton.

— Merci. Vous venez de me faire gagner quelques heures de recherche.

J'aurais fini par y arriver, mais c'est toujours utile d'aller mettre son nez sur le terrain.

— Et pourquoi a-t-il vendu ?

— Je ne m'y suis pas intéressé, à l'époque. J'étais à la fac et je ne travaillais ici que le week-end, mais mon frère en parlait quand je rendais visite à ma famille, alors j'ai eu droit à une partie de l'histoire, même si sa femme déteste qu'il parle boulot. Franchement, c'est un vrai sujet de dispute chez eux et…

— Ce ne doit pas être facile, dis-je en espérant le remettre sur la bonne voie. Qu'a-t-il dit sur Monsieur Cotton ? Ou Monsieur Longfeld, je veux dire.

— J'y viens. Il me semble que Cotton a été accusé de détournement de fonds et de blanchiment d'argent. Une grosse affaire. Il a dû être inculpé sous le nom de Longfeld, ce qui explique pourquoi vous n'étiez pas au courant. Vous ne le saviez pas, je me trompe ?

Je secoue la tête.

— Connaissez-vous les détails ?

Tom hausse les épaules.

— Pas vraiment. Seulement que les accusations n'ont pas tenu. C'est à ce moment-là qu'il a vendu à mon frère. Je m'en souviens parce qu'il avait peur que Longfeld se retire du marché, mais il ne l'a pas fait… Et nous voilà.

— Longfeld est-il toujours dans le coin ? Avez-vous une adresse ?

— Il n'est pas difficile à trouver. En fin de compte, il a quand même atterri en prison.

Je fronce les sourcils.

— Pourquoi ?

— Conduite en état d'ivresse. Il a tué une femme. J'ai un ami au bureau du procureur qui m'a raconté l'histoire. Il savait qu'il y avait un lien entre Longfeld et Buddy, mon frère. Il a dû se dire que la nouvelle m'intéresserait.

Je hoche lentement la tête.

— Ça veut dire qu'il y a eu un procès, dis-je, réfléchissant tout haut.

— Non, me détrompe Tom. Il a plaidé coupable. Presque tout de suite, d'après mon ami. Il a tenu tête quand il a été accusé de malversations financières, pourtant à la mort de cette femme, son attitude a changé du tout au tout. Il n'a même pas essayé de plaider coupable. Il a dit qu'il méritait sa peine, et pas seulement à cause de cette femme.

— *Pas seulement à cause de cette femme*, répété-je. Une idée de ce que ça voudrait dire ?

— Personnellement, non. Mais j'ai demandé à Buddy. Apparemment, il y avait eu des rumeurs sur la gestion douteuse de Cotton. Comme si cette entreprise avait des liens avec un grand patron de la mafia. Le Lion ? Le Chacal ? Je ne m'en souviens pas.

Une boule se forme dans mon ventre.

— Le Loup ?

Il hoche lentement la tête.

— Oui. Oui, je crois que c'est ça, répond-il en haussant les épaules. Bref, ça faisait très *Soprano*, en tout cas. Désolé de ne pas vous être très utile.

— Non, au contraire, ça m'aide beaucoup. J'apprécie votre temps.

Je sors de mon sac la liste des anciens contacts de l'oncle Peter, que m'a fournie Devlin.

— Reconnaîtriez-vous l'un de ces noms, par hasard ?

Il parcourt le document du regard avant de secouer la tête. Je suis déçue, mais pas trop. Après tout, Tom m'a déjà donné bien plus que je ne pouvais l'espérer, y compris les coordonnées de Buddy, son frère, au cas où je voudrais le contacter.

Comme il me reste encore quelques heures avant le dîner, je retourne à ma Shelby et je retourne vers les quartiers plus pittoresques de la ville en empruntant les grandes routes de l'arrière-pays. Une fois à Sunset Canyon Road, j'accélère, pied au plancher, dans les petites routes en lacets qui descendent en serpentant comme une rivière sinueuse jusqu'à Pacific Avenue, au pied de la colline où habite Brandy, et au-delà, la maison de Devlin.

C'est un long détour, mais ça m'est égal. C'est un plaisir de conduire ma Shelby sur ces routes. Le vent sur mon visage, le vrombissement de son moteur, le danger des virages serrés et des ruelles étroites. J'ai le cœur qui bat à tout rompre et la chair de poule sur ma peau. Ce n'est qu'au dernier virage conduisant au quartier des arts que je réalise pourquoi ce sentiment m'est si familier. Parce que c'est le même élan que je ressens dans les bras de Devlin. Cette sensation enivrante d'être pleine de vie, de jouir de l'instant présent.

Un sourire aux lèvres, je tourne à droite, laissant la colline derrière moi, et dirige ma Shelby vers l'océan. Par miracle, je trouve une place de stationnement dans la rue. Avec le temps qu'il me reste, je rassemble mes affaires et me dirige vers *Brewski*. Je vais prendre un café, relire mes notes et voir si je peux prévoir une entrevue avec Monsieur Longfeld, plus tard dans la semaine.

Je sirote un café au lait tout en travaillant. Quand je traverse la rue pour me rendre au *Cask & Barrel* et retrouver Brandy et Lamar, j'ai non seulement organisé mes notes, mais j'ai décroché un rendez-vous demain avec Monsieur Longfeld. Il s'avère qu'il a fait de la prison pour conduite en état d'ivresse, comme me l'a dit Tom, mais qu'il a obtenu une libération anticipée sur la base de la durée de sa peine et de sa bonne conduite.

Aujourd'hui, il habite à Los Angeles et travaille comme commis dans une épicerie familiale, à Panorama City, au fin fond de la vallée de San Fernando. Comme Lamar ne jure que par Beverly Hills et estime que la vallée est l'un des sept cercles de l'enfer, j'ai l'intention d'attendre que nous soyons en route, demain, pour lui annoncer notre destination.

Le *Cask & Barrel* se trouve dans le même quartier que *Brewski*, mais du côté nord de la rue. Je renonce au passage pour piétons et j'esquive les voitures dans cette direction. Même si le restaurant n'existait pas quand j'étais enfant, Brandy et moi y sommes allées plusieurs fois depuis mon retour et je crois bien que c'est devenu notre quartier général.

Je suis sur le point d'ouvrir la porte quand j'entends Brandy pousser un cri aigu. Je fais volte-face pour la voir fondre vers moi, les bras tendus. Elle fait presque deux têtes de plus que moi, et quand elle me serre dans ses bras, mes côtes craquent. Je lui réponds avec un rire joyeux.

— Espèce de folle. C'est quoi, ce gros câlin ? Je t'ai vue ce matin.

— Je suis trop contente qu'on prenne enfin un verre tous les trois. Avec un restau en prime. De la bonne chère pour éponger tout cet alcool.

Elle hausse les sourcils dans un jeu suggestif et je ne peux me retenir de rire. Brandy boit très modérément, ce qui m'amuse tout en éveillant ma méfiance.

— Si l'alcool et la bonne bouffe te font un tel effet, c'est en rapport avec Christopher ? Tu as changé d'avis ? Parce que Lamar et moi, on peut t'offrir toutes sortes de conseils conjugaux complètement bancals, si ça t'intéresse.

Elle lève les yeux au ciel.

— Quoi ? Je ne peux pas simplement me réjouir de passer une soirée avec mes meilleurs amis ? En parlant de ça, où est Lamar ?

Je jette un coup d'œil dans la rue.

— En retard.

— Seulement d'une minute. À moins qu'il soit déjà arrivé.

Comme par un fait exprès, nos deux téléphones sonnent en

même temps. Je sors le mien de ma poche arrière tandis qu'elle secoue la tête, brandissant le sien sous mon nez en disant :

— Ne te fatigue pas. C'est pour nous deux.

Table près de la fenêtre. Arrêtez de parler de mon physique de rêve et rappliquez.

Nous nous tournons vers la vitrine et lui soufflons un baiser. Puis, en riant comme si c'était la chose la plus drôle du monde, nous retournons vers la porte. Je suis sur le point de l'ouvrir quand j'aperçois Christopher qui marche dans la rue à grandes enjambées, ses cheveux dorés brillant sous les lampadaires qui commencent à s'allumer avec la tombée de la nuit.

Brandy affiche un air penaud.

— J'espère que ça ne te dérange pas. Je lui ai dit qu'on allait dîner et il voulait vraiment venir.

J'aime bien Christopher, mais je n'ai pas très envie qu'il soit là ce soir. Ce devait être notre moment à nous. Ma déception doit se refléter sur mon visage, parce que Brandy fronce les sourcils.

— Oh, non, je suis vraiment désolée, s'exclame-t-elle. Je vais lui dire que ça ne va pas le faire.

— Disons que la soirée de Devlin s'est libérée, mais je lui ai dit de ne pas venir puisqu'on devait rester tous les trois.

— Je suis une idiote. J'aurais dû demander. On pourra se retrouver une prochaine fois, lui et moi. Je l'inviterai à la maison demain. Tiens, j'y pense. Pourquoi tu ne dors pas chez Devlin ce soir ? Tu me disais dans ton texto que tu serais à la maison.

Elle a l'air inquiète.

— Tout allait bien pour vous deux ce matin. C'est toujours au beau fixe, non ?

— Oui, oui.

— Bon, attends, reprend-elle en regardant Christopher. Je vais m'en occuper.

Je lui tends la main et la serre doucement.

— Merci.

Brandy est ma meilleure amie pour de nombreuses raisons, et

tout particulièrement parce que c'est une fille attentionnée. Elle me comprend, et malgré tous mes défauts, elle m'aime.

— Je vais rejoindre Lamar, dis-je. On se retrouve à l'intérieur ?

— Commande-moi un verre de rouge.

Sur ce, elle détale vers Christopher, qui s'est arrêté à quelques mètres de là, sentant certainement que nous parlions de lui.

Je me sens un peu coupable, mais pas assez pour l'inviter. Ravalant ce sentiment, j'entre dans le restaurant. Il est animé et je prends place à la table que Lamar a réussi à réserver.

Il a déjà commandé des amuse-gueule frits et des crevettes enveloppées de bacon. Nous nous régalons tout en sirotant, avant de commander un deuxième verre au moment où Brandy nous rejoint. La conversation est légère et agréable. Je suis d'humeur enjouée, et cela n'a rien à voir avec les deux verres de Pinot Noir que j'ai descendus.

Le serveur vient de prendre notre commande à dîner lorsque Lamar se redresse, bien droit, le front soucieux. Puis il se penche en avant, comme pour essayer de discerner quelque chose dans la pénombre. Quand il s'adosse à nouveau dans son siège, je sens qu'il bouillonne de colère.

— Qu'y a-t-il ?

Alors même que je pose la question, je me retourne sur ma chaise. Brandy souffle un « oh » à mi-voix, et l'instant d'après, je le vois dans l'embrasure de la porte.

Devlin.

Je me retourne aussitôt vers Brandy.

— Je te jure que je ne l'ai pas invité.

Même si c'est vrai, je me sens toujours coupable d'avoir renvoyé Christopher. C'est ridicule et ça ne fait que m'agacer un peu plus envers Devlin.

Elle ouvre de grands yeux en hochant la tête.

— N'empêche qu'il est là.

Je fronce les sourcils, parce qu'elle a raison sur ce point.

— Je reviens tout de suite, murmuré-je en quittant la table.

J'ai l'impression que sa présence n'est pas une coïncidence.

Il se dirige dans notre direction, l'expression indéchiffrable. Je ne sais pas pourquoi il est là, mais je vois bien qu'il est énervé.

Devinez quoi ? Moi aussi.

Je me précipite à sa rencontre et je lui saisis le coude, constatant qu'il vibre presque de colère.

— Qu'est-ce qui ne va pas ? Et qu'est-ce que tu fiches ici ?

— J'aimerais avoir un mot avec l'inspecteur.

Sa voix est sèche, hachée. Elle m'épouvante.

— Le plus tôt sera le mieux, reprend-il.

Je n'ai absolument aucune idée de ce qui se passe dans sa tête, mais manifestement, quelque chose l'a excédé. Il fait un pas vers notre table. Je vois Lamar tressaillir. C'est presque imperceptible, mais je connais bien mon ami et il n'a pas l'air étonné. Au contraire, il a l'air coupable.

Oh, merde alors.

Resserrant les doigts sur le coude de Devlin, je le tire.

— Dehors, dis-je en l'entraînant vers la porte.

Il résiste, le regard fixe. Mais pas sur moi. Non, il regarde Lamar par-dessus mon épaule. Mon ami s'est redressé et lui renvoie son regard assassin.

J'aimerais les confronter ensemble, mais je me ravise. Quoi qu'il se trame, je suis sûre qu'ils en sont responsables à parts égales.

— Dehors, répété-je à Devlin. Si tu te disputes avec lui ou avec moi, tu sais très bien que les photos paraîtront dans les journaux dès demain. Et je ne parle pas du *Laguna Leader*, ajouté-je, faisant référence à la gazette du coin.

Devant la résistance de Devlin, je m'approche encore plus, jusqu'à sentir son odeur musquée aux relents de fureur.

— Tu tiens vraiment à ce que ces conneries soient diffusées sur les réseaux sociaux ? Je ne sais pas ce qui se passe, mais réfléchis. Maintenant, viens avec moi, bon sang. Allons parler dehors.

Je crois qu'il va continuer à m'ignorer, mais il finit par hocher la tête, d'un geste brusque et rapide, avant de se détourner délibérément de la table où Brandy reste assise, les yeux sur nous, tandis que Lamar enfonce rageusement son couteau dans un amuse-gueule en évitant soigneusement mon regard.

Je le suis à l'extérieur, et dès que nous sommes loin de la porte, je le tourne vers moi.

— C'est quoi ce bordel, Devlin ?

Au lieu de me répondre, il me prend par le coude et m'entraîne plus loin sur le trottoir, me poussant dans le renfoncement d'un magasin de lingerie fermé. J'ai le dos contre la porte et il se tient suffisamment près pour que je sente la colère émaner de lui par vagues. Je résiste contre l'envie de le toucher, redoutant que ce simple contact suffise à déclencher une explosion.

Au lieu de quoi, j'inspire et redresse mes épaules. Il n'est pas le seul à avoir le droit d'être fâché. Moi aussi. Je lève le menton pour le regarder en face.

— J'ai demandé à Brandy de renvoyer Christopher pour qu'on reste tous les trois, dis-je sans lui laisser le temps de répondre. Et je n'apprécie vraiment pas...

— Il ne s'agit pas de toi, rétorque-t-il, me coupant la parole. Ce fils de pute a fouillé dans mon passé pour essayer d'obtenir des informations sur mes états de service militaire.

— Oh.

Je fronce les sourcils. Je ne le savais pas. Et ça ne me plaît pas, à moi non plus. J'ai demandé à Lamar de se renseigner sur Ronan, mais je ne m'attendais pas à ce qu'il interprète cela comme une carte blanche. Si Lamar comptait creuser le passé de Devlin, il aurait dû me le dire. Et l'idée qu'il fouille dans le dos de mon petit ami me déplaît au plus haut point.

— Je l'ignorais.

Je ne dis pas à Devlin que je suis énervée, moi aussi. Pour l'instant, le mieux est encore de désamorcer la situation. Je ne voudrais surtout pas qu'il retourne là-bas et qu'il affronte Lamar. Pas en public. Et certainement pas avant que j'aie eu le temps de me pencher sur la question.

Je lui prends la main, soulagée quand il resserre ses doigts autour des miens.

— Tu as découvert ça en discutant avec tes relations ? Pour savoir qui aurait pu m'envoyer ce texto ?

Il hoche la tête.

— Tu as trouvé quelque chose ? Quelqu'un s'est renseigné sur toi ?

Son expression est dure comme la pierre quand il répond :

— Seulement Lamar.

Je laisse passer cette information, non seulement parce que je veux en savoir plus, mais aussi pour accorder à Devlin le temps de se calmer.

— Et le téléphone ? Du nouveau sur le numéro d'où provient le message ?

Pendant une seconde, je pense qu'il va insister pour maintenir Lamar au centre de cette discussion, mais il dit :

— On a récupéré le téléphone. Un jetable à carte. Il a servi une fois pour envoyer ce texto. Pas d'empreintes digitales, aucune marque distinctive.

— Oh.

Je n'en reviens pas. Je m'attendais à tout sauf à ça.

— Comment as-tu fait ?

— Tu connais les textos de type O ?

Je secoue la tête.

— En gros, c'est un moyen d'envoyer un ping à un téléphone pour retracer sa localisation. Ça n'a fonctionné que parce que la personne qui a envoyé ce message avait entièrement chargé la batterie et ne l'a pas éteint avant de le jeter. Mes hommes ont envoyé le message au numéro, et de là, nous avons pu retrouver le téléphone.

— Ça a l'air facile.

— Pas vraiment, répond-il en riant. J'ai laissé de côté la partie sur la fouille des poubelles et des caniveaux. Il a fallu une bonne partie de la journée, mais l'équipe a fini par mettre la main dessus.

— Je suis impressionnée.

C'est sincère. Quand Devlin m'a emmenée à Las Vegas, j'ai compris que lui et la fondation ne se contentaient pas de soutenir financièrement les victimes du crime organisé, mais c'est la première fois que je prends conscience que la FDS dispose également d'un service d'enquête. Je ne suis pas surprise. Devlin n'est pas du genre à faire les choses à moitié, mais curieusement, je suis émue et je pense que c'est un autre point commun entre lui et moi. Nous aimons creuser jusqu'à trouver des réponses.

— Et ensuite ? demandé-je, même si je sais déjà ce qu'il va me dire.

— Ce téléphone est une impasse.

— Ce qui veut dire que nous n'en saurons pas plus tant que je n'aurai pas reçu un autre texto.

Il hoche la tête et je lui suis reconnaissante de ne pas me sortir une banalité, sous-entendant par exemple que je n'en recevrai peut-être plus. Nous savons tous les deux que cela ne saurait tarder.

Il me prend la main et m'attire tout contre lui.

— Il y a une autre piste, commence-t-il. Celui qui a envoyé ce texto pense qu'il y a des choses à mon sujet que tu devrais apprendre. Ce qui veut dire qu'il a recueilli des informations, sûrement dans l'intention de t'envoyer des détails peu reluisants dans le prochain message.

— Mais je sais déjà que tu n'es pas reluisant.

Ma remarque est censée le faire sourire, mais tout ce que je vois, c'est une ombre dans son regard et je me souviens de ce qu'il m'a dit : *Il y aura toujours des secrets entre nous. Des choses dont je ne veux pas parler. Jamais.*

Je secoue la tête.

— Ce n'est pas grave, ajouté-je par automatisme.

Pourtant, j'ai l'impression d'en douter.

— À part moi, qui est prêt à tout pour te protéger ? Qui me défierait et enquêterait sur moi s'il pensait que tu t'enfonces dans des sables mouvants ?

Pendant un instant, je me contente de le fixer du regard. Puis je retire mes mains des siennes, secouant la tête en chuchotant :

— Non. C'est impossible que Lamar m'ait envoyé ce texto. Je refuse de l'envisager.

— Oh, je crois que c'est très possible, au contraire. C'est lui le...

— Non, dis-je résolument. Absolument pas. C'est hors de question.

Je prends une grande inspiration avant de poursuivre.

— Je confierais ma vie à Lamar. Et il ne savait même pas qu'on était de nouveau ensemble hier soir. Même s'il le savait, il n'aurait jamais envoyé ça. S'il a un problème avec toi, ce qui est clairement le cas, il m'en parle directement. Ce qu'il fait, crois-moi.

À ces mots, Devlin m'adresse un petit sourire. C'est un sourire froid qui me fait un peu peur.

— Lamar n'a pas besoin de m'envoyer un texto, parce que c'est inutile, continué-je. Il a déjà mon écoute attentive. Mais tu sais quoi ? ajouté-je en prenant ses mains, me rapprochant de lui. Je vais te dire vers qui nous devons chercher.

Il plisse les yeux.

— Qui ?

— À quel point crois-tu connaître ton ami Ronan ?

— Non.

Il n'en dit pas plus. Rien que ce tout petit mot. Comme si cela suffisait à balayer toutes mes craintes et mes soupçons. Sans parler de ses allusions au fait que Ronan n'est pas blanc comme neige.

— C'est tout ? demandé-je. Objection, votre honneur. J'aimerais voir des preuves.

— Ce n'est pas Ronan. J'en suis certain.

— Eh bien, alors, je suppose que nous sommes tous les deux certains. Ce doit être quelqu'un d'autre.

Il expire vivement, au comble de l'agacement. Mais ça se comprend. Moi aussi, j'ai les nerfs à vif.

Je décide d'essayer à nouveau.

— Écoute, Lamar sait qu'il ne suffit pas de me dire que tu es dangereux pour me faire fuir. Il ne prendrait pas la peine d'envoyer des textos. Il me connaît trop bien. Ronan, par contre, ne me connaît pas du tout.

— Oh, je pense au contraire qu'il a une idée très précise de qui tu es. Mais l'essentiel, c'est que je le connais, moi.

— Ah, vraiment ? Alors, tu sais déjà qu'il n'aime pas que nous soyons ensemble. Qu'il pense que je ne fais que te déconcentrer ?

— Il *quoi* ?

— Tu m'as très bien entendue.

Sur son visage, je décèle un éclat que j'interprète comme de la fureur avant qu'il ne redevienne parfaitement impassible.

— Il n'a pas envoyé ce texto.

— Bon sang, Devlin...

— Est-ce que tu as confiance en moi ?

J'affronte son regard, les bras croisés sur ma poitrine.

— Et toi, tu as confiance en *moi* ?

— Oui, répond-il sans hésiter. Mais je pense que ton point de vue est biaisé par l'amitié.

— Et pas le tien ?

Je fronce les sourcils en me rappelant ma question précédente.

— Est-ce que Ronan sait pour Peter ? Tiens, et Anna ?

Il recule vivement la tête avant de se ressaisir, mais cela me suffit pour savoir que la question l'a pris au dépourvu.

— Tamra, oui, je le sais, dis-je. Mais les autres, aucune idée.

— Ils sont au courant.

— Tu leur as confié ce grand secret parce que tu savais quel genre de personnes ils étaient.

— Ronan, oui. Avec Anna, c'est différent. Elle savait ce qu'on m'avait ordonné de faire avant même que je le sache.

— Oh.

Je fronce les sourcils, prenant le temps de réorganiser mes pensées.

— Alors, elle...

— Mon père l'a envoyée ici, chargée de me transmettre son ordre de tuer Peter. C'est après ça qu'elle est partie à Chicago pour s'inscrire à Northwestern. C'était la goutte d'eau qui a fait déborder le vase et elle a décidé de fuir mon père pour commencer une nouvelle vie. Quant à Ronan, il était là quand Alex est devenu Devlin. C'était mon ami, mon confident et mon frère d'armes. Je...

— Tu lui fais confiance, dis-je à mi-voix. Je comprends. Mais sache que c'est la même chose pour moi et Lamar. Ce n'est pas seulement de la confiance, Devlin. Tu peux toujours leur parler, leur ouvrir ton cœur, en quelque sorte. Rien n'a changé maintenant que je suis dans ta vie. Pour moi, ce n'est plus pareil. Parce que je ne peux plus me confier à Lamar. Pas vraiment.

Je ne m'attendais pas à dire tout cela. Je ne suis même pas sûre d'avoir été consciente de ce que je ressentais. Mais les mots jaillissent, m'étouffant presque par leur puissance. J'ai toujours Brandy, mais en retrouvant Devlin, j'ai perdu Lamar. Il est toujours dans ma vie, certes, pourtant en sa présence, je dois me censurer.

Je vois la colère vaciller sur son visage. Puis il finit par inspirer et hocher lentement la tête, avant de se pencher en avant pour m'embrasser délicatement sur le front.

— Je suis désolé, dit-il. Je n'ai pas l'habitude de...

J'attends, mais apparemment, il ne compte pas terminer cette phrase.

— De quoi ?

— D'être avec une femme qui compte pour moi. Viens.

Mon cœur gonfle tellement qu'il me faut une minute pour réaliser qu'il m'entraîne vers le *Cask & Barrel*.

— Qu'est-ce que tu fais ? Je t'ai dit qu'on restait tous les trois, ce soir.

— Fais-moi confiance, dit-il avant d'ouvrir la porte.

J'aimerais m'y opposer, mais il est vrai que je lui fais confiance et je tiens à ce qu'il le sache. Je retiens mon souffle en le suivant à l'intérieur, espérant que Lamar et Brandy ne se fâcheront pas.

Il s'arrête de l'autre côté de la porte, puis se fraye un chemin à travers la foule. Certains clients se tournent vers nous, tendant le doigt ou prenant des photos. Devlin Saint est une célébrité, surtout connu pour sa vie de reclus. Qu'il sorte dans un bar, avec la femme qui est censée l'avoir retiré du marché des célibataires, il n'en faut pas plus pour leur faire dégainer leurs téléphones.

— Bonjour, Instagram, murmuré-je tandis que Devlin file en droite ligne.

Brandy tourne le dos à la salle. Elle est plongée dans une histoire et ses mains bougent alors qu'elle décrit quelque chose – la préparation de ses muffins, ou d'un sac à main peut-être, à moins qu'elle ne mime les caresses à son chien. Lamar rit, mais sa voix reste suspendue dans sa gorge quand il nous voit.

— Saint.

Ce mot est plat. Dénué d'émotion.

Brandy se retourne, les yeux écarquillés par la surprise, avant de m'apercevoir. Je vois l'interrogation et l'accusation dans son regard. Je ne peux que hausser les épaules et lever les mains en espérant que ce que dira Devlin m'évitera de me mettre mes amis à dos.

Lamar et Brandy échangent un coup d'œil étonné alors que

Devlin prend place autour de la table de quatre. Je le suis, retrouvant ma chaise.

— Tu connais Alex ? demande-t-il de but en blanc, son attention sur mon ami.

Lamar fronce les sourcils, mais je dois admettre qu'il fait bonne figure.

— Je n'ai jamais connu Alex, mais Ellie m'a parlé de lui. Quand on était à l'académie, on se racontait nos relations désastreuses.

Je vois Devlin grimacer, mais je ne sais pas si Lamar s'en rend compte.

— Bon, alors voilà la vérité. Il est juste que tu la connaisses. Je m'appelle Alex.

— Oh.

Je vois tout de suite que la réaction de Lamar reste superficielle. Il n'a pas compris l'ampleur de ce que Devlin vient de lui révéler. Puis ses yeux s'arrondissent et il répète :

— *Oh.*

Tout est clair, maintenant.

— Pourquoi me dis-tu…

Mais Devlin lui coupe la parole en faisant glisser sa chaise. Il se penche en avant et baisse la voix de sorte que personne d'autre ne puisse l'entendre.

— Elle te fait confiance. Alors par ricochet, moi aussi.

Puis son regard alterne entre Brandy et moi.

— Vous lui raconterez la suite.

Brandy reste bouche bée, exprimant la même surprise que moi.

— Tout ? demande-t-elle. Enfin, il n'y a rien de choquant, bien sûr, ajoute-t-elle comme pour couvrir un faux pas.

Devlin a l'air amusé, mais son attention reste exclusivement sur Lamar.

— Tout. Si tu as des questions, pose-les à Ellie. Si elle ne sait pas, elle me le demandera. Mais ne fouille pas dans ma vie. Crois-moi quand je te dis que ce n'est pas une bonne idée. Je n'apprécie pas, et surtout, il y a des gens qui ont travaillé très dur pour faire de moi ce que je suis. Ça ne leur plairait pas non plus.

— Qu'est-ce que... commence Lamar.

Mais Devlin se dirige déjà vers la porte.

Je le regarde, puis je me tourne vers mes amis et lève le doigt pour leur faire signe de m'excuser deux secondes avant de me précipiter derrière lui, tout aussi déboussolée qu'eux.

Je me retrouve happée dans une foule de jeunes noctambules, et le temps que j'arrive à la porte, je crains qu'il ait disparu. Mais il m'attend sur le trottoir, et en le voyant debout dans la douce lueur provenant des vitres du restaurant, je me sens fondre.

— Tu as fait ça pour moi.

Un petit sourire se glisse sur sa bouche.

— Tu sais bien qu'il y a très peu de choses que je ne ferais pas pour toi.

— Mais...

— Non, répond-il en appuyant un doigt sur mes lèvres. Tu avais raison. Je peux parler de mon monde, de ma vie, de mon passé et de mon présent avec beaucoup de gens, en dépit de mes secrets. Toi, tu n'as eu que Brandy jusqu'à présent.

— Pas seulement, lui dis-je. J'ai aussi Tamra. Et Anna. Je l'apprécie de plus en plus.

— Je suis content que tu le prennes comme ça, mais ce n'est pas la même chose, et je le sais.

Il passe les bras autour de ma taille et je penche la tête en arrière pour le regarder dans les yeux.

— Je ne veux pas être un aspect négatif dans ta vie, me dit-il.

— Ce serait impossible...

— Si, et c'est exactement ce que tu me disais tout à l'heure. Si j'entre dans ta vie et que tu dois soudain bouleverser ta façon de parler à tes amis les plus proches, alors ça veut dire que je t'ai enlevé quelque chose, que je le veuille ou non. Et ce n'est pas acceptable.

— Tu as pris un risque en le lui disant.

— Non, aucun. Tu lui fais confiance, pas vrai ?

Je ris avant d'acquiescer.

— Oui, c'est vrai.

Je me hisse sur la pointe des pieds pour l'embrasser.

— Merci.

— Il n'y a pas de quoi.

— Bon, je crois que je vais y retourner pour finir mon dîner et répondre à une dizaine de questions. Je vous vois demain, Monsieur Saint.

— Viens à la maison tout à l'heure.

Je secoue la tête en souriant.

— Non.

— Pourtant, j'ai gagné des points ce soir.

Un éclat de rire monte de ma gorge.

— N'essaye même pas de me culpabiliser.

— J'ai une boîte de préservatifs entière.

— Non, insisté-je en me retenant difficilement de rire.

— Mais tu en as envie.

— Bien sûr.

— Alors, c'est pour me punir.

— Certainement pas, dis-je d'une voix chantante. Je te donne ce que tu aimes le plus. Un peu d'attente.

Il se penche vers moi et chuchote :

— Dans ce cas, sache que ça en vaudra la peine la prochaine fois que je te verrai.

Sur ce, il se retourne et s'éloigne. Je le regarde partir avant de tressaillir. Parce que je viens d'apercevoir une personne familière sur le seuil d'une porte, de l'autre côté de la rue.

Regina Taggart.

Ce doit être une coïncidence. Mais quand elle se tourne pour suivre du regard Devlin qui rejoint sa voiture, j'ai peur de me tromper.

Nous finissons par emporter le reste de nos plats pour éviter que l'on nous entende. Lamar part le premier, nous laissant, Brandy et moi, nous charger de l'addition. Comme il est garé à environ deux rues de là, c'est raisonnable. Le plan est de nous retrouver chez Brandy. Après avoir payé, nous sortons dans la rue avec nos sacs à emporter.

— Tu aurais pu partir avec Lamar, souligné-je.

Elle est venue au restaurant à pied, et maintenant, elle rentre avec moi.

— Tu serais déjà là-bas, à faire réchauffer les plats.

Elle me lance un regard en coin.

— C'est ça, parce que nous n'avons absolument rien à nous dire.

Je hausse les épaules pendant qu'elle continue :

— Tu es sûre qu'on a bien compris Devlin ? Peut-être qu'il était saoul ? Peut-être qu'il était... Je ne sais pas, *stupide*.

Je contourne ma Shelby et m'arrête à la portière du côté conducteur.

— Non, on a très bien compris. Quant à sa stupidité...

Je laisse ma phrase en suspens, parce que je veux croire en Devlin et en Lamar, mais je ne peux pas nier que cette porte ouverte me fait peur.

Brandy s'attarde du côté passager de ma voiture. Puis elle ouvre la portière et se glisse à l'intérieur. À mon tour, je m'installe.

— Je ne comprends pas, dit-elle. Enfin, quoi, Lamar est un flic.

— Oui, dis-je. J'ai remarqué.

Elle penche la tête, un peu gênée.

— Ne prends pas ça à la légère.

J'inspire profondément en essayant de me détendre.

— Je te promets, je ne suis pas trop légère. J'essaie de tout assimiler. J'ai confiance en Devlin. Et je fais confiance à Lamar. J'en ai envie, tu sais, je voudrais être capable de lui parler. C'est si terrible que ça ?

— Bien sûr que non ! C'est juste que... eh bien, tu réalises qu'il n'y a pas de prescription pour les meurtres, n'est-ce pas ? Devlin ne voulait sûrement pas te demander de *tout* dire à Lamar.

Mon estomac se noue, et pendant un instant, je crains de vomir. Mais je redresse les épaules avec assurance. C'est vrai, je fais confiance à Devlin. Et à Lamar aussi. Et je sais qu'ils m'aiment tous les deux et qu'aucun ne me ferait de mal. Mais, oui, j'ai peur, et je le lui dis.

— Alors, qu'est-ce que tu vas faire ?

Je prends une grande inspiration et la laisse s'échapper lentement.

— Dire la vérité à Lamar, comme l'a suggéré Devlin.

Je me tourne sur le siège pour la regarder dans les yeux.

— Ça va aller. Tu ne penses pas ?

Je vois bien à sa tête qu'elle n'en est pas sûre, mais elle finit par acquiescer mollement.

— Bien sûr que si. Lamar ne te ferait jamais de mal et il sait que s'il cause des ennuis à Devlin, c'est exactement ce qui se passera. L'amitié prime sur tout, non ?

Je hoche la tête, parce qu'elle a raison. Mais j'entends aussi ce qu'elle ne dit pas : est-ce que ce *tout* inclut la loi ?

Je réponds à voix haute à la question tacite.

— Oui, l'amitié prime. Il le faut.

Je me tourne vers l'avant et prends le volant en me demandant si je crois vraiment à ce que je dis. L'amitié, l'amour et la famille ont-ils la priorité sur tout le reste ? Si j'avais su ce que faisait l'oncle Peter, autrefois, aurais-je gardé le silence ? Après tout, Devlin a tué mon oncle et je n'ai rien dit.

Cependant, c'est différent. Ce que Devlin a fait est atroce, mais compréhensible. Il a tué pour me sauver. C'est d'une logique implacable et je ne ressens aucune culpabilité à garder ce secret.

Peter, en revanche...

Il volait de l'argent et rendait les gens accros à la drogue. Et il faisait tout cela sans autre raison que son propre profit.

Pourtant, je l'aimais. L'aurais-je dénoncé ? Ou aurais-je gardé son secret ?

Je ne sais pas et mon incertitude me gêne. Heureusement, ce n'est pas une question à laquelle je dois répondre. Mon oncle Peter est mort, et révéler ces secrets maintenant ne me dérange plus.

La grande question, pour ce soir, est de savoir comment Lamar se sentira une fois qu'il connaîtra la vérité. Protégera-t-il les secrets de Devlin, sachant que cela me détruirait s'il les divulguait ? Ou le serment qu'il a prêté en tant qu'agent de police aura-t-il la priorité ?

Devlin a dû y penser, lui aussi. Il doit croire que mon amitié avec Lamar est suffisamment solide pour qu'il ne me fasse aucun mal, y compris en révélant un crime. Alors, comment se fait-il que je doute, soudainement ? Comment expliquer mes réticences ?

C'est une question rhétorique, bien sûr. J'ai peur, parce que même si je connais Lamar suffisamment bien pour prévoir ses réactions, tant qu'il ne m'aura pas dit que c'est bon, il y a toujours un risque que tout se passe mal.

Consciente que je suis perdue dans mes pensées, Brandy ne dit rien pendant le court trajet de retour jusque chez elle. Lamar a une clé et connaît le code de son alarme. Il est déjà à l'intérieur quand nous arrivons. En le voyant, j'ai une boule dans le ventre. Je suis incapable de déchiffrer son expression.

Puis il me sourit et me prend dans ses bras pour une étreinte chaleureuse.

—Je ne sais pas ce que tu vas me dire, mais tu sais que tout ira bien, n'est-ce pas ?

— Oui. Je sais.

Rien n'est moins sûr. Brandy est juste derrière moi. Elle détale à la cuisine et entreprend de déballer les plats que nous avons rapportés de chez *Cask & Barrel*.

— Alors, tu comptes me faire deviner ce dont il s'agit ? demande Lamar. Ou tu vas te jeter à l'eau ?

— Je pensais gagner du temps et attendre d'avoir mangé. Et peut-être bu... beaucoup.

Lamar éclate de rire avant de prendre place sur l'un des tabourets de bar, en face de Brandy qui s'agite comme si elle avait besoin de rester en mouvement pour éviter l'apocalypse. Je saute sur le tabouret à côté de lui, m'efforçant de garder mon calme.

— Bon...

Je ne sais pas par où commencer. Il y a trop de choses à lui dire et j'ignore par quel bout le prendre. Finalement, je décide que la seule façon d'aller de l'avant est de commencer par le pire et de travailler à l'envers.

Je m'apprête à le faire quand je me rends compte que c'est une approche dangereuse. En apprenant le pire de but en blanc, Lamar risque de paniquer. Au lieu de quoi, je lui explique qu'Alex a disparu la nuit où l'oncle Peter est mort, ce qu'il savait déjà. C'est un bon moyen de le faire entrer dans l'histoire.

— Tu es au courant, bien sûr. Tu sais qu'il est parti et que ça m'a brisé le cœur.

— C'est une des raisons pour lesquelles j'ai toujours pensé qu'Alex était un salaud. Et maintenant que je sais qu'il ne fait qu'un avec Devlin, tout s'explique.

J'ai envie de prendre la défense de Devlin, mais je remarque alors le frémissement de sa bouche. Il me taquine pour me faciliter la tâche, et ce détail me soulage d'un poids énorme.

— Bon, eh bien voilà. S'il a dû disparaître, c'est parce qu'en fait, il est Alejandro Lopez. Tu sais qui c'est ?

C'est une question idiote et je vois déjà la réponse dans ses yeux.

— Devlin Saint est le fils du Loup ?

Je hoche la tête.

— Et après la mort de l'oncle Peter, il s'est enfui. C'est à ce moment qu'il a rejoint l'armée.

Je ne dis pas que c'est Devlin qui a appuyé sur la détente. Pas encore.

Dans le coin cuisine, Brandy est tellement survoltée qu'elle bourdonne presque, aussi nerveuse que moi quant à la réaction finale de Lamar.

Pour le moment, il est calme, songeur, comme s'il emboîtait les pièces du puzzle.

— Alors, il est devenu Devlin Saint pour se cacher de son père ?

— Oui. Quand son père est mort, il a hérité de tout ce que le gouvernement ne pouvait pas saisir. Il a aussi hérité de la fortune de sa mère. La famille de sa mère était honnête, alors il a utilisé cet argent pour vivre, consacrant à la fondation tout ce qu'il a hérité de son père.

— Il voulait faire le bien avec cet argent sale.

— Exactement, dis-je, ravie qu'il soit arrivé à cette conclusion avant que je ne le signale.

— Et tu ne savais rien de tout ça ?

— À l'époque ? Non. Tout ce que je savais, c'était que mon petit ami avait disparu.

— Et quand tu es revenue ? Tu as appris l'existence de Devlin à ce moment-là ?

Je secoue la tête.

— Pas du tout. Tu sais exactement pourquoi je suis revenue. Parce que le chef Randall m'a dit que le type qui avait avoué le meurtre de l'oncle Peter ne pouvait pas être le vrai coupable. Et ça a levé le voile sur le fait que Peter était lié au Loup, d'une certaine façon.

— Quand as-tu appris que Devlin n'était autre qu'Alex ? Tu es venue aussi pour écrire un profil sur Saint et sa fondation. Je te connais, tu sais ? Tu as forcément fait tes recherches avant et tu auras vu des photos de lui.

— C'est vrai. Mais il ne ressemble plus à Alex. Il a subi une opération, il a changé de coiffure, il porte des lentilles pour modifier la couleur de ses yeux. Et apparemment, la cicatrice...

Je fronce les sourcils, car je ne sais toujours pas exactement comment il a eu cette cicatrice. Seulement qu'il s'est trouvé du mauvais côté d'un couteau.

— J'imagine qu'elle date de son service dans l'armée.

Lamar hoche la tête.

— Vas-y, continue. Est-ce qu'il sait qui a tué l'oncle Peter ?

De l'autre côté du bar, Brandy s'étouffe avec sa gorgée d'eau avant d'agiter la main pour s'excuser.

Je reste concentrée sur Lamar et prends une grande inspiration.

— La vérité, c'est que... eh bien, l'oncle Peter volait le Loup, comme on le pensait. C'est pour ça que le Loup a tout manigancé. Son assassinat, je veux dire.

— C'est ce que je pensais aussi.

Je confirme, jetant un coup d'œil à Brandy avant de reprendre mon souffle. Je reporte mon attention vers Lamar. Puis-je faire ça ? Puis-je vraiment l'accabler avec cette révélation ? Si je ne le lui dis pas, cela va-t-il entacher notre amitié ?

Plus important encore, comme il est policier, quelles seront les conséquences ?

Son front se plisse.

— Tu me dis que Devlin sait qui le Loup a engagé.

Je m'efforce de ne pas regarder Brandy, puis je déglutis péniblement.

— Moi, je ne te *dis* rien.

Il esquisse un sourire.

— Non, en effet. Et *merde*.

Il passe les mains sur son crâne rasé.

— S'il sait, pourquoi ne l'a-t-il pas dit au chef Randall ? Parce qu'il aurait été obligé de révéler comment il le sait, poursuit-il, répondant à sa propre question. Et cela reviendrait à révéler qui il est maintenant. *Fait chier*.

Je ravale la boule dans ma gorge, puis je me retiens de reculer lorsqu'il se tourne vers moi en plissant les yeux.

— Mais il te l'a dit, reprend-il, ses mots sortant lentement comme un écolier essayant de résoudre un problème de calcul. Parce que tu n'enquêtes pas là-dessus. Tu cherches le *pourquoi* de ce que Peter a fait, pas *qui* lui a tiré dessus. Toi, sa nièce. Tu ne cherches même plus.

— Ce n'est pas le sujet de l'article, objecté-je.

— Non, tu écris sur ta famille, comment tout a mal tourné.

Une fois de plus, je regarde Brandy. C'est plus fort que moi.

Mais Lamar ne s'en rend pas compte. Il réfléchit encore et je ne trouve aucun moyen de lui changer les idées.

— Depuis que je te connais, dit Lamar, tu es comme un chien avec un os. Ton rédacteur en chef demande peut-être une histoire émouvante, mais toi, tu veux des réponses. Et quand tu es arrivée en ville, tu étais déterminée à savoir qui était le vrai tueur. Maintenant, tu ne cherches plus.

— À quoi bon ? Tu sais aussi bien que moi qu'on peut difficilement être condamné quand quelqu'un d'autre a déjà avoué ou a été jugé. C'est presque impossible.

— Peut-être. Mais tu aurais quand même voulu le savoir, et pourtant ça ne t'intéresse plus. Ça signifie que Devlin te l'a dit. Alors, la question, c'est pourquoi tu n'entames pas de poursuites ? Est-ce que le tueur est mort ? Dans ce cas, pourquoi ne pas en parler au chef Randall ? Ou même à moi ?

Il se lève pour faire les cent pas, le corps tendu à l'extrême.

— Au contraire, tu le gardes pour toi parce que Devlin te l'a dit. Ou alors il...

Ses yeux s'agrandissent et son corps se fige.

— Oh, je rêve ! Ellie, c'est quoi cette histoire ? Tu veux me dire que c'est Devlin Saint qui a tué ton oncle ?

Un frisson me parcourt.

— *Je* n'ai jamais *dit* ça.

Il ferme les yeux, prend une inspiration, puis les rouvre.

— Il t'a demandé de tout me dire. Alors, pourquoi as-tu omis cette partie ? Et Brandy le sait déjà, en plus ?

Cette fois, je n'essaie même pas de cacher le regard que je lance à mon amie. Elle acquiesce, mais je sais déjà comment réagir.

— Oui, déclaré-je. Elle sait.

— Tu ne me l'as pas dit parce que tu ne voulais pas faire peser ça sur moi. Même si Saint t'a dit de le faire, de me raconter le reste.

Je hausse une épaule en signe d'aveu silencieux et il hoche la tête, encore en proie à une intense réflexion.

— Alors, vas-y, explique-moi le reste. Par exemple, comment tu peux être d'accord avec ça. Parce que ton petit ami a tué ton oncle.

Je secoue la tête.

— Je n'ai jamais dit que Devlin avait tué Peter. Mais toi et moi, nous savons que s'il l'avait fait, il n'y aurait qu'une seule raison à cela, c'est de me protéger.

Lamar semble comprendre.

— Son père lui a donné un ultimatum, dit-il. Descendre Peter ou regarder sa petite amie se faire tuer.

— Assistance à personne en danger, proposé-je, souhaitant que Lamar comprenne.

Je n'aime pas qu'il continue à débiter les faits. J'aimerais qu'il soit à mes côtés, qu'il me tienne la main et me dise qu'il comprend tout ce que j'ai vécu. Tout ce que *Devlin* a traversé.

— Assistance à personne en danger ? N'y pense même pas, Ellie. Tu sais que ça ne marcherait pas. Il aurait pu aller voir les autorités. Il aurait pu te cacher, obtenir de l'aide. Au lieu de ça, il a pris les choses en main. Il a fait ce que son père voulait et ton oncle est mort à cause de ça. Peter pourrait être encore en vie. Il aurait purgé sa peine et serait revenu auprès de toi. C'est ta famille. Un homme qui t'a aimée et qui a pris soin de toi.

Son regard est glacial, tout comme mon sang.

— Au lieu de ça, tu protèges l'homme qui l'a tué.

— Lamar, s'il te plaît. Tu dois comprendre...

Brandy a l'air atterrée.

Lamar passe une main sur sa tête.

— Écoute, je saisis ce que tu dis. Je comprends. Mais n'oublie pas qui je suis. Je ne suis pas seulement ton ami. Je suis aussi policier. Tu dois savoir que je t'aime et que je ne te ferais jamais de mal. Tu le sais, n'est-ce pas ?

Comme il attend que je lui réponde, je hoche la tête, regrettant de ne pas en être plus convaincue.

— Bien. Mais Ellie, voilà le problème. Tout ça... Je ne l'ai pas demandé. Je ne sais pas comment le garder secret. Tu me diras, je l'ai peut-être cherché. Je l'ai peut-être provoqué en fouinant, je n'en sais rien. Mais y as-tu réfléchi ? Peut-être qu'il se fiche de moi. Et de toi aussi.

— Impossible, lâche Brandy.

C'est la première fois qu'elle ouvre la bouche. J'ai envie de l'embrasser, heureuse qu'elle soit toujours de mon côté.

— Ce n'est pas ce qu'il fait. De quoi est-ce que tu parles ?

Lamar regarde Brandy, puis moi.

— Il essaie peut-être de se faire passer pour un gentil, alors qu'il a plusieurs coups d'avance sur moi. Nul doute que cet homme est intelligent. Il savait que je finirais par comprendre. Que tu me le dirais sans le faire exprès ou que je découvrirais par moi-même qu'il a tué Peter. C'est mon boulot et j'aurais fini par trouver mes réponses.

Il marque une pause, puis continue avant de me laisser la possibilité de rétorquer.

— Le faire comme ça, te demander de tout me dire pour que je me sente obligé de garder *ton* secret, et non le sien, c'est une stratégie brillante. Il s'assure d'être protégé. Et par un flic, en plus !

— Non. C'est faux. Lamar, tu ne peux pas croire ça.

— Je suis désolé, Sherlock. Je t'adore. Mais je ne sais pas quoi faire avec ça. Je ne sais pas.

Il expulse un souffle bruyant.

— J'ai besoin d'un peu de temps.

— Mais...

Il me prend la main pour me faire taire.

— Mais je te fais une promesse. Je ne ferai rien sans t'en parler d'abord. D'accord ?

Je hoche la tête, muette. Ma vision se brouille à cause des larmes qui me montent aux yeux.

— Allez-y, mangez, toutes les deux. Moi, j'ai besoin de réfléchir. Je suis désolé, ajoute-t-il. Tu aimerais que je dise autre chose, je le sais, et même que je sois quelqu'un d'autre. Mais je ne peux pas. Pas maintenant. Je dois trouver une solution par moi-même. Et pour ça, je dois vraiment partir.

❦ 12 ❧

Devlin était réveillé quand le système de sécurité sonna, signalant que quelqu'un avait pénétré dans la propriété. Il jeta un œil à son téléphone pour découvrir, sans surprise, que le visiteur de minuit était Lamar.

En fait, Devlin l'attendait.

Il se dirigea vers l'entrée et ouvrit la porte au moment où Lamar levait la main pour sonner.

— Inspecteur.

Lamar croisa son regard sans rien dire, puis il passa devant Devlin et entra dans la maison.

Ce dernier referma nonchalamment la porte, se retenant de dire quoi que ce soit. Inutile de se lancer dans un concours pour savoir qui pisserait le plus loin. Pas alors que le problème sous-jacent était Ellie. Sa relation avec Devlin. Son amitié avec Lamar.

— Dis-moi pourquoi, exigea Lamar sans préambule.

Devlin ne fit même pas semblant de mal comprendre la question.

— Parce que je lui ai trop pris quand je suis parti.

— Après avoir tiré sur Peter.

Devlin sourit, mais il se garda de confirmer ou même de démentir.

—Je ne peux pas, en plus, lui prendre ses amis maintenant, reprit-il.

Il pensait chaque mot quand il avait demandé à Ellie de dire le reste à Lamar, mais il n'était tout de même pas prêt à avouer un meurtre sous son propre toit.

— C'est ce qui serait arrivé. Elle ne t'aurait jamais avoué mes secrets. Pas sans mon accord. Et ça aurait dressé un mur entre vous. Tu n'en aurais pas eu conscience, peut-être, mais elle l'aurait ressenti. Et au bout du compte, cette barrière invisible aurait abîmé les fondations mêmes de votre amitié.

— Alors, tout tourne autour d'elle.

Il rencontra les yeux de Lamar.

— Il n'a jamais été question que d'elle.

Le policier émit un gémissement guttural.

—Je pourrais le croire. Ou alors, que tu es un fils de pute manipulateur qui cherche à faire pencher la balance en sa faveur pour s'assurer d'avoir un allié chez les forces de l'ordre quand il sera accusé de meurtre.

— C'est une théorie, convint Devlin. Et elle n'est pas mauvaise, en plus. Mais tu crois vraiment que c'est comme ça que je ferais pencher la balance ? Tu sais combien je vaux. Crois-tu vraiment qu'il n'y a personne dans la police, dans le bureau du maire ou même chez le gouverneur que je pourrais me mettre dans la poche si j'en avais envie ?

Lamar se renfrogna.

—Je ne suis pas sûr que tu avances de bons arguments, Saint.

—Je n'essaie pas de te convaincre. Je m'assure seulement que tu aies tous les points de vue pour mieux réfléchir.

Ils étaient toujours dans l'entrée, mais à présent, il se dirigeait vers le salon. Les portes étaient ouvertes, laissant entrer la brise fraîche alors qu'un petit feu brûlait dans la cheminée d'angle.

—Je vais prendre un verre. Tu en veux un ?

— Et puis merde. Bourbon. N'importe quoi. Sans glaçons.

Devlin lui servit un verre, puis remplit le sien avant de s'installer dans un fauteuil en cuir. Il hocha la tête en direction de Lamar pour l'inviter à prendre place sur le canapé.

— Alors, quel est ton point de vue ? demanda l'inspecteur en s'asseyant. Tu as dit que tu voulais me donner toutes les perspectives. Laquelle est la tienne ?

— Je te l'ai déjà dit. Il n'y a qu'Ellie qui m'intéresse.

— Je n'y crois pas. Elle souffrira si je t'arrête pour meurtre.

— Je ne peux pas discuter de ça. Je peux seulement dire que, selon moi, Ellie souffrirait encore plus de devoir mentir par défaut à ses amis. Ça lui ferait mal à l'âme. Son amitié avec toi en pâtirait. Et finalement, ça nous ferait du mal à tous. Parce que ce serait comme une plaie ouverte dans notre relation. Ellie sait ce qu'il en est.

— Alors, tu l'as mal jugée. Parce qu'elle ne me l'a pas dit. Pas le meurtre, en tout cas.

Les doigts de Devlin se crispèrent autour du verre. Il prenait soin de ne pas réagir, car il devait bien admettre, sans l'avouer à haute voix, qu'il ne s'y attendait pas.

— Pourrais-tu m'expliquer ? Je ne te suis pas très bien.

— Elle m'a dit que tu étais le fils du Loup, reprit Lamar. Je lui ai demandé si tu savais qui avait tué Peter. Comme elle ne semble plus chercher son assassin, c'était facile d'en déduire le reste.

— Tu dis qu'elle a confirmé ton hypothèse selon laquelle c'est moi qui ai appuyé sur la détente ?

— Pas ouvertement, non. Elle te protège, même si tu l'as autorisée à tout me dire.

Devlin s'adossa dans son siège. Tout compte fait, il n'était pas vraiment surpris.

— Et tu penses qu'elle t'a sous-estimé.

— Pas toi, par contre.

— J'ai pour habitude de comprendre mes adversaires, déclara Devlin. Et mes amis aussi.

— Dans quelle catégorie je me classe ?

— Nous allons bientôt le découvrir.

— Si je t'arrête, tu veux dire ? Je vais devoir enquêter. Je sais, mais je n'ai pas de preuves. Pas valables devant un tribunal, du moins.

— J'ai bien peur de ne pas pouvoir t'aider. Et je suis sûr qu'il y a d'autres enquêtes qui méritent ton temps plus que celle-ci. La mort de Peter est peut-être une affaire encore en cours, mais ça remonte à loin et ce n'est prioritaire pour personne – sauf peut-être pour toi, inspecteur.

— Alors quoi, tu voudrais que je m'assoie dessus ?

Devlin eut un demi-sourire.

— Je ne te connais pas assez bien pour m'attendre à quoi que ce soit. Si tu veux m'arrêter, je ne ferai pas de scène, mais je suis sûr que mes avocats s'en donneront à cœur joie. Et si tu veux rester un moment avec moi, siroter un verre et discuter de tout cela, ça me va aussi.

Pendant un instant, Lamar ne dit rien. Il se contenta de faire tournoyer le contenu de son verre, l'alcool formant un tourbillon. Le silence perdura jusqu'à ce qu'il reporte enfin son attention vers le visage de Devlin.

— Tu veux me faire croire que tu n'étais pas impliqué dans les affaires louches de Peter ?

— Je ne m'attends pas à ce que tu prennes quoi que ce soit pour argent comptant.

— Ce n'était pas ma question.

Devlin prit une gorgée de whisky, puis sourit.

— Si, un peu. Mais pour en venir à la question sous-entendue, non, je n'étais pas impliqué dans cette partie de son business.

— En sachant qui était ton père, j'ai du mal à le croire.

Devlin passa les doigts dans ses cheveux, tirant l'élastique qui les retenait à l'écart de son visage. Il lâcha un soupir de frustration. Lamar devait être guidé par la main dans cette histoire. Mais Ellie valait la peine qu'il prenne le temps de s'occuper de son ami. Cependant, il avait horreur des interrogatoires et il craignait de perdre patience. S'il se montrait agressif, Lamar ne se priverait pas pour enquêter sur le meurtre de Peter. C'était une prise de tête dont Devlin n'avait pas besoin.

— Peter était mon patron et mon mentor, expliqua-t-il. Il détournait de l'argent et vendait de la drogue, et ça ne me plaisait pas. Mais il me traitait comme un fils et il aimait Ellie. Tu ne l'as jamais connu, mais sache qu'il aurait fait n'importe quoi pour elle. Cette voiture, sa Shelby ? Il a dû perdre presque cent mille dollars en consacrant tout son temps à la retaper au lieu de diriger ses opérations.

— Il aurait pu te demander d'intervenir et de prendre un peu la relève.

— Non. Je t'ai dit que je ne mangeais pas de ce pain-là, et c'est la vérité. Mon père m'a envoyé pour apprendre, mais j'ai fait comprendre à Peter que je m'en irais s'il me faisait participer à autre chose qu'à l'aspect légal de son entreprise. J'ai vu ce qu'il faisait, en effet. Mais je n'y ai jamais participé.

— Je suis censé te croire sur parole ?

— Je m'en fiche. C'était dans une autre vie. Pourquoi mentirais-je ?

Lamar ignora la question.

— Qu'as-tu fait après lui avoir tiré dessus ?

— Tu veux dire après que Peter a été abattu, quand j'ai quitté la ville ? Je me suis engagé dans l'armée.

— Tu es retourné au Nevada ? Chez ton père ?

— Pas à ce moment-là. J'y suis allé plus tard. Je lui ai dit que j'avais intégré l'armée. J'apprenais à devenir un tireur d'élite. Je l'ai baratiné en lui disant que je développais des compétences qui m'aideraient quand je reprendrais son business, et que l'armée me donnerait de la crédibilité. Il l'a gobé, et moi, et j'ai gagné du temps loin de ce salaud.

— Jusqu'à ce qu'on le descende.

— C'est ça. Si tu attends que je verse une larme là-dessus, tu peux attendre un moment.

— Alors, pourquoi ce changement d'identité ? Ton père était mort.

— Ce qui fait que ses ennemis n'avaient personne à poursuivre. Ils s'en seraient pris à moi.

Lamar hocha la tête.

— Oui, je comprends.

Il but une gorgée.

— À te croire, tu as été d'une honnêteté remarquable. Donner *carte blanche* à Ellie pour parler avec moi, c'était risqué.

— Je suis disposé à te faire confiance parce que c'est le cas d'Ellie et qu'elle n'est pas bête. En ce qui me concerne, je n'ai pas encore décidé ce que je pensais de toi.

— Trinquons, déclara Lamar en levant son verre.

— Mais il ne s'agit pas de toi, inspecteur, même si tu le penses. Même pas de moi. C'est pour Ellie. Cette femme que j'ai profondément blessée une fois et que je n'ai pas l'intention de blesser à nouveau. Elle souffrait de ne pas pouvoir te parler. Je suis désolé si ça t'impose un fardeau inattendu et lourd à porter, mais comme je l'ai dit, il ne s'agit pas de toi, et tes états d'âme ne me concernent pas.

— Ça te concernera si je décide de t'arrêter.

— Non. Ce serait juste un poids de plus, un souci à résoudre. Une perte de temps et d'argent. Mais je ne ferais qu'une bouchée de l'accusation. Ceci dit, j'aimerais mieux m'éviter cette peine.

Lamar vida le reste de son whisky en une seule gorgée, puis il posa le verre sur la table dans un bruit sourd. Lorsqu'il se leva, Devlin fut incapable, pour la première fois de sa vie, de deviner les intentions de l'homme avec qui il négociait. Probablement parce qu'il ne s'agissait pas d'une négociation classique. Les affaires étaient les affaires, mais les émotions, c'était tout autre chose. Et il n'avait aucune idée de la façon dont celles de Lamar allaient se manifester.

— Si tu lui fais du mal, je ne donne pas cher de toi.

Devlin s'efforça de ne pas montrer son soulagement alors que Lamar continuait :

— Si je découvre que tu n'es qu'une version améliorée de ton père, je te ferai tomber.

— Je ne t'en voudrais pas.

Lamar mit les mains dans les poches de son jean.

— Je t'aimais bien avant qu'Ellie ne revienne. Tu semblais un personnage solide et fiable dans la communauté, quelqu'un qui donnait sans compter et qui se souciait des autres. Alors, je peux bien t'accorder le bénéfice du doute.

À son tour, Devlin se leva.

— J'apprécie. En revanche, je dois dire qu'avant le retour d'Ellie, je n'avais aucune opinion à ton sujet. Je ne connaissais même pas ton existence.

Lamar rit de bonne grâce.

— Eh bien, j'ai au moins remédié à cette lacune.

— C'est vrai. Enfin, c'est Ellie qui l'a fait.

Après une pause, il ajouta :

— Elle t'aime, tu sais.

Lamar secoua la tête.

— Ce n'est absolument pas ce genre de relation. Il fut un temps où je ne l'aurais pas virée de mon lit à coups de pied, c'est vrai, mais c'est du passé maintenant. On se taquine là-dessus, mais ne va pas croire que...

— Je sais. Ce que je veux dire, c'est qu'elle t'aime beaucoup. Tu es l'un de ses amis les plus proches. Quoi que tu choisisses de faire, tu as le champ libre en ce qui me concerne. Mais si tu la fais souffrir d'une manière ou d'une autre, tu es prévenu. Tu en paieras les conséquences.

À la surprise de Devlin, Lamar sourit.

— Si c'est ce que tu penses, Saint, alors on se comprend.

— Oui, je le crois aussi.

Il tendit la main.

— Inspecteur.

Lamar hésita une fraction de seconde, puis il referma la main autour de la sienne avec fermeté.

— Ta vie est une sacrée histoire, Saint. Maintenant que notre Ellie en fait partie, assure-toi qu'elle ne se transforme pas en tragédie, d'accord ?

— D'accord, acquiesça Devlin, à la fois étonné et heureux de constater qu'il commençait à vraiment apprécier le policier.

Il lui proposa un autre verre, mais Lamar déclina. Il devait se lever tôt pour aller jouer au golf avec des amis avant d'accompagner Ellie à Los Angeles.

— Ça te dérange ? L'enquête qu'elle mène sur Peter et son rapport avec ton père, tout ça ?

— Un peu, admit-il. Moins maintenant que tu sais tout.

Pendant un instant, Lamar parut perplexe.

— Tu pensais qu'on pourrait tomber sur quelque chose et que je ferais le lien, que je découvrirais qui tu es.

— J'ai bien peur que quelqu'un l'ait déjà fait.

Lamar fronça les sourcils.

— De quoi parles-tu ?

Devlin alluma son téléphone pour montrer à Lamar une copie du texto qu'Ellie lui avait transmis.

— Ça vient d'un téléphone jetable, expliqua-t-il. Intraçable.

— Merde alors, fit Lamar en fronçant les sourcils. Je n'aime pas savoir que quelqu'un harcèle notre Ellie. Ça risque de tourner au vinaigre.

— Comment ça ?

— Celui qui a envoyé ça doit croire qu'Ellie ignore qui est ton père. Sa grande révélation va faire un flop.

— Ne sois pas naïf, railla Devlin. On a envoyé ce message à Ellie parce qu'elle et moi, nous sommes ensemble. Ce n'est pas à propos de ce qu'ils savent sur moi, mais sur elle. Cette femme est ma faiblesse. Si quelqu'un veut m'atteindre, la meilleure façon, c'est de s'en prendre à Ellie.

Lamar pencha la tête, dévisageant Devlin.

— Raison de plus pour que je sache la vérité sur toi. Parce que maintenant, j'ai une idée plus précise du genre d'ennemis que vous pourriez avoir, tous les deux.

— J'accepterai toute l'aide possible pour m'assurer qu'Ellie reste en sécurité.

$$\approx \quad 13 \quad \approx$$

Devlin regarda Lamar se diriger vers sa voiture, une Lexus hybride aux lignes épurées, méticuleusement entretenue. Il ne lui dit pas au revoir et l'inspecteur ne regarda pas derrière lui, mais l'atmosphère entre eux était sereine et la tension qu'il avait perçue depuis leur première rencontre s'était dissipée.

Il avait toujours été un peu jaloux de la relation entre Ellie et Lamar, mais il savait maintenant que c'était parce qu'il était son ami depuis cette époque trouble où lui-même était loin. Les années au cours desquelles elle était devenue la femme qu'elle était à présent : forte, intelligente et résistante. Il enviait tout ce temps que Lamar avait partagé avec elle.

Il était sur le point de retourner à l'intérieur lorsqu'il aperçut un homme, non loin de là, adossé comme si de rien n'était contre un lampadaire, de l'autre côté de la rue, ses cheveux blonds luisant dans la lumière.

Ronan.

Dès que Devlin le vit, il retrouva toute la fureur qu'il gardait en lui depuis qu'Ellie l'avait invectivé sur le trottoir, et à juste titre. Sa colère n'était pas dirigée contre El, mais plutôt contre Ronan... et ce qu'il avait dit à Ellie dans son dos.

Devlin chassa ses sombres pensées, érigeant un mur pour se

protéger de ses émotions comme il avait appris à le faire lorsqu'il vivait avec son père, quand le moindre sentiment indésirable risquait d'entraîner sa chute. Ou, pire encore, celle de l'un de ses amis. Parce que Daniel Lopez avait compris très tôt que la meilleure façon de contrôler son fils, Alejandro, était de menacer les gens qu'il aimait.

Maintenant, il se fiait à cet instinct une fois de plus, réprimant résolument ses émotions en faisant signe à Ronan d'approcher.

— Que faisait l'inspecteur ici ? demanda Ronan en franchissant le seuil.

— Il est au courant, dit simplement Devlin.

Ronan écarquilla les yeux.

— À propos de toi ? À propos du Loup ? Ou...

— Il sait qui est mon père. Qui j'étais.

Ronan ricana.

— Alors, il est bien meilleur enquêteur que je ne l'imaginais. Tu devrais le recruter dans ton équipe.

— Et il pense savoir que j'ai tué Peter, ajouta Devlin sans perdre une seconde. Je ne l'ai pas détrompé sur ce point.

— Je vois, fit Ronan, songeur. Tu partages ce grand secret avec tout le monde.

Crac. Et voilà. La colère que Devlin s'évertuait à contenir refit surface.

— Tu veux bien me dire à quoi tu joues ? demanda-t-il.

Le front de Ronan se plissa et il recula légèrement pour dévisager Devlin. Sa posture était tendue, même si son expression demeurait impassible. Il était prêt à tout, comme on l'y avait formé. En dépit de sa colère, Devlin admirait le sang-froid de son ami.

— Et si tu me disais de quoi tu parles ?

Le ton de Ronan correspondait à celui de Devlin, neutre, sec, pragmatique.

— Elle me déconcentre ? Tu as demandé à Ellie de s'éloigner de moi parce qu'elle me déconcentrait ?

Ronan leva les mains en signe de capitulation.

— Je l'aime bien, cette fille. Sérieusement. Et au cas où elle ne te l'aurait pas dit, ça remonte à avant Las Vegas. Avant votre excursion sur le circuit de course, et avant qu'elle n'apprenne qui était ton père et ce qui s'est passé avec Peter. Alors, du calme. Lâchemoi un peu.

Devlin s'autorisa de nouveau à respirer. Une partie de la tension le quitta et il hocha la tête.

— Elle pense que tu pourrais être derrière ce texto que j'ai essayé de retracer.

— Oh, putain, non, fit Ronan, catégorique. Ce n'est pas mon style et tu le sais. Mais je vais être honnête, mec, j'ai des soucis, moi aussi.

— Pas besoin de me le dire.

— Tu as peut-être trop le nez dans le guidon pour voir la vue d'ensemble, mais pas moi. Réfléchis-y. C'est une journaliste. Elle a été élevée par des flics. Si elle ne te déconcentre pas, elle te met en danger. C'est un si bon coup pour que tu sois prêt à risquer tout ce que tu as construit ?

Devlin fit un pas en avant, s'efforçant de se rappeler que Ronan était son ami. S'il était quelqu'un d'autre, Devlin lui aurait déjà cassé le nez.

— Primo, ne parle plus jamais d'elle comme ça. Secundo, en ce qui me concerne, c'est la seule chose qui mérite que je construise quelque chose.

Toujours parfaitement maître de lui-même, Ronan ne broncha pas. Il se contenta de répondre :

— Vraiment ?

— Oui, fit Devlin en hochant lentement la tête. Elle a été cette petite voix dans ma tête pendant les dix dernières années. Elle me pousse à aller de l'avant, à laisser ma trace. À me battre contre ce que mon père a mis en place.

— Je comprends, vieux, tu le sais. Mais tu crois vraiment qu'elle va ressentir la même chose ? Qu'elle va approuver tout ce que tu mets en œuvre ? Tu connais ce genre de femme, sa façon de penser.

— Oui, c'est pour ça que je lui fais confiance.

— Je l'avais compris. Tu n'as pas seulement raconté tes secrets à Ellie, tu as pratiquement organisé une grande fête de famille pour passer aux aveux devant tout le monde.

Devlin passa les doigts dans ses cheveux.

— J'ai fait mon choix après mûre réflexion.

— Sa colocataire. Maintenant, l'inspecteur. Si c'est ce que tu appelles un choix mûrement réfléchi, ne le prends pas mal, mais je m'interroge sur ta capacité de jugement.

— C'est vrai. C'est pour ça que je te garde auprès de moi. Mais je leur fais confiance à tous les deux.

— Pourquoi ?

— Et toi ? Tu vas me dénoncer ? Révéler mes secrets ?

Ronan eut l'air absolument consterné par cette idée.

— Tu sais bien que non.

— Même si je t'énerve ? Même si tu penses que j'ai dépassé les bornes ?

— Tu connais la réponse.

— Dis-moi pourquoi, insista Devlin.

— Pour ce que tu es, abruti. Toi et moi, on a traversé tellement d'épreuves. On a traversé les feux de l'enfer ensemble.

— Et tu penses que ce n'est pas la même chose pour ces trois-là ?

Ronan pencha la tête et Devlin poursuivit :

— Même s'ils ne se soucient pas du tout de moi, même s'ils pensent que je suis le diable incarné...

— C'est peut-être bien ce qu'ils pensent.

— Ils ne diront pas un mot. Parce que sinon, ça fera du mal à Ellie.

— Le flic aussi ?

Après une hésitation, Devlin finit par hocher la tête.

— Dans ce cas, tu dois avoir raison. Tu n'as rien à craindre de leur part.

Il affronta le regard de Devlin, dur comme l'acier.

— Tout ce dont on doit s'inquiéter, c'est ce qui arrivera quand

Ellie apprendra le reste de ta vérité. J'espère qu'elle en vaut la peine.

— Oui, dit-il.

Mais il ne pouvait pas nier que Ronan avait raison sur un point. Avec Ellie Holmes, Devlin était un connard égoïste. Parce que, même si son ami ne l'avait pas dit à haute voix, ce n'était pas seulement le cou de Devlin qui se trouvait sur le billot.

S'il s'avérait qu'il avait mal jugé Ellie ou ses proches, si les décisions qu'il avait prises avec son cœur plutôt qu'avec sa tête faisaient s'écrouler tout ce qu'il avait construit autour de lui, alors Devlin savait très bien qu'il ne se le pardonnerait jamais, au grand jamais.

❧ 14 ❧

Je suis en pyjama, au fond de mon lit, quand Brandy frappe doucement à la porte de ma chambre.

— Tu es réveillée ?

Sa voix est basse, à peine un murmure.

— Entre.

Elle pousse la porte. Ses cheveux humides forment une tache sombre sur les épaules de sa chemise de nuit.

— Je pensais qu'une douche chaude m'aiderait, mais je n'arrive toujours pas à dormir. Toi non plus ?

Je secoue la tête et m'empresse de lui faire de la place sur le lit.

— Ça va aller. Lamar ne dira rien. Il ne me ferait pas un coup pareil.

— Je suis d'accord, répond-elle en me serrant la main. Il a juste besoin de temps pour encaisser la nouvelle.

J'inspire, puis expire.

— Tu crois vraiment ?

— Pas toi ?

Je hausse les épaules.

— Je m'interroge depuis qu'il est parti. J'ai envie de le croire, mais comme il l'a dit, c'est encore une affaire en cours. Depuis qu'ils ont réalisé que Ricky Mercado a fait de faux aveux, c'est un mystère à résoudre.

— Tu penses que Lamar va dénoncer Devlin pour marquer des points sur une vieille affaire ?

— Non, concédé-je. Mais j'ai fait l'Académie avec lui. Et même si je ne suis pas restée en poste, je connais ce monde-là. On en parle beaucoup, tu sais. Lamar a un code d'honneur et je ne sais pas s'il pourra fermer les yeux sur un meurtre.

— Je devine de quoi vous allez parler demain.

Elle bâille et s'étire.

— Demande-le-lui avant de quitter la ville. Ce sera super gênant si tu vas jusqu'à Los Angeles, puis qu'il t'annonce là-bas qu'il va balancer ton copain.

— Merci beaucoup pour cette pensée réconfortante.

Elle rit avant de me serrer dans ses bras.

— D'accord, c'est de l'humour noir. Plus sérieusement, tu as envie de te bourrer la gueule devant un film ?

— Si j'en ai envie ? Oui. Mais je devrais plutôt essayer de dormir.

— Moi aussi. Je dois être partie à huit heures demain pour une journée complète de réunions. Ensuite, Christopher et moi, on ira s'acheter du vin et de quoi grignoter.

— Sympa, dis-je avec un sourire.

Brandy sourit en rougissant.

— Oui. C'est un beau programme.

Elle se penche pour un dernier câlin.

— Mais on va se coucher tôt. Christopher n'arrête pas d'écrire et je sais qu'il va y passer toute sa soirée de demain. Alors, envoie-moi un texto et dis-moi si tu dînes à la maison, parce que je...

Elle s'interrompt en tournant la tête vers mon téléphone, dont l'écran vient de s'éclairer, annonçant l'arrivée d'un texto.

— Tiens, tiens, je me demande qui ça peut être.

Elle se glisse hors du lit avec un petit signe de la main, remuant les sourcils d'un air suggestif.

— Sois sage. Et passe-lui le bonjour.

— Ah, ah… Oh !

Je ne distingue qu'une partie du message sur l'écran de verrouillage, mais ce que je vois me noue le ventre.

— Lamar est allé le voir.

Elle écarquille les yeux.

— Dans ce cas, tu ferais mieux de lui demander où il a enterré le corps.

Je n'arrive pas à rire, et après son départ, je m'empare de mon téléphone pour lire tout le message.

J'ai eu un invité ce soir.

Lamar.

Il te l'a dit ?

Je fronce les sourcils. J'avais espéré qu'il m'en dirait plus.

Non. Je dois venir récupérer le corps ?

Je me mords la lèvre inférieure en attendant sa réponse.

Ça a été délicat pendant un moment, mais tout est rentré dans l'ordre.

Je le relis deux fois, pour en avoir le cœur net.

Vraiment ?

Il tient à toi, tu sais. Je ne peux pas lui en vouloir.

Je ferme les yeux et prends une grande inspiration.

Merci.

Tu pourrais m'inviter chez toi. Tu m'exprimerais ta gratitude de manière plus concrète…

LOL. Si tu m'envoies un emoji d'aubergine, tu es rayé de ma liste.

Pas d'emojis, bébé. Mais le vrai de vrai.

Le vrai de vrai me tente beaucoup, mais ce soir, tu es censé attendre et te languir. Tu as oublié ?

Imagine que je t'envoie un emoji tout triste et va jeter un œil à ta porte.

Je fronce les sourcils.

Tu n'as pas intérêt à être planté là dans un papier cadeau. Parce qu'on a établi des règles et si je les enfreins, je vais me sentir très mal. Ce sera ta faute.

Tu as confiance en moi ?

Toujours.

Alors, va voir ta porte. Et… bébé ? Dors bien.

Je souris en lui envoyant un emoji cœur, puis j'attends de voir les trois petits points indiquant qu'il saisit sa réponse. Mais il n'y a plus rien.

Je me renfrogne, déjà triste que la conversation soit terminée. Pourtant, je fais ce qu'il me dit et rejoins la porte d'entrée. Quand je l'ouvre, je découvre une douzaine de roses sur le pas de la porte. Pendant un instant, je reste hébétée, émue aux larmes. Puis je pense à regarder autour de moi, dans l'obscurité.

Je ne le vois pas, mais je sais qu'il est là et je lui envoie un baiser avant d'emporter les fleurs à l'intérieur. Je referme la porte et soupire, traversée par un plaisir si intense que mon cœur va gonfler jusqu'à en éclater.

Brandy sort de la cuisine, un verre de vin à la main. Elle s'arrête en découvrant les fleurs, puis m'adresse un sourire malicieux.

— Il est peut-être compliqué, mais c'est un homme à garder.

— Oui, dis-je en serrant les fleurs contre moi. J'y compte bien.

— Attends, je vais te chercher un vase.

Elle pose son verre sur le guéridon de l'entrée, puis s'empresse de retourner à la cuisine. Je m'apprête à la suivre, mais je m'arrête net quand le téléphone que je tiens encore vibre dans ma main.

Je souris en déposant les fleurs à côté du vin de Brandy pour pouvoir déverrouiller l'écran et lire son message. Sauf qu'il n'est pas de lui, et mon corps se refroidit quand je découvre les mots sur mon écran : *Tu ne sais pas que tu baises avec un homme dangereux ?*

Hier soir, je n'ai pas voulu gâcher la douceur du moment, mais je savais que ce texto ignoble avait sûrement été envoyé d'un téléphone jetable et que la seule façon pour Devlin de le retrouver était cette fameuse manip de type O. Je lui ai donc transmis le message et le numéro associé. Il m'a répondu en quelques secondes. En dépit de mes appréhensions, j'ai ouvert son texto et je n'ai pas pu me retenir de rire en le lisant.

Ce connard t'écrit : « Tu baises avec un homme dangereux. » Mais tech-

niquement, ce n'est pas le cas. Pas pour le moment. Cela dit, si tu m'acceptes encore dans ton lit après tout ça...

Quelques minutes après, il a ajouté :

J'ai parlé à Ronan. Et à Lamar. Ce n'est ni l'un ni l'autre, j'en suis certain. Nous allons trouver ce fumier, je m'en occupe. En attendant, fais de beaux rêves. 😘

J'ai souri en voyant l'emoji du baiser et j'ai hésité à lui envoyer une aubergine, pour détendre l'atmosphère. Au lieu de ça, j'ai opté pour un cœur, puis j'ai essayé de faire ce qu'il me disait en me chassant cette affaire de la tête.

J'ai réussi, sur le moment. Maintenant, c'est le matin et je repense à tout ça. Je suis frustrée de n'avoir rien appris de plus. Est-ce que son silence signifie que, comme la dernière fois, le numéro d'envoi est une impasse ? Ou est-ce que Devlin a trouvé le gars et le tabasse en ce moment même en se disant que je n'approuverais pas ?

Comme Lamar et moi ne partons à Los Angeles qu'à l'heure du déjeuner, je monte à bord de ma Shelby pour me rendre à la fondation. Je pourrai ainsi remercier Devlin en personne pour les roses, mais aussi savoir s'il en sait plus sur ce dernier texto inquiétant.

J'y entre d'un pas vif, m'arrêtant à peine pour signaler à Paul que je monte.

Il est au téléphone, mais je le vois lever le pouce et je presse le pas en direction de l'ascenseur. J'appuie sur le bouton et le voyant s'allume, indiquant l'ouverture des portes. Aussitôt, je fais un pas en avant.

Soudain, je m'arrête net. Parce que les portes coulissent dans un bruit feutré pour révéler Regina Taggart.

— Ellie Holmes, c'est bien ça ?

J'entends le sourire dans sa voix quand elle tend la main pour me saluer.

— Regina Taggart. Reggie. Nous nous sommes rencontrées hier à l'auberge.

— Contente de vous voir, dis-je d'une voix incertaine. Vous êtes ici pour voir Devlin ?

Elle fronce les sourcils.

— Il devait être à la réunion pour l'organisation du symposium, mais comme il n'est pas en ville, il n'y avait que moi et Tamra.

— Oh. Je ne savais pas. Où est-il ?

— Désolée. Je pensais que vous le saviez. Anna m'a dit que vous sortiez ensemble. Pour être honnête, j'ai vu les photos aussi, ajoute-t-elle, me donnant la chair de poule. Je n'ai fait le rapprochement qu'après votre visite à l'hôtel.

— Alors, où est-il ?

— Oh, il a dû s'envoler pour Las Vegas ce matin, m'annonce-t-elle. Il savait que vous passiez le voir ?

Je secoue la tête.

— Je vais à Los Angeles aujourd'hui. Il a dû penser que j'étais déjà en route.

— Il sera sûrement de retour avant vous. Pour Devlin, faire un saut à Las Vegas, ce n'est rien.

Je hoche la tête, gênée par un sentiment désagréable. Décidément, cette fille me dit quelque chose, mais impossible de mettre le doigt dessus.

Je me rends compte que je fronce les sourcils quand elle demande :

— Quelque chose ne va pas ?

— Oh, non, désolée ! m'exclamé-je, honteuse, les joues brûlantes. Seulement, depuis qu'on s'est rencontrées, j'essaie de retrouver où je vous ai déjà vue. Ou quelqu'un qui vous ressemble.

Elle pince les lèvres en secouant la tête.

— Aucune idée.

— Étiez-vous à Pacific Avenue hier soir ?

Je scrute attentivement son visage. C'est tout juste perceptible, mais je suis certaine qu'elle écarquille les yeux avec surprise.

— Oui, c'est vrai. Mais ça ne peut pas être pour ça. Vous m'aviez déjà vue à l'auberge avant.

— Je suis toujours intriguée quand j'ai l'impression d'avoir déjà rencontré quelqu'un. Après plusieurs années à Manhattan, j'oublie combien cette ville est petite.

C'est un léger mensonge, mais elle hoche la tête et sourit. Un silence gêné retombe avant qu'elle ne lance :

— Bon, je ferais mieux de retourner de l'autre côté de la rue. J'ai deux stagiaires qui m'attendent et personne n'est qualifié pour les former, dans le personnel.

Elle fait la grimace.

— Mon bras droit vient d'accepter un poste à Los Angeles. Que voulez-vous, c'est comme ça...

Sur ce, elle agite la main pour me saluer, puis s'éloigne dans le hall, ses talons cliquetant sur le sol – des Manolo, la collection d'automne. Apparemment, c'est lucratif de diriger un hôtel. J'ai beau être moi-même une fashionista, je peux rarement me permettre une paire de chaussures dès la sortie d'une nouvelle collection.

J'envisage de suivre le même chemin. Après tout, je ne suis venue que pour voir Devlin. Mais à y être, autant aller présenter mes excuses à Christopher pour l'avoir renvoyé chez lui, hier soir. Il doit être dans la salle de recherche. Je prends l'ascenseur et monte au deuxième.

Je pousse les doubles portes battantes, mais je m'arrête net en entendant des chuchotements dans la salle habituellement silencieuse. Apparemment, Christopher n'est pas seul à profiter des lieux, aujourd'hui.

— Eh bien, je ne sais pas, dit une femme à mi-voix. Une sorte d'accident, je pense.

— C'est vrai, répond Christopher. Mais quoi ? Un accident de la route ? Une noyade ? Un incendie ?

— Mon Dieu, comment veux-tu que je décide ?

Je reconnais la voix d'Anna, maintenant.

— C'est pour ça que tu es là, non ?

J'envisage de rester immobile, à écouter un peu aux portes. Après tout, je n'ai jamais entendu personne débattre de l'intrigue d'un roman à suspense. Mais ce ne serait pas poli, et intrusif. Alors, je me racle la gorge et m'avance à découvert en m'excusant.

— Désolée de vous interrompre.

Christopher secoue la tête comme un écrivain frustré, mais

Anna fait un bond de dix mètres. Elle me tournait le dos, et si j'ai cru qu'elle m'avait entendue arriver, il faut croire que je me suis trompée.

— On complote, par ici ? demandé-je à Anna lorsqu'elle se retourne.

Christopher planche sur son deuxième roman, et puisque l'histoire traite du crime organisé et du trafic d'êtres humains, les ressources de la fondation lui sont précieuses. C'est du moins ce qu'il m'a dit lors de notre première rencontre.

— J'avais besoin de quelqu'un pour m'aider à trouver un retournement de situation, m'explique Christopher. Et comme Anna était ici...

Elle sourit.

— Je suis venue chercher un dossier pour peaufiner un communiqué de presse et je me suis laissé happer par son travail.

— Il vaut mieux que je lui impose ça plutôt qu'à Brandy, commente Christopher. Si je ne règle pas cette question avant de la voir ce soir, elle devra subir mes jérémiades alors qu'on pourrait...

— Oh là, dis-je en levant la main, m'efforçant de ne pas rire. C'est de ma meilleure amie que tu parles.

— Et ma petite amie, précise-t-il, visiblement content de lui.

— Je croyais que vous vous contentiez de sortir boire un verre. Mais si tu as l'intention de revenir à la maison au lieu de rentrer chez toi pour écrire, je peux toujours m'éclipser. Tu sais, je te suis redevable. Désolée pour hier soir. En fait, c'était censé être rien que tous les trois. Devlin aussi s'est fait jeter.

Il hoche la tête.

— Brandy me l'a dit. Interdit aux conjoints.

— C'est à peu près ça, dis-je en riant.

— Alors, qu'est-ce que tu fais ici ?

— Christopher ! se récrie Anna, consternée.

Il lève la main.

— Ce que je veux dire, c'est que Devlin est à Las Vegas.

— J'ai compris. À vrai dire, j'ignorais qu'il était absent. Je passais le voir avant d'aller à Los Angeles. Comme il n'était pas là, j'ai eu l'idée de monter te voir.

Christopher adresse un clin d'œil à Anna.

— Elle est en train de me dire que je n'étais pas sa priorité ?

Anna répond, amusée :

— Ne te plains pas. Elle n'a même pas pensé à moi.

— Je n'essaierai pas de sortir les rames, ça ne ferait qu'aggraver les choses.

Ensemble, ils éclatent de rire.

— Ce n'est rien, commente Anna. Au moins, tu es passée avant le déjeuner.

— Pourquoi ?

— On ferme à midi, explique-t-elle. Sur ordre de Devlin. Il y a eu quelques brèches dans la sécurité à Las Vegas. Rien de grave, mais il prend chaque infraction au sérieux. Il a demandé à Ronan de diriger une équipe de sécurité de ce côté pour s'assurer que tout est réglé.

Devant ma mine ahurie, elle reprend :

— Il ne te l'a pas dit ?

Je secoue la tête et Anna hausse les épaules comme si de rien n'était.

— En même temps, je ne vois pas pourquoi il te l'aurait fait. Tu ne fais pas vraiment partie de la fondation.

Je sais qu'elle ne pense pas à mal, et au fond, elle a raison, mais ça m'agace toujours d'être mise à l'écart du monde de Devlin Saint.

‰ 15 ‰

Je sors de l'ascenseur dans le hall de la FDS quand je vois Tamra Danvers, debout devant le bureau de Paul, impeccable comme à son habitude dans un tailleur rose clair. Elle lève les yeux et affiche un immense sourire en se dirigeant vers moi, juchée sur sept centimètres de talons Louboutin.

— Je suis tellement contente de te voir ! Paul m'a dit que tu étais là.

— J'étais dans la salle de recherche.

Je me laisse attirer dans une étreinte chaleureuse. Tamra est directrice de la publicité à la fondation, mais je la connais depuis le lycée, quand j'étais stagiaire au département de police et qu'elle y était chargée de relations publiques. À l'époque, je ne savais pas qu'elle s'était investie dans ce travail pour garder un œil sur Alex, le fils de son amie. Il s'avère qu'elle le connaît depuis plus longtemps que moi. Et je sais qu'elle l'aime tendrement.

— Je crois qu'Anna aide Christopher à écrire son livre, ajouté-je.

Tamra sourit.

— Elle l'aide beaucoup. Peut-être un autre auteur en herbe.

— Allez savoir.

Je souris sans même m'en rendre compte, heureuse d'être tombée sur elle.

— Ça me fait plaisir de vous voir. Reggie m'a laissé entendre que vous étiez occupée.

— Toujours, mais jamais trop pour toi. Quel dommage que tu aies manqué Devlin. Il le regrettera.

— Autant que je m'habitue à son train de vie de jet-setter. Honnêtement, quand on voit qui il est et ce qu'il fait, c'est un miracle qu'il ait du temps libre.

— C'est par vagues, observe Tamra.

Elle a des cheveux foncés, avec une seule mèche grise qu'elle glisse derrière son oreille.

— Maintenant que tu es là, je suis sûre qu'il fera plus attention en choisissant les projets qui l'amèneront à voyager.

Je souris, contente qu'elle nous imagine facilement en tant que couple, Devlin et moi.

— Reggie a dit qu'il devrait être de retour ce soir.

— Oh, bien sûr. Mais je vais déplacer son interview à demain après-midi, au cas où.

— Une interview ? Encore pour la fondation ? Et mon article n'est même pas encore publié...

Je laisse ma phrase en suspens avec une moue amusée.

Tamra pouffe.

— Il ne ferait pas une chose pareille ! Non, il s'agit d'un entretien rapide avec une matinale de Los Angeles. Pré-enregistrée, évidemment. Il parlera de la fondation, mais surtout de la récompense.

Je dois avoir l'air dubitative, car elle précise :

— Il ne t'a pas parlé de la récompense humanitaire ?

Je secoue la tête.

— Devlin reçoit le prix du Conseil mondial pour les services humanitaires. C'est une distinction très importante.

Elle a l'air aussi fière que si elle était sa mère.

— C'est merveilleux ! me récrié-je. Pourquoi est-ce qu'il ne me l'a pas dit ?

Aussitôt, sa mine s'assombrit.

— Oh, j'espère que je n'ai pas mis les pieds dans le plat. Il voulait peut-être t'annoncer la nouvelle. La cérémonie proprement dite aura lieu dans quelques semaines, à New York. Je sais qu'il a l'intention de t'y emmener. Tenue de gala, le grand jeu…

— J'ai hâte.

Je pense déjà que j'aurai besoin de l'aide de Brandy pour choisir une robe. L'occasion idéale pour une virée à Los Angeles.

— Il me disait que tu te ferais un plaisir de t'acheter une nouvelle paire de chaussures de marque.

J'éclate de rire. En effet, je faisais déjà de grands projets shopping.

— Cet homme me connaît trop bien.

— Évidemment, répond-elle sur le ton de l'évidence. Il t'aime.

⁂

Comme ma Shelby est plus agréable à conduire que la Lexus de Lamar, j'ai l'intention de passer le chercher pour l'emmener à Los Angeles. J'ai passé moins de temps que prévu à la fondation et j'envisage un instant de retourner chez Brandy, mais je me ravise. Autant aller directement à l'appartement de Lamar. Zut, je n'ai pas de clé. Il ne m'est pas venu à l'esprit de lui en demander une. L'immeuble au bord de l'océan est impressionnant, avec une piscine et un spa luxueux, un restaurant qui livre dans les appartements avec un menu gastronomique et un chef célèbre, ainsi qu'un café aux lattes exceptionnels.

Lamar est propriétaire de son logement et de quatre autres qu'il loue, tous achetés et payés avec ses revenus d'acteur. Il a été enfant star, autrefois, grâce à sa bouille adorable et ses parents influents dans l'industrie du divertissement.

« Je n'aurais pas pu devenir flic autrement, m'a-t-il dit un jour. J'ai des goûts de luxe. »

Je prends un latte, que j'emporte au bord de la piscine. La terrasse est construite à même la falaise, de sorte que l'eau de la piscine à débordement donne l'impression de tomber directement dans l'océan. Je m'installe à une table, à l'ombre, et j'allume mon téléphone avec l'intention de faire un peu de ménage dans ma boîte de réception.

Quand mes yeux se posent sur le texto d'hier soir, la gorgée de café que je viens d'avaler me fait l'effet d'une pierre au fond de mon estomac.

Je sais que Devlin est occupé, mais j'ai besoin d'en savoir plus et je lui envoie trois points d'interrogation.

Je n'attends rien dans l'immédiat, mais j'ai l'agréable surprise de recevoir sa réponse sous forme d'appel.

— Salut ! dis-je en décrochant. Je sais que tu es occupé. Je ne voulais pas te déranger.

— J'avais envie de t'appeler depuis un moment. Je suis à Las Vegas. Quelques soucis de sécurité à régler.

— J'ai appris ça. Je suis passée te voir ce matin.

— Je suis désolé de t'avoir manquée.

— Moi aussi. Je suppose que tu n'as pas eu le temps de mener l'enquête sur le message d'hier soir.

— C'était ma priorité absolue, répond-il.

La ferveur de son intonation m'assure de sa sincérité.

— Mais rien à signaler. Même situation. Téléphone jetable. Poubelle. Près de l'immeuble de Lamar.

Je jette un regard circulaire, comme par réflexe, en même temps que je dis :

— Lamar n'a pas...

— Je sais.

Sa certitude est telle que je soupire de soulagement.

— Mais quelqu'un cherche à semer le doute.

— Ils pensent que je vais choisir mon camp ? Mais pourquoi ? À quoi bon ?

— Honnêtement, je ne suis pas sûr de l'objectif de ce petit jeu. Si ce n'est me percer au grand jour. Mais que savent-ils ? Ou que croient-ils savoir ? L'identité de mon père ?

— Ou alors, ce qui s'est passé avec mon oncle.

— Exactement.

Je fronce les sourcils, puis je regarde autour de moi pour m'assurer d'être seule sur la terrasse, au bord de la piscine.

— Est-ce raisonnable d'en parler au téléphone ?

— C'est sans risque. J'ai pris des précautions.

— Oui, évidemment.

Il ricane, mais je soupire.

— Je veux savoir qui se fout de nous, insisté-je. Pense au timing de ce texto. Il est arrivé juste après que tu as livré les roses. Quelqu'un nous observe, ajouté-je, autant pour moi que pour Devlin. Ça ne peut pas être une coïncidence.

— C'est écrit que tu baises un homme dangereux. Plutôt général, comme déclaration.

Je referme un bras autour de mon buste.

— Ça ne me plaît pas.

— C'est normal, mais tant qu'on ne saura pas qui est derrière ça, on ne pourra pas faire grand-chose. Et puis, ajoute-t-il d'une voix plus douce, tu sais déjà que je suis dangereux. Je te l'ai dit moi-même.

— Et toi, tu sais que je prends mon pied avec le danger, rétorqué-je avec un sourire forcé, histoire de détendre l'atmosphère. Mais ce n'est pas la question. Quelqu'un nous harcèle et ça ne m'excite pas du tout.

— Nous irons au fond des choses, ne t'inquiète pas, dit-il sur un ton rassurant.

Mes pensées vont immédiatement vers Ronan, mais je garde le silence. Devlin m'a dit hier soir qu'il avait parlé avec Ronan et que tout allait bien. Je lui fais confiance, je dois m'efforcer de le croire.

Malheureusement, voilà qui réduit ma liste de suspects à un zéro pointé.

Je fronce les sourcils, reportant mon intérêt vers la question qui me préoccupe vraiment.

— Quand reviens-tu ? Avant la fin de la journée, d'après Regina.

— Tu as parlé à Reggie ?

— C'est elle qui m'a dit que tu étais à Las Vegas.

Las Vegas.

Ce nom s'attarde dans ma tête, et avant qu'il ne réponde, je m'entends souffler :

— *Oh.*

— Quoi ?

— Las Vegas. Elle me dit quelque chose à cause de Las Vegas.

— Bébé, tu fais exprès de ne pas être claire ou...

— Désolée. Tu sais, je t'ai dit qu'elle me semblait familière. Maintenant, je crois que je l'ai vue à Las Vegas. Elle était là en même temps que nous ?

Pendant un instant, la ligne est silencieuse.

— Devlin ?

— Excuse-moi, quelqu'un m'a posé une question. Honnêtement, je ne m'en souviens pas. Elle vient souvent ici. Elle est membre du conseil d'administration bénévole du centre de rééducation du *Phoenix*. Mais je ne me rappelle pas si elle était en ville à ce moment-là.

— Je le lui demanderai la prochaine fois que je la croiserai.

— Elle ressemble un peu à cette femme qui joue dans la nouvelle série, tu sais, une comédie avec un chien ? Ces affiches sont partout.

— Oui, peut-être.

— C'est vraiment important ?

— Pas du tout, seulement ça me trottait dans la tête.

— Tu sais ce qui me trotte dans la tête, à moi ?

Je souris.

— Tu vas me le dire.

— Que je ne te verrai pas avant demain.

— Alors, elle s'est trompée ?

J'entends la déception dans ma voix et je me ressaisis. Je ne veux pas qu'il culpabilise d'avoir à travailler.

— Je suis désolée que tu sois coincé là-bas.

— Moi aussi. C'est le bazar ici, plus que je le pensais. On dirait bien que je vais travailler toute la nuit, à rattraper ces conneries.

— Tu as envie d'en parler ?

— Pas spécialement. J'aime mieux te parler d'autre chose, à défaut d'être avec toi.

— Ah oui ? dis-je d'une voix sensuelle. Et qu'est-ce que tu ferais si tu étais avec moi ?

— Tu serais déçue si je te disais que j'ai seulement envie de te serrer dans mes bras ? De t'emmener dîner et de parler d'autre chose que de ton oncle, de ma fondation ou de nos passés ? J'aimerais me tourner vers l'avenir avec toi, El.

Ses paroles me gonflent le cœur et j'en ai le souffle coupé.

— J'ai envie d'être avec toi sur la plage et de contempler les étoiles, l'avenir ouvert devant nous, penser à toutes nos possibilités. Rien que ça, dit-il. Rien que toi.

— Oui, murmuré-je, le cœur tellement comblé que je peine à trouver les mots. Ce serait merveilleux.

❧ 16 ❧

— Qui doit-on voir à part Cotton ? demande Lamar une fois que nous sommes en route.

— Longfeld, rectifié-je. Cotton était un pseudonyme.

— D'accord.

— Le premier rendez-vous est avec Leon Ortega. C'est le type qui a retapé ma Shelby pour l'oncle Peter avant qu'il me l'offre.

Mon père avait assuré une grande partie du boulot, mais ce n'était que son passe-temps et il ne semblait jamais devoir la terminer.

Après sa mort, la voiture est restée sur des parpaings, l'habitacle et l'extérieur partiellement restaurés. J'étais trop jeune pour qu'elle figure sur ma liste de préoccupations et j'ai un peu oublié la voiture avec laquelle j'avais passé tant de temps, quand mon père était encore vivant.

Ce n'est qu'à seize ans, et en voyant la Shelby Cobra de 1965 magnifiquement restaurée qui m'attendait dans l'allée le jour de la rentrée, que j'en suis vraiment tombée amoureuse. Non seulement c'était un cadeau particulièrement attentionné de la part de mon oncle et tuteur, mais il avait aussi achevé quelque chose que mon père avait entrepris et qu'il avait l'intention de m'offrir quand je serais en âge de conduire.

Sauf, bien sûr, que ce n'était pas lui qui avait terminé la restauration. Comme il n'avait pas les compétences nécessaires en mécanique, il avait sous-traité le travail.

— Apparemment, il a fait appel à Ortega pour plusieurs travaux automobiles quand il vivait à Los Angeles. Après son déménagement à Laguna Cortez, ça ne l'a pas empêché de faire les allers-retours pour superviser la restauration de la Shelby.

— Soit ils étaient proches, tous les deux, soit Ortega a des mains en or.

— C'est ce que je me dis. Jette un œil dans la boîte à gants. La chemise en plastique contient des copies de tous les papiers de la Shelby.

— Tu les gardes avec toi ?

Je hausse les épaules.

— On ne sait jamais. La plupart des factures viennent du garage d'Ortega. C'est peut-être tout à fait légal, mais je pense qu'un atelier de réparation automobile est le cadre idéal pour blanchir de l'argent et refourguer des pièces volées.

Lamar feuillette les papiers, puis remet l'enveloppe dans la boîte à gants.

— C'est une éventualité. Tu n'as rien de plus solide qu'une intuition ?

— Pas vraiment. *The Spall* travaille avec un détective privé, alors je lui ai demandé de me faire un rapport sur le mécano. Propre comme un sou neuf. Cela dit, il est peut-être spécialement doué pour couvrir ses traces.

— Ça se peut.

Il y a deux autres noms sur ma liste de contacts à Los Angeles, et je demande à Lamar de sortir le carnet de ma sacoche pour parcourir mes notes. La plupart des personnes liées au trafic de drogue de Peter ont déjà été condamnées. J'ai demandé des entretiens dans différentes prisons et j'attends que les autorités me répondent.

Quant aux contacts professionnels de Peter, dans le cadre de son entreprise légale – ou prétendument légale –, je n'ai pas trouvé grand-chose à me mettre sous la dent. Il a investi dans une station de lavage de voitures et nous allons passer discuter avec le propriétaire actuel. Pareil pour la famille qui vivait à côté de chez lui. On ne sait jamais ce que les gens remarquent. Ils habitent sur notre trajet vers le garage d'Ortega, à Thousand Oaks. Je n'ai pas pris de rendez-vous, mais nous y ferons un saut si nous ne sommes pas pressés par le temps.

À part cela, j'ai eu beau consulter le journal de ma mère pour trouver d'autres indices, la majeure partie de ce que je sais sur le business louche de Peter est liée à Laguna Cortez. Voilà pourquoi j'espère vraiment qu'Ortega ou Longfeld auront une piste valable. Si je veux apprendre comment et pourquoi Peter s'est laissé aspirer dans une vie de crime, je dois remonter là où tout a commencé. Et c'est quelque part ici, à Los Angeles. L'ennui, c'est que je ne sais pas où.

Qu'à cela ne tienne, je suis bien décidée à le découvrir.

— Ces gens... commence Lamar. Le voisin, le gars du lavage de voiture. Ils n'auront peut-être pas envie de te parler. Et même si nous avons eu de la chance que Tom nous conduise à Cotton – pardon, Longfeld – ce type sera peut-être muet comme une tombe.

— Je sais. Mais je dois essayer.

— C'est nécessaire ?

Je ralentis alors que la circulation devient plus dense devant nous et je profite de l'accalmie pour lui jeter un regard interrogateur.

— Comment ça ?

Je me sens un peu barbouillée et je me demande si le moment est bien choisi pour lui demander ce qui s'est passé entre Devlin et lui. Apparemment, ils ont trouvé un terrain d'entente, mais je préférerais l'entendre de la bouche de Lamar.

Il ajuste ses lunettes de soleil aux verres réfléchissants. Même s'il se tourne vers moi, impossible de voir ses yeux.

— Je ne sais pas, Sherlock. C'est juste que... enfin, je comprenais jusqu'à présent. Tu avais besoin de mieux connaître ton oncle et ça t'a fait un choc d'apprendre qu'il était en cheville avec le Loup. Mais maintenant que la surprise retombe... c'était il y a long-temps, tu sais.

— Il était mon dernier parent encore en vie.

— Je comprends ça aussi. Mais veux-tu vraiment entacher tous tes souvenirs de lui ? Parce que tu n'es plus seule. Tu m'as, moi. Tu as Brandy. Et tu as même retrouvé Alex.

La circulation a repris et je cramponne le volant, concentrée sur la route.

— Non, c'est Devlin maintenant.

Je déglutis avant de continuer :

— Et ça m'étonne que tu le comptes parmi mes atouts.

— Oh, pitié, Sherlock.

Il expire bruyamment, puis il essaie de se pencher en arrière contre le dossier, bien qu'il soit trop grand pour parvenir à se déplier totalement.

— Devlin m'a dit que ça s'était bien terminé, vous deux. C'est aussi comme ça que tu le vois ?

Il hoche lentement la tête.

— Oui, c'est une description qui me convient.

— Même avec... tout ça ?

— C'est quoi, au juste, tout ça ? Tout ce dont je suis sûr, c'est qu'il était bel et bien Alex et que son père était un vrai salaud.

Il se tourne et me regarde fixement.

— Le reste, ce ne sont que des suppositions. En plus, ça date d'il y a longtemps.

— C'est vrai, dis-je, envahie par le soulagement. Il y a très longtemps.

— Ce qui confirme ma remarque.

Je fronce les sourcils, quittant la route des yeux pour les poser sur lui.

— Comment ça ?

— Comme tu l'as dit, Alex a disparu. Peter aussi. Tu passes beaucoup de temps à regarder le passé, mais tu as un présent digne de ce nom, maintenant. Et si tu continues à creuser, je pense que tu ne dénicheras rien de bon.

— Tu crois que je ne peux pas l'encaisser ?

— Je pense que tu en as déjà bien assez encaissé. Et tu sais quoi ? Je parie que Devlin est d'accord avec moi.

Je ne réponds pas. Bien sûr, il a raison. Nous roulons pendant des kilomètres dans un silence prudent, même s'il n'a absolument rien de calme, en ce qui me concerne. Mes pensées bourdonnent dans ma tête. Bientôt, elles sont tellement assourdissantes que je n'ai plus d'autre choix que de parler.

— J'ai besoin de réponses. C'est le fond du problème. J'aimais Peter. Franchement, je l'adorais. Pas plus que mes parents, mais différemment. Mes parents, ils étaient là, comme une évidence, tu vois ce que je veux dire ? Je ne me suis jamais demandé si je les aimais ni ce que je ressentirais si je les perdais. C'étaient... mes parents, quoi. J'aurais dû me poser ces questions, mieux les aimer. Mais je n'en ai pas eu l'occasion.

J'inspire avant de reprendre :

— L'oncle Peter, c'était autre chose. Ce n'était pas un exemple paternel idéal, mais plutôt une bouée de sauvetage. Et je pensais à lui tous les jours, parce que j'étais terrifiée à l'idée de le perdre aussi.

Je passe la langue sur mes lèvres, mais les mots continuent de m'échapper.

— Je savais ce qu'il représentait pour moi, parce que j'avais déjà tant perdu. C'était une ancre dans la tempête qu'était devenue ma vie. Je l'aimais. Je le respectais. Je croyais qu'il décrocherait la lune. Et maintenant, j'apprends qu'il était mouillé. Et pas qu'un peu...

— Ellie...

Je garde les yeux sur la route en haussant les épaules.

— Alors, j'ai besoin de réponses, répété-je. C'est tout. Juste besoin de réponses.

Il ne dit rien, mais j'entends un acquiescement dans son mutisme. Il n'est peut-être pas d'accord, mais il comprend. Un lourd silence s'installe sur nous alors que nous progressons inexorablement vers Los Angeles.

Nous y arrivons peu de temps après et je nous conduis d'abord à la station de lavage, puis à l'ancienne maison de Peter, à Beverly Hills. Mais le lavage de voiture a fermé, et malgré la dizaine de messages que j'ai laissés aux propriétaires ces derniers jours, je n'ai pas reçu de réponses, ni de l'actuel ni de l'ancien. Je considère que c'est un fiasco. Du moins pour le moment.

Nous avons plus de chance avec les anciens voisins de Peter, mais ils se souviennent seulement de lui comme d'un type formidable et très poli. À part ça, rien. J'en déduis que Peter ne faisait rien d'illégal depuis sa maison, ou qu'il le faisait avec une grande prudence.

Nous retournons dans la voiture sans dire un mot et, une fois de plus, les kilomètres défilent. Ce n'est que lorsque nous approchons de Thousand Oaks que je suis fatiguée de mes propres pensées. Je décide d'alléger un peu l'ambiance.

— Tu vas remettre ça à plus tard avec Millie ? Elle était déçue de ne pas nous voir aujourd'hui.

Il penche la tête et baisse ses lunettes, me regardant par-dessus la monture.

— Tu es extra-lucide maintenant ?

— Quoi ? J'ai raison ? Tu lui as déjà envoyé un texto ? Vous avez fixé une date ?

— Pas du tout. J'y ai pensé, mais Tracy et moi, on a pris un verre au bord de la piscine hier soir.

Il change de position sur son siège.

— Je ne sais pas. Je crois que je suis moins intéressé. Enfin, Millie est géniale, mais...

— D'accord, je vois.

— N'en fais pas toute une histoire.

— Ça vous arrive souvent de passer du temps au bord de la piscine, tous les deux ?

Il fronce les sourcils, mais c'est uniquement pour cacher son sourire.

— De plus en plus, admet-il.

— Je t'écoute.

Je m'attends à ce qu'il proteste, à ce qu'il me jure qu'il n'y a rien de plus à dire, mais il répond :

— J'ai annulé un rendez-vous avec Carlton l'autre soir pour aller voir *Le Faucon maltais* avec elle au Prestige.

— Je ne savais pas qu'ils le passaient. Dommage.

Le cinéma de quartier propose quelques nouveautés, mais il est surtout spécialisé dans les classiques.

— Ne t'inquiète pas, je n'aurais pas gâché ta soirée, précisé-je.

— C'est trop gentil.

— Arrête, tu as vu ce film au moins une douzaine de fois.

— Moi oui, mais elle ne l'avait jamais vu.

— Tiens donc… Et Carlton, ce n'est pas ton… comment dis-tu ? Un plan cul et détente ? J'en déduis que Tracy te soulage de ton stress ?

— Au contraire. Quand je l'ai quittée, j'étais encore plus tendu. J'ai hâte d'y remédier.

— Waouh.

Je souris en tournant le volant.

— Je sais… répond-il.

— Devlin et moi. Brandy et Christopher. Et maintenant, Tracy et toi. Il semblerait que notre petit trio déploie ses ailes.

— D'après ce que je sais sur moi et ce que j'ai cru comprendre sur Brandy et Christopher, jusqu'à présent, Devlin et toi, vous êtes les seuls à avoir déployé vos ailes.

— Je sais, j'ai beaucoup de chance.

— Moi non plus, je ne le virerais pas de mon lit, observe Lamar. Même quand je le prenais pour un dangereux connard.

Je suis radieuse, car le sous-entendu graveleux de Lamar me laisse comprendre qu'il commence à l'accepter.

— Et que penses-tu de Christopher ?

Il hausse les épaules.

— C'est un auteur de thrillers dont le héros est un détective. Il a ma bénédiction.

— Ça se voit que Brandy est épanouie. Et il a l'approbation de Jake, ajouté-je.

C'est vrai, le chien le suit partout, quémandant des caresses sur la tête et des gratouilles au ventre.

— Alors, ce doit être un type bien, conclut-il.

— En tout cas, il l'adore.

— Oui. Je trouve ça tellement mignon.

— Oh, merde ! C'est la sortie. Je t'avais dit de jouer les co-pilotes. *Bon sang !*

Je coupe trois voies d'un seul coup tandis que Lamar pousse une série de jurons.

— La prochaine fois, c'est moi qui conduis, grommelle-t-il.

Je me contente de sourire. J'ai de l'adrénaline plein les veines, je suis en compagnie de l'un de mes meilleurs amis et en route pour obtenir des réponses.

Malgré l'absence de mon petit ami, l'échec de nos deux premières étapes et le texto effrayant d'hier soir, je me sens vraiment très bien.

❧

Le mécanicien qui a réparé ma Shelby, Leon Ortega, travaille toujours au même endroit, l'adresse de Thousand Oaks qui figure sur de nombreux reçus dans ma boîte à gants. Et d'après l'aspect du garage, il existe depuis l'époque où Henry Ford a sorti son tout premier modèle.

— Alors comme ça, vous êtes la nièce de Peter, dit-il en me tendant une main calleuse aux ongles étonnamment propres, pour quelqu'un qui travaille toute la journée sur des voitures de collection. C'est un plaisir de vous rencontrer. Ça m'a fait de la peine d'apprendre pour votre oncle. C'était un homme bien.

— Merci.

Je ne peux m'empêcher de me demander s'il est vraiment aussi propre que ses ongles, ou s'il a juste réussi à balayer ses crimes et délits sous le tapis.

— Pour être honnête, j'étais assez jeune quand il a été tué, et maintenant, j'essaie d'en savoir plus sur lui.

Il me toise du regard.

— Un peu tard, n'est-ce pas ? Il est mort il y a quoi ? Une dizaine d'années ?

— C'est ça... En fait, j'ai quitté Laguna Cortez peu après sa mort et je n'y suis revenue que récemment. On peut dire que j'ai tourné le dos à ma vie et que je n'ai jamais vraiment cherché à savoir ce qui lui est arrivé ou pourquoi.

— Je me souviens quand il a été abattu. C'était peu de temps après que j'ai terminé de travailler sur cette voiture.

Il passe la main sur le capot de ma Shelby.

— Alors, votre oncle était encore tout frais dans ma mémoire quand j'ai appris la nouvelle.

Je hoche la tête avant de prendre conscience que j'ai refermé les bras autour de ma poitrine, comme pour me faire un câlin.

— On a dit qu'il avait été impliqué dans une sale affaire criminelle, reprend-il en me regardant. Quelle histoire ! Vous étiez au courant ?

— Oui, en effet. C'est ce que j'essaie de comprendre. Comment il s'est retrouvé mêlé à tout ça.

Il fronce les sourcils et les rides de son visage taillé à la serpe se creusent davantage tandis qu'il frotte sa barbe grisonnante dans un geste songeur.

— Je doute de pouvoir vous aider sur ce point. Pour autant que je sache, votre oncle était droit comme la justice.

Je jette un coup d'œil vers Lamar, qui n'a pas son pareil pour reconnaître les indices. Il s'avance, la main tendue.

— Inspecteur Lamar Gage, dit-il. Je suis de la police de Laguna Cortez.

Le regard d'Ortega alterne entre nous.

— Pourquoi la police enquête sur un homme mort depuis plus de dix ans ?

— Je ne suis pas ici officiellement.

C'est la vérité. Mais la présence d'un policier à mes côtés peut provoquer chez certaines personnes une nervosité susceptible de les pousser à lâcher quelques bribes de vérité.

— Je ne fais qu'aider Mademoiselle Holmes. Il s'avère que Peter White s'est mis le Loup à dos et elle essaie d'en savoir plus à ce sujet. Est-ce que ce nom vous dit quelque chose ?

— Un peu. C'est vague, mais maintenant que j'y pense, je me souviens de quelques ragots après la mort de Peter. J'ai discuté avec d'autres clients qui le connaissaient. Ils disaient qu'il était mêlé à des trafics de drogue, de prostitution, tout ça.

Il secoue la tête, manifestement déconcerté.

— Honnêtement, ça ne ressemble pas au Peter White que j'ai connu.

— Je n'en avais pas l'impression, moi non plus, dis-je. Avez-vous les coordonnées de ces clients-là ?

— Désolé, pas la moindre. Plus aucun ne fait appel à mes services et toutes mes archives de l'époque ont été effacées quand mon disque dur a grillé. C'était avant que je sauvegarde.

Il regarde Lamar, puis moi.

— Je ne sais pas ce que je peux vous dire d'autre.

— Honnêtement, moi non plus. Il venait à votre garage quand il vivait à Los Angeles, n'est-ce pas ? Et il revenait vous voir même après son déménagement à Laguna Cortez ?

— Oui, c'est ça. J'ai restauré une Jag Type E pour lui et une jolie petite Corvette de 67 quand il vivait à Los Angeles. Il ne travaillait pas beaucoup sur les voitures, mais il adorait les conduire. Il en possédait d'autres, qu'il avait achetées en bon état. Celles-là, je ne les ai pas retapées, mais je les entretenais régulièrement. Je me suis toujours demandé comment il trouvait l'argent pour tout ça, mais le bâtiment, c'est lucratif. Los Angeles a toujours été une ville en plein essor, n'est-ce pas ?

— On peut le dire. Savez-vous s'il a revendu ces voitures ? Je ne me souviens que d'une Suburban qu'il utilisait pour transporter des affaires volumineuses et d'une Mustang décapotable. Mais ce n'était pas une classique.

Je me demande ce que sont devenues ses autres voitures. Était-ce une passion qui n'a duré qu'un temps ? Ou peut-être conduisait-il des voitures remises à neuf dans un système de blanchiment d'argent, et qu'il a arrêté quand il a emménagé avec mon père ?

Je fronce les sourcils. Décidément, ça ne me plaît pas de coller à mon oncle toutes sortes d'activités illégales.

— Je ne sais pas ce qu'il en a fait, honnêtement. Ce n'est jamais venu dans la conversation.

— Et une fois qu'il a déménagé dans le comté d'Orange ? Il est revenu régulièrement ici après son déménagement ? Ou seulement pour la Shelby Cobra ?

— Je ne pourrais pas vous dire s'il est souvent revenu à Los Angeles, répond Ortega. Mais il n'est pas venu me voir, en tout cas, sauf pour votre voiture.

Je regarde Lamar. Il a la tête penchée, et visiblement, il est du même avis que moi. Cette piste ne mène nulle part. Je décide donc d'aller droit au but.

— Écoutez. S'il vous plaît, ne le prenez pas mal, mais j'espérais qu'il vous aurait demandé de l'aide pour le côté peu reluisant de son entreprise. Comme refourguer des pièces automobiles, par exemple, ou blanchir de l'argent.

— Mais ce n'est pas pour ça que nous sommes ici, s'empresse de clarifier Lamar. Tout ce que vous nous direz restera strictement confidentiel. Je n'en soufflerai pas un mot.

— J'avoue que j'aurais du mal à vous croire sur parole, inspecteur. Mais ça n'a aucune importance, parce qu'il ne m'a jamais demandé de faire quelque chose comme ça. J'aurais refusé, de toute façon. Mon père et mon grand-père travaillaient tous les deux dans la sécurité privée. Et mon arrière-grand-père était un agent de Pinkerton.

Je croise le regard de Lamar. Une famille de flics, ça ne garantit pas qu'une personne soit irréprochable, mais c'est un bon début.

— Votre oncle le savait, me dit Ortega en souriant. C'est peut-être pour ça qu'il ne me l'a jamais demandé. Il savait sûrement qu'il lui faudrait trouver un autre mécanicien si j'apprenais dans quel genre d'affaires il trempait.

Une fois de plus, il caresse le capot de ma Shelby.

— Vous savez l'entretenir, ça se voit.

Il me fait un petit signe de tête, comme si nous nous connaissions depuis toujours et qu'il était fier de moi comme de sa propre fille.

— Je suis content que vous soyez venue avec. C'est toujours un plaisir de revoir l'une de mes voitures.

— Tout le plaisir est pour moi. Je suis heureuse que vous vous en souveniez.

Je jette un coup d'œil à Lamar pour savoir si nous avons fait le tour des questions.

— Avez-vous déjà remarqué un détail inhabituel ? demande-t-il. Est-ce que Peter a déjà été accompagné de quelqu'un qui vous a paru bizarre ?

— Bizarre ? Non. Je ne peux pas dire que j'appréciais sa petite amie. On ne peut pas reprocher à un homme de sortir avec une femme plus jeune, mais je n'ai jamais vraiment compris ce goût-là. Je préfère avoir une femme avec de la conversation. Enfin, ça me gêne un peu de parler de ces choses-là avec sa nièce.

Pour la première fois, je me rends compte que j'ai rarement vu Peter sortir avec des femmes. Il lui arrivait d'en inviter au restaurant, de temps à autre, mais pour autant que je sache, il n'a jamais été marié.

— Pourriez-vous nous la décrire ? s'enquiert Lamar.

— Elle est venue deux fois avec lui, les deux fois quand il venait voir cette Shelby Cobra. Une jeune femme, blonde aux yeux bleus, très jolie.

Il sourit.

— Je me rappelle m'être demandé si elle était assez âgée pour entrer dans un bar.

— Si jeune ?

Alors, cette fille devait avoir environ mon âge. Et maintenant que Monsieur Ortega l'évoque, j'ai le vague souvenir d'avoir vu mon oncle Peter une fois ou deux avec une blonde qui n'était pas plus âgée qu'Alex.

Je me promenais une fois sur la plage et je suis arrivée à la maison plus tôt que Peter ne l'avait prévu. Je m'étais entaillé le pied sur un coquillage cassé et je devais rentrer pour me désinfecter.

Je ne l'ai pas bien vue, mais elle se tenait sur le porche de derrière, en bikini, avec un paréo noué autour des hanches. Elle portait un chapeau de paille souple qui plongeait son visage dans l'ombre, mais une queue de cheval blonde en dépassait. Je voyais bien d'après sa silhouette qu'elle était plus âgée que moi, mais encore très jeune. Je me suis même demandé pendant un moment si elle était venue voir Alex et je me souviens d'avoir ressenti un certain agacement à l'idée qu'il puisse fréquenter quelqu'un d'autre en parallèle de notre petite histoire secrète.

Le temps que je me rapproche de la maison, elle était partie. Quand j'ai interrogé l'oncle Peter, il m'a dit que c'était une voisine qui était venue pour régler une question du quartier. Ça ne m'a pas intéressée au point de creuser davantage.

— Connaissez-vous son nom ?

— Désolé. Pas la moindre idée, répond Monsieur Ortega en secouant la tête avec regret.

Lamar et moi lui posons encore quelques questions, essayant de lui rafraîchir la mémoire sur les détails susceptibles d'aider à l'identifier, mais rien n'y fait.

Alors que nous remontons à bord de ma Shelby, un peu plus tard, pour prendre la direction de Panorama City où habite Monsieur Longfeld, j'ai une question de plus au sujet de Peter, et toujours pas de réponses.

17

—Je voulais te le dire en chemin, fait Lamar en essuyant la table en terrasse où nous venons de déguster un burrito géant, acheté dans une gargote locale recommandée par Monsieur Ortega.

Ce n'était pas vraiment le déjeuner chic que Lamar voulait faire payer par *The Spall*, mais nous avions trop faim. Selon l'heure à laquelle nous aurons terminé, *The Spall* pourra toujours nous offrir un verre dans un hôtel sympa, en attendant la fin de l'heure de pointe.

—J'ai fait quelques recherches sur Ronan.

Je jette une serviette en boule dans la poubelle et me retourne vers lui.

— Tu as trouvé quelque chose ?

— Devlin sait que tu t'y intéresses ?

Je penche la tête et lui lance un coup d'œil avant de retourner vers la Shelby. J'attends d'être au volant et lui sur le siège passager pour répondre.

— Devlin sait que j'ai des doutes, dis-je avec diplomatie.

Je démarre la voiture et m'engage dans la rue avant de le regarder à nouveau.

— Mais il ne les partage pas.

— Super. Déjà qu'on a du mal à s'entendre, tous les deux, si en plus tu me fais déterrer des saloperies sur son ami...

Je hausse les épaules. C'est vrai que je me sens un peu coupable, mais pas au point de renoncer à ses informations.

— Je ne t'en demanderai pas plus, mais c'est déjà fait, alors autant me dire ce que tu as appris. On va où, au fait ? Tu peux m'indiquer le chemin jusqu'au travail de Longfeld ?

Il prend mon téléphone, accroché au support sur le tableau de bord, et je lui donne le code pour le déverrouiller.

— L'adresse est dans le bloc-notes.

Il lance la recherche GPS, puis nous ramène à la 101, où nous allons rouler pendant au moins une demi-heure avant de bifurquer sur la 405.

— Il a suivi la même formation de tireurs d'élite qu'Alejandro Lopez, me dit Lamar une fois que je suis sur la voie de gauche. Alors, j'imagine que c'est là qu'ils se sont rencontrés.

Je hoche la tête.

— Devlin m'a dit la même chose. L'armée.

— Ce qui devient intéressant, c'est qu'Alejandro a été renvoyé « à la convenance du gouvernement » après seulement deux ans de service.

Il esquisse des guillemets avec ses doigts tout en parlant.

— Tu le savais ?

— Non. Mais je ne pense pas qu'il en fasse mystère. On n'a jamais vraiment parlé de son service à l'armée. Qu'est-ce que ça veut dire ?

— Il m'a fallu du temps pour le découvrir. Apparemment, ça peut signifier tout ce que le gouvernement souhaite taire. On l'utilise parfois quand un soldat a besoin d'une porte de sortie pour raisons familiales. Parfois, c'est lorsque quelqu'un a été recruté dans les services de renseignement. Vu la période, je pense qu'Alex-Alejandro voulait juste disparaître.

— Le timing, répété-je. Qu'est-ce que tu voulais dire par là ?

— C'était au moment où Daniel Lopez a été tué. Devlin m'a dit qu'il avait décidé d'abandonner Alex pour devenir Devlin à ce moment-là. En tant qu'héritier, Alex se serait retrouvé dans la ligne de mire.

Je le regarde de côté.

— Je pensais que tu te renseignais sur *Ronan*.

— J'y arrive. Ils sont très liés, tu sais.

— Oui, je sais. Qu'est-ce que tu as trouvé ?

— Au moment où Alejandro a été renvoyé comme par magie, Devlin Saint a débarqué. Les archives montrent qu'il s'est engagé à dix-sept ans, qu'il a gravi les échelons et fini dans les forces spéciales. On sait maintenant qu'une partie de cet historique a été fabriqué de toutes pièces, mais à peu près au même moment, Ronan Thorne a été transféré dans la même unité. Après ça, tout d'un coup, je ne trouve plus rien à leur sujet.

— Ils ont dû intégrer les renseignements pendant un temps.

C'est une supposition, mais je pense deviner juste. Devlin pourra me dire si j'ai raison.

— C'est tout ce que je sais, conclut Lamar. Je suppose que si Ronan était dans les forces spéciales, il est particulièrement doué. Ça le rend dangereux. Positif s'il se bat contre l'ennemi, mais beaucoup moins si l'ennemi en question, c'est nous.

— Devlin est convaincu que Ronan n'est pas plus dangereux que toi pour moi.

Lamar grogne avec un grand éclat de rire.

— J'aimerais pouvoir dire que je suis d'accord, mais tu m'excuseras, le jury délibère toujours.

Je roule en silence pendant un moment, laissant tout cela retomber autour de moi.

— J'ai confiance en Devlin, dis-je enfin à voix basse. Je n'aime pas m'opposer à lui.

Je lance un coup d'œil à Lamar.

— On a fait tant de chemin pour se remettre sur la bonne voie. Continuer à penser que Ronan est peut-être l'expéditeur des textos... Je ne sais pas. Ça commence à me paraître déloyal.

À côté de moi, Lamar change de position sur son siège.

— Tu te ramollis, Sherlock.

Je me crispe, parce que ce n'est *pas* ainsi que j'aimerais que l'on me considère. Mais je finis par me détendre. Ce n'est pas vrai. Pas sur tout, en tout cas. Mais avec Devlin ?

— Oui, chuchoté-je avec un infime sourire. C'est peut-être vrai.

Harold Longfeld, l'ancien propriétaire de *Bricolage Cotton*, habite dans un studio, dans un ancien entrepôt rénové derrière la petite épicerie où il travaille comme commis. Il a une fenêtre et des toilettes chimiques. Après quelques instants dans cette atmosphère putride, je lui propose que Lamar et moi lui achetions une tasse de café au restaurant que nous avons vu au bas de la rue.

Il préfère boire un coup au bar, deux portes à côté, et nous acceptons.

— C'est ignoble, je sais, dit-il une fois que nous sommes installés à une petite table. Là où j'habite, je veux dire. Mais je le mérite. La vie que j'ai menée...

Il laisse mourir sa phrase en secouant la tête.

— Je n'ai jamais voulu faire de mal à cette femme, mais ce que j'ai fait... la renverser, l'arracher à sa famille... ça m'a changé.

— Je peux le comprendre, dis-je à mi-voix.

Je m'attends à ce qu'il commande un café, étant donné qu'il nous parle de la femme qu'il a tuée en conduisant en état d'ivresse, mais il opte pour un whisky. Comme je dois conduire, je commande un Coca Light. Lamar, qui cherche peut-être à nouer un lien avec ce type, prend une bière.

Mon ami m'a donné tout ce qu'il savait sur Longfeld et j'ai passé les informations en revue hier, mais il n'y avait pas grand-chose que je ne savais pas déjà. Longfeld a été accusé de divers crimes financiers, classés sans suite. Puis il a tué une femme et sa vie a basculé. Il regrette l'accident, mais plus encore, il regrette son ancienne existence.

D'après une note que Lamar a trouvée chez le juge des libérations conditionnelles, il s'est mis à assister aux services religieux proposés par la prison. Selon le membre de la commission auteur du compte-rendu, ce n'était pas simplement pour le changement de décor que représentaient les visites hebdomadaires à la chapelle. Apparemment, Monsieur Longfeld est devenu croyant, allant même jusqu'à donner des cours de catéchisme aux autres détenus, ainsi que du rattrapage en lecture et en mathématiques.

Il n'y avait aucune mention de mon oncle dans le dossier, et Lamar a dit qu'il avait creusé dans la salle des preuves sans succès.

Mais si Peter était aussi impliqué auprès du Loup que nous le pensons, alors je peux sûrement trouver la preuve qu'il était corrompu. Je sais que c'est sans doute un vœu pieux, mais j'ai le sentiment que Longfeld en sait quelque chose. Et que peut-être – je dis bien *peut-être* – ses remords et son œil neuf sur la vie le pousseront à révéler tous les secrets qu'il pourrait détenir.

Je prends une gorgée de mon soda, puis je lui offre un sourire que j'espère amical.

— J'apprécie que vous acceptiez de me parler. Je vous ai dit que j'écrivais un article sur Peter, mais ce n'est pas une histoire classique. C'était mon oncle et je cherche à savoir dans quels crimes il trempait exactement. Contrairement à vous, je ne suis pas sûre qu'il se soit jamais repenti pour ce qu'il a fait. Peut-être qu'il aurait fini par y arriver, mais nous ne le saurons jamais. Pouvez-vous me dire ce que vous savez ? Étiez-vous au courant qu'il travaillait pour le Loup ? Savez-vous comment il s'est retrouvé dans ce monde-là ?

— Je sais que c'était le bras droit du Loup, dit Longfeld.

Je me retiens de réagir, même si je suis franchement étonnée par cette déclaration directe.

— Il m'a dit qu'ils étaient amis depuis des années. Il ne m'a jamais dit qu'il comptait se payer Lopez… Heureusement, je n'aurais pas voulu en entendre parler. Ça m'aurait mis une cible dans le dos. Je savais que c'était déjà bien assez dangereux.

— Comment l'avez-vous su s'il ne vous l'a jamais dit ?

Longfeld ricane.

— Je blanchissais des centaines de milliers de dollars pour votre oncle. Ça ne tombe pas comme ça. Je savais ce que je faisais. D'où provenait l'argent et où il allait.

Il soulève son verre, fait signe au serveur d'en apporter un autre, puis le vide d'un trait.

— Vous n'allez pas aimer ce que je vais dire, mais comme vous m'interrogez, autant que vous le sachiez. Ça vous va ?

Je regarde Lamar et puise du réconfort dans ses yeux. Enfin, je hoche la tête.

— Oui, allez-y.

— Votre oncle aimait ce qu'il faisait. Il aimait le danger que ça représentait. Daniel Lopez était son ami, bien sûr, mais Peter prenait plaisir à le voler. Il aimait regarder le diable en face, en se disant qu'il avait gagné.

Ma bouche est sèche et mes mains sont crispées autour de mon verre. À tel point que je dois faire un effort conscient pour relâcher ma prise de peur de briser le verre. *C'est moi qu'il décrit.* Pas les trucs illégaux, bien sûr, mais la danse avec le diable. Ce frisson que l'on trouve dans le danger et l'exaltation de la survie quand on en réchappe vivant.

J'ai toujours pensé que c'était la culpabilité du survivant, et compte tenu de la vie que j'ai menée et de tous ceux que j'ai perdus, ce serait logique. Mais à présent, je me demande si ce n'est pas aussi dans mon sang. S'il n'y a pas un peu de Peter en moi. Au-delà du simple lien familial, une véritable trace de l'homme qu'il était.

Étant donné tout ce que j'apprends sur lui, je ne suis pas sûre d'apprécier cette éventualité.

Je m'efforce de masquer mes émotions, et comme Longfeld continue de parler, j'en déduis que je me débrouille plutôt bien. Mais Lamar me connaît trop. Quand il pose sa grande main dans mon dos, je remercie en silence l'univers de m'avoir donné un ami si prévenant.

— Quand vous dites que votre oncle n'a pas eu le temps de faire les choix que j'ai faits, reprend Longfeld, je dois vous détromper, là encore.

Je secoue la tête, les sourcils froncés.

— Excusez-moi, je ne vois pas ce que vous voulez dire.

— La question du repentir. Il a eu l'occasion de se racheter, des années avant d'être tué. Mais il n'a pas changé de vie pour autant.

Je n'y comprends rien et mon front se plisse avec perplexité.

— Mais où voulez-vous en venir ?

— Votre mère.

Sa voix est impassible et monocorde. Mon estomac se noue dans l'anticipation de ses paroles.

— Peter a volé le Loup, et le Loup lui a donné un avertisse-ment. S'il recommençait, Peter en paierait le prix.

Ses épaules s'affaissent.

— Il a payé, c'est sûr.

Je regarde Lamar, qui a l'air aussi déboussolé que moi.

— Je ne comprends pas. En quoi a-t-il payé ?

Les yeux de Longfeld rencontrent les miens.

— Vous l'ignorez ? Le Loup a fait tuer votre mère en repré-sailles.

❧ 18 ❦

Comme je suis trop engourdie, c'est Lamar qui prend le volant pour le trajet de retour.

Je ferme les yeux et me penche en arrière, blottie sur le siège en cuir, laissant mes pensées vagabonder dans une forme de méditation dévoyée. Ce n'est pas le bon mot, naturellement, car la méditation suggère la paix et le calme. Il n'y a rien de calme dans ce que je ressens.

Au contraire, je suis sous le choc. À vif, vide et déchirée de l'intérieur. Perdue dans la circulation, je me réfugie dans ma propre tempête d'émotions, une palette allant de la colère jusqu'au deuil, en passant par la trahison. Et l'amour aussi. Parce que c'est le pire de tout, n'est-ce pas ? Le fait d'avoir aimé mon oncle, vraiment et sincèrement. Pourtant, il m'a fait ça. Il a continué à mettre un pied devant l'autre, sachant pertinemment que le chemin qu'il empruntait se terminerait par ma mère dans un cercueil.

On ne peut sûrement pas dire que c'est une chose qu'il m'a *faite*, il y a même de fortes chances qu'il n'ait pas pensé à moi. Ni même à ma mère.

Mais n'est-ce pas tout le problème, justement ? Il n'a pensé qu'à lui, semant une traînée de destruction derrière lui. Une traînée qui trouve son apothéose maintenant, avec mon cœur brisé.

Il y a un accident de la route sur la 5 et la circulation est un cauchemar, ce qui ne fait qu'ajouter à mon malaise. J'essaie de dormir dans la voiture, peut-être même que je réussis un peu. Mais ça m'étonnerait. Je n'ai qu'une raison de vouloir dormir, pour qu'au réveil, tout soit fini et que ce ne soit plus qu'un mauvais rêve.

Mais ce n'est pas le cas. Quand nous arrivons à Laguna Cortez, tout est aussi réel qu'au moment où nous avons quitté Los Angeles. Et même si je souris à Lamar et le remercie d'avoir pris le volant, même si je le laisse passer un bras autour de mon épaule pour m'accompagner jusqu'à la porte, je sais qu'il perçoit ma douleur.

Et qu'il se sent aussi impuissant que moi à me réparer.

— Ça va aller, dis-je en arrivant devant la porte d'entrée. Je t'assure.

C'est un mensonge, évidemment.

— J'en suis sûr, mais je veux être certain que tu sois bien installée à l'intérieur avant de te laisser.

Il m'embrasse délicatement sur le front, puis me libère et saisit le code de Brandy sur le pavé numérique. J'entends le ronronnement familier de la serrure qui s'enclenche, puis le grincement des gonds lorsqu'il pousse la porte. Des bruits si quotidiens dans un monde qui me semble étranger, à présent.

Il me tend la main, comme si j'étais un petit enfant. C'est l'impression que j'ai. Je me sens trop jeune et hésitante, effrayée et perdue. Je n'aime pas me sentir comme ça. Cela ne me ressemble pas, à moins que je me berce d'illusions. J'ai peut-être atteint ce point de non-retour où toute l'horreur de ma vie devient trop lourde à porter. Peut-être que je suis définitivement brisée, cette fois.

— Ça va.

Une fois de plus, c'est un mensonge. Lamar est mon meilleur ami, mais j'aimerais qu'il s'en aille. Tout ce que je veux, c'est me rouler en boule.

Même ça, ce n'est pas tout à fait vrai. Ce que j'aimerais vraiment, c'est me blottir contre Devlin, le laisser me câliner pendant que je m'endors. Parce qu'alors, peut-être que je me réveillerais plus forte, ragaillardie par sa simple présence à mes côtés.

Mais il se trouve dans un autre État en ce moment, et j'ai beau adorer Lamar, ce n'est absolument pas la même chose.

Je parviens à sourire. Je suis sur le point de l'embrasser sur la joue et de le chasser gentiment quand je vois une ombre se profiler sur le sol de l'entrée. Je me fige, car je n'avais pas réalisé qu'il y avait quelqu'un d'autre à la maison, puis je lâche un cri de soulagement quand je me rends compte que c'est Devlin.

Sans avoir conscience que je bouge, je me jette dans ses bras et il me serre. Ce n'est qu'à ce moment-là que les vannes cèdent. Avant que je ne m'en rende compte, les larmes ruissellent sur mes joues et je me raccroche à lui, dans la sécurité de ses bras. Pendant un instant, nous restons ainsi, l'un contre l'autre dans le couloir. Il me murmure des paroles apaisantes. J'arrive enfin à me ressaisir et je m'écarte suffisamment pour voir son visage.

— Comment ça se fait ? Tu es censé être à Las Vegas. Qu'est-ce que tu fais ici ?

— Lamar m'a envoyé un texto. Il a dit que je devais être là quand tu reviendrais. Il m'a dit que tu avais besoin de moi.

Je me retourne, cherchant Lamar du regard. Il est dans l'entrée, la porte refermée derrière lui. Il hausse une épaule d'un air évasif.

— J'ai eu raison.

Merci, articulé-je en silence.

— Tu es revenu, dis-je à Devlin. Pour moi.

— Oh, bébé, évidemment ! Tu veux bien me raconter ce qui s'est passé ?

À ces mots, un nouvel afflux de larmes m'ébranle. Je sais qu'il n'est venu que parce que j'avais besoin de lui.

J'enfouis à nouveau mon visage contre son torse, me laissant aller contre lui. Au même moment, j'entends la porte s'ouvrir et la voix de Brandy me parvient :

— ... et quand il s'est jeté dans les vagues, j'ai failli le perdre... Oh, là ! Qu'est-ce qui se passe ?

Immédiatement, Jake quitte Brandy et Christopher pour s'empresser de venir me renifler. Je ne peux m'empêcher de rire en lui caressant la tête.

— Bon, lance Lamar à la cantonade. On se parle bientôt, Sherlock.

Je hoche la tête, puis je lui envoie un baiser.

Il sourit et soutient mon regard un instant avant de tourner les talons pour partir. Au passage, ses doigts frôlent l'épaule de Brandy comme pour lui faire comprendre qu'il la tiendra au courant plus tard.

Évidemment, elle n'est pas disposée à attendre. Son regard alterne entre Devlin et moi.

— Que s'est-il passé ?

— J'ai eu une journée de merde, déclaré-je. Lamar a été adorable en demandant à Devlin de me retrouver ici.

Je vois Christopher prendre la main de Brandy pour la dissuader de poser d'autres questions.

— Tu sais à quoi je pensais ?

Avant qu'elle ne puisse répondre, il continue :

— Je me disais que ce serait sympa d'aller au cinéma sur Pacific. Il s'appelle comment, déjà ? *Le Prestige* ? On irait voir un classique. Ça ne te plairait pas ?

Brandy semble trouver cette idée saugrenue, mais quand elle me regarde, je vois qu'elle comprend. Elle se tourne alors vers Christopher avec un sourire éclatant et un bref hochement de tête.

— C'est une idée absolument formidable. Je me demande ce qu'il y a au programme.

— Peu importe. Je suis sûr que ça nous plaira. Il doit y avoir une séance bientôt, non ? Au pire, on peut aller manger un morceau d'abord.

— *Le Faucon maltais*, dis-je en me remémorant le rendez-vous de Lamar et Tracy.

— Excellent film, commente Devlin. Merci, les amis.

— Aucun souci, répond Brandy. Et nous irons boire un verre après le film, alors ne vous attendez pas à me revoir avant au moins deux ou trois heures. D'accord ?

À côté d'elle, Christopher nous salue d'un mouvement de tête, puis Brandy me serre dans ses bras pour me réconforter. Je sais que ça lui coûte de ne pas me demander plus de détails sur ce qui se passe. Mais je ne peux pas nier que je suis contente qu'elle reparte. Pour l'instant, je ne veux que Devlin, et Brandy comprend cela. Ce n'est pas pour rien que cette fille est ma meilleure amie.

— Chocolat chaud ? lance Devlin lorsque la porte se referme derrière eux.

— Quoi ?

— C'est une de mes bizarreries, avoue-t-il. Quand j'ai passé une dure journée, j'aime bien me faire un chocolat chaud.

Je sens un sourire me venir aux lèvres.

— Alors, oui, avec grand plaisir.

Il me prend par la main et essaie de me faire asseoir sur le canapé, dans le salon, non loin de la cuisine, mais je secoue la tête. Je veux pouvoir le voir et lui parler. Je nous entraîne donc vers l'îlot, puis je me perche sur un tabouret et le regarde s'activer, ouvrir et fermer les placards et les tiroirs de Brandy avant de se planter dans le garde-manger, visiblement désorienté.

— Tu ne fais pas ça très souvent, on dirait.

— Au contraire. Je suis un homme aux multiples talents. Mais ce n'est pas *mon* garde-manger. Et même si ta coloc prépare des muffins à tomber par terre, elle ne doit pas être une experte en cacao raffiné. Enfin, elle a du chocolat en poudre, c'est au moins ça.

Il sort un sachet de cacao et le secoue.

— Rappelle-moi de l'engueuler, me dit-il. Franchement, des faux marshmallows ? Ça craint.

Maintenant, mon sourire se change en éclat de rire. Je suis tellement reconnaissante envers Lamar d'avoir fait venir Devlin que je suis presque au bord des larmes. Je baisse les yeux, de peur qu'il se méprenne sur mes larmes de joie, ne relevant la tête qu'une fois certaine de pouvoir me maîtriser.

Il me regarde, le front soucieux.

— Tout va bien, lui assuré-je. C'est ton côté fée du logis qui me fait rire.

— Je suis un homme plein de mystère.

Je me fiche de lui :

— Oui, c'est ça.

Assise plus confortablement, je le regarde remplir la bouilloire et faire chauffer l'eau, puis, avec plus de concentration que ne l'exige la préparation d'un simple chocolat chaud en sachet, il la verse dans l'une des tasses en porcelaine fantaisie qu'il a dénichées dans le placard au-dessus du réfrigérateur.

Il la pose délicatement sur la soucoupe assortie, puis ouvre une boîte d'Oreo et en dispose deux à côté de la tasse.

— Y a-t-il autre chose dont madame a besoin ?

J'ai envie de rire, mais je réponds avec sérieux :

— Non, merci. Ce sera tout.

— Alors, régale-toi.

Il commence à se détourner.

— Ne t'avise pas de partir. Tu ne prends pas de cacao, toi aussi ?

— Comme madame voudra.

Il se prépare une tasse avec l'eau encore chaude et vient s'asseoir à côté de moi devant le plan de travail.

— Tu préfères le canapé ?

Je secoue la tête.

— Non. J'aime bien être ici. C'est ici que je m'assois quand Brandy et moi discutons. C'est...

Je ne sais pas trop quel est le mot. Douillet ? Chaleureux ? Non, ce n'est pas vraiment l'idée.

— Bien, dis-je enfin avec un haussement d'épaules. C'est bien, je me sens bien.

Il me tend la main et me frôle la joue avec son pouce.

— En ce qui me concerne, bébé, je me sens toujours bien quand je suis avec toi.

Je me rends compte que les larmes sont revenues quand je sens leur goût salé dans mon chocolat.

— Merci d'avoir changé le cours de cette journée vraiment atroce.

— Tu veux bien que je te demande ce qui s'est passé ?

Je cligne des paupières.

— Lamar ne te l'a pas dit ?

— Il a juste dit que tu avais besoin de moi. Tu veux en parler ?

— D'un côté oui, mais de l'autre non.

Je prends une gorgée de chocolat chaud pour me donner le temps de réfléchir.

— Mais tu as fait tout ce chemin, tu mérites de savoir.

— Non, ça dépend entièrement de toi. Tu m'en parleras quand tu seras prête, même si ça ne vient jamais.

Je bois à nouveau, puis je grignote l'Oreo sans l'ouvrir. Je n'aime pas faire ça. Pourquoi concevoir un biscuit fourré si c'est pour que les gens le désassemblent ? Après tout, je ne démonte pas les sandwiches au thon ou au beurre de cacahuète. Non, c'est vraiment trop bizarre.

J'en fais la remarque à Devlin, qui hoche la tête avec gravité, comme si le sujet valait la peine que l'on y réfléchisse.

— Quand même, dit-il enfin, ouvrant son biscuit en deux pour racler le glaçage avec les dents.

— Et moi qui pensais te respecter, dis-je tristement avant de prendre une autre bouchée.

Des miettes tombent sur mes genoux. Je les essuie, puis je prends une nouvelle gorgée de cacao.

Je cherche à gagner du temps, bien sûr, mais c'est comme une parenthèse. Et quand Devlin me prend la main, j'ai l'impression qu'il tourne une clé en moi. Je suis prête à parler, maintenant, tant qu'il me touche, me partageant un peu de sa force.

On dirait qu'il vient d'ouvrir un robinet. Je commence lentement, et bientôt, toute l'histoire se déverse. Je lui parle de la menace qui pesait sur ma mère, ajoutant que l'oncle Peter n'a rien fait pour y remédier.

— Il savait que s'il ne rattrapait pas le coup avec ton père, ma mère allait payer. Il le savait, sans le moindre doute, pourtant il a continué. Il aimait cette vie et il aimait les risques encore plus qu'il n'aimait sa sœur. Je ne comprends pas comment c'est possible. Ni pourquoi ton père l'a laissé vivre après ça. Peter a détourné des fonds, et pourtant, le Loup lui a laissé la vie sauve, l'a laissé tout recommencer des années plus tard à Laguna Cortez. Ça n'a aucun sens. Je ne sais pas ce qu'il avait dans la tête.

Le visage de Devlin est devenu livide.

— Seigneur, fait-il en secouant la tête. Je n'ai pas de réponses, bébé. Pas vraiment. Quant à la raison, je pense simplement que Peter n'y a pas cru. Il aimait ta mère, et c'était le genre de gars qui se sortait de toutes les situations. Il avait une estime exacerbée pour sa propre personne. Il devait penser que mon père l'appréciait trop pour véritablement le punir.

Il hausse les épaules avant de poursuivre.

— Je pense qu'ils étaient amis. Mais il n'a pas été puni par Daniel Lopez. Il a été puni par le Loup. La plupart des gens, même ses proches, n'ont jamais compris la différence.

— Pas mon oncle Peter, protesté-je. Il connaissait la nuance. Il savait ce que le Loup avait fait à ta mère, n'est-ce pas ? Alors, il savait qu'il ferait du mal à la mienne aussi, et il l'a laissé faire.

— Je n'ai pas de réponse. Peut-être pensait-il que c'était un risque qu'il pouvait se permettre de prendre.

— C'est le point essentiel, tu ne trouves pas ? Il était prêt à mettre en danger les personnes qu'il aimait, rien que pour le plaisir du risque.

Je prends une gorgée. J'ai besoin de la chaleur réconfortante du chocolat, mais il a déjà refroidi.

— C'est ce que j'aimerais comprendre. Je veux comprendre pourquoi il est devenu comme ça. Ce qui l'a changé. Et pour le moment, je suis trop frustrée, parce que je n'en ai pas la moindre idée.

Je passe les doigts dans mes cheveux, puis j'essuie mes yeux humides.

— Je ne sais pas comment faire. Je ne sais pas *quoi* faire ou ressentir. J'aimerais le détester, mais je ne peux pas. J'ai plus de souvenirs avec lui qu'avec elle. Je pensais qu'il s'occupait de moi parce qu'il m'aimait. Mais en fait, il se sentait coupable.

Devlin s'approche et prend mes deux mains dans les siennes.

— Il t'aimait.

Je lève la tête et rencontre son regard.

— Tu savais ?

— Qu'il t'aimait ?

Je secoue la tête.

— À propos de ma mère.

Devlin écarquille les yeux et secoue lentement la tête.

— Non. Je le jure sur la tombe de ma propre mère, je n'en avais aucune idée.

Je hoche la tête, soulagée qu'il n'ait pas été accablé par cette vérité.

— Longfeld a dit que Peter prenait son pied avec le danger. D'après lui, s'il survivait, alors ça signifiait qu'il ne pouvait rien lui arriver de mal. Il flirtait toujours avec le danger. Mais il a fini par se brûler les ailes, n'est-ce pas ?

Devlin ne répond pas tout de suite. Au lieu de quoi, il me dévisage. Le silence persiste si longtemps que je commence à me trémousser sous son regard insistant. Finalement, il me dit :

— Tu n'es pas comme lui, El.

Je ricane sèchement. Cet homme lit en moi comme dans un livre ouvert et ça m'agace autant que ça me charme.

— Les gens ont plusieurs facettes. Tu peux toujours l'aimer, El. C'est permis. Et tu peux le détester aussi, pour ce qu'il a fait. Quoi que tu éprouves, accorde-toi la permission de ressentir tes émotions.

— C'est grave qu'en ce moment, tout ce que je veuille, c'est dormir ?

Un sourire sans joie touche ses lèvres alors qu'il se laisse glisser du tabouret pour s'approcher de moi. Il m'aide à descendre, puis me prend immédiatement dans ses bras et me porte vers le lit. Il m'aide à me déshabiller et je me glisse nue entre les draps. Ce n'est que le début de soirée, mais je sens déjà l'épuisement m'attirer irrémédiablement vers le sommeil.

— Tu veux bien me prendre dans tes bras ?

— Tu n'as même pas besoin de le demander.

Il se déshabille et se glisse au lit à côté de moi. Je me blottis contre lui, avide de sentir sa peau chaude contre la mienne. Ses bras m'entourent et je ferme les yeux, laissant le monde ralentir jusqu'à ce que, bientôt, la seule chose qui me rattache encore à cette terre soit le doux contact de sa peau. Je flotte librement dans les souvenirs, errant entre les images de ma mère, de Peter, d'Alex...

Je suis en sécurité dans cet endroit où les rêves rencontrent les souvenirs, où Alex et ma mère se tiennent sur la même terrasse, tournés vers l'océan. Je suis entre eux, leurs mains dans les miennes.

Soudain, je me rends compte que je ne tiens rien du tout. Je suis debout sur la plage, les bras tendus et les yeux fermés, à écouter les vagues s'écraser contre le rivage.

J'entends quelqu'un derrière moi et je me tourne pour découvrir Peter. Mon cœur bat la chamade quand je réalise qu'il n'y a pas que lui, mais aussi le canon d'une arme.

Mon cœur s'emballe. J'ai envie de crier, mais j'en suis incapable. Le pouls dans ma gorge est trop fort.

J'entends un déclic, mais la main de Peter n'a pas bougé et aucune balle n'a jailli.

Terrifiée, je fais volte-face, et là, mes yeux croisent ceux de Devlin.

Il vient d'armer un revolver.

Et quand je le regarde, quand je hurle, il ouvre le feu.

❧ 19 ☙

— E l ! El ! Ellie ! Bébé, allez, réveille-toi !

La voix de Devlin se fraye un chemin dans la brume amère du sommeil et je franchis à mon tour le brouillard, forçant mes yeux à s'ouvrir et mon corps à cesser de crier, encore secouée par le coup de feu. J'ai le souffle court quand son visage se précise. Ses yeux dans les miens, les sourcils froncés, l'inquiétude manifeste sur son visage. Une main sur ma joue, il me rapproche de lui et m'embrasse sur le front en murmurant :

— Là, là, bébé. Je suis là. Ça va, tout va bien.

— Oh, mon Dieu, je suis désolée.

Je m'agrippe à ses épaules, essayant toujours de reprendre ma respiration, mon pouls rugissant dans mes oreilles.

— Un cauchemar.

— Tu veux en parler ?

Je me déplace, essayant de rassembler les fils du rêve qui s'attardent. Je me redresse dans mon lit, tirant le drap vers le haut en le serrant autour de moi comme une couverture de survie.

— J'étais avec l'oncle Peter, commencé-je avant de lui raconter mon rêve.

À la fin du récit, des larmes me piquent les yeux.

— Tu as tué Peter pour me sauver, dis-je alors que Devlin se presse contre moi.

Sa proximité est à la fois réconfortante et doucement aguichante. Il me prend la main et son pouce effleure la peau tendre de mon poignet.

— Tu as tué Peter pour me protéger, répété-je. Il a fallu du courage.

— Le courage est facile dans un rêve.

J'éclate de rire. On ne peut pas nier que c'est vrai. Pourtant...

Je rencontre son regard.

— Ce n'était pas seulement dans un rêve.

J'ai l'impression qu'un poing se resserre comme un étau autour de mon cœur.

— Je suis revenue vers toi parce que j'ai besoin de toi. Parce que je t'ai pardonné. Mais je ne suis pas sûre d'avoir vraiment compris ce que tu as traversé pour moi jusqu'à maintenant.

Je pose la main sous son menton et passe légèrement mon pouce sur sa lèvre.

— Ce que tu as fait... à l'oncle Peter, je veux dire. Ça t'a demandé du courage.

Lorsqu'il commence à secouer la tête, je plaque mes deux mains sur ses joues et le regarde droit dans les yeux.

— Tu as dit la vérité à Brandy et Lamar, aussi. Là encore, il a fallu du courage.

— Techniquement, *tu* leur as dit la vérité. Et personne n'a dit à Lamar toute la vérité.

Je hausse une épaule.

— Tu sais, il est intelligent. Au fond, je savais qu'il le découvrirait. Ne coupe pas les cheveux en quatre. Tu as pris la décision de les intégrer dans notre cercle. Pour ça, je te remercie.

— C'est facile d'être courageux quand on a une bonne raison.

— Moi ?

— Quoi d'autre ? *Qui d'autre ?*

L'intensité de sa déclaration me fait l'effet d'une décharge électrique, éveillant tous mes sens. Je m'approche encore plus, en proie à une envie soudaine – non, un *besoin* – de le toucher. Le drap glisse et nous nous retrouvons tous les deux nus. Mon pouls s'emballe et mes mamelons pointent lorsque j'effleure ses lèvres en un baiser, peau contre peau, corps contre corps.

Quand je recule pour le regarder, je découvre sur son visage non seulement un désir qui rivalise avec le mien, mais aussi une hésitation.

— Qu'y a-t-il ? demandé-je, confuse et un peu déçue.

Il détourne brièvement le regard.

— Quand tu m'as appelé dans ton rêve, tu m'as appelé Devlin.

Je secoue la tête. Il n'y a rien de remarquable dans tout cela.

— L'oncle Peter était dans le rêve. Quand tu m'as connu à son service, j'étais encore Alex. Est-ce que j'étais Devlin dans ton rêve ?

Le souvenir s'en estompe déjà, comme toujours au réveil, et j'essaie d'en saisir les fils, de le ramener vers moi pour l'analyser à la lumière de ma mémoire.

— Oui, je pense. Je ne sais pas. Si je l'ai dit, c'est bien ça. Tu trouves que c'est important ?

Il hausse les épaules d'un air presque enfantin, mais il ne répond pas.

Pendant un instant, je suis perplexe, puis je finis par comprendre. Il n'en est pas sûr. Il ne sait toujours pas si je suis avec lui par amour pour Alex ou si j'ai véritablement accepté ce nouvel homme, Devlin, sous toutes ses facettes.

— Tu es dingue, tu sais ?

— Ah bon ?

— J'ai aimé Alex, dis-je en me dépêtrant du drap pour m'installer sur ses genoux.

Ce bout de tissu est toujours une barrière. Il l'a baissé sur ses hanches en montant dans le lit, mais je peux quand même sentir son sexe en érection. La tension dans son corps est palpable. Il lui en coûte de se retenir, de ne pas me prendre comme il le souhaite, posséder mon corps jusqu'à avoir vaincu le cauchemar. Ce moment où je prends conscience de la vulnérabilité de l'homme que j'aime fait gonfler mon cœur.

— Je t'aime, dis-je, regrettant qu'il n'existe pas de mot plus fort, plus saisissant. Tu es le même que l'Alex d'autrefois, mais tu es différent aussi, et il y a de la place dans mon cœur pour les deux versions.

Tout doucement, ses mains se posent autour de ma taille.

— J'espère que c'est vrai.

Il y a dans sa voix une dureté que je n'attendais pas dans un moment aussi tendre.

Tendant la main, je glisse une mèche de ses cheveux derrière son oreille.

— Devlin ? Dis-moi ce qui se passe.

— C'est le problème, n'est-ce pas ? Tu ne connais pas vraiment le nouveau moi. Pas complètement. Tu sais quoi ? Je ne suis pas sûr que tu y parviennes un jour.

Ses paroles me font froid dans le dos, mais je m'efforce de ne pas le montrer.

— C'est vrai pour tout le monde. On ne peut jamais connaître quelqu'un avec une absolue certitude.

Je pose ma main sur sa poitrine, séduite par la chaleur de sa peau.

— Mais je connais ton cœur. Je connais ton fond. N'est-ce pas ?

Il me regarde dans les yeux et hoche la tête. C'est un mouvement à peine perceptible.

— Oui. Tu me connais.

Je me penche en avant, mon front contre le sien pendant qu'il me caresse le dos. Je ne doute pas qu'il m'aime, mais je sais aussi que nous tâtonnons encore, tous les deux, comme un petit enfant qui s'essaie à la marche. Notre histoire d'amour, quand nous étions Alex et Ellie, était un brasier incandescent, un amour à la Roméo et Juliette qui a connu une fin tout aussi tragique.

À présent, nous devons travailler à partir des vestiges de cette relation. Nous nous accrochons tant bien que mal, peut-être plus ardemment encore qu'à l'époque. Ce qui ne veut pas dire que ce n'est pas terrifiant. Nous connaissons la terrible vérité des choses, aujourd'hui. Tout a une fin. Rien n'est permanent. J'ai beau vouloir croire que nous serons ensemble pour toujours, je sais que le rêve peut nous être arraché en un claquement de doigts.

Il le sait tout aussi bien que moi et je me demande si c'est pour cela qu'il ne m'a pas encore avoué son amour. Pas à voix haute. Pas comme Alex l'a fait.

Il me surnomme El, et cela me réconforte, mais il n'a jamais prononcé ces trois petits mots. Je sais qu'il m'aime, même Tamra le dit. Il n'empêche que j'ai toujours envie de l'entendre de sa bouche. En attendant, je vais continuer à préserver mon cœur, juste un peu, même quand il me serre contre lui.

Avec un soupir, je chasse ces pensées mélancoliques. Quand je me redresse, le mouvement me rappelle qu'il est nu sous ce drap. La chaleur inonde mon corps d'une envie sensuelle et j'envisage d'abandonner ma question au profit d'un simple baiser qui nous laissera tous deux glisser dans l'oubli. C'est très tentant, et en même temps, j'ai envie de plus que la proximité physique. Je voudrais regarder dans ces recoins que Devlin garde cachés. Je sais qu'il ne me laissera peut-être jamais entrer et je m'en inquiéterai le moment venu. Pour le moment, je vais continuer à frapper à cette porte.

Je prends une inspiration.

— Je peux te demander quelque chose ?

— Bien sûr.

— Si on ne s'était jamais retrouvés ? Est-ce que le temps que nous avons passé ensemble, en tant qu'Alex et Ellie, aurait encore compté à tes yeux ?

Je vois et je sens son corps se crisper. Je sais qu'il essaie de comprendre le trou noir dans mon esprit d'où j'ai tiré cette question.

— Comment peux-tu en douter ?

— Ce n'est qu'une question, dis-je en essayant de paraître détachée.

Je garde les yeux rivés sur lui, comme si je pouvais deviner la réponse avant qu'il ne parle. Mais il n'y a aucun indice dans ses iris de sable.

— Je vais te confier un secret, dit-il enfin. Je préfère la femme qui est avec moi en ce moment. Elle a grandi et c'est une force avec laquelle il faut compter.

Les larmes me piquent les yeux tandis qu'il continue.

— Cette Ellie dont je suis tombé amoureux alors qu'Alex était encore un enfant à bien des égards. Je l'aimais, bien sûr, mais nous étions tous les deux trop jeunes pour savoir ce que cela signifiait vraiment. Maintenant, nous sommes conscients de ce que nous avons trouvé l'un chez l'autre, et je sais ce que j'ai envie de protéger.

— Devlin...

Sans me laisser poursuivre, il pose un doigt sur mes lèvres.

— Mais je garde l'El de mon passé dans mon cœur, où elle restera toute ma vie. C'est grâce à elle que la fondation existe, c'est la raison...

— Quoi ? m'exclamé-je, la gorge nouée par les sanglots.

— Elle est... *tu* es la raison pour laquelle j'essaie d'être un homme meilleur.

— Qu'est-ce que tu veux dire ? Tu es déjà le meilleur. Tu vas même recevoir un prix pour ça dans quelques semaines.

J'affiche un sourire taquin, essayant délibérément d'alléger ce moment qui met mon cœur à rude épreuve.

— Tu l'as appris ?

— C'est Tamra qui me l'a dit.

Je me penche en avant et dépose un baiser sur ses lèvres, emplie de fierté pour cet homme.

— Le prix du Conseil mondial pour les services humanitaires. Tu le mérites.

— Il y a beaucoup de gens qui le méritent. Ils m'ont nommé, mais tout le monde à la FDS tient une part de cette récompense.

— Je suis quand même très impressionnée.

Avec un sourire enjôleur, j'ajoute :

— Je pourrais même être ta groupie numéro un.

Ses lèvres frémissent et je ne peux pas m'empêcher de passer mon doigt sur la cicatrice qui entaille sa lèvre supérieure.

— C'est vrai ? demande-t-il.

— Est-ce que je mentirais ?

Il penche la tête, les yeux dans les miens, et je sens un subtil déplacement d'air, comme si les électrons qui nous entouraient se mettaient à tournoyer plus vite, générant de la chaleur et créant une force qui nous conduit inexorablement l'un vers l'autre. Je ne suis plus attendrie par ses mots doux. Finis les jeux de séduction. Nous sommes à nu, Devlin et moi, unis par une envie crue et brute.

— Je ne veux pas de groupie, dit-il tout en caressant légèrement ma peau, depuis le creux de mes reins jusqu'à mes omoplates.

— Alors, qu'est-ce que tu veux ?

Ma voix est rauque et il me faut toute ma volonté pour ne pas onduler du bassin, me frotter sur la barre d'acier de son érection en dessous.

— C'est toi que je veux, dit-il, faisant vibrer mon cœur d'impatience. Je veux te goûter, m'enfoncer en toi. Je te veux sur le dos, sous mon corps, et bon sang, El ! Je veux savoir que tu es à moi.

— C'est déjà le cas.

— Je le sais. Mais maintenant, je veux le sentir.

— Oui, murmuré-je.

Mon corps le réclame déjà, ma peau à vif dans l'attente de ses caresses. Ses mains remontent jusqu'à mes épaules et il me fait glisser sur le dos sans effort. Ce faisant, il rejette le drap sur le côté, nous laissant tous les deux entièrement nus, la peau baignée dans la douce lueur provenant de la fenêtre.

Ses genoux sont de part et d'autre de mes hanches et il se caresse négligemment le sexe, ses yeux sur les miens. Il y a une éternité de désir dans ce regard, et tout ce que je peux penser, ce sont les mots *toujours* et *à jamais*. Quoi qu'il advienne, j'appartiendrai toujours à cet homme. Il m'a marquée. Il a pris possession de moi. En proie à un tremblement presque physique, je n'ai qu'un seul désir. Je veux qu'il me touche, qu'il m'utilise, qu'il me revendique. Qu'il me *prenne*.

Je veux tout. La douceur et la tendresse. La vigueur et la dureté.

Je veux tout ce qu'il a à m'offrir et je passerais volontiers ma vie entière dans ce lit pour atteindre ce but.

— Tu souris.

— Je pense à tout ce que je veux que tu me fasses, avoué-je. J'ai de très vilaines pensées.

Il hausse les sourcils.

— Vraiment ? Intéressant.

Avec langueur, son regard m'enveloppe, s'attardant sur mes lèvres, mes seins.

— Bébé, tu es si belle. Ferme les yeux.

J'obéis et me cambre en réaction à ses mains sur ma poitrine. Il se penche en avant et je peux sentir son érection contre mon ventre, qui m'attise alors que ses paumes me caressent lentement et que ses doigts me pincent les tétons – doucement au début, puis plus fort, jusqu'à ce que je me morde la lèvre inférieure et que mon entrejambe palpite, la chaleur torride ainsi réveillée descendant en droite ligne de mon mamelon jusqu'à mon intimité moite.

— Ça te plaît.

Ce n'est pas une question. Il me connaît, après tout.

— Garde les yeux fermés.

Je m'exécute et il change de position. À présent, sa verge est entre mes cuisses et je gémis, impatiente de le sentir en moi, au-delà de mon clitoris et de mes replis sensibles. Je veux qu'il me remplisse et je suis sur le point de le supplier lorsque sa bouche se referme sur mon sein pour le sucer, ses dents éraflant ma peau. Une main empoigne mon autre sein et l'autre trouve ma bouche.

Je l'attire, lui suçant le pouce comme s'il s'agissait de son sexe, gratifiée par un gémissement de plaisir. Je veux qu'il comprenne ce que j'éprouve, comme si chaque sensation merveilleuse convergeait vers notre plaisir commun. Comme si nous étions les deux seules personnes au monde, avec le plaisir en héritage.

Je crie lorsqu'il me pince les seins et mes dents se referment sur son pouce quand il se glisse sur mon corps, sa barbe rugueuse contre la peau sensible de mon ventre. Mes cris se changent en gémissements éperdus lorsqu'il atteint mon mont de Vénus, attisant impitoyablement mon clitoris avec sa langue. J'essaie d'agiter mes hanches, de m'opposer à lui, de me trémousser alors que sa langue redouble d'ardeur, plus vigoureuse et plus profonde.

Mais je ne peux rien faire. Ses mains sur mes hanches me plaquent sur le lit et je suis entièrement à sa merci. Il me suce et me lèche le clitoris, m'entraînant de plus en plus haut sans jamais me laisser exploser.

— S'il te plaît.

J'en suis réduite à le supplier, l'implorer de me donner ce dont j'ai besoin.

— S'il te plaît, répété-je, en ouvrant les yeux cette fois-ci.

Le spectacle que je découvre est terriblement érotique. Son visage entre mes jambes, ses yeux qui remontent vers les miens alors que sa langue joue de moi comme d'un instrument, intime et experte.

Il commence à lever la tête, mais je tends la main et referme les doigts dans ses cheveux, le maintenant en place tandis que je me frotte contre lui, sachant seulement que je veux atteindre ce sommet et, plus encore, que ce soit Devlin qui m'y entraîne.

— Mon Dieu, oui ! murmure-t-il contre ma peau, la chaleur de son souffle décuplant mes frissons.

Je pince mon téton en me cambrant, les yeux fermés. J'entends son gémissement grave et j'y réponds, sachant qu'il me regarde.

Jusqu'à présent, il n'utilisait que sa langue, mais maintenant, il glisse une main sous mes fesses et ses doigts se joignent à l'action. Il les recourbe, trouvant ce point sensible en moi.

Je halète et m'écrie :

— *Devlin !*

Son nom est une incantation sur mes lèvres. Enfin, j'explose, mes parois internes se contractant autour de ses doigts. Mon corps tremble et toutes les étoiles du ciel semblent pleuvoir autour de moi.

— Oh, bébé, dit-il en glissant sur mon corps pour m'embrasser alors que je me fonds sous le sien.

Lentement, il me pénètre, s'enfonçant par à-coups. Bientôt, il redouble d'ardeur et je m'agrippe à ses fesses, l'attirant toujours plus profondément. Mes hanches se décollent en réaction à ses coups de reins alors qu'il me martèle, une revendication aussi merveilleuse que bestiale après cette délicieuse avalanche de baisers préliminaires.

— Oui, vas-y, soupiré-je.

Mes doigts s'ancrent dans sa chair alors que je le pousse de plus en plus profondément. Enfin, je pressens ce tremblement au fond de lui. Il se déverse en nous, propageant de nouvelles vagues de plaisir qui déferlent violemment. Dans un râle, Devlin se laisse aller en moi et je murmure un enchaînement de « *oui, oui, oui* », sans trop savoir si je les ai prononcés à voix haute.

Il s'effondre à côté de moi et j'enroule mes jambes autour de lui en le regardant dans les yeux, cherchant à me perdre dans son regard. Comme si j'étais la seule chose au monde, dans *son* monde.

Pendant un moment, nous restons ainsi, le souffle court. Puis je remarque une ombre sur son visage.

— Devlin ?

— Bébé, je suis vraiment désolé.

La peur me gagne.

— Désolé ? Pourquoi ?

— On a oublié d'utiliser un préservatif.

— Oh. Oh !

Je m'écarte en souriant.

— J'ai complètement oublié. Avec tout ce qui s'est passé, ça m'est sorti de l'esprit, mais ils m'ont laissé un message vocal. La clinique, je veux dire. Rien à signaler.

— C'est vrai ?

— Tous les tests sont négatifs.

Je me sens aussi accomplie que si je venais de décrocher un A+ à un examen de calcul. Compte tenu de ma vie ces dernières années, je ne mérite pas d'avoir réussi ce test, et j'aime me dire que c'est l'univers qui me fait savoir qu'il approuve mon couple avec Devlin.

Il me regarde d'un œil malicieux.

— Quoi ? insisté-je.

— Oh, rien. Je me disais juste qu'il faut fêter ça.

— Monsieur Saint, si tu es prêt à *fêter ça* encore une fois, dis-je en esquissant des guillemets imaginaires, sache que je ne dirai pas non.

— Content de l'entendre.

Je lâche un petit cri lorsqu'il me retourne sur le dos et me chevauche.

— Parce qu'avec toi, bébé, je suis toujours d'humeur à faire la fête.

Une fois de plus, nous faisons l'amour, lentement et tout en douceur. Lorsque nous sommes tous les deux épuisés et alanguis, je me blottis comme une cuillère contre son corps. Soudain, je sursaute, effrayée par le tintement aigu de mon téléphone.

— Excuse-moi. Je croyais l'avoir mis sur silencieux.

— Si c'est le premier texto que tu reçois, finalement, on a de la chance.

— C'est sûrement Brandy qui se demande si elle peut rentrer, si on s'envoie en l'air sur le sol du salon ou si je suis une loque en pleurs.

— Oh, le sol du salon. Dommage, on a raté une occasion.

Il se retourne et se redresse sur un coude.

— Je suis très heureux que tu ne sois pas une loque en pleurs.

— Grâce à toi.

Il effleure tout doucement ma lèvre.

— Tu vas bien ?

— Tu plaisantes ? Mieux que bien. Un peu endolorie, c'est tout, ajouté-je en prenant sa main pour la glisser entre mes cuisses. Mais ça ne veut pas dire que j'ai envie d'arrêter. On tente la médaille d'or ?

— Eh bien, quelqu'un est très excité, plaisante-t-il avant de caresser mon clitoris, envoyant des étincelles dans tout mon corps. J'aime ça.

Mon rire se transforme en gémissement, puis en un soupir frustré lorsque le téléphone se manifeste à nouveau.

— Tu devrais regarder.

À contrecœur, je le récupère sur la table de chevet.

Aucun message n'apparaît sur l'écran d'accueil. Je saisis mon code, puis je me fige en voyant le texto. Ce n'est clairement pas Brandy.

Devlin fronce les sourcils devant ma tête, puis il prend le téléphone.

— Oh, putain.

Je regarde par-dessus son épaule, relisant attentivement le message laconique : *Pourquoi lui fais-tu confiance ?*

Il est accompagné d'une photo, prise à l'intérieur de l'hôtel *Phoenix* de Las Vegas. Je le reconnais, même si l'image montre seulement une porte de chambre ouverte, le panneau sur le mur indiquant « *Suite Sammy Davis* » dans la police de caractères désormais familière.

C'est la chambre que nous partagions quand Devlin m'a emmenée à Las Vegas. Sur la photo, il sort de cette même chambre avec Regina Taggart en jupe moulante à son bras.

À côté de moi, Devlin lâche un juron.

— Ce n'est pas ce que tu crois. Elle a été ma cavalière à quelques reprises, mais nous n'avons pas...

— Je sais, dis-je en l'interrompant. Je parie que Reggie n'était même pas à Las Vegas avec toi aujourd'hui. C'est une vieille photo.

— Si, elle est venue. Elle a pris l'avion en fin d'après-midi. Mais tu as raison pour la photo. Je pense qu'elle date de l'une des réceptions de remise de prix de la fondation. Mais comment le savais-tu ?

Je hausse les épaules, désinvolte, puis je désigne l'image à l'écran.

— Tes lunettes, déjà. Différentes montures. Et ses chaussures. Ces Jimmy Choo sont dépassées depuis deux saisons.

Je lève la tête et rencontre son regard.

— Encore un de mes talents spéciaux. Il n'empêche que quelqu'un se fiche de nous.

— Tu as raison, on se paie notre tête.

Je me réveille dans un lit vide, avec l'odeur du bacon. D'habitude, j'ai du mal à me réveiller le matin, mais pas aujourd'hui. Je me lève avec impatience et suis mon flair jusque dans la cuisine, où je retrouve Devlin.

— J'allais préparer à manger, dis-je, un peu coupable. Tu es revenu de Las Vegas pour t'occuper de moi. C'était le moins que je puisse faire.

Je hausse les épaules avant d'ajouter :

— Cela dit, pour être honnête, je suis une très mauvaise cuisinière.

Il me sourit. Sa barbe est plus hirsute que d'habitude, car il ne l'a pas encore taillée, et ses cheveux sont ébouriffés. Il ne porte pas ses lunettes ni ses lentilles vertes et il est très sexy, avec son petit côté froissé au saut du lit.

— Ça me fait plaisir de cuisiner pour toi. J'ai attendu ça toute la nuit.

Je pars d'un petit rire.

— J'en doute sincèrement, mais ça ne me dérange pas d'être spectatrice. En fait, je suis tentée de prendre une photo de toi et de la poster sur Instagram. Sauf que je devrais me rappeler comment utiliser mon compte.

Je suis très mauvais dans l'utilisation des réseaux sociaux. Si l'on considère que je peux compter mes amis proches sur les doigts d'une main, je n'en vois pas vraiment l'intérêt.

— Je crois que je vais garder ça rien que pour moi.

Je m'attends à ce qu'il proteste quand je sors mon téléphone et commence à le photographier, mais il prend la pose, pointant la spatule en bois qu'il utilise pour remuer les œufs brouillés vers le tablier « Un baiser pour le chef » que Brandy suspend à l'intérieur du garde-manger et qu'il a enfilé pour l'occasion. Je ris aux éclats.

— Je te trouve beaucoup plus mignon que Brandy avec ça, lui dis-je.

Il porte le pantalon qu'il avait hier et une chemise blanche à présent tout froissé. La tenue de bureau combinée au tablier donne une photo absolument adorable.

— Au fait, elle est là ?

Je ne l'ai pas entendue rentrer hier soir, mais je dormais peut-être.

Devlin secoue la tête.

— Ou alors, elle n'est pas encore sortie. Pas de Brandy ni de Christopher.

Je lâche un petit grognement approbateur.

— Intéressant…

Fermant l'application photo, je consulte mes messages, mais elle ne m'a rien envoyé.

— Elle a peut-être envoyé un e-mail pour éviter de me déranger avec la notification d'un texto.

— Ce n'est pas ta meilleure amie pour rien.

Je ris, car j'y ai souvent pensé moi-même. Bingo, j'ai reçu un message dans lequel elle m'indique qu'elle reste chez Christopher et que je ne dois pas m'inquiéter. Elle me donnera tous les détails à son retour, mais ce n'est *pas* ce que je crois et je dois arrêter avec mes pensées sous la ceinture. Elle termine par un énorme emoji souriant.

— Il faut croire que nous sommes seuls tous les deux, dis-je à Devlin.

— Je suis content pour elle. Ils forment un joli couple.

— Mais pas aussi joli que nous ?

— Oh, certainement pas.

Je contourne l'îlot et passe un bras autour de sa taille pour un selfie. La manœuvre s'avère plus compliquée et je lui confie la photo. Ses bras sont plus longs et je veux que le tablier apparaisse, à côté de moi qui l'embrasse sur la joue. Il proteste, mais prend la photo, et quand je la regarde, je ne peux pas m'empêcher de sourire. Elle est un peu déséquilibrée, mais nous sommes adorables.

— Dommage qu'on n'ait pas su hier soir qu'elle ne rentrerait pas, commente Devlin. On aurait pu s'envoyer en l'air dans le salon. Ce matin, on aurait commencé par le plan de travail de la cuisine, puis suspendus aux luminaires. Enfin, tu vois, profiter pleinement de son absence.

Je souris.

— Tais-toi et termine de préparer le petit déj.

— C'est super de te voir sourire, dit-il en finissant les œufs avant de faire glisser le bacon dans une assiette.

— Hier, c'était dur. Tu m'as facilité les choses. Et même si ça me rend triste, je suis impatiente de travailler sur l'article.

Il me regarde d'un air soupçonneux.

— Sérieusement. Ça me fera du bien de travailler sur mes émotions. Je pense... j'espère que même si Peter connaissait le risque, il était assez arrogant pour croire que le Loup ne prendrait pas ma mère. Enfin, j'accepte de ne jamais vraiment connaître la vérité.

Je hausse les épaules.

— Au fond, je suis un peu comme lui.

Il me dévisage et secoue lentement la tête.

— Tu ne mettrais jamais personne dans cette position.

— Non, mais je flirte avec le danger en permanence.

— Ellie...

— C'est la vérité, dis-je en lui offrant un sourire. Regarde, je flirte avec toi, non ?

— C'est vrai.

Il dépose nos assiettes sur le plan de travail et demande :

— Alors, qu'as-tu appris d'autre hier ?

— Rien de concret, mais j'ai peut-être une piste que tu pourras m'aider à suivre.

J'emporte mon assiette vers l'îlot central et il m'accompagne, s'asseyant à côté de moi sur un tabouret de bar.

— Sais-tu si Peter sortait avec quelqu'un à l'époque ?

Il s'arrête, visiblement déconcerté par cette question.

— Eh bien, il sortait de temps en temps, si c'est le sens de ta question. Il était célibataire et n'avait que la quarantaine. Cela dit, je ne pense pas l'avoir connu dans une relation sérieuse.

— Est-ce que tu te souviens de quelqu'un en particulier ?

Il hésite longuement, comme s'il prenait le temps de faire appel à ses souvenirs.

— Pas vraiment. Il passait tout son temps libre avec toi, en fait. Pourquoi ?

Je lui parle de la blonde.

— D'après Ortega, elle était jeune. Très jeune. Il se demandait même si elle était en âge de boire de l'alcool. Tu l'as déjà vu avec quelqu'un comme ça ? Si je la retrouve, je pourrai peut-être en savoir plus.

Il ne dit rien, mais cette fois, il n'a pas l'air de réfléchir. Il a l'air interloqué.

— Quoi ? demandé-je. Tu as une idée ? Tu sais de qui je parle ?

Il secoue la tête.

— Non, non, non. Je suis... enfin, ça ne ressemble pas à Peter de sortir avec une fille aussi jeune.

Il fronce les sourcils.

— Sa petite amie aurait eu à peu près mon âge. Je n'aurais jamais cru que Peter était comme ça. Tu sais combien de temps ça a duré ?

Je n'en sais rien. En voyant sa tête, je fronce les sourcils.

— Tu es sûr que ça va ?

— Désolé. Comme toi, je me rends compte que je n'ai jamais vraiment connu Peter, en fin de compte.

Il pique ses œufs du bout de sa fourchette, mais ne les mange pas.

— Écoute, je dois m'occuper de certaines petites choses au travail aujourd'hui. Tu es sûre que ça va aller ?

— C'est gentil de ta part de vouloir t'occuper de moi vingt-quatre heures sur vingt-quatre, mais je vais bien. Je te l'ai dit. Hier, c'était un coup dur, mais tes pouvoirs de guérison ont fait des merveilles. Honnêtement, je crois que tu devrais retourner à Las Vegas aujourd'hui.

Il secoue la tête.

— J'ai fait tout ce que je devais y faire. L'équipe peut bien s'occuper du reste.

Il pose sa main sur ma nuque et m'attire à lui pour m'embrasser sur le front.

— Tout ce dont tu as besoin, bébé. Quand tu en as besoin. Tu le sais, n'est-ce pas ?

Il me libère et je me penche en arrière pour le regarder.

— Oui. Je le sais.

Après quoi, nous mangeons en silence pendant un moment et je termine avant lui. Je contourne le plan de travail pour aller me préparer une autre tasse de café, et en attendant que l'eau chauffe, je prends mon téléphone et regarde le selfie que nous venons de prendre.

— J'adore. Le tablier qui contraste avec ta cicatrice de super macho. Une belle dichotomie.

Je tends mon téléphone devant moi comme pour l'examiner sous un autre angle.

— Je devrais l'agrandir et la faire encadrer.

Toujours attablé, il grogne.

— Maintenant, je suis presque obligée, insisté-je. Au fait, tu ne m'as jamais dit comment tu l'as eue. La cicatrice, je veux dire. Tout ce que tu as dit, c'est que c'était un couteau de chasse. Qu'est-ce qui s'est passé ? Et surtout, qu'est-il arrivé à l'autre gars ?

— Je suis tombé dans une embuscade pendant une mission.

Je remarque qu'il appelle cela une mission et non une opération.

Je n'ai jamais passé beaucoup de temps dans l'armée, mais j'ai regardé de nombreux films. Ce genre de vocabulaire ne relève pas d'un service classique.

— Tu as intégré les renseignements militaires, c'est ça ?

Sa mine s'assombrit lorsqu'il répond :

— Décidément, ce Lamar est doué pour les recherches. Je me trompe ?

Je secoue la tête.

— Il n'est pas mal du tout. Il m'a dit que tu avais été remercié et il m'a expliqué ce que ça signifie probablement.

Je me raidis, redoutant le pire, mais il accepte d'en parler. Je m'en réjouis. Techniquement, Lamar s'est renseigné sur Ronan, mais ce n'est pas un sujet que je tiens à aborder pour l'instant.

— Tu menais une sorte de mission d'espionnage, et tu as fini par te battre au couteau avec le méchant.

L'humour vacille dans ses yeux.

— Quelque chose comme ça. En ce qui concerne les couteaux, c'était à sens unique.

— Tu n'étais pas armé ?

— Tu me croirais si je te disais que j'avais un fouet ?

J'éclate de rire, persuadée qu'il plaisante.

— Non, c'est vrai. Il m'a sauté dessus. Crois-moi quand je te dis que ça n'arrive pas souvent. J'avais un fouet. Un long fouet de type Indiana Jones. C'était l'un des moments les plus surréalistes de ma vie. En tout cas, j'ai réussi à le désarmer.

— Waouh. Alors, je couche avec un héros de film d'action. Dans quel état est l'autre gars ?

— Oh, fait-il comme si de rien n'était. Il est pire. Bien pire.

Je souris, étrangement satisfaite par cette conclusion.

— Tant mieux.

Il arque un sourcil – celui qui est coupé par la cicatrice.

— Vraiment ?

— Les filles aiment que leur petit ami soit un dur à cuire. En tout cas, cette fille-ci.

Il m'observe si longtemps que je commence à m'agiter.

— Je suis très heureux de te l'entendre dire.

— Mais qu'est-ce que tu faisais avec un fouet ?

Il demeure impassible.

— C'est une affaire classée. Je pourrais te le dire, mais ensuite, je devrais te tuer.

Je glousse, puis j'abandonne mon eau bouillante pour contourner l'îlot central. Je fais pivoter son tabouret pour pouvoir m'avancer entre ses genoux et je lui passe les bras autour du cou.

— Alors, tu me dis que tu es un méchant ?

Il m'attrape par les hanches et m'attire encore plus près, puis m'embrasse avec passion. Un baiser tout en langue, dents, chaleur et fougue. Quand il s'écarte enfin, j'ai le souffle court et je regrette de lui avoir proposé de partir travailler.

— Bébé, tu as intérêt à le croire.

Je ris encore, amusée par son ton léger, même si une partie de moi ne peut s'empêcher de se demander si c'est vraiment une plaisanterie.

— Je dois m'habiller, dis-je. Et toi, tu dois aller travailler. Parce que si tu ne pars pas tout de suite, je ne suis pas sûre de te laisser sortir d'ici.

Je contourne le plan de travail en disant :

— Allez, va te laver. Je vais nettoyer la cuisine.

Il secoue la tête.

— Non. Les cuisiniers nettoient toujours derrière eux.

— Vraiment ?

— Mais tu as le droit de m'aider. Ensuite, on pourrait partager la douche. Ça économisera de l'eau. Pour le bien de la planète.

Je souris en me mordant la lèvre inférieure, imaginant déjà le temps que va durer cette douche.

— Tu sais quoi ? Ça me semble être un très bon plan.

❦ 21 ❦

Devlin était passé en pilote automatique en allant au bureau. Sa frustration croissante et sa bonne humeur s'estompaient quand il pensait à la conversation qu'il devait avoir avec Anna.

Ce n'était certainement pas vrai. Il avait sûrement tort. Il devait avoir inventé des scénarios délirants.

Malheureusement, il savait qu'il ne se trompait pas.

Les instincts de Devlin n'étaient jamais inconsistants. S'il faisait défiler les scénarios dans sa tête, ils étaient probablement vrais et tout s'était déroulé à son nez et à sa barbe.

Il n'aimait pas avoir tort. Comme tout le monde, peut-être. Mais ses instincts étaient si rarement endormis que lorsque quelque chose lui échappait, cela lui faisait l'effet d'un crissement d'ongles sur un tableau noir.

Aujourd'hui, cependant, il espérait faire fausse route. Parce que si l'histoire qu'il s'était racontée était juste...

Il laissa cette pensée s'éloigner en poussant la porte principale de la Fondation Devlin Saint.

— Bonjour, Monsieur S...

— Où est Anna ?

Les yeux de Paul s'arrondirent, mais le jeune homme garda un ton parfaitement professionnel.

— À son bureau, monsieur, pour autant que je sache.

— Merci.

Devlin ne voulait pas s'en prendre à son réceptionniste.

— Au fait, bonjour, Paul. Désolé d'avoir été impoli. Je sens que ça va être une journée chargée.

— Merci, monsieur. Aucun problème, monsieur.

Il continua à marcher, sentant les yeux de Paul dans son dos alors qu'il gravissait les escaliers sur deux étages menant à son bureau. Comme Paul l'avait dit, Anna était là. Elle leva les yeux, surprise, lorsqu'il atteignit le palier.

— Tu es monté à pied ? Pourquoi, tu as zappé ta séance de sport ce matin ?

— Oui, exactement. Dans mon bureau, dit-il en se dirigeant vers les portes qui s'ouvrirent comme par magie devant lui. Tout de suite.

Elle s'empressa de lui emboîter le pas.

— Qu'est-ce qui se passe ?

Sa voix le suivait tant bien que mal.

— Tu es censé être à Las Vegas. J'ai fait quelque chose...

À ces mots, il fit volte-face.

— Est-ce que tu baisais avec Peter White ?

Elle hésita, les yeux hagards.

— Qu'est-ce que tu racontes ?

Ce n'était pas un déni, et pour Devlin, la réponse était suffisante.

— Oh, Seigneur, lâcha-t-il en se frottant les tempes contre un début de migraine.

Pendant un instant, on n'entendit dans le bureau que le bruit mécanique de la fermeture des portes. Puis il y eut le déclic final et il le prit comme un signal.

— Réponds-moi, demanda-t-il alors qu'Anna secouait la tête.

— Devlin, voyons. D'où tu sors ça ?

C'était la deuxième fois qu'elle ne niait pas.

— Je suis sérieuse, insista-t-elle. Tu me sors ça comme ça.

— Et alors ? Tu es passée à Laguna Cortez avant de partir à la fac de Chicago. Tu m'as transmis un message. Tout comme tu en avais transmis d'autres avant.

Il se passa les doigts dans les cheveux, se rappelant qu'elle avait été porteuse d'une atroce nouvelle, ce jour-là. Il regrettait de ne pas pouvoir oublier à jamais le souvenir de cette époque. À l'exception des heures de bonheur avec Ellie, avant qu'il ne prenne la fuite.

— Je... Eh bien, oui, fit-elle en fronçant les sourcils. C'est ton père qui m'a envoyée. Tu le sais bien.

— Combien de temps es-tu restée avant de m'annoncer ce que mon père avait ordonné ? Et d'ailleurs, combien de fois t'es-tu attardée après être venue en ville pour transmettre d'autres messages à Peter ?

Il insista sur le mot *messages*, lourd de sens.

Elle ouvrit de grands yeux.

— Quelle importance ? Il fallait que je vienne, tu sais que je ne pouvais pas refuser. Et si je voulais en profiter un peu ? Tu sais quel genre de vie j'étais forcée de mener.

Il se pinça l'arête du nez, s'efforçant de rester concentré et de contenir ses émotions en dépit de son aveu.

— La dernière fois, j'étais là pour *toi*. Pas pour Peter, reprit-elle. J'aurais pu l'avertir, mais alors tu serais mort, n'est-ce pas ? Parce que ton père aurait supposé que c'était *toi* qui l'avais prévenu.

— Pas forcément. Il aurait pu me croire, observa Devlin. Surtout si mon père savait que tu couchais avec l'oncle d'Ellie.

— Qu'est-ce qui te prend ? s'écria-t-elle. Si je ne te connaissais pas mieux, je dirais que tu es jaloux.

— Je ne suis *vraiment* pas d'humeur à plaisanter.

— Bon, fit-elle, croisant les bras sur sa poitrine. Es-tu d'humeur nostalgique, alors, à t'aventurer dans les souvenirs ? Parce que je ne comprends pas pourquoi on en parle. Tu ne savais même pas que je m'envoyais en l'air avec lui à l'époque, alors quelle importance maintenant ?

— Tu as raison, dit-il. Je ne savais pas.

Quelques mois difficiles s'étaient écoulés depuis la seule fois où Anna et lui avaient couché ensemble, mais après cela, ils avaient bâti une solide amitié. Malgré tout, il n'avait jamais vu qu'elle entretenait une aventure avec Peter White. Sans doute parce qu'il était obnubilé par Ellie. Et, honnêtement, même s'il l'avait remarqué, cela aurait-il eu une quelconque importance ? Il aurait pu commenter leur différence d'âge, mais en fin de compte, ce n'étaient pas ses affaires.

Maintenant, cependant…

— On t'a vue, dit-il. C'est important parce que quelqu'un t'a vue.

— Non, sans blague. Figure-toi que je l'avais déduit toute seule, puisque tu es entré dans le bureau pour me bombarder de questions. Et alors ?

— Ne fais pas l'idiote, Anna. Ça ne te va pas. Le dossier du meurtre de Peter White a été rouvert, et maintenant, non seulement Ellie, mais aussi son ami, l'inspecteur, savent qu'il couchait avec une fille d'environ la moitié de son âge. Ce n'est pas bon.

Elle pinça les lèvres, visiblement contrite pour la première fois.

— Non, dit-elle. Ce n'est pas bon. Mais tu penses vraiment que les flics vont poursuivre l'affaire ? C'est si vieux, et c'est difficile d'obtenir une condamnation quand quelqu'un a déjà fait de la prison pour le même crime.

— C'est ce que j'espère, admit-il. Que ça retombera sans faire de vagues. Ce n'est pas comme si Ellie comptait encore creuser.

— Je n'en reviens pas que tu le lui aies dit.

— Seulement que j'ai tué son oncle.

Tamra et Anna savaient toutes deux que Devlin avait tué Peter. Et il leur avait dit plus récemment qu'il avait avoué cette vérité à Ellie. En revanche, il n'avait pas encore partagé la révélation que Lamar et Brandy étaient eux aussi au courant.

Seul Ronan le savait. Et pour l'heure, cela suffisait.

— Je l'ai dit à Ellie parce que je lui fais confiance, expliqua-t-il en croisant son regard. Il n'y a pas beaucoup de gens en qui j'ai confiance. Tu es bien placée pour le savoir.

Elle hocha la tête, lissant sa jupe sous ses mains avant de s'approcher pour prendre ses deux mains dans les siennes.

— Oui, c'est vrai. Je ne vais pas te le reprocher. J'aime bien Ellie, moi aussi, mais je m'inquiète pour toi. Pour tout ça, ajouta-t-elle en regardant son bureau.

— Je sais.

— Nous en avons réchappé tous les deux, Devlin. Nous avons de nouvelles vies, maintenant. Des vies droites. Je ne veux pas risquer de gâcher tout ça.

— Crois-moi, moi non plus.

— Alors, à quel point lui fais-tu confiance ? demanda-t-elle. Combien de choses vas-tu encore lui révéler ?

— Je ne sais pas, répondit-il en toute franchise. Tout ? Rien ? La vérité se trouve sûrement quelque part entre les deux.

— Je peux te donner des conseils même si tu ne m'en demandes pas ?

— Vas-y.

— Avance prudemment.

Il la dévisagea.

— Tu penses que je ne devrais rien dire.

Cette idée lui resta en travers de la gorge. Il avait porté ses secrets si longtemps qu'il se savait capable de continuer indéfiniment. Mais pour la première fois, il ne voulait pas s'en tenir au statu quo. Il voulait qu'Ellie connaisse l'homme qu'il était devenu. Un homme avec des secrets, des défauts et des ennemis jurés. Un homme avec un code d'honneur et un objectif qui l'animaient, le définissaient.

Il voulait qu'elle le connaisse intimement, car c'était seulement ainsi qu'il pouvait s'assurer qu'elle soit entièrement sienne. Qu'elle l'aime, lui et non l'homme qu'elle avait fabriqué à partir de ses souvenirs du passé et d'instantanés du présent.

Il se garda d'en parler à Anna. Au lieu de quoi, il répondit :

— Tu penses que ça la ferait fuir.

— Je ne la connais pas assez bien pour répondre à cette question. Mais je sais qu'elle était flic. Et je sais aussi qu'elle a failli s'en aller en apprenant que tu avais tué Peter. Que va-t-elle ressentir quand elle saura que ce n'était que la partie émergée de l'iceberg ?

— Je vois, dit-il en déglutissant péniblement. Disons que je dois y réfléchir.

Il se retourna et se dirigea vers la fenêtre, où il s'abîma dans la contemplation de l'océan. Puis il ouvrit la porte et sortit sur le balcon. S'il se tournait vers l'océan, il pouvait voir les flaques entre les rochers, où il avait embrassé Ellie pour la première fois. Et où, plus récemment, il lui avait révélé l'ancien Alex, caché sous le visage de l'homme qu'il était devenu.

Elle était de nouveau à lui ! Bon sang, il ne pouvait pas se permettre de la perdre.

Mais cela signifiait-il qu'il devait lui dire la vérité, ou au contraire, garder ses secrets pour lui ? Il n'en avait aucune idée.

— Devlin ?

Il se retourna.

— Fais venir Tamra. Je dois commencer à travailler sur le discours pour la cérémonie de remise des prix.

— D'accord. Bien sûr. Mais tu ne retournes pas à Las Vegas ?

— Non.

— Alors, tout est réglé ? Tu as réussi à arranger la faille de sécurité ? Et qu'en est-il de...

Il leva la main.

— On en parlera plus tard. Pour l'instant, disons que tout est sous contrôle. J'ai plus d'informations sur la brèche et Reggie s'occupe du reste.

— Mais, et le...

Le bourdonnement de l'interphone les interrompit, suivi de la voix de Tamra.

— Saint ? Paul m'a dit que tu étais dans l'immeuble. Ça te dérange si j'entre ?

Il appuya sur le bouton pour ouvrir les portes et Tamra fit son entrée, un dossier dans les mains, le visage fermé.

— Je suis désolée de vous interrompre, mais j'ai pensé que ça t'intéresserait. Ça vient d'arriver par les services de presse.

Anna jeta un coup d'œil à la feuille imprimée alors qu'il la récupérait des mains de Tamra.

— Est-ce que c'est...

— Un article sur la mort d'Adrian Kohl, déclara Devlin.

C'était un homme avec lequel il avait grandi, un homme qui avait tout récemment pris la tête d'un réseau criminel dans le Sud-Ouest.

— On dirait bien que je dois retourner à Las Vegas ce soir, tout compte fait.

❦ 22 ❦

Après le départ de Devlin pour le bureau, je m'installe dans mon lit avec mon ordinateur sur les genoux et je consulte mes e-mails. Comme je n'ai pas réussi à me connecter à mon compte professionnel sur mon téléphone, j'ouvre mon ordinateur portable et affiche mon tableau de bord sur l'intranet du *Spall*. Il n'y a pas grand-chose, mais un sujet attire tout de suite mon attention : *Qui a tiré sur Terrance Myers ? Tuyau exclusif.*

J'ai récemment couvert l'histoire de Myers pour *The Spall Monthly*. J'avais assisté à la conférence de presse à Los Angeles, après l'assassinat de cette pourriture de milliardaire qui avait capturé et torturé près d'une vingtaine d'enfants, suite à une décision de la cour d'appel de retoquer sa condamnation.

Mon article évoquait l'histoire de Myers, ainsi que certaines des horreurs vécues par ses victimes. Et bien sûr, j'avais fait un rapport sur l'assassinat qui avait suivi sa libération de prison. La police n'avait alors aucune piste sur son auteur, qui avait tiré à environ un kilomètre de distance, depuis le toit d'une banque.

Pour autant que je sache, la police de Los Angeles est encore bien loin d'avoir résolu l'enquête. Et même si je m'attends à ce que ce message ne soit rien d'autre qu'un spam ou un article pute-à-clic, mon travail consiste à m'y intéresser. Oh, et puis autant me l'avouer : je suis morte de curiosité. J'ouvre donc l'e-mail pour découvrir deux lignes de texte, suivies d'une adresse URL sans aucun mot identifiable. Rien que des lettres et des chiffres.

J'ai une exclusivité pour vous et The Spall, Ellie Holmes.

Suivez le lien pour trouver le tireur.

Je passe la souris sur le lien, tentée de cliquer. Mais ce serait franchement stupide. Les chances qu'il y ait de véritables informations derrière ce lien sont très minces. C'est sûrement un virus ou une sorte de cheval de Troie qui permettrait à un connard sans scrupules de pirater mon ordinateur à distance.

Pourtant, ma curiosité est piquée au vif...

Je prends mon téléphone et compose le numéro de Roger à New York, puis je tambourine des doigts sur mon bureau jusqu'à ce qu'il décroche.

— Salut, petite. Tu m'appelles pour me donner des nouvelles de l'article sur ton oncle ?

— Non. J'ai quelques pistes intéressantes, mais je ne suis pas encore prête à te les communiquer. Je vais bientôt rédiger un premier jet et te l'envoyer.

Nous procédons ainsi depuis mon stage chez lui, pendant mes études, et avec cet article en particulier, ce sera utile d'avoir un point de vue extérieur, une personne sans mon attachement émotionnel pour analyser les faits au fur et à mesure que je les découvre.

— Alors, qu'y a-t-il ?

— Il y a peut-être une suite à l'article sur Myers.

Je lui parle de l'e-mail, puis j'ajoute :

— Je n'ai pas très envie de bousiller mon ordinateur. Est-ce que *The Spall* pourrait me payer un ordi bas de gamme pour que je puisse suivre le lien ?

Je vais transférer l'e-mail sur un compte Gmail nouvellement créé, évitant ainsi qu'il ne soit mêlé à mes autres adresses. Ensuite, j'ouvrirai le message sur l'ordinateur premier prix. S'il s'agit d'un logiciel espion, il n'obtiendra rien d'autre que les informations de l'ordinateur entièrement vide.

— Est-ce qu'un budget de trois cents dollars suffirait ?

— Je parie que je peux trouver quelque chose à ce prix-là.

— Alors, c'est noté. Croise les doigts pour que ce soit intéressant, et pas quelqu'un qui essaie de pirater tes comptes bancaires.

— J'espère.

— Au fait, Corbin comptait t'appeler aujourd'hui. Apparemment, il a des questions sur l'article de la régie des transports de New York. Je peux te le passer maintenant ?

J'hésite. Ce n'est jamais très productif de parler à Corbin Dailey. Mais je peux difficilement le refuser à Roger.

— Oui.

Mon éditeur en chef ne peut s'empêcher de rire.

— Cache ta joie.

Je lève les yeux au ciel. Roger sait pertinemment mon aversion pour ce type.

On me met en attente pendant moins d'une minute, puis j'entends la voix de Corbin.

— J'ai appris que tu écrivais un portrait sur ton oncle. Tu devrais faire un article sur Saint. J'ai déjà couvert cet enfoiré pour un discours à New York, juste après la création de sa fondation.

— Je m'en souviens.

— D'après les rumeurs, ce type est un chaud lapin. Je ne pensais pas que c'était ton genre de mec.

— Corbin, chéri, tu ne sais rien de mon genre. À part, bien sûr, que tu n'en fais clairement pas partie.

J'entends la porte d'entrée s'ouvrir puis se refermer, et Brandy entre en souriant. Elle fronce les sourcils en me voyant et chuchote :

— Qui c'est ?

Je lui réponds que c'est Corbin, puis je demande à mon collègue de me poser ses questions concernant l'article sur la régie des transports, que j'ai totalement négligé dernièrement.

Après avoir eu le plaisir de discuter avec lui, je raccroche et m'empresse d'aller serrer Brandy dans mes bras.

— Bon alors, raconte-moi tout ! Tout de suite ! m'exclamé-je.

— Il ne s'est rien passé. On voulait juste vous laisser un peu d'espace.

— Rien ?

— Non, dit-elle. Il a même dormi sur le canapé.

J'incline ma tête d'un côté, puis de l'autre.

— Et c'était bien ou mal ?

— Bien, sans doute, dit-elle avec un petit sourire malicieux. En fait, on était tous les deux sur le canapé avant qu'il ne me propose son lit.

— Oh ? dis-je avec intérêt. Et vous étiez tout habillés, sur ce canapé ?

Ses joues deviennent cramoisies.

— Pas complètement.

— Brandy Bradshaw ! Je rêve. Dis-moi tout.

— J'ai peut-être quitté mon chemisier, admet-elle.

— Et c'était bien ? Tu n'étais pas mal à l'aise ou…

— Ellie, c'était génial.

Elle me serre la main, puis chuchote :

— C'est moi qui ai enlevé mon haut. On n'a rien *fait*, et honnêtement, c'est lui qui a mis un frein.

— Ah oui ?

Elle hoche la tête.

— Il a dit qu'il savait que je voulais y aller doucement et qu'il valait mieux s'arrêter là. Il m'a proposé sa chambre.

— Eh bien, ce Christopher gagne des points.

— C'est certain. Sauf que…

Je fronce les sourcils.

— Quoi ? Qu'est-ce qui ne va pas ?

— Tout va bien, seulement, je suis restée éveillée pendant un moment après ça. J'ai continué à espérer qu'il me rejoigne.

— Mais il ne l'a pas fait.

— Non, dit-elle en soupirant. Tu sais, Ellie, je voulais vraiment qu'il le fasse.

— Je suis sûre qu'il en avait envie, lui aussi.

— Je sais. Mais maintenant, je suis nerveuse.

— C'est normal, dis-je en lui serrant la main. Et on dirait que Christopher comprend ça aussi.

Ce que je garde pour moi, c'est que je suis un peu soucieuse pour elle. Christopher a l'air d'être un type formidable, mais on ne voit pas toujours ce qu'il y a sous la surface.

Enfin, parfois il faut se jeter à l'eau.

— De quoi parlais-tu avec Corbin ? demande Brandy en allant s'asseoir sur mon lit.

Je la rejoins, puis je lui explique qu'il va reprendre mes articles sur New York, maintenant que je reste à Laguna Cortez. Ensuite, je lui raconte tout le reste, même si elle sait déjà ce qui s'est passé à Los Angeles hier, y compris la révélation sur Peter, le Loup et la mort de ma mère.

— Lamar m'a mise au courant, dit-elle d'une petite voix, comme pour s'excuser. On a parlé de toi, désolée.

— Tu plaisantes ? Tu sais que je te l'aurais dit moi-même si je n'avais pas été dans un tel état.

— Ça va mieux ? C'était bien que Devlin soit là.

— Oui, heureusement. Je vais mieux. En ce moment, je me concentre sur un autre sujet que l'histoire de Peter.

— Lequel ?

— Je pourrais avoir une piste sur l'assassinat de Myers.

— Myers. C'est le pédophile qui a tué tous ces gamins ?

— C'est ça.

Je lui parle de l'URL mystérieuse.

— En fait, je devrais appeler Lamar tout de suite. Il pourrait me procurer un vieil ordinateur.

Lamar répond à la première sonnerie et je lui explique mon projet.

— Est-ce que la ville vend toujours des ordis d'occasion ?

— Je pense que oui. Fixe ou portable ?

— Portable, si c'est moins cher, mais tout me va.

Je lui donne le budget du *Spall*, précisant que je suis prête à rajouter quelques centaines de dollars de ma poche s'il le faut.

— Ça devrait aller. Je te rappelle.

— Merci. Au fait, j'ai reçu un autre texto flippant.

Je l'entends grommeler et je suis contente de ne pas voir son visage. Quand il s'agit de me défendre, Devlin et lui sont sur la même longueur d'onde.

— De quel genre ?

— Une photo de Devlin et Reggie sortant d'une chambre d'hôtel, à Las Vegas. Le texto suggérait qu'elle datait d'hier soir, mais en réalité, elle remontait à quelques années.

— Tu le sais parce que Devlin te l'a dit ?

— N'essaie même pas. Je sais que tu l'aimes bien maintenant.

Il part d'un petit rire.

— Aimer, c'est encore un peu fort. Disons que je l'accepte. Je ne le connais pas assez bien. Mais sérieusement, comment sais-tu de quand date la photo ?

Je lui réponds et il se moque de mon analyse sur les chaussures, même s'il ne peut pas critiquer ma logique.

— Je m'inquiète pour toi, ajoute-t-il. D'abord, j'avais peur que Devlin te brise le cœur. J'ai dépassé ce stade, mais maintenant, je me fais du souci pour la situation dans son ensemble.

— Je sais. J'ai compris.

— Vraiment ? Parce que Saint a des secrets, tu sais. C'est évident.

Je garde le silence. Devlin lui-même me l'a dit. Mais ce n'est pas quelque chose que je suis encline à partager avec Lamar, qui n'a basculé dans le camp de Devlin que tout récemment.

— Quelqu'un est obsédé par l'idée de te révéler tout ce qui concerne cet homme, poursuit-il. Tu es journaliste. Ils savent qu'il a un secret. Et apparemment, ils commencent à être dangereux.

— Oui, mais qui ?

— Pas la moindre idée, c'est ce qui me fait le plus peur.

— Moi aussi.

— Envoie-moi ce texto. Je vais fouiller un peu.

— Devlin est déjà sur le coup.

— Je m'en doutais. Mais nous avons des ressources différentes. Laisse-moi jeter un œil.

Je lui transmets le message avec la photo de Devlin et Reggie, mais j'ai peu d'espoirs. Il le reçoit, puis il me dit qu'il me rappellera plus tard pour l'ordinateur. Nous raccrochons et je me tourne à nouveau vers Brandy, qui semble tout aussi préoccupée que lui.

— Tu avais l'intention de m'en parler ?

— Je ne te le cachais pas...

— Quelqu'un cherche à s'en prendre à toi. Qu'en pense Devlin ?

— Il est inquiet, lui aussi.

Je hausse les épaules.

— Mais que voudrais-tu que je fasse ? Ce n'est pas comme si j'allais me cacher au fond d'une grotte.

Elle soupire sans répondre. Au bout d'une minute, elle se lève en m'annonçant qu'elle a faim. Je la suis jusqu'à la cuisine, où elle prend l'un de ses répugnants smoothies verts alors que je me hisse sur un tabouret. Elle commence à le siroter, appuyée contre le plan de travail, les yeux sur moi.

— Je dois passer voir quelques magasins sur Pacific qui revendent mes sacs. Ensuite, j'ai pensé rendre une visite surprise à Christopher. Il travaille à la FDS aujourd'hui.

— Ça va lui plaire.

— Oui, je pensais lui apporter un café de chez *Brewski*. Tu veux venir avec moi ? Tu pourrais surprendre Devlin, toi aussi.

— Ce n'est pas une mauvaise idée. Tu me raconteras le reste des détails salaces sur Christopher et toi en chemin.

— Si on en était arrivés à ce stade, je pourrais. C'est ton rayon, tu as oublié ?

Elle bat des cils en souriant.

— Mais tu pourrais peut-être me donner des conseils...

Je m'esclaffe.

— Brandy, mon amie si naïve... Marché conclu !

Pendant les deux heures qui suivent, Brandy et moi bavardons, flânant de boutique en boutique pendant qu'elle vérifie les stocks, récupère les bons de commande et discute des prix. Moi, je fais surtout du lèche-vitrines, achetant deux t-shirts idiots. Ce n'est qu'au dernier arrêt avant de rejoindre *Brewski* qu'une femme me reconnaît.

Si ce n'est moi, du moins mon nouveau statut.

— C'est vous qui sortez avec Devlin Saint, lance la cliente de *The Escape* en se précipitant vers moi tout en fouillant dans son sac. Il est tellement sexy. Est-il aussi sexy en personne que de loin ?

Elle parle tellement vite que je ne pourrais pas répondre, même si je le voulais.

— Je l'ai vu une fois au bas de la rue, mais il était déjà parti quand je suis arrivée. C'est comment d'avoir votre photo partout ? Je parie que vous imprimez toutes les photos des réseaux sociaux. Je les aurais scotchées à mon miroir si c'était moi.

— Hmm, grommelé-je alors qu'elle sort enfin un stylo de son sac et me le tend. Tenez, ajoute-t-elle, vous pourriez me signer ça ?

Il s'agit d'une enveloppe d'un cabinet dentaire, sur laquelle est apposé un tampon *Retard*.

— Hmm, répété-je, ravie de ne pas être aussi accro aux réseaux sociaux.

Je sais qu'il y a toutes sortes de choses sur Devlin et moi, mais je m'en fiche. Je ne doute pas que l'on me préviendra si les articles et autres commentaires deviennent trop agressifs.

— Oh, s'il vous plaît, fait-elle. Je vous jure que je ne la revendrai pas.

J'ai envie de rire, car l'idée que l'on puisse payer pour mon autographe est franchement ridicule. La gérante de la boutique, Inez, attire mon attention, la tête penchée d'un air interrogateur, comme pour me dire : *Voulez-vous que je m'en débarrasse ?*

Je secoue la tête, juste assez pour lui faire savoir que tout va bien.

— Oui, dis-je alors à la cliente. Bien sûr, je vais signer avec plaisir.

Je m'exécute et elle a l'air tellement reconnaissante que je me persuade qu'elle m'a confondue avec une star de cinéma.

— C'était bizarre, dis-je à Inez et Brandy une fois que la femme s'est précipitée à l'extérieur, sans doute pour aller ranger ma signature dans son coffre-fort.

— Certains sont des collectionneurs dans l'âme, dit Inez en haussant les épaules. C'est en partie pour ça que ma collection de bijoux tortues se vend si bien.

Elle affiche un sourire espiègle qui éclaire ses yeux bleu clair.

— J'ai lu un article sur Devlin Saint, il y a longtemps, et je pensais qu'il collectionnait les femmes. Mais je devais me tromper. Apparemment, il n'a besoin que d'un seul trophée dans sa collection.

Je mime une petite révérence amusée et nous rions toutes les trois. J'aime bien Inez depuis qu'elle m'a sauvé la mise en me dégottant une robe de cocktail abordable, juste après mon arrivée à Laguna Cortez. Brandy et moi l'invitons à venir prendre un café avec nous.

— Une autre fois, promet-elle. J'ai une pile de paperasse à faire. Diriger une entreprise, ce n'est pas toujours drôle. En plus, j'attends une livraison. Mais merci quand même.

— D'autres arrêts ? demandé-je à Brandy une fois que nous retournons dans la rue.

— Non, sauf si tu veux aller quelque part.

J'y pense, mais je secoue la tête. Il y a des dizaines de jolis magasins sur Pacific Avenue, mais nous nous éloignons en direction de la fondation. Ce qui veut dire qu'en ce moment, la seule chose qui nous sépare encore, Devlin et moi, c'est une petite pause café.

Heureusement, elle est tout aussi impatiente de voir Christopher. Nous renonçons à nous asseoir pour bavarder et optons pour des cafés à emporter.

Nous traversons la Pacific Coast Highway et continuons vers le sud, jusqu'au parking de la FDS. Je suis sur le point de franchir la porte quand Brandy m'arrête.

— Quoi ?

— C'est qui, là-bas, avec Anna ?

Je suis son regard vers la plage, puis je hausse les épaules.

— Aucune idée.

— Il est canon, commente Brandy.

Je plisse les yeux.

— Peut-être. Ils sont trop loin pour le dire.

Tout ce que je peux voir, c'est qu'il s'agit d'un homme aux cheveux châtain clair, avec des fesses bien moulées dans son jean. C'est un bon début, mais pas suffisant pour le qualifier de canon.

— On dirait qu'Anna s'en fiche, de toute façon, dit Brandy quand je lui en fais la réflexion. Elle a l'air blasée.

Brandy a raison. Les bras d'Anna sont croisés sur sa poitrine et sa tête est penchée sur le côté. Je pense qu'ils se disputent, mais entre le grondement de l'océan et celui de la circulation, derrière nous, je n'arrive pas à distinguer un seul mot.

— Son petit ami ? suggère Brandy.

L'instant d'après, elle lève la main quand Anna se tourne un peu dans notre direction.

Mais elle ne réagit pas et Brandy laisse retomber son bras.

— Je ne pense pas qu'elle nous ait vues. Et je ne sais pas qui c'est. Tu demanderas à Christopher. Peut-être qu'il est au courant.

— Peut-être, répond Brandy en haussant les épaules.

Nous nous détournons et je sais qu'elle ne se renseignera pas. C'est mieux comme ça. Je suis curieuse de nature, moi aussi, mais les fréquentations et les disputes d'Anna sont bien le dernier de mes soucis en ce moment.

— Je vais voir si Christopher veut laisser tomber ses recherches pour aller voir un film, dit-elle alors que nous saluons Paul avant de prendre la direction de l'ascenseur.

— *Vous venez de voir Le Faucon maltais.*

— *Non, on s'est pelotés devant Le Faucon maltais, nuance, rétorque-t-elle.*

— Sérieusement ?

Je porte une main à mon cœur.

— Je suis si fière.

— Je me suis sentie tellement rebelle. Tu devrais essayer.

— Je n'ai pas de mal à me sentir rebelle toute seule, mais je ne peux pas dire que ce soit une mauvaise idée. Oh, dis donc, ajouté-je en souriant. Tu deviens une mauvaise influence.

— Vraiment ?

Elle fait rouler ses épaules en arrière.

— Je n'avais encore jamais eu de mauvaise influence sur qui que ce soit.

— Alors, passe plus de temps avec moi. Je t'apprendrai tous les rouages.

Nous nous saluons par une brève étreinte lorsque la porte de l'ascenseur s'ouvre au deuxième. Je la regarde entrer dans la salle de recherche avant de continuer jusqu'à l'étage suivant. Les portes coulissent et je sors à l'accueil de la direction pour trouver Tracy assise à la place d'Anna.

— Salut ! Je suis contente de te voir.

Je la rejoins avec enthousiasme et la serre contre moi.

— Alors ? dis-je en reculant. Mon petit doigt m'a dit que l'ambiance était chaude dans un certain immeuble.

— Oh, je t'en prie, proteste-t-elle, même s'il est clair qu'elle réprime un sourire.

— Je te taquine. En tout cas, ça me fait plaisir que vous vous entendiez bien, tous les deux.

— Moi aussi, dit-elle avant de se remettre derrière l'ordinateur.

— Tu remplaces Anna ?

Tracy est la stagiaire de Tamra au département des relations publiques, mais la FDS fonctionne avec un personnel relativement réduit. Ce n'est donc pas étonnant que la stagiaire s'occupe du bureau de Devlin en l'absence d'Anna.

— Où est-elle ? demandé-je, feignant l'innocence.

Tracy hausse les épaules.

— Elle a dit qu'elle devait sortir un moment. Alors voilà, je suis montée. Il est avec Tamra, mais je peux l'appeler pour lui faire savoir que tu es là.

— Je ne veux pas le déranger. Il ne m'attend pas. Je vais rester avec toi un moment, et s'il ne se libère pas bientôt, je lui enverrai un texto.

— Ça me va. Oh, je voulais te demander. Je vais entraîner Lamar au Festival d'automne. J'adore voir les bijoux dans les foires artisanales.

Elle passe la main derrière son lobe pour me montrer sa boucle d'oreille en cuivre.

— J'ai déniché ça dans une foire à Santa Barbara.

— J'avais oublié que ça tombait ce mois-ci.

Ce festival de plusieurs jours propose de la musique, de la cuisine de rue, des arts et de l'artisanat. Pour l'occasion, Pacific Avenue est fermée à la circulation et des stands bordent le trottoir. C'est un événement sympa qui draine toujours beaucoup de monde.

— Ça te dirait d'y aller avec Devlin ? Brandy et Christopher aussi, s'ils le veulent.

— Je ne peux pas parler pour Devlin, mais moi, ça me dit bien.

— Génial, s'exclame-t-elle en tapant dans ses mains. On parlera des détails plus tard et...

Elle s'interrompt lorsque les portes s'ouvrent en silence. Tamra sort, impeccablement vêtue comme à son habitude, avec un tailleur en lin et des ballerines Louis Vuitton dernier cri. Elle a la tête basse, les yeux sur le bloc-notes qu'elle passe en revue. En levant la tête, elle me sourit.

— Comment vas-tu, ma chérie ? Devlin m'a un peu parlé des textos, mais il m'a dit que tu tenais le coup.

— Quels textos ? s'enquiert Tracy.

Je me renfrogne.

— Juste un idiot qui me harcèle. Je suis étonnée que Lamar ne t'en ait pas parlé.

— Non, tu penses, répond-elle en riant.

Je secoue la tête.

— C'est vrai.

Lamar ne partagerait jamais mes secrets sans ma permission.

— Mais dis-lui qu'il peut t'en parler. Ça ne me dérange pas que tu le saches, seulement je n'ai pas envie de me lancer dans des explications maintenant.

— Où est Anna ? demande Tamra.

— Elle a dû s'absenter.

Tamra pince les lèvres, visiblement contrariée, avant de retrouver sa contenance.

— Est-ce qu'il est disponible ? demandé-je avec un signe de tête vers les portes qui se sont refermées derrière elle.

— Au téléphone, précise Tracy, jetant un œil vers le signal lumineux qui s'éteint au même moment. Maintenant, il est libre, ajoute-t-elle.

Elle enfonce une touche de l'interphone.

— Ellie est là, Monsieur Saint. Dois-je la faire entrer...

Elle n'a pas le temps de terminer sa question, car les portes commencent à se rouvrir, apparemment commandées à distance par Devlin.

Je souris à Tamra et Tracy avant de franchir l'espace ainsi ouvert. Aussitôt, un léger bourdonnement se fait entendre lorsque les portes changent de direction pour se refermer.

Devlin est debout derrière son bureau et je sens mes muscles se détendre à sa vue. Je n'avais pas réalisé à quel point j'étais tendue, comme si, au fond de moi, je craignais qu'il ne soit pas vraiment là et que je ne le revoie plus jamais.

Il regarde quelque chose sur son bureau, mais dès qu'il me voit, tout son comportement change. Son sourire éclaire la pièce et me va droit au cœur.

— Tu es un vrai plaisir pour mes pauvres yeux, dit-il alors que je m'empresse de le rejoindre.

— Dure journée ? Que se passe-t-il ?

Il agite une main évasive.

— Disons plutôt une série de problèmes qui partent du Nevada pour s'étendre comme une toile d'araignée.

— Oh, non.

Anna m'a parlé des failles de sécurité, le jour où Devlin est allé à Las Vegas, mais j'étais tellement absorbée par mon propre mélodrame que j'en ai oublié de lui demander s'il avait besoin de se confier.

— Tu veux en parler ?

— Peut-être, mais pas maintenant.

— Je serai là quand tu auras besoin de moi. Tiens, j'y pense. Je regardais mon téléphone dans l'ascenseur et j'ai vu ça.

Je sors l'appareil de mon sac en lui expliquant la nouvelle que j'ai apprise après avoir quitté Brandy.

— Un jeune criminel, étoile montante dans le domaine de la drogue et des trafics, a été tué pendant que tu étais là-bas. Ou plus tard, je crois. Tu devais déjà être en chemin pour rentrer. Bref, il s'appelait Adrian Kohl. Ça te dit quelque chose ?

— Oui.

— Tu le connaissais ? Par la fondation, je veux dire ?

— Par la fondation et par mon père.

Son expression est aussi dure que sa voix.

— Je dois retourner à Las Vegas ce soir. Ça va aller ? Je rentre demain soir au plus tard.

— Ça va aller, lui assuré-je.

Je me sens à la fois coupable et privilégiée qu'il ait quitté Las Vegas pour me rejoindre, hier soir. Je suis sûre qu'il va recevoir de nouveaux résidents au centre, d'anciennes victimes de Kohl. Devlin est très impliqué dans le travail du *Phoenix* et je suppose qu'il tient à accueillir lui-même les nouveaux survivants. Je lui propose presque de l'accompagner pour l'aider, mais les bénévoles de la fondation suivent une formation rigoureuse. J'ai peur d'être un boulet plus qu'autre chose.

Au lieu de m'incruster, je me contente de dire :

— Tu as toujours plein de soucis en tête.

— Pas toujours, dit-il en me regardant avec une chaleur si exagérée que je ne peux m'empêcher de rire, allégeant un peu l'atmosphère.

Mais pourquoi plaisanter alors que je peux jouer le jeu ?

— Pauvre de toi, dis-je d'une voix grave et séduisante. Je pourrais arranger un peu les choses ?

Je contourne le bureau pour m'asseoir sur le bord. Aujourd'hui, je porte une jupe légère, des sandales à lanières en cuir, un débardeur avec un soutien-gorge intégré et une petite veste. Je retire mes sandales, puis la veste d'un coup d'épaule, la laissant tomber derrière moi.

Il hausse son sourcil barré par la cicatrice. C'est un regard si délicieusement sexy que je me sens fondre. Les mains sur son bureau, j'écarte les jambes dans ce qui ne peut être interprété que comme une invitation sensuelle.

Il s'approche, et lorsque je me cambre pour faire ressortir ma poitrine, il pose les mains sur mes genoux et m'écarte encore plus les cuisses.

— Je n'aurais jamais cru être aussi cliché, dit-il en glissant lentement sa main le long de ma cuisse, retroussant ma jupe au fur et à mesure, mais pour l'instant, tout ce que je veux, c'est te baiser sur mon bureau.

Sa voix se réduit à un murmure lorsqu'il ajoute :

— Tu veux bien faire semblant d'être ma secrétaire ?

Je me trémousse un peu, l'entrejambe déjà palpitant alors que j'écarte encore plus les cuisses.

— C'est vraiment *très* cliché. Et si c'était moi le boss ? Tu pourrais être mon assistant. Enfin, si tu décroches le poste. Je n'engage que les meilleurs. Tu vas devoir faire tes preuves. J'ai beaucoup de candidats.

— Je n'en doute pas.

Ses mains remontent le long de mes jambes pour se positionner sur le bureau, de part et d'autre de mes hanches. Puis il se penche et sa bouche effleure mon oreille lorsqu'il chuchote :

— En quoi consiste ce travail ?

— Eh bien, je suis une patronne difficile à satisfaire. Si tu veux garder ton emploi, tu vas devoir travailler très, très dur.

— Le travail ne me fait pas peur.

— Et j'aime que mon équipe prenne des initiatives. Si je dois tout expliquer à mes subordonnés, ça ne va pas le faire.

Il hausse les sourcils.

— Bon à savoir, dit-il en soutenant mon regard.

Une main sur ma cuisse, il glisse l'autre sous mon débardeur jusqu'à ma poitrine. Avec le pouce, il caresse mon mamelon et je me mords la lèvre inférieure, retenant un gémissement.

— Je te promets que tu as besoin de moi. Je suis le genre d'homme sur lequel tu peux compter et j'assure au travail.

Je prends une inspiration rauque alors qu'il tire sur mon décolleté, libérant ma poitrine. Les yeux fermés, je me cambre et il attise mon téton sous son pouce.

— Je ne crois jamais personne sur parole, dis-je dans un souffle. Si tu comptes m'impressionner, tu vas devoir faire plus que des paroles inutiles.

— J'adore les employeurs qui privilégient l'action aux mots.

Il pince mon mamelon entre deux doigts et je me tortille, pressant mes cuisses l'une contre l'autre pour assouvir l'envie sourde qui gronde en moi. Il m'en empêche en s'interposant entre mes genoux, s'assurant que mes cuisses restent écartées.

Ses mains chaudes s'aventurent sous ma jupe, puis remontent lentement le long de mes jambes jusqu'à ce que ses pouces atteignent ma culotte. Je me mords la lèvre lorsqu'il entreprend de caresser tout doucement ma peau, à la jonction entre mes cuisses et mon sexe. J'étouffe un cri de surprise quand ses doigts se posent sur mon clitoris à travers le coton fin.

— Retire-la. S'il te plaît. Enlève-la.

— Maintenant ?

Son pouce décrit un petit cercle, la pression et le mouvement envoyant des étincelles dans tout mon corps.

— Tu n'es pas encore prête.

— N'importe quoi, protesté-je.

Je gémis lorsque ses doigts se glissent sous le tissu, taquinant ma vulve et décuplant mon envie. J'en veux tellement plus.

— Cambre-toi, demande-t-il.

Ramenant les bras dans mon dos, je me penche en arrière, les yeux fermés, tandis que ses doigts continuent de jouer et de m'attiser. Mes hanches ondulent de leur propre initiative. Je suis si mouillée que ma culotte est humide. Il revient à la charge sans relâche, écartant le tissu pour mieux accéder à mon intimité.

En même temps, il se penche en avant et sa bouche se pose sur l'un de mes seins. Sa langue danse sur mon mamelon, et lorsqu'il m'attire dans sa bouche, je ressens la succion jusqu'au fond de moi. Je halète lorsque ses doigts vont et viennent, délaissant les caresses lascives pour une intrusion vigoureuse et profonde.

Je me frotte contre lui, éperdue de désir, de besoin. Je veux être nue sous son corps, le sentir en moi. Je veux tout. Chaque coup de reins, chaque sensation, les moindres bribes de plaisir. Je le veux, *lui*.

Mais je ne trouve pas les mots. Tout ce que je parviens à dire, c'est :

— Maintenant. S'il te plaît, maintenant...

Je le vois lever la tête et rencontrer mon regard. Le désir sur son visage est si palpable que je manque jouir sur le champ.

— Tu sais ce qui est le meilleur, dans le sexe ?

Je secoue la tête.

— L'attente, déclare-t-il.

Sans prévenir, il recule, me laissant intacte et pantelante de désir.

❧ 23 ❧

— **O**h, mon Dieu, Devlin, supplia-t-elle. Ne t'arrête pas. Je t'en prie.

Il n'avait pas l'intention de s'arrêter, mais il voulait ce moment. Cette certitude qu'elle lui appartenait entièrement.

Sa plus grande peur, peut-être sa *seule* peur, était de la perdre à nouveau. Pourtant elle était là, sienne à tous égards. Cette femme était un don du ciel et il la chérissait à sa juste valeur.

— Devlin, s'il te plaît.

Elle s'était avancée au bord du bureau, et à présent, elle lui tendait la main.

— Laisse tomber l'attente, je te veux maintenant. L'entretien d'embauche, tu as oublié ? Si tu penses avoir le job en me laissant en plan, alors tu n'es pas l'homme de la situation.

Elle plaisantait, bien sûr, mais il entra dans son jeu. Il lui prit les mains et l'attira, la soulevant du bureau en emportant quelques feuilles de papier. Elles voletèrent jusqu'au sol. Contrats, compte-rendu, il ne s'en souciait pas. La plaquant contre lui, il lui inclina le menton.

— Si, je suis ton homme. Dis-le.

Il sentit l'atmosphère changer entre eux, sa frustration se changer en un sentiment plus sombre, primitif.

— Oui. Tu es mon homme. Tu es le seul homme pour moi.

— Et tu m'appartiens.

— Je t'appartiens, Devlin.

Elle laissa vagabonder son regard sur son visage, mais il savait qu'elle n'y verrait pas ses peurs. Avec elle, il pouvait être vulnérable, mais pas maintenant. Maintenant, il ne voulait qu'elle. Il avait *besoin* d'elle, de la faire sienne et de l'utiliser pour remettre son monde d'aplomb.

— Déshabille-toi.

Elle recula d'un pas, s'arrêtant en heurtant le bord de son bureau.

— Quoi ? Ici ? Maintenant ?

— Oui, ordonna-t-il.

Il s'assit sur sa chaise de bureau, qu'il recula pour mieux la contempler.

Il s'attendait à ce qu'elle proteste encore, mais lorsqu'elle baissa la fermeture de sa jupe, il comprit. À vrai dire, il aurait dû se douter qu'elle se plierait à ses exigences. C'était El, après tout, et l'idée de se soumettre à lui dans son bureau où − du moins théoriquement − n'importe qui pouvait entrer, c'était une tentation pour elle. Un nouveau frisson.

Décidément, elle était faite pour lui, encore plus qu'elle ne le pensait. Elle était forte, prête à affronter ses peurs. Elle ne s'en laissait pas compter et dictait elle-même ses conditions. Cette femme était merveilleuse, et le simple fait de savoir qu'elle était à lui, qu'il était assez puissant pour la convaincre de se laisser faire, le rendait plus dur qu'il ne l'avait jamais été.

Elle se délesta de sa jupe avec un coup de pied, puis souleva le débardeur au-dessus de sa tête et le laissa tomber sur son bureau. Maintenant, elle ne portait plus que sa culotte. Blanche, en coton uni, de style bikini. Il n'avait jamais vu de lingerie plus sexy.

— Enlève-la, demanda-t-il.

Il était tellement dur qu'il lui fallut user de toute sa volonté pour rester sur son fauteuil et ne pas se caresser en la regardant. Au lieu de quoi, il se cramponna à l'accoudoir, ses doigts enfoncés dans le cuir. Son désir grandissait à chaque mouvement de sa tête, à chaque éclat dans son regard.

Elle quitta sa culotte, la faisant glisser jusqu'à ses genoux, puis haussa un sourcil en le regardant dans les yeux. Soutenant son regard, il récupéra sa culotte, encore chaude de son corps, et inspira son parfum.

D'une voix gutturale, elle souffla :

— Devlin.

— Dis-moi. Dis-moi ce que je veux entendre.

— Je suis à toi.

Penchant la tête, elle ajouta :

— Et toi aussi, tu es à moi.

— Oui, répondit-il. Tu veux que je te le prouve ?

Elle leva le menton.

— Tout ce que tu voudras.

Seigneur, il adorait cette femme. Il savait qu'elle était sincère. Il savait que, comme lui, elle se plierait à tous ses caprices.

— Même si je te disais de sortir sur le balcon ? Même si je te disais que je veux que tu restes là, toute nue, créature splendide à la vue de tous ?

Il vit sa gorge tressauter lorsqu'elle déglutit. Elle s'approcha de lui, contournant sa chaise de bureau, mais il lui saisit la main au passage.

— Pourquoi ? demanda-t-il.

— Parce que c'est le jeu.

Ce fut plus fort que lui, il éclata de rire. Elle n'avait pas tort.

Avec un sourire malicieux, elle se mit à genoux devant lui, les mains sur ses jambes. Elle baissa les yeux vers son sexe, puis releva la tête, une question évidente dans le regard.

—Je pourrais passer sous ton bureau. Tu pourrais être au télé-phone. Ou alors, on ferait semblant qu'Anna est entrée. Après tout, ce serait possible. Ta queue serait dure dans ma bouche. Tu devrais essayer de te concentrer sur ce qu'elle dit, sur ce que tu dois faire, signer par exemple, et pendant tout ce temps, je te sucerais, de plus en plus profondément dans ma bouche. Et elle serait là, sans se douter de rien.

— Bon sang, Ellie.

Elle exerça une pression autour de son sexe, un peu plus fort maintenant.

— C'est ce que tu veux ? demanda-t-il.

Elle secoua la tête.

— Non.

Avec un sourire malicieux, elle continua de le caresser.

— Mais j'aime ce fantasme.

Lui aussi. Cette réalité ne faisait qu'alimenter son désir. Il se leva, l'entraînant avec lui.

— Sur mon bureau, dit-il, saisi d'une envie folle de la posséder. Penche-toi.

Elle s'exécuta comme il le lui demandait, sa poitrine sur le bois poli, ses mains agrippées au rebord, ses fesses offertes à lui. Quant à son sexe... eh bien, disons qu'il ne voulait plus attendre une seconde de plus.

Il lui écarta les jambes en murmurant :

— Oh, oui.

Il glissa les doigts en elle comme pour la préparer, mais ce n'était pas nécessaire. Il ne l'avait jamais sentie aussi moite. En cet instant, il sut qu'il ne pouvait plus attendre.

— Je pense que vous êtes engagé, Monsieur Saint, soupira-t-elle.

Il avait envie de rire, mais il enfouit les doigts dans ses cheveux tout en guidant son sexe de l'autre.

— Dis-moi que tu en as envie, exigea-t-il en s'installant entre ses cuisses.

Juste assez pour la taquiner. Juste assez pour la faire gémir.

— Dis-moi que tu en veux plus.

— Oui.

Elle agita son bassin à cette demande et il libéra ses cheveux pour pouvoir lui agripper les hanches et se perdre en elle. C'était une revendication primitive. Une possession bestiale. Il n'avait jamais pris de femme dans son bureau, mais avec El...

Avec elle, il avait envie de tout, *besoin* de tout.

Le désir avait envahi son être, effaçant toute pensée cohérente. Son odeur, le souvenir de son corps. Il voulait la prendre partout, dans toutes les positions. C'était un besoin viscéral.

Ses doigts glissèrent entre ses jambes pour caresser son clitoris, tandis que son autre main la maintenait plaquée sur le bureau. Il redoubla d'ardeur, l'entraînant un peu plus loin à chaque coup de reins. Ses gémissements agissaient sur lui comme un aphrodisiaque, le poussaient de plus en plus près du précipice. Lorsqu'elle leva la tête et se retourna, elle croisa son regard, et ce fut comme si elle lui avait donné un coup de pied, le faisant basculer de la falaise. Il explosa en elle et sentit son corps se contracter autour du sien. Ils étaient unis par le plaisir, par le regard, par le temps suspendu autour d'eux jusqu'à ce que lentement, très lentement, le monde revienne sur son axe et que son corps comblé s'alanguisse.

Avec un soupir de soulagement, elle commença à se relever. Il l'aida, puis il sortit un mouchoir du tiroir de son bureau pour la nettoyer rapidement.

— Eh bien, dit-elle en se redressant sur le bord de son bureau. Je crois que vous êtes engagé.

Ils échangèrent un sourire, puis il posa la main sur sa joue et l'embrassa tendrement.

— Viens, dit-il, ramassant ses vêtements pour l'accompagner aux toilettes.

Une fois qu'elle se fut rhabillée, alors qu'ils terminaient d'ajuster leurs vêtements, il lui dit :

— Je suis content que tu sois venue.

Elle lui prit la main et ils retournèrent dans le bureau.

— Moi aussi. Alors, journée chargée ?

— Toujours. Et toi, quel est ton programme ?

C'était une bonne question, car son visage s'éclaira.

— J'ai une piste, dit-elle. Une source anonyme avec un tuyau sur l'assassinat de Myers. Avec un peu de chance, ça mènera à l'identification du tireur.

Son corps tout entier se raidit et le plaisir des moments passés fut balayé par une vague furieuse.

Sa voix était aussi froide que la glace lorsqu'il demanda :

— Pourquoi t'y intéresserais-tu ? Tu as rencontré Sue. Tu as parlé à Laura. Tu as bien vu comme elles étaient brisées, et encore, Sue a eu de la chance. Celui qui a descendu ce fils de pute mérite une médaille, pas des accusations.

— Oh, là ! dit-elle, d'une voix aussi tendue que la sienne. Attends une minute. Je n'en ai peut-être rien à foutre que Myers soit mort, mais ça ne change rien au fait que celui qui l'a tué a commis un crime. Le tireur s'est auto-proclamé juge, et ce n'est pas comme ça que les choses fonctionnent.

— Myers avait déjà été reconnu coupable et condamné, lui rappela-t-il. Il a été libéré en appel à cause d'un vice de procédure. *Pas* parce qu'il était innocent.

— C'est peut-être vrai, mais ça ne donne pas au tireur...

Il leva la main, regrettant qu'ils ne soient pas sur la même longueur d'onde à ce sujet.

— Attends, attends.

Le père d'Ellie était chef du département de police et elle y avait elle-même travaillé, si bien qu'il connaissait son point de vue sur le système judiciaire. Il souhaitait tout de même lui faire comprendre sa façon de penser.

— Je sais que nous ne sommes pas d'accord, dit-il lentement en essayant de rassembler ses pensées. Mais tu as l'air de dire que celui qui a tué mon père, celui qui a tué le Loup, mérite d'être poursuivi. Alors qu'en descendant ce fumier, il a sûrement sauvé des centaines, ou même des milliers de vies.

— On n'a pas le droit de tuer...

— Mon père était l'un des criminels les plus notoires que cette terre ait connus. Il a fait des choses horribles, à moi et aussi à tous ceux qui croisaient son chemin.

Devlin sentit la bile remonter dans sa gorge en même temps que les souvenirs. Il s'efforça de tout ravaler en gardant une voix stable.

— Il s'est donné beaucoup de mal pour en infliger aux gens, poursuivit-il, et un jour, quelqu'un a abattu ce fils de pute. Si on suit les règles que tu préconises, cette personne mérite d'être jetée en prison. Peut-être même condamnée à mort. C'est ton opinion, n'est-ce pas ? Tu en es bien consciente ?

Elle fit la grimace. Évidemment, ses paroles faisaient mouche et il se demanda si elle avait déjà deviné la vérité. Si elle savait que c'était lui qui avait appuyé sur la détente et tué le Loup, presque deux ans après l'avoir quittée.

Le savait-elle ?

Et le condamnait-elle pour cela ?

Avec une soudaine clarté, il se rappela l'un des textos récents qu'elle avait reçus. *Tu ne sais pas que tu baises avec un homme dangereux ?*

Une fureur froide le transperça. Non pas parce que c'était un mensonge, mais parce que c'était la pure vérité.

Malgré tout, il n'était pas encore prêt à lui faire savoir combien il était dangereux.

Pas encore.

Peut-être même jamais.

❧ 24 ❧

J'ai envie de me cogner la tête contre le mur, au comble de la frustration. Je me rends compte que nous voyons les choses différemment, mais je ne comprends pas pourquoi ça le dérange tant que j'enquête sur le meurtre de Myers. Je n'ai pas l'occasion de le lui demander, parce que l'interphone bourdonne et la voix d'Anna se fait entendre dans le bureau.

— Désolée de te déranger, mais je dois t'informer de quelque chose.

Je vois un muscle de sa mâchoire tressauter avant qu'il n'appuie sur le bouton pour répondre :

— Normalement, la lumière « Ne pas déranger » signifie ne pas déranger.

— Ce ne sera pas long. Et tu pourrais considérer ça comme urgent.

— Une minute.

Il se tourne vers moi.

— Désolé. Le travail m'appelle.

— Ça ne fait rien, dis-je sur un ton détaché. J'ai déjà obtenu ce que je voulais avec toi.

Il rit.

— Ça, on peut le dire.

J'attrape sa cravate juste sous le nœud et le tire vers le bas, comme pour un dernier baiser rapide. Au lieu de ça, je lui pince la lèvre inférieure entre mes dents et lui chuchote :

— Affaire à suivre.

— J'y compte bien...

Il ne termine pas sa phrase et le sous-entendu graveleux me fait rire.

— Ça marche.

Il me saisit le menton, le tenant fermement entre le pouce et l'index. Ce geste est si implacable que je ressens le picotement de son intensité jusqu'au fond de mon être.

— Reste avec moi, murmure-t-il.

— Je pense qu'Anna préférerait que je vous laisse tous les deux tranquilles pour que vous puissiez travailler.

— Je veux dire ce soir. Viens chez moi. Attends-moi demain quand je reviendrai de Las Vegas.

Je secoue la tête.

— Nous savons tous les deux qu'il vaut mieux que je passe la nuit chez Brandy. Quelqu'un nous épie. On en a déjà parlé. C'est un peu trop intime si je reste chez toi, même si tu n'y es pas.

Il soupire.

— J'ai bien peur que nous soyons toujours le point de mire de certains regards.

Je fronce les sourcils et commence à lui demander ce qu'il veut dire par là, mais il me coupe la parole.

— Laisse tomber. Je suis frustré, c'est tout. Je n'aime pas être surveillé. Et je n'aime pas les menaces sous-jacentes. D'ailleurs, j'aime encore moins me faire du souci pour ta sécurité. C'est moins dangereux chez moi que chez Brandy.

— Chez elle, il y a une alarme, et je te promets que nous la mettrons en marche. Je suis armée. Et je peux me débrouiller toute seule.

— Tu ne devrais pas avoir à le faire. En plus, c'est à cause de moi que tu te retrouves dans cette situation.

— Je refuse d'avoir cette conversation.

— Reste chez moi, répète-t-il. Demain soir, je rapporterai de quoi dîner et on pourra regarder un film.

Je croise les bras sur ma poitrine, la tête penchée sur le côté.

— C'est le mieux que tu puisses faire ?

— Loin de là, dit-il. Mais tu n'as qu'à venir si tu veux découvrir à quel point ma proposition est vraiment alléchante.

— Je devrais au moins avoir un indice, dis-je avec malice. Comme un avant-goût.

— Hmm.

Un sourire danse sur ses lèvres.

— Que puis-je faire pour m'assurer que tu sois disponible sur demande ?

Son regard rôde sur moi, aussi prédateur qu'un loup.

— Pour que tu saches à quel point j'ai envie de toi...

Le bout de ses doigts effleure tout doucement mon cou et mes épaules.

— Pour te séduire, poursuit-il, passant son pouce sur ma lèvre inférieure. Pourquoi pas te donner ton propre tiroir ?

Son visage est aussi enjoué que sa voix, et je réprime un éclat de rire inattendu, mes paumes sur mon cœur.

— Comment, Monsieur Saint, un tiroir entier ? Tu dois vraiment m'aimer.

Il ne l'a toujours pas dit à haute voix et j'attends d'entendre ces mots, ne serait-ce qu'un simple *oui*. Mais il demande simplement :

— Alors, qu'en dis-tu ?

Ça ne devrait pas me déranger, pourtant la confiance n'est pas mon point fort. Il m'a blessée une fois, après tout, et une partie cachée et brisée, au fond de moi, me chuchote qu'avec Devlin Saint, il vaut mieux que je protège toujours mon cœur.

Les deux coups rapides d'Anna sur la porte me font glisser du bureau. Je suis debout à côté de Devlin quand les portes s'ouvrent et qu'elle passe la tête par l'embrasure.

— Ellie, je suis désolé. Quand j'ai sonné la première fois, je n'ai pas réalisé que tu étais là, et puis quand j'ai compris...

Elle laisse sa phrase en suspens, visiblement très gênée.

— Ce n'est pas grave. J'ai déjà pris bien assez de temps à Devlin.

— Non, non. Je ne veux pas te presser. Je voulais juste te faire savoir qui m'a retrouvée aujourd'hui, dit-elle, reportant son attention vers Devlin.

Il fronce les sourcils.

— Qui ?

— Joseph Blackstone.

Je vois ses muscles se contracter presque imperceptiblement. Je sens bien que ce nom l'a pris au dépourvu et qu'il s'efforce de se maîtriser.

— Est-ce que ça va ?

Anna hoche la tête, mais je vois qu'elle est crispée, comme si elle retenait des émotions intenses. Elle semble encore plus anxieuse que tout à l'heure, sur la plage, et je me demande ce qui s'est passé après que Brandy et moi sommes parties. À moins que je n'y aie pas prêté suffisamment attention.

— Tu es sûre ?

L'inquiétude est palpable dans la voix de Devlin.

— Oui. Vraiment. Tout va bien. Je suis juste étonnée. Ça fait très longtemps.

Je sais que cela ne me concerne pas, mais je suis trop curieuse pour ne pas demander.

— Qui est Joseph Blackstone ?

Devlin répond en plissant les yeux :

— Tu vois les failles de sécurité dont je t'ai parlé ?

J'acquiesce.

— Ce qu'on sait, c'est qu'une partie des informations qui ont été divulguées sont parvenues à Blackstone.

Je fronce les sourcils en réfléchissant.

— Alors, il vous a volé des données ?

— Ce n'est pas clair.

— Mais quelqu'un l'a fait, assure Anna. Même si Joseph n'en était pas à l'initiative, nous pensons quand même qu'il en récolte les fruits.

Mon regard alterne entre eux, de plus en plus perplexe.

— Mais pourquoi serait-il venu te voir ?

Elle se tourne vers Devlin en répondant :

— Aucune idée. Il ne semble pas se douter que nous savons qu'il profite des failles dans la sécurité. Il m'a dit qu'il avait appris que je travaillais pour la fondation et qu'il trouvait *sympa* – c'est son mot – de passer me saluer pendant qu'il était en Californie du Sud.

— Il sait qui je suis ?

Elle secoue la tête.

— Enfin, je ne pense pas. Il ne m'a rien dit qui puisse suggérer le contraire.

— Pourquoi serait-il au courant ? demandé-je. Vous parlez bien de Devlin sous son identité d'Alejandro, c'est ça ? Le fils du Loup ? Pourquoi saurait-il ça ?

— Joe a environ dix ans de plus que moi, répond Devlin, et il progressait rapidement dans la hiérarchie de mon père au moment où je suis venu ici pour travailler avec Peter.

— Alors, il vous connaissait tous les deux.

Ce n'est pas une question, pourtant Anna hoche la tête pour me répondre.

— Oui, dit-elle sobrement. On se connaissait.

Devlin s'approche d'elle et pose une main sur son épaule.

— Qu'a-t-il dit d'autre ?

— Rien. Qu'on devrait manger ensemble un de ces quatre, répond-elle avec un petit rire désabusé. C'est ça, oui ! Je lui ai dit que j'avais tourné le dos à tout ce qui concernait le Loup, et que ce n'était pas personnel, mais que j'allais décliner son invitation.

Devlin prend du recul pour la détailler attentivement, comme s'il cherchait des fissures sur une poupée de porcelaine.

— Et c'est tout ?

— Oui, fait-elle en haussant les épaules. Ce n'est pas... Enfin, il n'avait aucune raison de me traquer...

— Demande à notre équipe de garder un œil sur lui, dit Devlin. C'était peut-être une coïncidence. Ou alors, il cherche à se rapprocher de toi pour voir s'il peut obtenir encore plus de renseignements sur nos opérations.

Il me regarde. Peut-être est-ce mon imagination, mais j'ai le sentiment qu'il regrette que je sois dans le bureau en ce moment.

— Il y a des chances qu'il en sache beaucoup plus que nous le pensons.

— Sur toi ? fait Anna. Non, personne ne sait. C'est impossible.

— Pas si impossible. Personne n'est jamais vraiment en sécurité. Tu as grandi dans le même monde que moi, Anna. Tu sais que c'est la vérité.

❧

— C'est sympa, dit Tracy alors que nous faisons du lèche-vitrines sur Pacific Avenue. Merci de me l'avoir proposé.

Je l'ai croisée dans le hall en partant et nous avons décidé de passer à *Brewski* ensemble, puis de faire les boutiques.

— Avec plaisir.

Je jette un œil à ma montre et ajoute :

— Je peux t'offrir le dîner aussi, si tu veux. Je suis une pro pour commander des pizzas, et pour ce qui est de déboucher du bon vin, je me défends aussi.

— Vraiment, des talents épatants, s'exclame-t-elle en riant.

— Bah, je n'aime pas me vanter. Sérieusement, tu veux venir avec moi chez Brandy ? On pourrait se regarder un film ou quelque chose ? Il n'y aura que moi. Apparemment, elle a un rencard.

Elle décline d'un air penaud.

— D'accord, dis-je, donc je suis la seule à ne pas sortir ce soir.

Je fronce les sourcils avant de me rappeler que j'ai rendez-vous avec mon ordinateur, de toute façon. J'aimerais mettre de l'ordre dans mes notes sur Peter ce soir. Parce que demain, j'espère avoir un PC que je pourrai utiliser pour ouvrir l'URL anonyme, et ensuite – à supposer qu'il y ait vraiment une piste solide au bout du lien – plancher sur l'histoire de Myers.

Je hausse les épaules.

— Avec un peu de chance, j'aurai droit à un peu de cul par téléphone.

Tracy manque recracher son café et je prends conscience un peu trop tard que c'est à son patron que je fais allusion. Ce n'est pas glorieux.

Elle pince les lèvres, les yeux exorbités, alors qu'elle essaie de ne pas vomir la gorgée qu'elle vient d'avaler.

— Désolée. Je suis vraiment désolée.

Elle réussit enfin à déglutir, puis elle s'essuie la bouche, des larmes de rire dans les yeux.

— S'il te plaît, ne dis pas à Monsieur Saint que tu as fait ce sous-entendu devant moi. J'aimerais vraiment pouvoir continuer à le regarder en face.

— D'accord. Si à ton tour, tu me promets de ne pas me donner de détails croustillants sur ta soirée. Lamar est un très bon ami et il y a certaines images que je n'ai pas besoin d'avoir en tête.

Nous scellons cet accord par une poignée de main, puis nous flânons encore sur un pâté de maisons en discutant avant qu'elle ne tourne à droite pour revenir en diagonale vers la route côtière et son appartement. Quant à moi, je continue tout droit en direction des canyons et, plus haut, la maison de Brandy.

Pacific Avenue se termine en impasse, à Sunset Parkway, et je m'arrête longuement au feu. Quand le signal piéton passe au vert, je descends du trottoir. Au même moment, une Range Rover noire surgit, grillant le feu rouge, franchissant en trombe le coin de la rue.

Et elle fonce droit sur moi.

❧ 25 ❧

Le temps reste suspendu alors que mon cerveau s'évertue à analyser le danger. J'ai beau reculer d'un bond, je suis sur sa trajectoire et il est impossible qu'elle me rate.

Je ne vois pas ma vie défiler devant mes yeux. Au lieu de ça, tout ce que je vois, c'est Devlin, et tout ce que je ressens, c'est la douleur du manque, la terreur. Je laisse mon corps s'affaisser, essayant de faire un roulé-boulé au sol dans l'espoir que le véhicule passe à côté. Mais j'en suis incapable, car soudain, une pression se fait sentir sur mon épaule et dans mon cou, et je me rends compte que quelqu'un m'a saisie par le col de ma veste. On me tire en arrière et je manque m'étrangler avec la pression de la veste sur ma trachée.

Je tombe à la renverse, atterrissant violemment sur le béton. Un gémissement m'échappe et des larmes de soulagement dévalent mes joues. Je tousse en reprenant ma respiration. Autour de moi, ça sent le caoutchouc brûlé, une odeur âcre, alors que retentissent les pneus de la Range Rover qui s'éloigne, fuyant la scène de l'accident évité de justesse.

Tout se déroule au ralenti maintenant. Je me rends compte que j'ai cherché une plaque d'immatriculation, mais que le 4x4 n'en avait pas. J'ai remarqué aussi que les vitres étaient teintées.

— Ellie, ça va ? Tu peux te lever ?

La voix m'est familière. Mais il y a trop de choses que ma tête ne peut pas assimiler et je reste assise un instant, sans rien faire d'autre que réfléchir à cette nouvelle réalité qui me trotte dans la tête. *C'était volontaire. Quelqu'un a fait exprès de me renverser.*

— *Ellie.*

Je l'entends maintenant, la voix de Lamar, et je lève les yeux pour le découvrir agenouillé à côté de moi.

— Tu es là, dis-je bêtement. Qu'est-ce que tu fais ici ?

— J'essayais de te rattraper.

Il me frictionne les bras.

— Est-ce que ça va ?

Je hoche la tête.

— Me rattraper ?

— Oui, je t'ai trouvé un ordi.

Il désigne la sacoche pour ordinateur portable sur le trottoir à côté de lui.

— Endo allait le donner aux bonnes œuvres. Il a dit qu'il était à toi, si tu le voulais. Je suis tombé sur Tracy et elle m'a dit que tu rentrais chez toi à pied. C'est une chance que je t'aie rattrapée.

— Une sacrée chance, oui !

Il m'aide à me relever. C'est à ce moment qu'un brouhaha me parvient et que je remarque l'étendue de la foule autour de nous. Beaucoup prennent des photos avec leurs téléphones. Certains ont l'air surexcités, comme s'ils venaient d'assister à un défilé, mais la plupart sont atterrés, sous le choc.

— Cette voiture n'avait pas de plaque, s'exclame une femme svelte avec une poussette. C'est illégal.

— Il n'y a pas que ça qui est illégal ! renchérit un skateur sur un ton incrédule. Ce connard a essayé de la renverser.

Il m'adresse un sourire de biais et ajoute :

— Sûrement une femme jalouse que vous soyez avec Saint et pas elle.

— *Idiot*, marmonne une autre passante.

Je hoche mollement la tête. Au fond, ce jeune n'a peut-être pas tort.

— Viens, dit Lamar. Je te raccompagne chez toi.

Je ne résiste pas quand il me prend le bras. Nous attendons le signal piéton sous les regards compatissants de la foule. Je dis aux badauds que tout va bien. Avant de traverser la rue avec Lamar, je regarde attentivement l'intersection, puis nous commençons la lente ascension de la colline vers la maison de Brandy.

C'est le crépuscule maintenant. Il flotte dans le quartier une brume grise, comme dans un film des années quarante.

— Une idée de qui c'était ? demande Lamar.

Je secoue la tête, mais en même temps, je réponds :

— L'auteur des textos, je suppose.

Je passe les doigts dans mes cheveux, puis je lui parle de Joseph Blackstone.

Il s'arrête près d'un lampadaire alors que nous arrivons au tournant, juste avant la maison de Brandy.

— Devlin pense que Blackstone ne sait pas qu'il est Alejandro Lopez ? demande-t-il.

— C'est ça. Selon lui, Blackstone ne connaît pas Devlin Saint.

— Alors, qu'est-ce que ces failles de sécurité ont bien pu divulguer ?

— Ça, je n'en sais rien. Mais la fondation travaille avec les forces de l'ordre et les groupes de réinsertion pour faire tomber les organisations criminelles. Peut-être qu'il est prévenu à l'avance des futurs raids ?

— Peut-être, concède Lamar. La seule façon de le savoir, c'est de demander à Devlin. Il sera fâché que tu m'aies dit ça ?

Je secoue la tête.

— Non. Il m'a dit que je pouvais te parler et il n'a pas mis de conditions là-dessus. Et puis, si c'était Blackstone dans cette voiture, il sera ravi de toute l'aide que tu pourras lui apporter.

— Bon, d'accord. Je vais voir ce que je peux trouver.

— C'était peut-être un chauffard alcoolisé, dis-je, prenant sans doute mes rêves pour des réalités.

Il n'a pas l'air convaincu, mais il ne se donne même pas la peine de répondre. Il se remet à marcher.

— Je sais. Je sais, dis-je en lui emboîtant le pas. Enfin, rien n'indique que Blackstone sache qui est vraiment Devlin. Celui qui envoie les textos le sait clairement, par contre.

— Tu en es vraiment sûre ?

Je marque une pause.

— Comment ça ?

— Les messages te disent que Devlin est dangereux, c'est bien ça ? Y a-t-il eu des allusions à une quelconque identité secrète ?

Je prends le temps de réfléchir, mais non.

— Alors, peut-être que ce Joseph en veut à Devlin et que tu es simplement un bon moyen de l'atteindre.

Je fronce les sourcils sans répondre. C'est une théorie intéressante.

— Tu as une arme ?

Je secoue la tête, désignant le petit sac en bandoulière qui contient mon téléphone, une carte de crédit et un billet de cinquante dollars. J'ai dit à Devlin que j'étais armée, mais je ne voulais pas dire techniquement là, en ce moment.

Il lève les yeux au ciel.

— Tu as un permis. Alors, garde une arme sur toi, bon sang !

Je ne discute pas, car il a raison.

Quand nous arrivons à la maison, j'entre et active immédiatement l'alarme. Brandy ne s'en occupe pas toujours, seulement quand nous allons nous coucher. Maintenant, je tiens à ce qu'elle reste allumée en permanence.

— Brandy ? Tu es là ?

— J'arrive ! lance-t-elle en apparaissant. J'allais retrouver Christopher pour un verre plus tard, mais...

Elle s'interrompt, les sourcils froncés, regardant tour à tour Lamar et moi.

— Qu'est-ce qui ne va pas ?

Je jette un coup d'œil à mon ami.

— Tu veux bien le lui dire ? Je dois avoir un hématome sur les fesses, j'aimerais aller vérifier.

— Bon, maintenant, j'ai très envie de savoir, exige Brandy.

Elle s'adresse à Lamar pendant que je me dirige vers ma chambre. Bien sûr, j'ai un énorme bleu sur les fesses. Super. Cela dit, c'est ma seule blessure. Même mes paumes sont intactes, si ce n'est quelques douleurs. Je ne m'en souviens pas précisément, mais je crois bien que je m'en suis servie, comme mes fesses, pour amortir ma chute.

Quand je reviens, j'ai mon arme avec moi. Dès que je la pose, Brandy me prend dans ses bras.

— Tu es sûre que tu vas bien ?

— Oui, ça va. Je te le jure.

— Qu'a dit Devlin ?

— Je ne lui en ai pas encore parlé.

Elle fait une drôle de tête.

— Je suis toute nouvelle dans le domaine des relations amoureuses, mais même moi, je sais que tu enfreins les règles. Tu dois le lui dire.

— Je sais. Je ne le lui cache pas volontairement, mais il est à Las Vegas pour s'occuper de choses importantes et je ne veux pas le déconcentrer. Vous êtes là et je suis en sécurité.

Je vois bien que Brandy s'apprête à protester, mais je lui tends la main.

— Vraiment. Il a de gros problèmes à gérer. Je le lui dirai demain quand je le verrai. Pour l'instant, je rêve d'un verre de vin.

— Rouge ou blanc ?

J'opte pour un Pinot Noir.

— Et toi ? demande-t-elle à Lamar, qui secoue la tête.

— J'ai complètement oublié, lui dis-je. Tu as rendez-vous. Vas-y. Ça va aller.

Il me regarde attentivement comme s'il cherchait des signes avant-coureurs d'effondrement imminent. Je penche la tête.

— Sérieux ? Tu me connais. Il en faut plus pour m'épouvanter. La maison a une alarme et j'ai une arme. Et celui qui a essayé de me renverser est un lâche, de toute façon. Les vitres étaient teintées. Pas de plaques. Ce n'est pas quelqu'un qui va prendre le risque d'être vu par les voisins.

— Je vais rester avec elle, décrète Brandy, comme si mon discours n'avait servi à rien. J'étais censée sortir avec Christopher ce soir, mais il a dû se désister.

— Quel dommage. Que s'est-il passé ?

— Je ne sais pas trop, dit-elle en secouant la tête. Il m'a dit qu'il passait une mauvaise journée. Je crois qu'il a des problèmes avec son livre, alors, tu sais, je me suis dit que je n'allais pas l'embêter avec mes questions.

— Il faut que tu en sois sûre, me dit Lamar. Parce que je peux reporter, moi aussi. Ou faire venir Tracy ici, on regarderait un film tous ensemble. Sérieusement, tout ce dont tu auras besoin.

— Je sais, dis-je en allant le prendre dans mes bras. Mais je te jure que ça va. Allez, maintenant, vas-y. Brandy et moi, on se fera une soirée entre filles.

Lamar affiche un sourire radieux.

— Oh, ma chérie, tu sais que ça ne me dérange pas.

Je lève les yeux au plafond, amusée.

— Allez, ouste. Avant que je dise à Tracy que tu peux être un véritable emmerdeur.

— Tu m'adores.

— Seulement parce que je suis une idiote.

Il me serre dans ses bras.

— Prends soin de toi, chuchote-t-il.

— Merci de m'avoir sauvé la vie.

Il m'embrasse sur le front et me couve du regard avant de reculer.

— Occupe-toi bien d'elle, dit-il à Brandy.

— Comme toujours... C'est sans danger, tu es sûre ? me demande-t-elle une fois qu'il est parti et que nous avons réactivé l'alarme.

— On est armées et enfermées, avec le numéro des urgences en numérotation rapide. Ça va aller, dis-je en m'installant sur le canapé. Je ne veux plus y penser, encore moins en parler. Demain, je mets les bouchées doubles pour savoir qui est ce connard. Ce soir, on se détend. D'accord ?

— Avec joie !

Elle se mord la lèvre inférieure.

— Quoi ?

— Ça ne te dérange pas si on parle de Christopher pendant qu'on se détend ?

— Pas du tout ! Au fait, qu'est-ce qu'il conduit ?

Ses yeux s'agrandissent :

— Attends, quoi ? Tu ne penses pas...

— Non, non ! m'empressé-je de dire pour la rassurer. Excuse-moi, je n'avais pas pensé que ça sortirait comme ça. C'est juste que je pense aux voitures, en ce moment.

Ses épaules s'affaissent avec un soulagement manifeste.

— Une Audi. Et il m'ouvre toujours la portière, c'est agréable. Tant pis si c'est vécu comme une trahison à la cause par les autres femmes.

— Moi aussi, ça me plaît. Mais seulement parce que je peux être dessus au lit.

Elle fait semblant d'être offensée par ma grossièreté, mais c'est une transition idéale.

— Alors ?

Elle se penche et prend son verre de vin, avalant le reste d'un trait. Je m'installe plus confortablement contre les coussins. La discussion s'annonce sérieuse.

— Vous avez discuté pendant que j'étais avec Devlin, avancé-je.

Elle acquiesce.

— On a discuté. J'avais envie de parler de... tu sais. Mais ce n'était pas le cadre idéal, avec toutes ses boîtes d'archives moisies et son intrigue qui l'obsède. Il était tellement distrait, enfin, complètement absorbé dans ses pensées.

— C'est mieux que tu n'aies pas abordé ce sujet. Il faut un plateau de fromage et une bouteille de vin pour ce genre de discussion.

— Tu as raison. J'allais lui parler ce soir, mais...

Elle ne termine pas sa phrase.

— En fait, c'est mieux comme ça, reprend-elle en me regardant. Tu pourras m'aider à trouver quoi dire.

— C'est pour ça que je suis là.

Je change de position sur le canapé, repliant une jambe sous mes fesses.

— Alors, tu as envie de...

— Oui, dit-elle après avoir pris une profonde inspiration. J'en ai envie. Seulement...

Elle hausse les épaules, cherchant visiblement ses mots.

— Bon, voilà. Il sait que j'ai été hésitante, au début, alors il n'insiste pas. Mais maintenant, j'aimerais bien qu'il tente quelque chose.

Elle me lance un regard suppliant.

— Comment je pourrais le lui faire comprendre ?

J'essaie de ne pas laisser transparaître mon amusement.

— Il va falloir que tu lui parles vraiment, j'en ai peur.

Elle gémit.

—Je suis nulle pour ça.

— Non, pas du tout.

Elle lève les genoux et les serre contre sa poitrine, adoptant ma position précédente. Pendant un instant, elle ne dit rien, puis elle avoue :

—Je suis nerveuse.

Je récupère son verre de vin vide et le pose sur la table basse avant de lui prendre les mains.

— Ça ne m'étonne pas que tu sois nerveuse, mais tu sauras quoi faire.

—Je n'ai... enfin, j'ai vingt-huit ans et je n'ai couché qu'avec un seul mec. Deux, si on compte celui dont je ne me souviens pas. Quant à Billy...

Je hoche la tête, compatissante, quand elle laisse sa phrase mourir sur ses lèvres. Le seul mec avec qui elle a couché de son plein gré s'est avéré un amant pitoyable qui n'avait aucune patience avec ses peurs et ses réticences. Il ne l'a pas blessée, mais ça n'a pas été une expérience agréable pour elle.

— Tu sais, Brandy, tu dois trouver celui qui te convient, qui est patient et doux, qui n'est pas là uniquement pour le sexe, mais parce qu'il veut être avec toi.

Je la dévisage, ne décelant qu'un mélange de confusion et de terreur.

— Eh, dis-je en lui serrant les doigts. Christopher a l'air d'être un mec génial, mais tu n'es pas obligée d'aller vite si tu n'en as pas envie.

— Je sais. Et j'en ai envie. Mais j'ai attendu si longtemps que c'est devenu beaucoup trop important, dit-elle avec un sourire. Je dirais que tu as eu de la chance dès le départ, pourtant même avec Alex, ça n'a pas été facile. Tu l'as retrouvé, mais maintenant, ce n'est pas vraiment lui. Et en même temps, c'est lui. En plus de ça, tu as un harceleur sur les bras. On dirait presque que vous êtes maudits, tous les deux.

— Merci, dis-je, désabusée.

— Oui, je sais, ça craint. Mais ne t'inquiète pas. Dans les histoires, la fille finit toujours avec le prince.

J'esquisse un sourire crispé, mais je garde mes pensées pour moi. Même si c'est une gentille observation de la part de Brandy, ma vie n'a jamais ressemblé à un conte de fées.

❧ 26 ❧

— **E**st-ce que mes notes sont bien arrivées ? demandé-je à
Roger.

Il n'est pas tout à fait midi et j'ai passé la matinée à organiser
mes recherches sur l'article de Peter, une poche de glace sur mon
postérieur. Je lui ai envoyé un résumé, il y a plus d'une heure, et
comme je n'ai pas eu de réponse, j'ai pris l'initiative d'appeler mon
patron.

En temps normal, je ne prendrais pas la peine de téléphoner,
mais comme j'aimerais me concentrer un peu plus sur l'enquête
Myers, je tiens à m'assurer que nous sommes sur la même longueur
d'onde en ce qui concerne Peter.

— Je les ai survolées, mais je prendrai le temps de les lire plus
tard dans la journée, m'assure-t-il. En attendant, tu as trouvé
un PC ?

— Lamar m'a déniché un portable. Je vais me créer une messagerie et y envoyer cette URL dans un petit moment. Croise les
doigts pour que ce soit intéressant et pas un lien vers du porno.

Je fais la grimace. Étant donné la créativité des spammeurs de
nos jours, c'est une possibilité.

— Ça marche. Et merci d'avoir parlé à Corbin hier. J'ai reçu son
article ce matin, qui fait honneur à tes recherches.

Je ronchonne et il rit.

— Je devrais vous enfermer tous les deux dans une pièce jusqu'à ce que vous ayez fait la paix.

— Non, on adore se détester.

— C'est indéniable, commente Roger. Pour info, tu nous manques ici. Enfin, tu *me* manques. Non, poursuit-il, de l'humour plein la voix, c'est ta Shelby qui me manque.

— Tu réalises que c'est totalement injuste, je ne peux pas te traiter de connard puisque tu es mon patron.

— Dommage, dit-il. On devrait trouver un accord pour la garde partagée. Quand j'ai accepté de te laisser travailler sur la côte ouest, j'ai oublié la Shelby.

— Dans tes rêves.

Ces trois dernières années, je garais ma voiture chez lui, car le parking à Manhattan était bien au-dessus de mes moyens.

— Tu peux toujours faire comme mon père. Trouve-toi une Shelby Cobra de 65 qui a besoin d'un peu d'huile de coude et mets-toi au boulot.

À l'autre bout du fil, je l'entends rire.

— Dommage, je n'ai pas son talent.

— Tu sais, même mon père n'avait pas vraiment de talent en mécanique. Tu liras mes notes. Le garagiste ne savait pas grand-chose, mais il a mentionné une petite amie. Je ne l'ai pas retrouvée, et je ne savais pas que Peter sortait avec quelqu'un, mais j'espère qu'en creusant un peu, je trouverai une piste en ville. S'il s'avère qu'elle était plus qu'un accessoire – si elle était dans les trafics, si elle travaillait pour le Loup ou quelque chose comme ça – l'article sera d'autant plus intéressant.

— Et ça va, toi ?

— La partie concernant ma mère m'a mise en rogne, mais j'essaie de prendre du recul et de prendre ça comme une histoire. J'ajouterai les éléments personnels quand je l'écrirai, mais si je veux garder la tête froide pendant mes recherches, je dois faire la part des choses. C'est ce que tu m'as appris.

— Tu as été une excellente élève. Je suis fière de toi, petite.

Il s'interrompt avant de demander :

— Ça se passe bien avec Saint ?

C'est une transition intéressante, étant donné que ma relation avec Devlin a failli me faire virer et m'a fait renoncer à signer mon article.

— Super bien.

— Tu ne regrettes pas de rester en Californie ?

— C'est encore tout nouveau, lui rappelé-je. Mais non. Pas de regrets. Et je n'en vois pas venir à l'horizon.

— Je suis content pour toi, petite. Tu veux que je reste en ligne pendant que tu installes cet ordinateur ?

— Et que tu m'entendes jurer comme un charretier quand j'essaierai de créer un compte sans y arriver ? Non, merci. Je te rappellerai ou je t'enverrai un message.

Nous raccrochons et je me verse une tasse de café avant de me mettre au travail. J'ai la maison pour moi toute seule et je suis bien à l'abri. Brandy est à Los Angeles, en visite dans le quartier commercial, mais elle m'a déjà appelée deux fois pour prendre de mes nouvelles. Lamar est passé en allant à son travail et m'a envoyé trois textos depuis ce matin. Devlin, qui ne sait toujours pas pour la Range Rover, m'a envoyé deux messages me disant qu'il pensait à moi. J'ai beau adorer mes amis, ce sont les messages de Devlin qui me donnent le sourire.

Comme je ne veux rien faire, chez Brandy ou sur son réseau, en rapport avec l'e-mail de Terrance Myers, je me rends chez *Brewski* afin d'utiliser leur Wi-Fi gratuit. Je sais que Brandy et Lamar seront furieux s'ils se rendent compte que je suis sortie, mais je ne compte pas rester enfermée. En plus, je prends ma Shelby au lieu de marcher, les tables chez *Brewski* sont en terrasse et très publiques, et cette fois-ci, j'ai mon arme dans mon sac.

Cela fait beaucoup d'excuses, mais on n'est jamais trop prudent. Même si je ne le dis pas à mes amis, j'apprécie l'idée de sortir et de rentrer à la maison en toute sécurité. Sérieusement, ai-je déjà refusé une bonne occasion de faire un doigt d'honneur au danger ?

Dans l'heure qui suit, j'installe le nouvel ordinateur portable et le connecte au réseau de *Brewski*. Ensuite, je crée une nouvelle adresse électronique au nom de Nosey Parker, une invention qu'il fallait bien que je fasse puisque Gmail exige un nom et d'autres informations d'identification. En l'occurrence, c'est du bidon.

Le compte n'a aucun rapport avec mon vrai nom ni avec aucun de mes mots de passe habituels. Ensuite, comme je suis excessivement paranoïaque, je crée un second faux compte. J'appelle celui-ci Terre Plate, sans autre raison qu'un manque absolu d'imagination de ma part. J'envoie quelques e-mails de Terre Plate à Nosey Parker, et tout se passe très bien.

Quand j'ouvre mon vrai portable, je jette un coup d'œil autour de moi, m'attendant à ce que les gens regardent avec curiosité cette femme qui se trimballe avec deux ordis dans un café. Mais personne n'y prête attention. C'est l'avantage de vivre dans un monde centré sur la technologie. Je pourrais avoir deux ordinateurs, une tablette, un téléphone portable et une imprimante sur cette minuscule table sans que les autres clients ne sourcillent.

J'ouvre mes e-mails professionnels sur mon ordinateur, puis je transfère le lien sur Terrance Myers à l'adresse Terre Plate. De là, je l'envoie à Nosey Parker.

Une fois que le message s'affiche sur la boîte de réception de Nosey, je clique enfin sur l'URL, puis je croise les doigts en espérant ne pas avoir fait tous ces efforts pour rien.

La connexion est d'une lenteur dingue et je tambourine des doigts sur la table alors que l'indicateur de chargement du site se déplace à la vitesse d'un escargot dans la barre d'adresse.

Finalement, le site apparaît. Un texte s'affiche au-dessus d'une vidéo intégrée, en pause. Tout ce que je peux voir, c'est le fameux immeuble de la banque Hastings et la flèche bleue sur laquelle je dois cliquer pour la visionner.

Sur le pavé tactile, je fais glisser le curseur en position tout en lisant le court message :

Des drones ont capté quelque chose d'intéressant. Vérifiez l'horodatage. À peine quelques heures avant l'assassinat de Terrance Myers. Deux silhouettes descendent en rappel. Un essai avant le grand moment. Ne laissez pas ces connards s'en tirer comme ça. Ce n'est pas de la justice, c'est un meurtre pur et simple.

Je dois m'y reprendre à deux fois pour lire. Même si j'ai choisi ma table pour tourner le dos à la façade du café, je m'assure que personne ne regarde par-dessus mon épaule. Parce que c'est énorme, du jamais vu, et il est hors de question que je perde un scoop potentiel de cette ampleur.

À supposer, bien sûr, que la vidéo soit bien ce qu'annonce mon mystérieux contributeur.

Pitié, pensé-je. Je vous en prie, faites que ce soit bien réel.

Avec une grande inspiration, je clique sur lecture.

Le souffle court, je regarde le drone faire le tour de l'immeuble de la banque pour enfin se concentrer sur deux personnes qui descendent en rappel, sur le côté, comme je l'avais imaginé. Pour autant que la police le sache, il n'y avait qu'un seul fuyard sur cette corde au moment de l'assassinat. J'en crois donc l'expéditeur quand il me dit qu'il s'agit d'un test.

Le drone se rapproche et je retiens mon souffle, m'efforçant de distinguer les visages. Je mets même mon doigt sur le pavé tactile en essayant de zoomer, comme si c'était une carte. Je ne peux pas, bien sûr, mais si je prends une capture d'écran...

Je mets la vidéo en pause assez longtemps pour cela, puis je zoome sur l'image. Mais elle est beaucoup trop pixellisée. Frustrée, je laisse la vidéo se poursuivre. Les deux silhouettes ont presque atteint le sol. Elles sont au coude à coude, et le premier touche le bitume quelques secondes seulement avant le second. Le drone n'enregistre aucun son, mais quelque chose a pourtant dû produire un bruit, car ils lèvent tous deux la tête en même temps.

Ce serait un cliché parfait pour la reconnaissance faciale, sauf qu'entre la distance et la mauvaise luminosité, la qualité est atroce. Il y a trop de bruit visuel et de pixellisation, et je n'ai pas les compétences nécessaires pour y remédier.

Pendant un instant, je me demande si quelqu'un pourra m'aider. La personne qui m'a envoyé cette vidéo a sûrement dû essayer. L'idée est de me montrer le visage du tireur, non ? Cela veut-il dire que la vidéo ne peut pas être améliorée ? Ou l'expéditeur suppose-t-il que les journalistes ont des pouvoirs magiques ? Dans un film, il me suffirait de taper sur quelques touches ou de saisir un code pour obtenir ce dont j'ai besoin.

C'est ça...

Je fronce les sourcils, essayant de trouver une personne compétente dans mon entourage pour nettoyer un peu tout ce bruit.

Ou plutôt, pour m'apprendre à nettoyer tout ça. Je ne suis pas prête à partager cette vidéo. Elle est trop sensible et une fuite est vite arrivée. Je ne veux pas donner ce scoop à quelqu'un d'autre.

Ce dont j'ai besoin, c'est un logiciel que je puisse utiliser. Quelqu'un qui travaille dans le domaine du graphisme, de la programmation informatique ou, je ne sais pas, juste un génie qui s'y connaîtrait en technologie.

Malheureusement, je n'en ai pas la moindre idée. J'envoie tout de même un texto rapide à Roger pour lui demander s'il a une solution. Ce n'est sans doute pas la première fois que le journal a besoin d'améliorer la qualité d'une image.

Sa réponse est à la fois rapide et déconcertante.

Il y a bien quelqu'un dans le personnel qui travaillait dans le codage des logiciels de conception graphique. Apparemment, il a déjà travaillé sur quelque chose qui pourrait t'aider. Mais ça ne va pas te plaire.

Ça ne va pas me plaire ? Il est fou ? J'écris :

Tu rigoles ? Qui ?

Cette fois, la réponse met plus longtemps à me parvenir. À tel point que j'ai envie de l'appeler pour aller plus vite.

Corbin, écrit-il enfin. Il est d'accord pour t'envoyer son logiciel. Mais en échange, il dit que tu lui dois une faveur.

$$\approx\quad 27 \quad\approx$$

C'est comme faire un pacte avec le diable, mais si le logiciel de Corbin fonctionne, alors ça en vaut la peine.

Roger m'annonce qu'il va lancer le mouvement, et bientôt, j'ai Corbin en ligne. Il m'explique qu'il doit réaliser quelques réglages pour me permettre de faire fonctionner le logiciel toute seule. Pour l'instant, il ne marche que sur son ordinateur, en réseau avec d'autres. Il faudrait que je partage la vidéo, mais je ne suis pas disposée à le faire. Corbin a au moins le professionnalisme de ne pas contester. Il promet de m'envoyer une liste de logiciels supplémentaires dont j'aurai besoin et de m'appeler quand ce sera prêt, pour me donner les instructions d'installation et d'utilisation.

Il mentionne également, toutes les dix secondes environ, combien c'est agréable de savoir que je lui suis redevable.

Je m'abstiens de le traiter de connard, ou pire. C'est dire à quel point je veux cette histoire. Si je peux supporter de me prosterner devant mon ennemi juré, alors je peux survivre à tout.

Mais quand ce sera fini, quand j'aurai payé ma dette, je prévois déjà une page entière de publicité dans le concurrent de *The Spall* affirmant que Corbin Dailey est un connard d'un genre rare.

Quoique... Mieux vaut éviter. Cela ne ferait qu'ajouter une toute nouvelle couche à son ego déjà surdimensionné.

Mon esprit est encore en ébullition autour d'une stratégie anti-Corbin lorsque je rentre dans le garage. En temps normal, je me gare dans l'allée ou dans la rue, mais si j'accepte de prendre des risques avec ma propre sécurité, la Shelby est mon bébé.

J'entre par la porte du garage qui donne sur la buanderie. Là, je dépose mes affaires sur le sèche-linge, puis je m'empresse de rejoindre la cuisine voisine pour aller grignoter quelque chose. Je suis affamée, ce qui est plutôt ironique étant donné que *Brewski* sert aussi à manger. Mais j'étais tellement absorbée par mon travail que j'ai tenu avec un simple café au lait, suivi d'un flot incessant de café noir.

J'ouvre le réfrigérateur, prends un pot de yaourt à la vanille et claque la porte. L'instant d'après, je pousse un hurlement.

Car derrière la porte, là où se trouverait un monstre dans un film d'horreur, il y a un homme.

Mon cri s'éteint dans ma gorge quand je réalise que c'est Ronan Thorne, mais je ne peux pas dire que je sois soulagée. Devlin est persuadé que Ronan n'a rien contre moi, cependant je ne suis toujours pas convaincue. Surtout pas maintenant que Devlin est parti et que Ronan a pénétré dans cette maison, supposément bien protégée par un système d'alarme.

— Bon sang, mais qu'est-ce que tu fais ici ? m'exclamé-je, la colère devant son intrusion prenant le pas sur mes nerfs à fleur de peau.

— Excuse-moi de t'avoir fait peur. Devlin m'a donné le code.

Je réprime un juron tout en me promettant de passer un savon à mon petit ami.

— Pourquoi a-t-il fait ça ?

— Il voulait que je vienne voir si tu allais bien, dit Ronan. Et j'avais à te parler.

Avec une nonchalance feinte, il vient s'appuyer contre le plan de travail, mais son comportement est déterminé.

Quand je l'ai rencontré pour la première fois, il était souriant et charmant. J'ai pensé qu'il ressemblait un peu à un dieu nordique avec ses cheveux blonds, ses yeux bleus et son corps digne de Thor.

C'est toujours le cas, or maintenant, il dégage une certaine fureur, comme un dieu en colère capable de détruire le monde.

Je respire en me disant que je n'ai pas peur, mais en réalité, je ne suis pas rassurée. Devlin est peut-être convaincu que Ronan n'est pas l'auteur de ces textos, mais en ce qui me concerne, je n'ai pas encore pris ma décision.

Pourtant, j'ai toujours été douée au poker.

— Bon, dis-je en allant chercher une cuillère pour prendre une bouchée de mon yaourt. De quoi veux-tu parler ?

— Je t'avais dit que tu le déconcentrerais, mais il ne m'est jamais venu à l'esprit que tu serais un réel danger.

Mes poils se hérissent.

— Mais de quoi tu parles ?

— Devlin m'a dit que tu avais une piste sur le tireur de Myers. Un lien vers certaines informations. C'est vrai ?

— Il n'avait pas le droit de t'en parler.

— C'est vrai ?

— Quel est le rapport avec toi ?

— C'est très simple. Devlin est énervé, et il a des raisons de l'être.

J'ai la tête sens dessus dessous.

— Mais de quoi est-ce que tu parles ?

— Essaierais-tu de dessiner une cible dans ton propre dos ? La nouvelle s'est répandue aujourd'hui, sur le site web de *The Spall*, à propos d'une certaine vidéo, de ta piste exclusive sur l'identité du tueur de Terrance Myers. Apparemment, tu es sûre de pouvoir ajuster la vidéo pour identifier le tireur ?

— C'est quoi ce bordel ? Je n'ai pas publié de... oh, merde. *Roger*.

Quand je lui ai parlé de l'e-mail, la dernière fois, il a publié une petite note sur le site afin d'informer les lecteurs que *The Spall* enquêtait sur une piste éventuelle dans l'assassinat de Myers. Aujourd'hui, bien sûr, il aura publié une mise à jour mentionnant la vidéo. C'est ridicule, car il n'y a encore rien, mais cela suffira à attirer les lecteurs sur le site web, et par rebond les annonceurs.

The Spall est peut-être un journal de qualité, mais Franklin a décidé que le site web devait prendre une orientation plus sensationnaliste afin de lui donner un avantage concurrentiel sur le marché actuel. Je ne peux pas dire que j'approuve cette méthode, mais je comprends aussi les besoins économiques du journal.

— Je n'en savais rien, dis-je à Ronan. J'aurais dû, mais c'est mon rédac chef qui a publié cet article.

— Eh bien, demande-lui de l'enlever. De toute façon, c'est sans importance maintenant. Le mal est fait. Rien ne disparaît jamais d'Internet.

Il a raison sur ce point.

— Si c'est en ligne, c'est depuis peu, souligné-je. Comment es-tu au courant ?

— Devlin est abonné aux alertes par texto de *The Spall*.

Je cligne des paupières, stupéfaite.

— Pourquoi ?

Pendant une seconde, Ronan a l'air déconcerté.

— Parce que tu écris pour ce journal et que c'est important pour toi.

— Oh.

Je déglutis, puis je prends une autre bouchée de yaourt pour dissimuler mon malaise.

— Écoute, dis-je enfin. Je n'avais pas réalisé que Roger allait révéler tout ça, et alors ? Ce n'est pas grave. J'écris bel et bien cet article et j'ai la vidéo. J'ai bon espoir d'obtenir bientôt une image nette. Devlin pense que Myers était une vermine qui méritait d'être éliminée, et tu sais quoi ? Je ne suis pas en désaccord. Mais ce n'est pas le Far West, ici. Et si j'ai une chance d'utiliser mon travail pour dévoiler les assassins au grand jour, je le ferai.

— Au mépris de ta propre sécurité ?

— Qu'est-ce que tu veux dire ?

Il passe les doigts dans ses cheveux.

— L'info explique clairement que les images ont été envoyées à l'auteur de l'article original, c'est-à-dire toi. Si c'est aussi accablant que tu le penses, tu ne crois pas que celui qui a escaladé cet immeuble essaiera de les récupérer ?

J'avale de travers, parce que Devlin et lui ont raison, bien sûr. J'ai toujours été prête à prendre des risques avec mes reportages, attirant les coupables potentiels dans le but de décrocher un bon papier. Cela ne m'a jamais dérangée auparavant, car le danger ne m'a jamais fait peur. La mort non plus. Tout ce qui m'intéressait, c'était de poursuivre l'histoire. Le reste me passait au-dessus de la tête. D'ailleurs, en général, plus c'était dangereux, mieux c'était.

Mais les choses ont changé. Je ne comprends toujours pas pourquoi je suis de ce monde alors que ma famille n'y est plus, mais ce besoin profond de prendre des risques s'est estompé. J'ai envie de rester, maintenant. Je ne veux pas encore quitter cette terre. Pas alors qu'il me reste des choses à vivre avec Devlin.

— Honnêtement, je n'y ai pas pensé.

Maintenant, cependant, je me demande si l'incident de la Range Rover ne pourrait pas être lié à l'histoire de Myers plutôt qu'aux textos énigmatiques.

— Alors, tu es une idiote. Est-ce que la vidéo révèle l'identité du suspect ?

— Non, dis-je avec un rire amer. C'est une vidéo de drone pixellisée comme pas possible, mais je vais avoir un logiciel capable d'extraire une image nette.

Je marque une pause pour réfléchir.

— Je vais demander à Roger de poster une mise à jour disant que la vidéo est corrompue et qu'on ne peut pas identifier le tireur.

— C'est vrai ?

Je hausse les épaules.

— J'espère que non. Si on obtient une image et une histoire, alors on fera une nouvelle mise à jour. En attendant, ça découragera peut-être ceux qui voudraient me causer des ennuis.

Il hoche lentement la tête.

— Comment fonctionne le logiciel ?

Je lui rapporte ce que Corbin m'a expliqué.

— Il a dit que la possibilité de recréer une image correcte dépendait de la qualité de la vidéo originale.

— Et elle est plutôt bonne ?

— Je ne suis pas graphiste, mais ça me semble bon.

Je ne lui dis pas que je me fie surtout à l'ego surdimensionné de Corbin. Il ne m'aurait pas proposé son logiciel s'il ne pensait pas que nous avions une bonne chance de succès. Comme ça, il pourra jouer les héros.

— Ça m'étonnerait que ça marche.

— On peut toujours essayer. Enfin, le reportage consiste à suivre des pistes qui ne sont pas évidentes. Mais j'imagine que Devlin sera ravi si je n'obtiens jamais d'image claire, dis-je avec une grimace. Il serait le premier à écrire des éloges pour féliciter celui qui a supprimé Myers.

— Je suis d'accord avec lui sur ce point. Myers était un sordide personnage. Il méritait ce qui lui est arrivé.

Je le regarde sans rien dire. Cet homme dur. Cet homme que Devlin respecte et dont j'ai peur. Non parce que je crains qu'il lui fasse du mal, bien au contraire.

Mais je ne peux pas m'empêcher de penser que, quoi qu'il arrive, il finira toujours par choisir Devlin. Tant mieux, si je n'étais pas certaine qu'il détruise en chemin tous ceux qu'il considère comme un danger pour sa sécurité. Y compris moi.

— Je vais dire à Devlin que tu comptes publier un addendum à l'article. Mais sois prudente. Tu ne sais pas qui a pu le lire, et peut-être que tout le monde ne verra pas la mise à jour.

Je hoche la tête et ses traits s'adoucissent.

— Ce qui compte pour nous, c'est ta sécurité.

Je me raidis, stupéfaite.

— Nous ? Je pensais que je le déconcentrais.

Sa bouche frémit aux commissures.

— J'ai sûrement eu tort de dire ça. Je n'ai jamais ressenti pour quelqu'un ce que Devlin ressent pour toi, alors je ne le comprends pas vraiment, mais je sais qu'il est prêt à tout risquer pour ta petite personne. Et je le soutiendrai toujours, ce qui veut dire que je veille aussi sur toi. Que ça me plaise ou non, ajoute-t-il avec un clin d'œil.

Alors qu'il prend congé et quitte la maison, je me demande toujours s'il va devenir un ami fiable ou demeurer un ennemi dangereux.

$\mathbb{X}$ 28 $\mathbb{X}$

Il fait noir quand je me réveille brusquement, arrachée au sommeil. Je ne suis pas sûre de ce qui m'a tirée du pays des songes, mais après avoir jeté un œil au réveil pour constater qu'il n'est pas encore deux heures, je gémis en me retournant. C'est alors que j'aperçois la silhouette dans l'embrasure sombre de la porte.

Un cri se fraye un chemin dans ma gorge, seulement étouffé quand je le reconnais. *Devlin*.

Il entre dans la pièce, éclairé par un rayon de lune. Il respire fort, ses yeux féroces braqués sur moi. Ses cheveux tombent autour de son visage comme une crinière et sa barbe a besoin d'être taillée. Il a l'air sauvage. Animal. Même si je sais que c'est une illusion, sa cicatrice me semble plus proéminente.

Il exsude un danger comme des ondes radio, et depuis l'autre côté de la chambre, je peux sentir la force de son pouvoir.

— Devlin ? dis-je en me redressant. Qu'est-ce que tu fais ici ?

— Pourquoi tu ne me l'as pas dit, putain ?

J'ai tout juste le temps de comprendre sa question qu'il me rejoint en deux grandes enjambées. Il m'empoigne par les bras et me tire hors du lit. Mon corps réagit immédiatement, mes tétons dressés sous le tissu fin de mon débardeur. Mon entrejambe palpite lorsque mon short de pyjama ample effleure mon sexe nu. Il est vibrant de chaleur et de fureur, et je suis si vite passée d'un sommeil profond à une envie éperdue que j'en ai le vertige.

Je sais ce qu'il veut, pourquoi il est ici. Il est en colère que je n'aie pas appelé après que la Range Rover a failli me renverser. Il est terrifié par ce qui aurait pu m'arriver. Et il traduit cette peur et cette colère par un besoin. Le besoin de me toucher, de me posséder, de se prouver à lui-même, à moi et au monde entier que je suis vivante, que je suis à lui et en sécurité dans ses bras.

Oh, mon Dieu, j'en ai tellement envie, moi aussi. À tel point que ma peau frémit et que je suis pantelante.

Sauf qu'il ne me touche pas. Au contraire, il me tient à bout de bras, son regard m'enveloppant comme s'il n'en revenait pas que je sois encore entière.

Je suis à la fois hébétée et excitée, et j'entends le désespoir dans ma propre voix quand je demande :

— Devlin, qu'est-ce que tu...

Je n'ai pas le temps de poser ma question. Il me plaque contre lui, sa bouche sur la mienne dans un baiser qui ne laisse aucun doute sur le fait que je lui appartiens. Je me fonds contre son corps, perdue dans le plaisir de la possession qu'exprime sur moi ce mâle bestial, cet amant fougueux.

— On essaie de te renverser et tu ne me dis rien ?

Ses mots sont aussi meurtris que le baiser qu'il interrompt pour poser sa question.

— Mais à quoi pensais-tu ?

—Je...

— *Non.*

Il saisit mon menton entre ses doigts et un nouveau baiser implacable me réduit au silence alors que son autre main se glisse sous l'élastique de mon short pour me peloter les fesses. Je gémis en m'ouvrant sous la puissance de son besoin éperdu, une passion que je partage.

Me dressant sur la pointe des pieds, j'enfouis les doigts dans ses cheveux. J'approfondis le baiser et nos dents s'entrechoquent quand je rapproche sa tête de la mienne comme si je pouvais le consommer. Il s'aventure entre mes jambes. Ses mains me trouvent glissante et moite, prête pour lui. Je gémis contre sa bouche alors que nos langues s'ébattent, avec la même intensité que son doigt qui va et vient en moi. Ses baisers prouvent déjà que je lui appartiens, mais je continue à me presser contre ses doigts, mon corps avide de tout le plaisir qu'il peut me procurer. J'ai envie de cet homme.

J'ai envie de Devlin.

— Espèce d'idiote, murmure-t-il avec véhémence. J'aurais pu te perdre. Tu aurais pu être tuée. Tu crois que je supporterais de te perdre à nouveau ?

Ses mains sont crispées sur mes épaules, me maintenant en place.

— Ce n'est pas nécessaire, dis-je. Ça n'arrivera pas.

Je rencontre son regard et ajoute :

— Je peux me débrouiller toute seule.

— Tu crois que je ne le sais pas ?

Il me libère, puis va s'asseoir au bord du lit. Il porte un jean qui lui moule les cuisses et accentue la rigidité de son érection. Je fais un pas vers lui avec l'intention de m'attaquer à sa braguette, mais il tend la main, m'ordonnant silencieusement de m'arrêter.

— Enlève ton haut.

Je hausse les sourcils, mais je ne proteste pas. Obéissante, je referme les doigts autour de l'ourlet de mon débardeur et le passe par-dessus ma tête avant de le laisser tomber sur le sol à côté de moi. Mes tétons se dressent presque douloureusement en réaction, et tout mon corps s'enflamme sous son regard scrutateur. Il ne sourit pas. Au contraire, je ne l'ai jamais vu plus sérieux. Même s'il s'agit de Devlin, l'homme que j'aime, je ne peux m'empêcher de ressentir un élan de trépidation qui se mêle à l'envie.

Oui, j'aime ça.

— Le short.

Je passe les pouces sous la ceinture de mon short et remue les hanches jusqu'à ce que le vêtement tombe par terre. Puis je regarde le renflement sous son jean et, entièrement nue, je fais un pas vers lui. Puis un autre. Et encore un autre.

— Je pense que c'est ton tour, lui dis-je, attendant qu'il enlève son jean ou qu'il m'invite à baisser sa fermeture éclair.

Mais il refuse tout net.

— Non.

— Non ?

Debout devant moi, il s'avance. Instinctivement, je recule, mais il se rapproche jusqu'à ce que je me retrouve adossée contre le mur. Il me piège là, sa main sur ma gorge.

— Bon sang, El, tu crois que je pourrais supporter de te perdre ? Tu crois que je pourrais le supporter ?

— Je...

Je lui ai coupé la parole, mais sa main se resserre.

— C'est ce dont tu as besoin ?

Ses lèvres s'approchent de mon oreille.

— Le danger, la peur ?

Il me retourne, sa paume toujours sur ma gorge. J'ai du mal à respirer. Son autre main descend par-derrière, puis se glisse entre mes cuisses où ses doigts s'enfoncent. Là, son pouce s'attarde entre mes fesses, propageant une rafale de plaisir sensuel sur ma peau.

Je gémis d'une voix étranglée lorsqu'il resserre son étreinte. Sa langue effleure mon lobe d'oreille et il murmure :

— Arrête de chercher le danger, ça suffit. Si tu veux des frissons, viens me voir.

Ses doigts sont entièrement en moi, à présent, et je me retourne contre lui. Je comprends son besoin de contrôle autant que j'ai besoin d'y céder, de me soumettre.

— Tu veux jouer à la dure ? Très bien.

Brusquement, il me lâche et me retourne. Mes seins nus claquent contre le mur. Ses doigts ne sont plus en moi et je lâche un cri de surprise lorsque sa paume s'abat sur mes fesses, diffusant une douleur cuisante à la fois vive et délicieuse. Puis il me frotte la peau et je me mords la lèvre. Personne ne m'a jamais donné de fessée jusqu'à présent, car je ne me suis jamais laissé aller à ce point. Mais maintenant...

Une fois de plus, sa main claque violemment, puis il me caresse avec douceur pour atténuer l'impact. Cette fois, cependant, il m'écarte les jambes, ses doigts s'aventurant jusqu'à mon sexe mouillé avant de revenir se plaquer contre ma gorge. Il me rappelle qu'il est tout pour moi, en cet instant, contrôlant jusqu'à l'air que je respire.

— Ça te plaît.

C'est une déclaration, pas une question. Je hoche la tête.

— Qu'est-ce qui te plaît ?

— Tout.

Ma voix est rauque sous la rigueur de sa poigne.

— Toi, précisé-je. J'aime ce que tu fais. C'est ce que je veux. Je veux...

— Quoi ?

— La capitulation, avoué-je.

— Tu as toujours eu le contrôle. Mais pas avec moi. Avec moi, tu dois te rendre.

Il me retourne tout en parlant, puis me soulève. Je referme mes jambes dans son dos et m'accroche à ses épaules lorsqu'il me pénètre. Chaque coup de reins me frappe le dos contre le mur, et je me love contre lui. La pression s'accumule entre nous tandis qu'il revient à la charge, toujours plus profondément. Il me détient, me possède.

— Plus jamais ça, dit-il alors que nous sommes au bord de l'explosion. Plus jamais. Ce qui te fait mal *me* fait mal. Est-ce que tu comprends ?

— Oui.

Enfin, l'orgasme déferle en moi.

— Oh, mon Dieu, oui.

J'explose, l'entraînant avec moi. Bientôt, il rejoint le lit en titubant, mon corps toujours chevillé à lui. Là, nous nous effondrons sur le matelas, le souffle court. Au bout d'un moment, il se penche pour un doux baiser.

— Ne me laisse pas dans l'ignorance encore une fois.

— Non, je suis désolée. Tu as raison.

Les mots me restent en travers de la gorge, parce qu'ils sont vrais. J'aurais dû l'appeler. Il mérite de savoir. Même s'il ne l'a pas dit à haute voix, je sais qu'il m'aime.

— Excuse-moi, ajouté-je en me blottissant contre lui, la joue contre son torse. Je ne m'attendais pas à ce que tu l'apprennes, mais j'aurais dû m'en douter. Je ne te l'ai pas dit, parce que je ne voulais pas que tu t'inquiètes. Mais c'était une erreur de ma part.

Je m'écarte pour regarder son visage.

— Comment l'as-tu appris ?

Son expression suggère que je n'ai pas les idées en place.

— Il y avait des dizaines de personnes autour, toutes avec un téléphone et un compte sur les réseaux sociaux. Il a suffi qu'une seule sache que tu étais ma petite amie, et...

— *Merde*, dis-je dans un souffle. Franchement, je suis une idiote. Lamar et Brandy aussi.

Il commence à grommeler, mais je l'interromps :

— Non, ce n'est pas ça. Ils m'ont dit tous les deux que je devais t'envoyer un texto. Mais aucun de nous n'a pensé à Twitter.

Je fais une grimace désabusée avant de me tourner à nouveau vers lui :

— Je suis vraiment désolée.

— Je sais.

Il ferme les yeux, soupire, puis me regarde. La peur persiste dans ses yeux.

— Putain, El, ne refais plus jamais ça.

— Quoi, manquer de me faire écraser ? Fais-moi confiance. Ce n'est vraiment *pas* au programme.

— Une idée du coupable ?

— Tout ce que je sais, c'est que c'était une Range Rover noire.

Je penche la tête.

— Ce n'est pas ce que conduit Ronan ?

Je le sais bien, en réalité, je l'ai vu partir hier soir. Ce qui me rassure, c'est ce qu'il m'a dit, sans compter que les Range Rover pullulent en Californie du Sud. Et puis, Devlin lui accorde une confiance inébranlable.

Malgré tout...

Je croise le regard de Devlin.

— Alors, c'est bien ça ?

— Oui, mais il n'a pas...

— Je sais que tu lui fais confiance. Et moi aussi, j'aimerais bien, vraiment. Mais il avait l'air plutôt mécontent que je fouine dans l'histoire de Myers. Et je...

Je m'arrête pour rassembler mes pensées.

— Figure-toi que je me fie à mon instinct. C'est du solide, et l'un de mes principaux outils en tant que journaliste. S'en tenir aux faits sans négliger son flair, tu vois ? Et il y a quelque chose chez Ronan qui...

— *Fais-moi* confiance, insiste Devlin. Écoute ton instinct, mais pour trancher, fais-moi confiance.

— D'accord.

Ma voix est fragile et son sourcil fendu remonte sur son front.

— C'est ce que je veux. Sur tous les sujets, même celui de Ronan. En tout cas, j'essaie vraiment.

Il affiche un petit sourire.

— Je lui ai demandé de venir te voir parce que j'étais contrarié par ton enquête sur Myers. Je ne savais pas que tu avais frôlé la mort, sinon j'aurais tout laissé tomber et je serais venu moi-même.

Je hausse les épaules.

— Eh bien, ça lui a donné une bonne excuse.

Il se frotte les tempes, visiblement frustré. Je ferais mieux de changer de sujet, mais je ne comprends pas pourquoi il ne voit pas ce qui me saute aux yeux.

— Ronan n'est pas trempé là-dedans, me dit-il. Je lui confierais ma vie. Et la tienne aussi. Ça devrait te convaincre.

— C'est le cas...

Ce que je ne dis pas, c'est que je crains toujours que sa confiance soit mal placée.

Quand il soupire, je sais qu'il comprend ce que je passe sous silence. Je suis tendue, espérant que nous allons poursuivre ce débat. Au lieu de quoi, il me dit :

— Parle-moi de la vidéo. Tu as trouvé quelque chose ?

Je secoue la tête et lui parle de Corbin et du logiciel.

— C'est peut-être une impasse.

Je grimace en croisant son regard.

— Je sais que tu aimerais bien.

— Oui, en effet.

Je soupire, puis je m'assieds, le drap enroulé autour de moi.

— Nous ne sommes pas sur la même longueur d'onde aujourd'-hui, n'est-ce pas ?

Il me prend la main.

— Nous pouvons très bien être en désaccord et rester ensemble.

Je déglutis, mon sourire un peu larmoyant alors que je lutte pour maintenir mes émotions sous cloche.

— Tu as raison.

Je prends une inspiration avant d'expirer lentement.

— Vas-y, convaincs-moi. Pourquoi es-tu si certain que Ronan est un type bien ?

Le matelas s'enfonce sous son poids lorsqu'il se redresse, s'adossant contre la tête de lit.

— Au-delà du fait que nous avons servi ensemble ? Que je l'ai vu travailler pendant des années ? Que nous avons veillé l'un sur l'autre pendant une décennie et qu'il a toujours gardé tous mes secrets sans se plaindre ?

Je m'affaisse un peu.

— Ça va, j'ai compris. Je pense toujours que...

— Quoi ?

— Je crois qu'il ne m'aime pas beaucoup.

— Quelle importance ? fait-il en riant.

Je me rends compte que c'est très important à mes yeux.

— C'est sûrement la personne la plus proche de toi au monde...

— Non, répond-il en me regardant droit dans les yeux. Pas exactement.

Je ne peux retenir mon sourire.

— Tu vois ce que je veux dire.

— Oui, et crois-moi, il t'apprécie. Mais il s'inquiète pour moi. Il sait que je n'ai jamais été sérieusement en couple depuis que je ne suis plus Alex. Et il est conscient que ça me brisera si...

Il laisse sa phrase s'éteindre et je lui prends la main.

— Il n'y aura pas de *si*.

— Non, fait-il, plantant son regard dans le mien. Tu as raison.

Pendant un instant, je me perds dans ses yeux. Ce serait si facile de laisser tomber, de me couler dans l'oubli de ses bras. Je devrais peut-être, mais à la place, je demande :

— Dis-moi, que fait Ronan quand il n'est pas ambassadeur de la fondation ?

Devlin pousse un soupir et secoue imperceptiblement la tête.

— Je t'adore.

— Tant mieux, dis-je en riant. Parce que moi aussi, je t'adore.

Je penche la tête.

— Alors ?

Il change de position, se mettant plus à l'aise.

— Tu sais, tous ces films où le type mystérieux et tranquille qui travaillait dans la sécurité essaie de mener une vie normale avant d'être appelé pour sauver le monde ?

— Oui, ce sont mes films préférés. Tu dis que ça correspond à Ronan ?

— En quelque sorte.

— Consultant indépendant pour les questions de sécurité. C'est ce qu'il a dit, un jour.

— Ça résume assez bien la situation. Il protège les hommes politiques et les célébrités. Il enquête sur les failles de sécurité. Des compétences que nous avons acquises en service.

— Vous avez travaillé dans les renseignements, c'est ça ?

Il hoche la tête.

— Oui, tous les deux.

— Alors, il est resté plus ou moins dans le même secteur, mais toi, tu as changé. Pourquoi ?

— J'ai pris un chemin différent de celui de Ronan, mais nous faisons le bien, tous les deux. Je ne sais pas pourquoi il te déplaît, mais tu dois me croire.

— Je te crois.

Ce n'est pas un mensonge, car je crois sincèrement qu'il en est persuadé. Quant à moi... eh bien, je n'ai pas encore décidé.

Mais j'en ai fini avec cette conversation. J'appuie ma main sur son épaule et me glisse sur ses genoux. Croisant son regard, je baisse la voix.

— Tu sais ce que je veux faire maintenant ?

Je perçois une touche d'humour et de chaleur dans ses yeux verts.

— J'imagine que ce n'est pas dormir.

— Non.

— Et si tu me le disais ?

Je glisse lentement mes mains le long de son torse nu, me penchant vers l'avant pour déposer un doux baiser sur ses lèvres, avant de remonter jusqu'à son oreille. Pinçant son lobe, je chuchote :

— Tu m'as donné envie... de regarder un film d'action.

Son rire se réverbère en moi lorsqu'il m'agrippe les fesses.

— Espèce d'allumeuse.

Je m'écarte suffisamment pour regarder son visage.

— Peut-être, avoué-je. Mais après le film, j'attends un peu plus d'action.

❧ 29 ❧

J e suis réveillée par un tapotement léger sur la porte. Tout
engourdie, je saisis le drap d'une main et me hisse sur mon
autre coude en regardant par-dessus l'épaule de Devlin.

— Entrez, marmonné-je.

La porte s'ouvre et Brandy passe la tête à l'intérieur avant
d'écarquiller les yeux.

— Oh !

C'est alors que je me rends compte qu'elle a une vue plongeante
sur Devlin, le drap sur les hanches de sorte que son torse, et même
un peu plus, est entièrement nu. Il est toujours endormi, le visage
tourné vers la porte.

— Excuse-moi, je suis vraiment désolée, souffle Brandy à voix
basse.

Je secoue la tête.

— Ne t'inquiète pas.

— Je n'avais pas réalisé qu'il était là, chuchote-t-elle.

— Laisse-moi deux secondes, j'arrive.

Brandy hoche la tête et commence à reculer, mais elle est
arrêtée par la voix de Devlin.

— Bonjour, Brandy.

Je me mords la lèvre, étouffant un petit rire alors que son visage devient écarlate.

— Oh, euh, je me demandais si tu voulais un petit-déjeuner. Enfin, uniquement Ellie, parce que je ne savais pas que vous étiez deux ici. Vous voulez que je vous prépare quelque chose à tous les deux ?

Il tire le drap à lui en s'asseyant, réprimant manifestement un sourire, si délicieusement sexy que Brandy a beaucoup de chance que je ne lui saute pas à la gorge en cet instant.

— Non, merci, répond-il. Je vais bientôt partir.

— Tu retournes à Las Vegas ? demandé-je alors qu'il prend son téléphone sur la table de chevet pour consulter ses messages.

J'ai du mal à cacher ma déception, mais je sais qu'il a du travail.

Il se tait un moment, puis il écrit quelque chose avant de reposer son téléphone.

— En fait, non, dit-il en souriant. J'avais prévu de t'inviter à prendre le petit-déjeuner.

Il se tourne vers Brandy.

— Tu veux te joindre à nous ? En supposant qu'Ellie dise oui.

— Tu plaisantes ? m'exclamé-je. Bien sûr que je suis partante. Mais tu ne dois pas y retourner ?

— Il s'avère que j'ai fait un excellent travail en choisissant mon équipe. Je ne sers absolument à rien.

Je penche la tête et l'enveloppe d'un regard langoureux.

— Hmm, ce n'est pas mon avis.

Il me serre la cuisse.

— Alors, petit déj ?

Se tournant vers Brandy, il demande :

— Qu'est-ce que tu en dis ? Tu te joins à nous ?

— Je ne voudrais pas tenir la chandelle, dit-elle.

— Je te promets qu'on saura se tenir.

— Oh, ça me déçoit de toi, commente-t-elle.

Devlin ricane.

— Que veux-tu, je suis un gentleman.

Je lui mords l'oreille.

— Vraiment ? Parce que j'ai fait quelques recherches sur Internet et il y a des choses intéressantes sur toi...

Il se déplace plus vite que je ne l'aurais cru, parvenant tant bien que mal à maintenir le drap en place pour que Brandy n'obtienne pas une vue classée X – de lui ou de moi.

— Brandy, dit-il. S'il te plaît, viens avec nous. J'ai besoin de renforts.

Elle pouffe.

— J'allais dire à Ellie que j'avais juste assez de temps pour faire cuire des œufs avant de partir. Mais si ça ne te dérange pas, j'aimerais bien avoir un conseil professionnel. Je pourrais déplacer mon premier rendez-vous...

Elle attend sa réaction, pleine d'espoir.

Devlin me lance un coup d'œil et je hausse les épaules.

— Ça ne me dérange pas. Si vous voulez parler affaires au petit-déjeuner alors que je m'ennuie à mourir à la table, libre à vous...

Ils échangent un regard amusé.

— Beau programme, commente Devlin.

— Dans vingt minutes ? propose Brandy. Ça devrait me laisser le temps de reporter quelques petites choses. Vous aurez le temps de vous habiller ?

— Super, je me disais qu'on pourrait se promener sur la plage après le petit-déjeuner, ajoute Devlin. Pas la peine de s'habiller trop chic. Ça te va ?

J'acquiesce joyeusement, et dès que Brandy s'en va, je décide de perdre les trois premières minutes de notre temps imparti en chevauchant Devlin. Tout dégénère quand il me prend par les épaules, puis me fait glapir en me retournant sur le dos, ses cuisses de chaque côté de mes hanches et son sexe bien réveillé entre nous.

— On n'a pas le temps, dis-je. Mais vraiment, je le regrette.

— Juste un aperçu des réjouissances futures, répond-il en se penchant pour m'embrasser, de sorte que son érection vienne me taquiner entre les cuisses, me donnant envie d'infiniment plus que ce que nous avons le temps de faire ce matin.

— On pourrait peut-être avoir un peu de retard, murmuré-je en essayant d'écarter les jambes.

— Ce serait impoli, rétorque-t-il.

D'une rotation du bassin, il présente son sexe à l'entrée de mon intimité et des frissons me parcourent, à la fois frustrants et sensuels.

— Et ça, ce ne serait pas impoli ? demandé-je.

Il plisse les yeux, amusé, et se penche encore plus près, sa langue effleurant mon lobe d'oreille.

— Plus tard, murmure-t-il.

— J'y compte bien. Plus tard, tu vas me le payer.

Il dépose un tendre baiser sur mes lèvres, puis glisse sur moi et roule sur le lit.

— On va être en retard si on ne se dépêche pas.

— À charge de revanche, dis-je en le pointant du doigt. Bientôt.

— J'attends ça avec impatience.

Il s'efforce de ne pas rire, sans grand succès.

— Je vais adorer cette attente.

Je ferme les yeux, puis je me tourne vers la commode, officielle-ment pour prendre mes vêtements, mais surtout pour qu'il ne me voie pas retenir, moi aussi, un grand éclat de rire.

Comme je ne porte qu'un short, un débardeur et un sweat à capuche léger, je suis prête en un rien de temps. Devlin est plus long, puisqu'il est venu en costume. Mais il conserve un sac de sport dans sa voiture, et pendant qu'il court le chercher, je me coiffe en queue de cheval et mets de la crème solaire. Mes soins pour la journée s'arrêtent là.

Bientôt, nous descendons la colline tous les trois, avec Jake qui trotte devant nous au bout de sa laisse. Il s'avère que le deuxième rendez-vous de Brandy a dû être annulé et qu'elle dispose d'une heure et demie avant de devoir se rendre quelque part. Nous prenons une table à *L'Omelette*, l'un des restaurants qui longent la Pacific Coast Highway du côté océan, avec une immense terrasse où les chiens sont autorisés et une vue incroyable. Alors que Devlin et moi prenons de longues gorgées de café, Brandy sirote un thé à la camomille et Jake ronge un os que lui a offert le restaurant.

En dépit de son nom, c'est pour ses pancakes que l'établissement est réputé. Brandy et moi en choisissons à la banane, et Devlin prend un pain d'épices. Pendant que nous savourons le repas, Brandy et lui discutent des moyens d'augmenter non seulement ses ventes, mais aussi sa visibilité et sa présence aux yeux du public.

— J'aimerais vraiment faire quelque chose comme toi, lui dit-elle. Soutenir une cause en laquelle je crois. Rendre ce que la vie m'a donné, tu vois ? Mais je tiens quand même à faire du profit. J'ai lancé BB Bags avec un petit budget et je suis étonnée de voir que ça marche du tonnerre. Tant mieux.

— C'est parce que tu as travaillé dur et ça paie. Il n'y a pas de mal à vouloir dégager des bénéfices, lui dit Devlin. Tu diriges une entreprise. Et mieux tu la géreras, plus tu gagneras de l'argent et plus tu pourras non seulement te développer et prospérer, mais aussi soutenir les causes qui te tiennent à cœur.

Je les écoute discuter des diverses options, soulignant ce que Brandy souhaite accomplir et les organismes caritatifs qu'elle veut à la fois soutenir et promouvoir. Ils évoquent également la possibilité que Brandy lance sa propre association à but non lucratif. Devlin propose quelques concepts, mais pour l'essentiel, il lui promet d'y réfléchir et de lui revenir avec des idées concrètes dont ils pourront discuter.

— Merci, j'apprécie vraiment, lui dit Brandy. Surtout en sachant combien tu es occupé. Ça compte beaucoup pour moi.

— Ça me fait plaisir.

Il consulte sa montre.

— Si tu veux qu'on se retrouve après le travail, on pourrait creuser un peu plus.

— Ça peut attendre un jour ou deux ?

Elle me regarde.

— Je ne voudrais pas perturber vos projets. Et pour être honnête, je pense que j'ai besoin d'une journée de réflexion.

— Il te suffit de me dire quand, répond Devlin. Je te promets que je trouverai le temps.

— Merci. J'ai la tête tellement pleine que j'aurai du mal à me concentrer sur les réunions d'aujourd'hui. En plus, c'est une journée magnifique. Je suis jalouse que vous alliez à la plage pendant que je vais à Los Angeles.

— Mais non, tu adores ce que tu fais. Je suis incroyablement fière de toi. Tu es en train de bâtir quelque chose de vraiment fabuleux.

L'addition arrive et Brandy règle sa part, ou du moins, tente de le faire. Devlin la houspille, lui disant qu'elle pourra toujours le rembourser en lui préparant des muffins qu'il congèlera chez lui.

Il l'embrasse sur la joue, puis Brandy me fait la bise avant de remonter la côte à pied pour aller chercher des échantillons chez elle et sa voiture. Devlin et moi gardons Jake, qui s'est installé pour une sieste sous la table, ses pattes tressautant comme s'il rêvait de chasser des lapins.

Même s'il n'est pas question de chasser de vrais lapins, on peut toujours jouer à la balle avec lui. Jake et moi restons à la plage tandis que Devlin traverse la rue pour aller au magasin du coin. Comme c'est en bord de mer, on y trouve facilement tout ce dont un touriste pourrait avoir besoin. J'en sais quelque chose, y étant moi-même passée il n'y a pas si longtemps pour acheter une paire de tongs après être partie pieds nus, encore sous le choc d'avoir appris que Devlin Saint n'était autre que le garçon que j'avais aimé.

Bientôt, Devlin revient avec un frisbee. Dès qu'il le sort du sac, Jake devient comme fou. Il tire sur sa laisse et manque me faire tomber en bondissant sur la pelouse qui nous sépare de la plage de sable fin. Je fais signe à Devlin de reprendre le contrôle du chien, mais il est trop hilare pour m'être d'une quelconque utilité.

Nous atteignons enfin le bord de l'eau et cette zone sablonneuse où les chiens bien élevés sont autorisés à s'ébattre librement à la saison basse. Apparemment, Jake a oublié le frisbee, car il passe cinq bonnes minutes à courir après les vagues écumeuses pendant que, de mon côté, je reprends mon souffle. Je suis adossée contre le torse de Devlin, ses bras autour de moi.

— Tu m'as beaucoup aidé, dis-je sur un ton de reproche amusé.

— Vous étiez si complices, tous les deux. Je n'allais pas troubler ce beau moment.

Je renverse la tête en arrière pour le plaisir de le regarder.

— Viens là.

— D'accord.

Il se penche pour m'embrasser. Notre baiser rapide devient vite torride, jusqu'à ce que je me retourne dans ses bras, passant les miens autour de son cou. La plage est presque déserte ce matin et je savoure son parfum et l'air iodé de l'océan.

Je commence à fondre – d'ailleurs, je regrette que nous ne soyons pas rentrés à la maison –, mais je suis rapidement refroidie quand une pluie de gouttelettes nous asperge soudain. Je pousse un cri et bondis en arrière, pour me rendre compte que c'est un Jake complètement détrempé qui s'ébroue à côté de nous.

Je croise le regard de Devlin et nous éclatons de rire.

— Sale cabot, dis-je, agenouillée dans le sable pour lui frotter les oreilles. Prêt pour le frisbee ?

Il se relève immédiatement et Devlin lance le disque, l'envoyant en parallèle au-dessus de l'eau. Le chien détale à sa poursuite, pour le plus grand plaisir de deux fillettes qui construisent un château de sable non loin de là. Devlin et moi retirons nos sandales et les tenons par la bride pour nous élancer à sa poursuite, éclaboussés par Jake qui revient déjà, serrant fièrement le frisbee entre ses mâchoires.

— Bon garçon, dit Devlin en récupérant le jouet avant de caresser Jake. Tu veux recommencer ?

Le chien bondit de joie et Devlin envoie à nouveau le frisbee. Nous nous promenons main dans la main jusqu'à ce que je m'arrête net, prenant soudain conscience de l'endroit où nous sommes.

Laguna Cortez grignote les collines, ce qui nous donne des plages de sable dentelées et des étendues de rochers. À l'extrémité nord de la ville, le bord de mer devient plus rocailleux à mesure qu'il s'approche des falaises qui se transforment en récifs, un paradis pour les plongeurs, mais moins agréable pour les promeneurs et les nageurs.

C'est là que se trouve la maison de l'oncle Peter – même si ce n'est plus la sienne, bien sûr –, une villa en bord de plage, nichée près d'un affleurement rocheux qui s'élève vers une falaise à présent surmontée d'appartements. La maison est immense et moderne, avec toute une façade en verre du côté de l'océan, tandis que les autres murs sont opaques pour la plupart, tant pour le design que pour l'intimité.

Jake y fonce en droite ligne, mais je m'arrête net.

— Je ne me suis pas aventurée ici depuis mon retour, dis-je à Devlin. Chaque fois que je viens à la plage depuis Pacific Avenue, je tourne vers le sud.

Je hausse les épaules.

— Je suis attirée par là. Par toi, j'imagine, ajouté-je en souriant.

La FDS se trouve à une courte distance de marche au sud. Et s'il est vrai que je me dirigerai toujours vers Devlin, nous savons tous les deux que ce n'est pas le mode pilote automatique qui m'éloigne de la maison de Peter. C'est le deuil.

Devlin me prend la main, puis il siffle Jake pour le rappeler.

— Non, ça va, lui dis-je. Vraiment.

— Ça n'a pas l'air d'aller.

— Seulement de la mélancolie. Tu ne peux pas me le reprocher...

— Non, en effet.

Le propriétaire actuel de la maison l'a parfaitement entretenue.

— Tu veux te rapprocher ?

Je secoue la tête.

— Pas aujourd'hui.

— Comme tu voudras, bébé. Quand tu en éprouveras le besoin, préviens-moi. Il te suffit de me le dire.

Je lui réponds avec un sourire.

— Je sais.

Après un soupir, j'ajoute :

— Est-ce bizarre que, même en sachant tout ce que j'ai appris sur Peter, il me manque encore terriblement ?

— Oh, bébé. Non. Bien sûr que non.

— Ces années à vivre dans cette maison avec lui, et même avant, quand j'y allais après l'école, avant la mort de mon père... J'ai presque grandi là. J'ai grandi avec lui. Mon ancienne maison m'a manqué après la mort de papa, mais celle-ci est devenue mon véritable foyer. C'était mon sanctuaire. C'est là que je t'ai rencontré, ajouté-je en croisant son regard. Et tu étais mon sanctuaire, toi aussi.

— El...

— C'est vrai. Même si tu es parti. C'était aussi ce que je pensais de Peter, mais en réalité, je me suis trompée. Sanctuaire, en ce qui le concerne, ce n'est pas le mot.

— Tu le penses vraiment ?

C'est une question sérieuse et j'y réfléchis. Alex, alias Devlin, était vraiment mon pilier. Et il l'est toujours, aussi douloureux qu'ait été son départ il y a des années. Parce que je comprends pourquoi et que ces raisons ne sont pas insurmontables.

Avec Peter, en revanche, je ne comprends pas le *pourquoi*. Pas encore, du moins. Peut-être jamais. Quoi qu'il en soit, j'essaie et... je ne sais pas, peut-être que ça fera une différence.

J'entrecroise mes doigts avec ceux de Devlin en songeant à la dualité des gens – qui nous sommes à l'intérieur, en opposition à ce que nous montrons aux gens. Je pense à Alex et à Devlin, les mêmes, et pourtant si différents. Tout comme moi. Policière. Journaliste. Amoureuse. Survivante.

— Plusieurs facettes, dis-je, me remémorant ce qu'a dit Devlin, il y a quelque temps, au sujet de l'amour que je pouvais porter à Peter en dépit de tout le mal qu'il a fait.

À côté de moi, Devlin hoche la tête.

— Ce n'est peut-être pas si bizarre. Et la vérité, c'est que cet endroit me manque vraiment. Pas seulement les souvenirs, d'ailleurs. Bon sang, c'était une maison exceptionnelle.

— Oui, convient-il. Aujourd'hui encore.

Un bras autour de ma taille, il ajoute :

— Mes meilleurs souvenirs à moi aussi sont là-bas. Enfin, entre autres.

Je lève les yeux vers les siens.

— Oui, à moi aussi.

Nous retournons vers le sud, marchant sur le sable sans dire un mot. Jake trottine à côté de nous, le frisbee dans sa gueule. Ce n'est pas long. La distance est courte, sur la plage, jusqu'aux flaques entre les rochers à marée basse, près de la fondation.

— Tu ferais mieux de faire attention, le taquiné-je en approchant. C'est vendredi et tu fais l'école buissonnière. Si quelqu'un te voit...

— Heureusement pour nous, c'est moi le boss.

— Heureusement, en effet.

J'attrape sa main et la tire en disant :

— On fait la course !

Puis je détale. Jake arrive en premier, Devlin en second, et moi à la traîne. Pathétique.

— Tes jambes sont plus longues, ronchonné-je.

— J'aime tes jambes, commente Devlin en passant le doigt sur l'ourlet de mon short, effleurant doucement ma cuisse.

— Attention.

Il hausse les sourcils.

— Quoi ? Ce n'était pas une caresse sensuelle.

— Avec toi, tout est une caresse sensuelle. Surtout ici.

Nous sommes à l'endroit où il m'a embrassée pour la première fois, au bord des flaques d'eau salée entre les rochers noirs poreux.

— Viens ici, fait-il.

— Pourquoi ?

— Parce que j'ai encore envie de t'embrasser.

— Oh, dis-je en me blottissant dans ses bras. Merci pour cette merveilleuse matinée.

Il ramène délicatement mes cheveux en arrière, inclinant ma bouche vers la sienne.

— Et si on en faisait une journée tout entière ?

— Ça m'a l'air…

Ça m'a l'air parfait, mais je ne réponds pas. Au lieu de ça, je me fonds dans son baiser tandis que les vagues déferlent autour de nos chevilles et que Jake gambade à proximité.

Et alors que je me perds dans l'instant, tout ce que je pense, c'est que je ne veux pas que ça se termine. Parce que quelque part au-delà du voile de cette fabuleuse matinée se trouve l'auteur des mystérieux textos. Et il – ou elle – est déterminé à faire éclater ma bulle de bonheur durement acquise.

$ 30 $

Comme c'est vendredi, nous passons le reste de l'après-midi avec Jake sur la plage et dans le petit parc qui jouxte le côté sud de la fondation. Une fois que le soleil commence à décliner, nous achetons des cornets de glace dans la petite boutique près de Pacific Avenue avant de retourner chez Brandy. Elle rentre de Los Angeles à peu près en même temps que nous, et nous nous lançons dans un marathon ciné. C'est l'idée de Brandy, en fait, et c'est aussi elle qui nous propose de regarder les deux premiers opus d'*Alien*.

— C'est le film qu'on regardait le soir où vous vous êtes rencontrés, dit-elle en haussant les épaules. Il faut croire que j'ai l'esprit nostalgique.

La nostalgie et les câlins avec Devlin constituent un programme qui me convient parfaitement pendant la durée de deux films consécutifs. Devlin n'hésite pas, lui non plus. Il y a quelque chose dans son acceptation immédiate, sans réserve, qui me touche au plus profond du cœur. C'est un homme important, avec des affaires en cours, et pourtant il prend toute une journée pour traîner à ne rien faire avec moi, ma meilleure amie et son chien.

Avec un soupir, je serre sa main et lui dépose un petit baiser sur la joue.

— En quel honneur ?

— Comme ça. Et j'en ai encore beaucoup en réserve.

Il m'enveloppe du regard, l'œil pétillant d'humour.

— J'ai hâte.

Je le frappe avec un coussin.

— Ne bouge pas, ordonné-je alors que Brandy et moi rassemblons toutes sortes de snacks en guise de dîner, que nous disposons sur la table basse avec deux bouteilles de rouge et trois verres, sans oublier un jouet à mâcher pour Jake.

En matière de soirées, on fait rarement mieux.

☙❧

Brandy et moi passons le jour suivant dans un tourbillon d'activités domestiques. Devlin et Lamar doivent venir à la maison, plus tard dans la journée. Nous allons passer la soirée tous ensemble. Bientôt, un délicieux fumet de sauce à spaghettis se fait sentir dans toute la maison et mon estomac se met à gronder.

C'est la recette de la mère de Brandy, mais c'est moi qui ai effectué le plus gros du travail sous la direction de mon amie.

— Devlin sera vraiment impressionnée, dit-elle en la goûtant. Attention, il va croire que tu sais cuisiner. Il risque d'être surpris quand vous emménagerez ensemble si tu ne lui sers que du café, des bagels grillés et du fromage à la crème fouettée.

Je souris.

— Tout d'abord, il ne m'a pas demandé de m'installer dans sa maison, juste de passer plus de temps avec lui. Et puis, j'ai un service de livraison de pizzas en numérotation rapide et je n'ai pas mon pareil pour verser du lait dans un bol de céréales.

Elle plisse le nez.

— Je crois bien que les trucs comme Captain Crunch sont à classer dans la catégorie bonbons, pas céréales.

— Peut-être. Mais c'est trop bon… Tu vois, je devrais continuer à vivre avec toi. Je tire de grands bienfaits nutritionnels du fait que tu sois ma meilleure amie.

— Comment as-tu survécu à New York ?

— La livraison. Je ne mangeais que des plats tout préparés.

Elle me regarde, hochant lentement la tête.

— Eh bien, espérons que Devlin sache cuisiner. Tu crois qu'il y viendra ?

— À cuisiner ?

— À te demander d'emménager chez lui.

— Oh, dis-je en fronçant les sourcils. Tu vas un peu vite en besogne, non ?

— Ce n'est qu'une question, dit-elle innocemment.

— Franchement, je n'en sais rien.

— Parce qu'il t'a dit qu'il avait des secrets. Et qu'il était dangereux.

Elle jette un œil à l'horloge, puis elle prend quelques tomates et me les passe en me demandant de les laver et de les découper en tranches. Pendant ce temps, elle finit de napper les lasagnes de mozzarella, puis les glisse dans le four. Honnêtement, je suis contente de cet intermède, car il me donne le temps de rassembler mes pensées.

— Je ne m'inquiète pas du danger, dis-je enfin, tout en m'efforçant de couper les tomates cœur de bœuf en tranches uniformes. Mais les secrets... s'il craint vraiment que je découvre quelque chose, alors pourquoi voudrait-il que je sois à ses côtés en permanence ?

— Ça t'ennuie ?

— Qu'il me cache des choses ?

Elle acquiesce.

— Un peu.

— Rien qu'un peu ?

Je penche la tête en désignant l'horloge.

— On devrait se changer. Ils seront bientôt là.

— Ellie...

J'entends bien la désapprobation dans sa voix, mais je lève la main pour la faire taire et m'empresse de rejoindre ma chambre. La vérité, c'est que je ne veux pas penser à un emménagement avec

Devlin. D'un côté, j'aimerais être avec lui pour toujours. Mais d'un autre, j'ai l'habitude de vivre seule.

Cependant, ce n'est pas la vraie raison de mes réticences. La vraie raison, c'est que je veux ce qui nous a été enlevé quand le Loup a forcé la main d'Alex. Quand il a dû s'enfuir, condamnant notre histoire d'amour à demeurer aussi secrète que tragique.

Je veux des rendez-vous sur la plage et des pique-niques dans le parc, qu'il m'appelle et m'envoie des fleurs. Je veux passer à son bureau pour sortir déjeuner avec lui, et que ce soit d'autant plus spécial qu'il ne m'a pas vue au lit à côté de lui le matin même.

Je veux ce qu'ont les autres couples. Jusqu'à présent, peu d'éléments dans notre relation peuvent être considérés comme normaux. Et même si je n'ai jamais cru être le genre de fille à rêver d'une existence classique, en ce qui concerne la vie amoureuse, et notamment *Devlin*, c'est non seulement ce que je veux, mais ce dont j'ai besoin.

Voilà pourquoi je ne peux m'empêcher de verser des larmes en lui ouvrant la porte, quelques minutes plus tard. Il tient un bouquet de roses pour Brandy et une boîte argentée pour moi.

— Je peux l'ouvrir ? demandé-je alors que nous nous dirigeons vers la cuisine où Brandy met ses fleurs dans un vase. Qu'est-ce que c'est ?

— La clé de ton cœur.

— De *mon* cœur ? Pas du tien ?

Je secoue la boîte, plutôt lourde pour sa taille.

— J'en déduis que ce n'est pas de la lingerie sexy.

J'entends un rire dans le couloir et nous nous retournons pour découvrir Lamar, qui est entré de sa propre initiative.

— Je n'avais pas réalisé que c'était ce genre de fête. J'aurais porté un peu de rose.

— Très drôle, dis-je avant de lui montrer le cadeau. Brandy n'a pas eu à deviner, Devlin lui a apporté des fleurs. Moi, j'essaie de savoir ce qu'il y a dans ma boîte.

— La clé de ton cœur ? répète Lamar en tendant la main.

Je croise le regard de Devlin. Lorsqu'il hausse les épaules, je remets la boîte dans la main tendue de mon ami.

Il s'amuse à la soupeser, la faisant rebondir dans sa main comme pour en tester le poids. Puis il la secoue, la renifle.

Après ces pitreries, il me la rend.

— Facile, dit-il, son regard allant de moi à Devlin.

— Tu veux me faire croire que tu sais ce que c'est ?

— Comme il te l'a dit, c'est la clé de ton cœur.

J'agite un doigt entre eux deux, faisant mine d'être renfrognée.

— C'est pour ça qu'elle a quitté la police, dit-il à Devlin. Ses compétences de détective laissaient à désirer.

— Je vois ça. Mais ça fait quelques années, on devrait se montrer cléments.

— Vous allez avoir de gros problèmes, vous deux, lancé-je avant de m'adresser à Lamar. Alors ? Qu'est-ce que c'est ?

— N'est-ce pas évident ? C'est du café.

Je me tourne vers Devlin, mais son masque de poker ne trahit rien.

— Vas-y, ouvre, dit Brandy.

Je glisse mon doigt sous le papier et ouvre la boîte en carton ordinaire pour découvrir une petite brique de café moulu original *Dunkin Donuts*, solidement emballée. Rien d'exceptionnel, mais c'est mon préféré.

Je ne peux m'empêcher de fondre un peu.

— Bon choix, dit Lamar en gratifiant Devlin d'une petite tape amicale sur l'épaule pendant que je me glisse contre lui.

— Tu le savais ? demandé-je à Lamar alors que les bras de Devlin se referment autour de moi. Qu'il m'avait offert du café ?

— La clé de *ton* cœur ? C'était soit du café, soit le prix Pulitzer, et aussi haut placé que soit ton roi de l'humanitaire, il ne pouvait pas te décrocher ça.

— Un sacré détective, commente Devlin en saluant Lamar avec une admiration feinte, alors que Brandy me demande de venir terminer la salade *caprese*.

Le repas est presque prêt.

Mais je ne bouge pas, toujours blottie dans les bras de Devlin. Parce qu'en vérité, Lamar s'est trompé. Le café est peut-être l'une de mes faiblesses, mais *ça*, mes amis qui rient ensemble, c'est la véritable clé de mon cœur.

❧ 31 ☙

Pacific Avenue est fermée à la circulation pendant le festival d'automne et des stands bariolés longent la rue. Beaux-arts, artisanat, bijoux, bougies. Olives, sauces diverses, fromages, biscuits. Il y a de quoi manger, chiner, et même écouter de la musique grâce aux différents groupes locaux. C'est un magnifique chaos organisé, un vrai bonheur en dépit de la foule.

— Comment se fait-il que tu n'aies pas de stand ? demandé-je à Brandy alors que nous admirons des boucles d'oreilles en argent sterling.

Nous sommes au festival depuis midi, et même s'il est déjà seize heures passées, nous n'avons pas encore écumé tous les étals ni visité tous les magasins.

— Je me posais la même question, renchérit Anna, ses yeux d'un bleu tout spécialement vif aujourd'hui, comme s'ils reflétaient le ciel sans nuages.

Ses cheveux roux étincellent et, pour la première fois, je remarque que ses racines sont plus sombres. Tracy et elle nous ont rejoints il y a une heure, quand Lamar, Christopher et Devlin ont décidé de s'arrêter près du kiosque à musique pour manger des tacos et des churros. Ronan et Reggie étaient aussi dans le coin, un peu plus tôt, mais ça fait quelques heures que je ne les ai pas vus.

Je n'ai toujours pas compris pourquoi Reggie me semble si familière et je commence à croire que mon imagination me joue des tours.

— Tu as un accord exclusif avec *The Escape* ? demande Tracy à Brandy avant de se retourner, révélant son sac en bandoulière BB Bags. J'ai acheté ça il y a environ une heure. Il est super.

— Tu es ma nouvelle meilleure amie ! Désolée, Ellie, c'était sympa d'être avec toi.

— D'accord, prends-en soin, Tracy. Elle n'est pas de tout repos, mais elle en vaut la peine.

— C'est vrai, acquiesce Brandy en riant. Pour te répondre, non, ce n'est pas du tout une exclusivité. En fait, je devais avoir un stand, mais j'ai dû me retirer le mois dernier.

Une femme hilare nous dépasse, un verre de vin à la main.

— On bloque le stand, dit Brandy avant de nous entraîner à l'écart, où le passage est moins dense.

— Alors, pourquoi as-tu renoncé ? demande Anna, ramenant ses cheveux derrière son oreille.

Le sourire de Brandy rivaliserait avec celui du Chat du Cheshire.

— Parce que j'ai dû expédier tout mon stock à Chicago pour mon nouveau contrat avec l'une des boutiques là-bas. Un coup de chance franchement génial et inattendu. C'est aussi pour ça que je vais passer le reste du week-end à coudre. Et la semaine prochaine, j'ai un entretien pour embaucher une couturière à temps partiel.

— Tu ne me l'avais pas dit, m'exclamé-je en la serrant si fort dans mes bras que je manque la faire tomber sur la tente du stand de bijoux.

Elle hausse les épaules, l'air à la fois modeste et contente d'elle.

— Ce n'est que du business.

— Tu es tellement douée pour ça, dit Tracy. J'aimerais être comme toi quand je serai plus grande.

Toujours étudiante, Tracy est la plus jeune de notre petit groupe.

— Il y a un moyen de savoir si tu vas y arriver, suggère Anna.

J'ai repéré une diseuse de bonne aventure au bout de la rue. Ça vous dit ?

Tracy jette un œil à sa montre.

— Je retrouve Lamar dans une demi-heure, mais s'il n'y a pas la queue, pourquoi pas ?

— J'aurais dû te proposer de venir accompagnée, dis-je à Anna. C'est la seule à participer au festival sans cavalier.

— Je n'ai personne en ce moment, mais ça me va.

Je fronce le nez, regrettant de ne pas avoir gardé la bouche fermée.

— Une rupture difficile ?

— Même pas, répond-elle en agitant la main. Plutôt une grosse embrouille. Disons qu'il n'appréciait pas à sa juste valeur ce qu'il avait.

— Je suis désolée.

— Pas la peine. C'est lui qui y perd, dans l'histoire.

Son sourire est crispé. Je hoche la tête, et pourtant je suis certaine que cette rupture a été plus difficile qu'elle ne l'admet.

— Tu viens te faire tirer les cartes avec moi ? lui demande Tracy. On saura s'il y a un nouveau mec pour toi à l'horizon.

— On peut toujours espérer, répond Anna sur un ton désabusé. Oui, pourquoi pas ?

Elle me regarde.

— Et toi ? Tu veux voir ce que les cartes ont en réserve pour Devlin et toi ?

Je secoue la tête.

— Non. Tout va bien en ce moment. S'il doit nous arriver malheur, je préfère ne pas le savoir.

Tracy fronce les sourcils et je regrette immédiatement mes paroles.

— C'est le bonheur entre Devlin et moi, insisté-je. Je ne faisais que plaisanter.

— Oh, je sais. Je pensais à ce qui s'est passé avec la Range Rover. Tout va bien maintenant, n'est-ce pas ?

Je hoche la tête.

— Oui, vraiment. Plus de peur que de mal, mais c'est fini.

Le front d'Anna se plisse un peu plus.

— Tu as de la chance de ne pas avoir été blessée.

— J'avais les fesses en compote, mais c'est tout.

— Quelle horreur, ajoute Brandy. Enfin, vous imaginez, si c'était vraiment fait exprès ?

— Tu crois que le conducteur avait l'intention de te renverser ? demande Tracy.

— Je n'en sais rien. C'était sûrement un hasard. Il n'y avait pas de plaque d'immatriculation, alors c'était peut-être une voiture volée. J'étais au mauvais endroit au mauvais moment.

Anna croise les bras sur sa poitrine.

— Rassure-moi, tu n'y crois pas sérieusement.

— Non, avoué-je. Mais il ne m'est plus rien arrivé depuis. Je n'étais peut-être pas visée, ou alors, c'est lié à un article que j'écris en ce moment. Je fouine, et ça ne plaît peut-être pas.

— Le risque du métier, commente Anna, secouant la tête avec un soupir. Je ne sais pas comment tu fais. Moi, j'aurais peur de mon ombre chaque minute de chaque jour. Et maintenant, tu dois aussi affronter les réseaux sociaux.

— Ce n'est pas si difficile.

Pourtant, j'ai vraiment horreur d'être le point de mire de tous les regards.

— Ellie évite les réseaux comme la peste, explique Brandy. Mais moi, j'ai regardé. Il y a eu beaucoup de photos, juste après l'affaire de la Range Rover, mais ça remonte à quelques jours. C'est plutôt calme en ce moment.

Elle hausse les épaules.

— Quand on sait que tu sors avec Devlin, à la fois riche et beau gosse, je trouve que c'est très raisonnable.

— Tant mieux. Je n'ai aucune envie de voir ma tête affichée sur tous les téléphones du monde.

Ce n'est pas un mensonge, mais je suis surtout soulagée que nous ne soyons plus le dernier sujet brûlant. Pour un homme sous identité secrète, Devlin n'a pas intérêt à trop faire parler de lui.

Quand je rencontre les yeux d'Anna, j'ai l'impression qu'elle pense la même chose. Mais bien sûr, nous ne pouvons rien dire. Nous sommes avec Tracy, qui ignore l'identité de Devlin.

— Et toi ? demande Anna à Brandy. Tu veux qu'on te lise la bonne aventure ?

Elle secoue la tête.

— J'aimerais offrir quelque chose à Christopher, dit-elle avant de menacer Anna et Tracy du doigt. Ne lui dites rien. C'est une surprise.

— À quoi penses-tu ? s'enquiert Tracy.

— Je ne sais pas encore. Je dois garder l'œil ouvert.

Elle se tourne vers moi pour me demander :

— Tu m'accompagnes ?

Je suis d'accord. Nous saluons nos deux amies avant de partir dans l'autre sens entre les stands.

— Alors, qu'est-ce qu'on cherche ? Quelque chose en tête ?

— Peut-être. J'ai déjà commencé une partie. J'ai envoyé un texto à Tamra ce matin.

— Tamra ?

Brandy acquiesce, visiblement fière de son coup.

— Le *Laguna Leader* va publier un article sur l'auteur du thriller qui fait des recherches dans notre ville, mais comme c'est une surprise, je ne veux pas qu'ils interviewent directement Christopher. Alors, elle va faire des recherches sur lui et sa carrière.

— C'est une excellente idée. Mais si tout est déjà sur les rails, que cherches-tu au festival ?

— Peut-être un stylo plume en bois gravé. J'ai vu une boutique à quelques rues d'ici. Ça s'impose, non ?

— Bien sûr. Mais en quel honneur ? Un anniversaire ?

Ses yeux s'illuminent lorsqu'elle secoue la tête.

— Non. Je veux juste lui faire savoir que je tiens à lui.

Je m'arrête, forçant la foule à nous contourner alors que je la tire par le bras.

— Vous avez eu cette conversation ?

Son sourire s'épanouit.

— Ce matin. On a parlé du viol et du bébé remis à l'adoption. De tout. Il a été formidable, vraiment génial.

— Ça me fait tellement plaisir ! dis-je alors que nous reprenons notre promenade. Le cadeau est donc pour le remercier d'être un mec génial ?

— En quelque sorte.

Je pose ma main sur son épaule.

— Et toi ? Tu vas bien ?

— Oui.

Elle hésite, puis hoche la tête.

— Oui, absolument.

Je l'arrête, cette fois devant un étal de miel et de bougies à la cire d'abeille.

— Pourquoi est-ce que j'entends un *mais* ? Il s'est passé quelque chose ?

— Non, non. Christopher a été super...

Elle ne termine pas sa phrase, mais sa bouche se crispe.

— Brandy ?

— Bon, d'accord. Ce n'est sûrement que mon imagination, mais après lui avoir dit tout ça, j'ai cru voir le type.

— Le *type* ? Walt ?

Nous ne l'appelons presque jamais par son prénom quand nous parlons de lui, cela dit ce moment exige une clarté sans faille.

Elle hoche la tête, les bras croisés autour de son buste.

— C'est forcément une projection de pensée. La peur, non ? J'ai toujours peur d'avoir un flash-back ou de me fermer si Christopher et moi... tu sais.

— Tu crois que tu devrais consulter ? Pas parce que tu penses avoir vu Walt, ajouté-je précipitamment. Mais quelqu'un qui t'aiderait à travailler sur la partie sexuelle. Il faut que ce soit une belle expérience, spéciale. Si tu es bloquée par la peur...

— Non. Pas de psy.

— Brandy...

Elle penche la tête et je lève les deux mains en signe de capitulation, consciente du non-dit : malgré le chaos de ma propre vie, je ne vois personne, alors je suis mal placée pour parler.

— Bon, en tout cas, assure-toi que Christopher comprenne bien. Et qu'il soit patient. Je n'en doute pas. Billy ne connaissait pas ton histoire, contrairement à Christopher. Tout ira bien.

— Je sais.

Elle jette un regard circulaire dans la foule.

— Ça ne peut pas vraiment être lui, n'est-ce pas ?

— Non, c'est ton esprit qui te joue des tours. Tu pensais à lui, et il t'est apparu. Rien de plus naturel. Ne t'inquiète pas pour ça.

— Je vois, tu as raison.

Elle expire.

— Allez, on a du pain sur la planche...

Une heure plus tard, nous revenons d'une petite virée shopping dans un autre quartier quand mon téléphone vibre. En le sortant de ma poche, je découvre la photo d'un panneau, deux rues plus loin. Le message de Devlin m'annonce : *On se retrouve là dans dix minutes. D'accord ?*

Je lui réponds par un message, puis j'en parle à Brandy qui écrit immédiatement à Christopher pour lui demander s'il connaît le plan. Il s'avère qu'il est toujours avec Devlin et qu'il l'accompagnera.

Nous recommençons à nous frayer un chemin à travers la foule en direction de la rue légèrement moins fréquentée, à un pâté de maisons de là. Le bar est facile à trouver, non seulement grâce à l'enseigne, mais aussi parce que Lamar nous attend à l'extérieur. Il nous fait signe.

— Où sont les autres ?

— Devlin et Christopher sont entrés avec Anna pour réserver une table, mais Tracy s'est désistée. Elle avait une visio prévue avec sa mère ce soir.

— Tu es resté dehors pour nous accueillir ? demande Brandy.

Lamar secoue la tête.

— J'ai fait quelques recherches, répond-il en se tournant vers moi. J'ai des nouvelles de la blonde. Celle qu'Ortega a vue avec Peter.

Brandy lève un doigt pour mettre la conversation en pause.

— Je vais entrer pour leur dire qu'on est arrivées. Comme ça, vous pourrez discuter.

Nous lui demandons de commander pour nous, puis Lamar m'entraîne à l'écart de la porte.

— Alors, qu'as-tu appris ?

— Les archives que tu voulais sont arrivées ce matin, sur l'enquête initiale sur la mort de Peter, alors j'y ai rapidement jeté un œil.

Le suspense me noue l'estomac.

— Tu as lu les interrogatoires des témoins ?

Il hoche la tête.

— L'enquête a été bouclée assez rapidement. Tu sais, une fois que Mercado a avoué...

Il ne termine pas sa phrase et j'agite la main avec impatience.

— Oui, bon, mais tu as trouvé quelque chose. Sur la blonde. Dis-moi !

— Ce n'est peut-être rien, mais ils ont parlé avec un certain Cyrus Mulroy. Apparemment, lui et Peter se connaissaient.

— Par la drogue ?

Il se frotte le crâne, comme chaque fois qu'il cherche à gagner du temps.

— Lamar, quoi ?

— J'ai moi-même arrêté Cyrus une fois ou deux. Il a soixante ans maintenant et il a fait de la prison. Il a déménagé à l'intérieur des terres. À Mission Viejo, je crois. Je n'ai jamais vu aucune preuve concernant le trafic de drogue.

— Et quoi d'autre ?

— Du porno, dit Lamar sans ambages. Et il jure dans l'interrogatoire qu'il a fait affaire avec Peter.

Je recule, un peu sonnée et nauséeuse.

— Non.

Il lève les mains en secouant la tête. Quand il reprend la parole, j'entends l'émotion dans sa voix.

— Je sais que ce n'est pas ce que tu veux entendre, et honnêtement, il n'y a peut-être rien. Mais tu mérites de savoir tous les faits.

— Et quels sont les faits ?

Ma voix est sèche et froide, mais je le regrette. Qui qu'ait été Peter, quoi qu'il ait fait, je veux connaître la vérité. J'ai l'impression d'être la pire des amies en me montrant aussi agressive envers Lamar, or Peter n'est pas là pour encaisser ma douleur et ma déception.

Il ne bronche même pas – c'est tout à son honneur – et cette compassion discrète m'aide à me ressaisir. Redressant les épaules, je dis d'une voix plus douce :

— Ça va aller. Je vais gérer.

— Comme je te l'ai dit, ce n'est peut-être rien. Pour autant que je sache, le ministère n'a jamais enquêté sur Peter pour pornographie.

Je hausse les épaules.

— Ça ne veut pas dire grand-chose. La police de Los Angeles ne le soupçonnait pas non plus de trafic de drogue jusqu'à sa mort.

— C'est évident, dit Lamar. Mais rien dans l'interview de Mulroy ne laisse penser qu'ils avaient des échanges réguliers. Il a juste dit qu'il avait fait *affaire* avec lui. Ce mot en particulier. C'était peut-être une seule fois.

Je hoche la tête, l'esprit en ébullition.

— Et tu penses que la blonde...

Il lève les mains.

— Ce n'est qu'une intuition. Peut-être que je n'aurais même pas dû t'en parler. Pas avant d'en savoir plus, en tout cas.

Je me rapproche et lui prends les mains.

— Non, tu as bien fait. Merci. Je ne sais pas ce que ça veut dire, mais c'est une bonne piste. Cela dit, je doute qu'il l'aurait emmenée à Los Angeles et qu'il l'aurait présentée à son garagiste comme sa petite amie si elle venait du monde du porno.

— Bien vu. Enfin, c'est à creuser. Si tu veux en savoir plus sur

Peter, ce qui l'intéressait, ce qui l'a motivé à tremper dans toutes ces affaires louches, je te conseille de parler à Mulroy.

— Tu peux me donner une adresse ou un numéro de téléphone ?

— Je te cherche ça, répond-il. Peut-être qu'entre lui et la blonde, si tu la retrouves un jour, tu auras un meilleur éclairage sur sa personnalité.

— Je l'espère.

En réalité, plus j'en apprends sur mon oncle, plus je me rends compte combien il est difficile de prétendre connaître les gens.

❧ 3 2 ❧

Lamar tient la porte ouverte pour me laisser entrer et rejoindre les autres. Alors que je m'apprête à passer, j'entends mon prénom.

Je me retourne pour voir une femme derrière nous, dont le visage me dit quelque chose.

— Carrie ? Oh, mon Dieu.

Je me tourne vers Lamar.

— Je l'ai connue au lycée. Vas-y, entre. J'arrive dans une minute.

Il hoche la tête et je me précipite vers Carrie, qui presse le pas sur le trottoir pour me rejoindre.

— Carrie Bartlett ! Tu es superbe.

Grande et blonde, avec des cheveux ondulés, un jean moulant et autant d'élégance qu'autrefois, Carrie marche comme un mannequin sur un podium.

— Tu couches vraiment avec lui ?

Je me raidis, immédiatement refroidie par la virulence de ses paroles.

— Excuse-moi ?

— Devlin Saint. Ce sale menteur.

— De quoi est-ce que tu parles ? *Oh, merde.*

Sans réfléchir, je tends la main et l'attrape par les bras.

— C'est toi qui m'envoies ces messages ? m'écrié-je avec une fureur difficilement contrôlée. C'est toi qui nous harcèles ?

Elle se dégage vivement, ses yeux bleus froids comme de la glace.

— Des messages ? C'est quoi, cette histoire ? Je te donne juste un bon conseil. Ne lui fais pas confiance.

Je reste là, bêtement, le cerveau tout retourné, à essayer de comprendre ce qu'elle me chante.

— Attends, dis-je. Je me souviens. Tu es sortie avec lui. À New York, il y a quelques années. Tu étais avec lui à une conférence.

Je ne prêtais pas attention à Devlin Saint, à l'époque, mais *The Spall* avait couvert le gala à l'occasion duquel il avait annoncé qu'il construisait un bâtiment pour héberger sa fondation à Laguna Cortez. C'était une étrange coïncidence que mon ancienne camarade de lycée se soit affichée à son bras, mais en même temps, je n'étais pas surprise. Dieu sait que Carrie a une allure de mannequin, du genre que l'on retrouve souvent au bras des milliardaires.

J'aurais peut-être appelé l'hôtel pour essayer de la voir et de bavarder un peu, mais j'ai été agressée ce week-end-là, et suite à cela, j'ai complètement oublié le riche philanthrope et sa compagne que j'avais connue autrefois.

Je me demande maintenant depuis combien de temps ils se fréquentaient... et ce qui a bien pu mettre fin à leur relation.

— Il ne dit que des mensonges, poursuit-elle avant que je puisse l'interroger. N'oublie pas, Ellie. Tu ne peux croire absolument rien de ce qu'il dit.

Je secoue la tête.

— J'ignore ce qu'il s'est passé entre vous deux...

— Tu es si naïve. Crois-moi, Ellie. Ce n'est pas la jalousie qui parle. J'essaie vraiment de t'aider.

Elle darde sur moi un regard appuyé.

— Va-t'en, d'accord ? Parce que Devlin Saint est un putain de monstre.

Mon cœur bat si fort dans mes oreilles que j'ai du mal à entendre ma propre voix.

— Je ne sais pas de quoi tu parles, mais tu te trompes.

Elle ne répond pas, se contentant de me regarder. Puis elle hausse les épaules.

— J'aurai essayé. La balle est dans ton camp, maintenant.

Sur ce, elle tourne les talons et fend la foule. Je commence à la suivre, mais un homme passe devant moi dans le bar, et le temps que je réalise que je bloque la porte, elle a disparu.

— Tout va bien ? me demande l'hôtesse d'accueil.

— Oui, ça va, dis-je en dépit de la réalité, désignant le fond de la salle. Je suis avec eux.

Je me suis déjà éloignée avant même d'avoir terminé ma phrase.

Devlin me voit arriver. Il se lève et tire la chaise à côté de lui avec un sourire radieux. Mais je ne m'assieds pas. Au lieu de quoi, j'enroule mes bras autour de lui et presse mon visage contre son torse, inspirant son parfum. Il me caresse doucement les cheveux.

— Que s'est-il passé ?

Je secoue la tête, me raccrochant à lui encore un moment avant de reculer pour le regarder.

— Rien. Je suis tombée sur une vieille connaissance. Disons qu'elle ne fait pas partie de ton fan-club.

Il fronce les sourcils.

— Tu veux en parler ?

— Pas maintenant. Plus tard.

Cela fait deux choses dont nous devons discuter : Carrie, et la révélation selon laquelle Peter pourrait avoir été impliqué dans le porno. Pour une journée qui a débuté dans la lumière et la légèreté, elle vient de sombrer dans un côté plus déprimant.

Non.

Avec un élan de force mentale, je chasse cette pensée. Cette journée est à nous, un moment privilégié, à profiter de la fête et de nos amis. Pas de soucis, pas de démons, pas de responsabilités.

— Je vais bien, affirmé-je. Pour l'instant, j'ai envie de manger un peu, de boire un bon vin et de passer un agréable moment avec nos amis... et toi.

— Ça peut se faire, répond-il avec un tendre baiser.

Malgré tout, je perçois l'inquiétude qui s'attarde sur son visage alors que nous nous asseyons. Et je retrouve cette même préoccupation chez les autres autour de la table. *Foutue Carrie*. Elle a toujours aimé attirer les projecteurs.

— Tout va bien, vraiment.

Je croise le regard de Brandy.

— Je suis tombée sur Carrie. Elle était d'une humeur détestable.

À côté de moi, Devlin se raidit tandis que Brandy jette un regard à Christopher.

— On était ensemble au lycée, lui explique-t-elle. On se fréquentait un peu, mais elle était à la limite entre nous et les garces de la classe.

— Ce n'était rien, dis-je, évitant le regard de Devlin au cas où mon visage trahirait la vérité. De drôles de retrouvailles, en tout cas.

Anna, assise de l'autre côté de Christopher, se penche vers lui, la main appuyée sur son épaule comme pour garder l'équilibre.

— J'avais des copines comme ça, moi aussi, dit-elle à Brandy avant de reporter son attention sur moi. Ça n'a jamais été agréable de les revoir.

Elle s'adosse dans sa chaise, mais je remarque que sa main s'attarde sur l'épaule de Christopher. Il ne semble pas s'en rendre compte. Après tout, ce n'est pas grave, je sais qu'ils sont devenus de bons amis. Je l'ai constaté en tombant sur eux, quand ils étudiaient des idées d'intrigues pour son roman.

— Alors, qu'est-ce qu'elle a dit pour t'énerver ? demande Brandy. À part se contenter d'être elle-même ?

J'agite la main d'un air évasif, redoutant que Devlin ne lise la vérité dans mes yeux.

— Des bêtises, dis-je rapidement. Passons à autre chose.

— Bon appétit, lance alors Christopher en portant un toast.

J'ai un verre plein sous mon nez, et je le lève comme le reste de la tablée. Pendant la demi-heure qui suit, nous mangeons joyeusement, discutant de tout et de rien.

Lamar se lève pour aller aux toilettes et j'envisage d'y aller, moi aussi, mais je me sens très détendue maintenant que j'ai bu un premier verre de vin et une bonne partie du second. Je reste donc à table, légèrement penchée sur la droite contre Devlin, sa main dans mon dos.

Je suis toujours installée comme ça quand il lève son autre main pour saluer quelqu'un. Suivant son regard, je découvre Ronan et Reggie, qui font la queue au bar pour prendre un verre à emporter, pratique autorisée les jours de festival dans le Quartier des Arts de Laguna Cortez.

Ronan l'aperçoit et lève son verre pour le saluer, tandis que Reggie se retourne et sourit en voyant notre groupe.

— Ils sont ensemble ? demandé-je à Devlin, les yeux rivés sur le visage de Reggie tandis que j'essaie, une fois de plus, de deviner où je l'ai déjà vue.

— Tu veux dire : est-ce qu'ils sortent ensemble ? Pas que je sache. Mais ils ont travaillé ensemble assez souvent pour devenir copains.

— Je pense qu'ils sont sortis ensemble, une fois, intervient Anna. Je suis presque sûre qu'il n'y a pas eu de second rendez-vous.

Devlin ricane.

— Ça ne m'étonne pas.

— Pourquoi ? demande Brandy.

— Ils ont un caractère trop fort, tous les deux.

Je croise les bras sur ma poitrine et le regarde dans les yeux.

— Et pas nous ?

Il incline mon menton vers lui pour m'embrasser.

— Si, répond-il en reculant, me laissant sur ma faim. La différence, c'est que ça me plaît.

Je pense que Ronan aussi aime les femmes de tête, mais je ne fais aucun commentaire. Ça y est, j'ai enfin compris ce qui me semble familier chez Reggie : ses yeux un peu enfoncés à la Bette Davis.

Ce doit être ça, je ne vois rien d'autre. Ils nous saluent d'un geste avant de ressortir dans la rue. Mon oncle Peter était un grand amateur de films classiques et Bette Davis était l'une de ses actrices préférées. J'ai beau estimer avoir résolu le problème, la question persiste. *Il y a autre chose*, pensé-je. Plus précisément, *autre part*. Je la connais de quelque part.

Mais d'où ?

Je suis sur le point de partager ma frustration avec tout le monde autour de la table quand Brandy étouffe un cri, renversant son verre de vin.

— Pardon, pardon, bredouille-t-elle.

Alors qu'elle tamponne une serviette sur la table mouillée, je vois que sa main tremble.

— Bran ?

Elle lève la tête et ses yeux rencontrent les miens. Pendant un instant, tout ce que je vois, c'est la peur qu'ils me renvoient. Non, pas de la peur. De la *terreur*.

— Brandy, répété-je, plus doucement cette fois-ci. Qu'y a-t-il ?

Ses lèvres remuent, mais aucun son n'en sort. Aucune importance. Je devine le mot qu'elle cherche à prononcer, confirmé par son regard tourmenté. *Lui*.

Je tends la main par-dessus la table pour prendre la sienne.

— Lui ? Walt ?

Elle tremble, et je resserre mes doigts autour des siens.

— Il ne peut pas te faire de mal, lui dis-je. Tu es en sécurité.

Il n'y a plus que Brandy et moi. J'ai complètement oublié les autres et je sursaute en entendant la voix de Devlin, basse et implacable :

— Cheveux noirs, chemise bleue, avec un whisky ?

Brandy déglutit et hoche la tête.

— C'est lui, dit Devlin sur le ton de l'affirmation. C'est le type qui...

— Oui.

Elle a tout juste murmuré. À peine ce mot a-t-il franchi ses lèvres que la chaise de Devlin racle sur le sol et qu'il traverse la salle à grandes enjambées. Avant même que je puisse cligner des paupières, il a agrippé Walt par le col et le soulève, les orteils du type effleurant à peine le sol.

Je ne réalise même pas que j'ai bondi de ma chaise avant de me retrouver à côté d'eux. Alors qu'il se débat et que le barman menace d'appeler les flics, Devlin l'entraîne vers la porte. Walt gémit pour demander de l'aide, mais les clients abasourdis se contentent de brandir leurs téléphones, bouche bée.

Je cours dans cette direction, fendant la foule aveuglément pour tenter de rejoindre Devlin. En voyant Lamar sortir des toilettes, je change de trajectoire et je l'appelle, le doigt tendu vers Devlin.

— C'est Walt, dis-je.

Heureusement, Lamar évalue la situation en un instant. Brandy ne parle pas beaucoup de ce qui s'est passé avec Walt, mais Lamar connaît au moins les bases. Il a même passé un certain temps, au fil des ans, à essayer de retrouver ce type pour aider Brandy à obtenir justice et à tourner la page.

Je vois son visage se durcir lorsqu'il montre son badge et crie au barman d'appeler la police, avant de faire signe à tout le monde de s'écarter. C'est efficace. Les clients du bar se dispersent comme la mer Rouge devant Moïse.

— Dépêche-toi, m'écrié-je en le suivant sur le trottoir. Je n'ai jamais vu Devlin aussi furieux.

— Là-bas, avec lui, dit Lamar d'une voix éraillée. Elle en est sûre ?

Il jette un œil par-dessus son épaule et je hoche la tête.

— Tu le serais, toi aussi, si tu avais vu son visage.

— Bon sang, mais où sont-ils allés ?

Nous sommes sur la terrasse, et de là, tout a l'air d'une soirée normale. Les gens se promènent en riant et discutant.

Cependant, à mi-chemin dans la rue, on distingue un petit attroupement et plus d'écrans de téléphone allumés qu'il ne le faudrait. Je m'élance, Lamar sur les talons.

— Police, crie-t-il en approchant. Police. Dégagez. Laissez passer.

Devlin et Walt se trouvent derrière une poubelle, et ma première pensée cohérente, c'est que Devlin a l'air indemne. La deuxième, c'est le soulagement. Compte tenu de la taille de la benne à ordures, je doute qu'il y ait beaucoup de photos nettes. Enfin, je regarde Walt, son visage tuméfié et ensanglanté, la lèvre fendue et un œil déjà enflé, à demi fermé.

— Il m'a agressé, bafouille Walt, s'adressant à Lamar. Cet enfoiré m'a sauté dessus. Tu vas tomber, toi ! dit-il à Devlin. Mon père va te rendre la vie impossible, putain.

— Je pense plutôt que c'est vous qui allez tomber, rétorque Lamar.

De mon côté, je saisis le bras de Devlin et le détache de son adversaire.

— Vous n'étiez peut-être pas au courant, mais il n'y a pas de prescription pour le viol en Californie.

— Je ne sais pas de quoi vous parlez.

— Laissez-moi vous le dire, alors. Quel est votre nom de famille ?

— Je n'ai rien à vous dire.

Il lâche un grognement lorsque Devlin récupère son portefeuille dans sa poche arrière.

— William Alexis Tarkington, lit-il avant d'abandonner le portefeuille par terre.

Lamar fulmine.

— Voilà pourquoi je n'ai pas retrouvé la trace d'un Walt ou d'un Walter en ville qui corresponde à la description.

Il s'éclaircit la voix.

— William Tarkington, vous et moi, nous allons avoir une petite conversation.

Au même moment, des hurlements de sirènes se font entendre.

— C'est quoi, ce bordel ? Je n'ai pas fait de...

Soudain, il se fige. Ses yeux ne sont pas dirigés vers Lamar ni Devlin, mais au bout de la ruelle. Suivant son regard, je découvre Brandy, debout avec Christopher, à côté de deux agents de police en uniforme.

— Je n'ai rien fait, répète-t-il, avec moins de conviction cette fois.

— Vraiment ? Eh bien, sortons de cette foule et parlons-en.

Lamar fait signe à ses collègues, qui conduisent Walt vers le véhicule de patrouille.

— Je pars avec eux, me dit-il.

— Tu ne l'arrêtes pas ?

— Pas encore.

D'un mouvement de tête, il désigne Brandy.

— Si on le fait, elle va devoir témoigner. Je préfère lui laisser le temps d'y réfléchir. En attendant, Walt et moi, nous allons avoir une belle petite discussion. Qui sait ? Maintenant que je connais son nom, peut-être que d'autres victimes vont se manifester.

J'acquiesce, puis l'embrasse.

— Merci.

Je me tourne vers Devlin.

— Merci beaucoup à vous deux.

Ils échangent un regard, mais gardent le silence. Lamar se contente de lui serrer la main, puis il donne à Brandy une brève étreinte et un baiser sur le front avant de se glisser dans la voiture, à côté de Walt menotté.

Brandy se précipite alors vers Devlin, qui la prend dans ses bras.

— Ça va aller, dit-il.

Elle hoche la tête entre ses sanglots, étouffés par la position de son visage contre son épaule. Au bout d'un moment, elle s'écarte.

— Tu n'aurais pas dû le frapper. Il va porter plainte ou, je ne sais pas, te traîner dans la boue. Ça risque de faire mauvaise presse pour la fondation.

Devlin secoue la tête.

— Il a eu ce qu'il méritait. Si on avait d'abord appelé la police, il n'aurait pas payé de sa personne. Pas comme il le devait.

Ses yeux lancent des éclairs.

— Il n'a pas entièrement payé sa dette, d'ailleurs.

J'aimerais émettre une objection, lui rappeler que ce n'est pas ainsi que le système fonctionne, mais les mots me manquent. Ce n'est pas le moment, avec Brandy qui le regarde comme un héros.

— Merci, chuchote-t-elle à nouveau avant de l'embrasser sur la joue.

Lorsqu'elle recule, Devlin la reconduit délicatement vers Christopher.

— Je suis resté pétrifié, dit ce dernier. Même quand j'ai compris qui était ce connard, je suis resté bête.

Il lève vers Devlin un regard admiratif, comme s'il s'agissait d'un véritable héros.

— Merci beaucoup de l'avoir défendue.

— Il n'y a pas de quoi, répond Devlin. Si tu veux me rendre un service, merci de garder un œil sur la mienne.

Il me lance un regard et je me retiens de lever les yeux au ciel.

Christopher hésite. Il doit se sentir un peu gêné de promettre de veiller sur moi alors que je suis évidemment capable de me débrouiller toute seule. Mais il finit par tendre la main à Devlin en déclarant solennellement :

— Je te suis redevable, Saint. Tu peux compter sur moi, absolument.

❧ 33 ❧

Devlin garde le silence pendant tout le trajet de retour chez lui. Christopher a ramené Brandy, et Anna est restée pour régler l'addition. Lamar, quant à lui, est parti au poste de police.

À côté de moi, Devlin vibre pratiquement d'une émotion difficilement contenue, mais je ne sais pas s'il s'agit de la fureur, de la frustration ou d'autre chose. Je me tais prudemment, consciente qu'il a besoin de temps.

Une fois que nous avons franchi sa porte d'entrée, c'est plus fort que moi. À peine l'a-t-il refermée derrière nous que je me presse contre son corps, mes bras autour de sa taille et les yeux levés vers lui.

— Tu es d'une bonté exceptionnelle, Devlin Saint.

Il lâche un grognement grave et guttural.

— Tu trouves ? Parfois, je n'en suis pas sûr. Même si, de temps en temps, c'est vrai que je fais de bonnes actions.

Il prend mon menton et me dévisage.

— Je ne pensais pas que tu approuverais ma méthode ce soir.

Je hausse les épaules sans le regarder.

— Tu as raison, je ne devrais pas, avoué-je. On aurait peut-être dû laisser Lamar s'en occuper. On lui aurait parlé de Walt et il aurait arrêté cet enfoiré.

Il penche la tête, les yeux légèrement plissés.

— Mais ?

— Mais je ne regrette pas, dis-je en soupirant.

Il pose la main sur ma joue avec tendresse.

— Parce qu'elle compte pour toi.

Quand j'acquiesce, il ajoute :

— Elle compte aussi pour moi. Tu l'aimes et c'est une femme bien, qui ne mérite pas les emmerdes qu'elle a traversées.

— Je sais. C'est très important pour moi que tu aimes mes amis.

— J'apprécie Brandy depuis que je suis Alex, répond-il en riant.

— C'est vrai. C'est très important pour moi que tu apprécies Lamar, aussi.

— Disons que je le tolère, précise Devlin.

Mais son regard pétille et je sais qu'il plaisante.

Il me caresse les cheveux.

— J'aime bien Brandy, mais ce n'est pas uniquement pour ça que j'ai couru après ce type ce soir.

Sa main dans mes cheveux, il me force à pencher la tête en arrière et à le regarder droit dans les yeux.

— Je n'arrêtais pas d'imaginer que ça aurait pu être toi.

Il y a une intensité inhabituelle dans ses yeux et je m'efforce de ne pas tenir compte de ses paroles.

— Je ne suis pas Brandy. Je peux me débrouiller seule.

— Oui, tu peux, convient-il. Jusqu'au moment où tu ne pourras pas.

Il me libère, puis se détourne.

Je l'observe attentivement, certaine qu'il pense aux années où il n'était pas là, où il ne pouvait pas veiller sur moi. Encore maintenant, quand quelqu'un me harcèle par texto ou me prend pour cible au volant d'un 4x4...

— Ça va, tu sais, dis-je à mi-voix. L'incident de la Range Rover m'a fait peur, c'est sûr, mais tu ne peux pas être à mes côtés à chaque instant. Et je te promets d'être vigilante.

— Parfois, la vigilance ne suffit pas.

— Devlin, je...

— Je sais que tu as failli être étripée à New York. Il avait un couteau. Il aurait pu te trancher la gorge, ou pire.

Mon sang se glace.

— C'était toi. Oh, mon Dieu, Devlin ! C'était toi.

Les jambes flageolantes, j'entre dans le salon. Je me sens lourde et léthargique, comme engluée dans la fange de ces longues années perdues. Je m'installe sur son canapé, puis je me déchausse et remonte mes genoux pour les serrer contre ma poitrine.

— Je t'ai regardé, toi, cet homme plus grand que nature qui m'a sauvée, et je ne t'ai même pas reconnu.

Il vient s'asseoir sur la table basse en face de moi, puis se penche en avant, une main sur mon pied nu.

— Je ne voulais pas que tu me reconnaisses.

— Combien de fois m'as-tu surveillée ?

Nous en avons déjà un peu parlé, de la façon dont il a veillé sur moi au fil des ans. Au début, j'étais en colère, parce que j'étais si seule pendant tout ce temps, sans savoir où il était. Mais cette colère s'est transformée en tristesse, et même une certaine compassion. Parce que j'étais béatement ignorante alors que Devlin, lui, savait où j'étais et ce que je faisais. Il savait si j'étais en sécurité ou en danger.

Et pourtant, il ne pouvait pas me parler, pas s'il voulait me protéger.

Pas s'il voulait garder son secret.

— Tu n'aurais dû rien faire, dis-je à présent. J'aurais pu te reconnaître. Quelqu'un d'autre aurait pu me reconnaître, puis faire le lien et comprendre que tu étais Alex.

Il hausse les épaules.

— Tu as raison. Mais tu crois vraiment que j'aurais pu rester là, à te voir subir sans rien faire ?

Je regardais mes mains, mais à présent, je lève la tête et rencontre son regard.

— Tu es bien parti, non ?

— Ellie...

Je prends une vive inspiration.

— Je sais. Ça va, j'ai compris.

Moi aussi, je suis sincère, mais quand même. J'aurais tant voulu que les choses soient différentes. Du moins, que nous puissions retrouver les dix années perdues.

Nous en avons déjà parlé : de ce que je fais – ou de ce que je faisais avant que Devlin n'entre dans ma vie –, mon goût pour le danger. Pourtant, j'ai toujours gardé le contrôle, comme avec le type à la BMW, mon premier soir à Laguna Cortez. C'était moi qui menais la barque.

En tout cas, jusqu'à ce que Devlin arrive.

Avant de revenir à Laguna Cortez, je prenais tout ce que je voulais. C'était mon jeu, ma façon de dire au destin, à la mort et à tout le reste d'aller se faire foutre.

— Tu cherchais les frissons, dit Devlin.

Il me connaît au point de savoir l'orientation qu'ont prise mes pensées.

— Tu voulais le danger.

— Toujours.

Je perçois une note de défi dans ma propre voix.

— Mais tu ne voulais pas vraiment mourir.

Je tends les bras pour le serrer contre moi.

— Vraiment ?

Au fond, c'est une question, parce que je ne suis plus certaine de le savoir. Je ne veux pas mourir maintenant. De cela, j'en suis convaincue. Mais à l'époque ? Quand j'étais toute seule ? Quand toutes les personnes qui avaient compté dans ma vie étaient mortes, réellement ou symboliquement ?

— Pas tout le monde, dit Devlin une fois que je lui ai fait part de ma pensée. Tu avais Brandy, Lamar. Tu étais seule à New York, peut-être, mais tu n'étais pas seule dans la vie.

— N'empêche, c'était trop. Tout ça, c'était trop. J'allais dans les musées de Manhattan ou au zoo, et je me disais que ma mère ne verrait jamais ça. Je me rappelle que mon père, tout flic dur à cuire qu'il soit, adorait l'opéra. Mais il n'a jamais eu l'occasion d'aller au Met. Peter y était déjà allé et il m'avait promis qu'on irait ensemble, qu'il me montrerait tous les endroits formidables que les touristes ne voyaient pas. Mais ça non plus, ça n'a jamais eu lieu.

— Non, admet Devlin. C'est vrai.

— Alors, comment peux-tu savoir ce que je voulais à l'époque ? J'étais seule et isolée. Je passais mes journées dans le brouillard et mes seuls répits étaient les cours, le journal et les soirs où je sortais.

J'ai mené une vie plus débridée à New York qu'en Californie. Mon poste dans la police calmait un tant soit peu la bête tapie en moi, mais une fois à Manhattan, je me suis retrouvée seule, sans aucun malfrat à poursuivre. Je vivais dans une ville incroyable, avec une existence que je croyais vraiment aimer. J'avais même mon propre appartement, petit, mais correct, grâce à la planification financière de l'oncle Peter.

Selon les apparences, j'avais une belle vie. Mais toute ma famille était morte.

Je me demande maintenant si je ne voulais pas les rejoindre.

— Non, ce n'est pas ce que tu voulais, répond Devlin après ce terrible aveu à voix haute. Tu cherchais le danger, bien sûr, mais surtout, tu voulais gagner. C'était un doigt d'honneur à la mort.

— Maintenant, dis-je. À l'époque...

Je conclus en haussant les épaules :

— Je ne pense pas.

— Moi, je le sais.

Je fronce les sourcils et il exerce une douce pression sur ma jambe, utilisant ce lien entre nous comme un tampon contre une émotion trop vive pour être contrôlée.

— Je te surveillais, tu as oublié ? Tu avais envie de te mettre en danger. La culpabilité du survivant. Et Dieu sait que tu avais de bonnes raisons. Mais tu n'as jamais complètement franchi la ligne. Tu n'as jamais cédé au pire. En fait, tu ne voulais pas être totalement impuissante. Tu te rapprochais au maximum du danger, en mode rien à foutre. Mais tu n'avais pas envie d'être une victime. Ce n'était pas ça. L'agression par arme blanche ? Peut-être même le viol ? Ce n'était pas au programme, crois-moi.

Je déglutis.

— Comment peux-tu en être aussi sûr ?

— Je te l'ai dit. Je te connais. Et je t'ai observée.

— Devlin...

Il inspire.

— Cette nuit-là, dans cette ruelle de Manhattan, je t'ai vue te battre pour la vie. J'ai vu la terreur dans tes yeux avant que tu ne t'enfuies et je...

— Quoi ?

— Je l'ai tué, El.

J'attends ma propre réaction. Une protestation monte sur mes lèvres. L'horreur d'apprendre qu'il a pris la vie de quelqu'un.

Mais je ne dis rien. Je n'éprouve qu'un vague soulagement.

Il fronce les sourcils.

— Tu ne savais pas ?

Je secoue la tête.

— Non, je ne travaillais pas au journal cette semaine-là. J'avais une rencontre avec les conseillers à la fac. Alors, j'étais concentrée là-dessus, je n'ai pas lu les actualités.

C'est un mensonge. Presque. La vérité, c'est que je me tiens *toujours* au courant des actualités, même si je suis très occupée. Cette semaine-là, pourtant, je n'ai rien lu. Et maintenant, je suis convaincue que c'est parce que je savais ce que j'y aurais trouvé et que je ne voulais pas me sentir obligée de dire quoi que ce soit à la police.

— Ce type méritait la mort, dit Devlin. Et ça ne te dérangeait pas que son tueur s'en tire librement.

— Arrête de lire dans mes pensées.

Ses lèvres remuent.

— Ce n'est pas ça, seulement je te connais.

Je ricane avec dérision, mais je ne peux pas le contredire. Il me comprend. C'est la seule personne qui m'ait jamais comprise aussi complètement.

— Tu ne sais pas tout, lui dis-je. Tu ne sais pas pourquoi j'ai voulu coucher avec lui. Max, ajouté-je. C'était son prénom.

— Dis-moi.

J'inspire, puis je lui raconte une vérité à laquelle je n'ai plus pensé depuis plus de cinq ans.

— C'était à cause de toi.

Sa main se crispe sur mon genou.

— D'Alex, tu veux dire.

Il semble déclarer l'évidence, pourtant je secoue la tête.

— Non. Devlin Saint. Ce milliardaire philanthrope qui venait d'entrer en scène.

Je me déplace sur le canapé, repliant mes jambes sous mes fesses avant de prendre l'une de ses mains dans les miennes. Je caresse son pouce tout en parlant, mon attention non pas sur son visage, mais sur son doigt parfaitement manucuré.

— Je ne t'aurais même pas remarqué si tu n'avais pas été à New York pour un gala, avec Carrie comme cavalière. Mais j'ai vu une photo de vous deux, alors j'ai lu l'article. Tu te souviens de ce que tu annonçais lors de cette soirée ?

— Bien sûr. On venait de choisir l'emplacement de la fondation.

— *Voilà* ce qui a vraiment attiré mon attention. Parce que c'était notre coin. Enfin, le mien et celui d'Alex.

Il se racle la gorge et répond :

— Le terrain vague. C'était évident que j'allais faire construire sur ce vieux bout de terrain en friche.

Il porte nos mains jointes à ses lèvres et m'embrasse les doigts.

— Tu sais ce que j'ai fait quand ils ont coulé le béton de la dalle ?

Je secoue la tête.

— Avec un clou, j'ai écrit *Chez El et Alex* dans le ciment. L'inscription est cachée sous le carrelage de la réception, bien sûr, mais je tenais à ce qu'elle y soit pour toujours, même si nos noms que tu avais écrits à la craie avaient été effacés depuis longtemps.

C'est seulement quand son visage devient flou que je me rends compte que je pleure. J'essuie furieusement les larmes avant de sourire péniblement.

— Je n'en reviens pas que tu aies fait ça.

— Crois-moi, c'est la vérité.

Je hoche la tête. Maintenant que je sais combien notre sépara-tion l'a bouleversé, je le crois.

— Continue, dit-il. Tu as commencé à me prêter attention à New York parce que j'avais l'audace de choisir l'endroit qu'Alex et toi aviez baptisé.

— Et à cause d'une de mes connaissances, ajouté-je. Carrie était avec toi. Pour être honnête, on n'a jamais été très proches, elle et moi, et ça faisait des années qu'on avait perdu le contact. Pourtant, elle représentait un lien. J'avais laissé Laguna Cortez derrière moi, et là, ça me revenait en pleine figure.

— Alors, tu es sortie ce soir-là en prévoyant d'envoyer le passé se faire foutre.

— C'est à peu près ça.

Je laisse ce souvenir se dérouler dans mon esprit. J'ai commencé dans les bars, ce soir-là, puis dans des clubs plus douteux. Le genre d'établissements underground avec une clientèle plus interlope, dont on ne connaît l'existence que par le bouche-à-oreille.

Je ne connaissais personne. Pas vraiment. Mais il suffit d'adresser la parole au premier quidam venu dans un bar pour entamer la conversation. Peut-être même qu'il finira par vous emmener à l'extérieur, histoire de se détendre un peu avant de vous raccompagner chez vous.

Je ne laissais pas n'importe qui me ramener chez moi. Je privilé-giais les ruelles sombres ou la banquette arrière des taxis, selon l'ex-citation du moment.

Cette nuit-là, je me suis souvenue d'un club où un avocat que j'avais baisé m'avait emmenée un soir. J'y suis allée, déterminée à danser pour dépenser mon excès d'énergie avant de finir la soirée avec le type le plus viril que je pourrais trouver.

Je l'ai trouvé devant le club. Max. Il portait un jean près du corps et une chemise blanche. On aurait dit un comptable qui se donnait le frisson et j'ai failli l'ignorer quand il m'a parlé. Mais il y avait quelque chose dans sa voix, quelque chose de dur, d'auto-ritaire.

Quelque chose de dangereux.

Alors, je me suis approchée.

— Ils ne te laissent pas entrer ?

Il a tiré une longue bouffée sur sa cigarette avant de la jeter sur le trottoir.

— Ils ne m'empêcheront pas d'entrer, mais ce n'est pas ce que tu veux faire, ce soir.

Sa voix tranchante a fait battre mon cœur. Trop souvent, c'était moi qui menais la danse, ces soirs-là, même si les types se croyaient toujours maîtres du jeu. Pourtant lui… eh bien, il me promettait un danger d'un tout nouveau genre.

— Et qu'est-ce que je veux faire ?

— Passer la soirée avec moi, a-t-il déclaré. Je m'appelle Max. Et toi, Elsa.

Je me souviens d'avoir ravalé mon émotion. J'utilisais mon vrai prénom dans les clubs, mais je n'avais pas encore montré ma carte d'identité dans cette file d'attente. Alors, ce type m'avait déjà vue quelque part. Il m'avait observée.

— Tu as l'air de savoir t'amuser, m'a-t-il dit avant que je ne lui demande comment il connaissait mon prénom. Je crois que nous avons des goûts communs, toi et moi.

— Vraiment ? Quoi, par exemple ?

— Pas ici, pour commencer, a-t-il répondu avec un mouvement de tête. Viens avec moi.

Je lui ai annoncé que je ne l'accompagnerais pas chez lui et qu'il ne viendrait pas chez moi, mais il m'a assuré qu'il avait autre chose en tête.

— Tu aimes les clubs ? Crois-moi, tu peux viser mieux que ça.

Il m'a conduite au bout du pâté de maisons, la main dans mon dos comme si je lui appartenais. Je l'ai laissé faire, parce qu'il avait pris le dessus, mais quelque chose clochait. Malgré mes réticences, je suis entrée dans son jeu et je l'ai suivi.

La rue était obscure et je me rappelle avoir croisé quelques personnes. L'une d'elles avait une démarche familière. Une silhouette familière.

J'ai frissonné en réalisant que c'était l'un de ces soirs où mon esprit ne cessait de revenir sur Alex.

— Tu as froid ? a demandé Max.

J'ai secoué la tête. C'était le mois de septembre, mais la nuit était chaude et je me suis efforcée de chasser Alex de mes pensées pour me concentrer sur mon compagnon d'un soir. Un type que je connaissais à peine, mais qui me désirait. Un type que je pouvais baiser et quitter, en sachant qu'une fois de plus, ce serait moi qui choisirais.

Ce serait moi qui partirais.

Nous avions presque fait un kilomètre depuis notre point de départ. C'était un quartier plus pauvre, avec des ruelles sombres et nauséabondes.

— Là-bas, a-t-il dit en désignant une porte métallique éclairée par une unique ampoule faible. Musique forte, alcools forts, recoins sombres.

Il m'a arrêtée pour me peloter la poitrine tout en parlant, se plaquant contre moi de sorte que ses hanches ont touché les miennes, me faisant sentir son érection.

— Je crois que nous allons passer un très bon moment.

— C'est ce qu'on va voir, ai-je répondu. Mais tu vas devoir faire mieux que ça.

Sur ce, je l'ai dépassé et j'ai continué en direction de la porte. Il me fallait reprendre une partie du contrôle. J'avais envie de cet élan d'adrénaline, de cette bouffée de pouvoir. J'en avais désespérément besoin. Je voulais décider quand et comment. Surtout, je voulais pouvoir y mettre fin quand je le souhaiterais.

Je ne trouverais peut-être rien de mieux que Max ce soir-là. Ou peut-être y avait-il quelqu'un de plus adéquat qui m'attendait dans ce club sombre en sous-sol.

Ma main s'est posée sur la poignée et j'ai tiré, mais elle a refusé de s'ouvrir.

— Espèce de salope.

Il était juste derrière moi et j'ai entendu les mots en même temps que j'ai senti une lame d'acier sur ma gorge.

— Tu crois que je ne sais pas ce que tu es, petite salope ? Tu crois que je ne t'ai pas observée ? Ne t'inquiète pas, sale garce. Je vais te baiser comme tu le veux. Tu es à moi.

La lame s'est appuyée un peu plus fort dans ma peau et j'ai essayé de ne pas déglutir, de peur que ma gorge ne tressaute. J'aurais pu me défendre, mais il était plus grand et il savait ce qu'il faisait. Un seul faux mouvement et il me trancherait la gorge.

Bien sûr, il avait l'intention de le faire, de toute façon. J'en étais certaine.

Ce souvenir glacial me submerge, à présent, et je suis pantelante, les yeux dardés sur Devlin.

— Oui, dis-je. J'étais terrifiée. Et en colère.

J'ajoute cette précision en secouant la tête.

— Tellement, tellement en colère.

Un hoquet m'ébranle, et c'est seulement à ce moment-là que je me rends compte que je sanglote.

— Et puis soudain, il m'a lâchée.

C'est l'autre homme dans la ruelle qui est intervenu. Celui que j'avais déjà remarqué et qui me rappelait Alex. Un grand gaillard, tout en noir jusqu'à sa casquette de baseball, la visière baissée plongeant son visage dans l'ombre. Il portait un bandana sur le nez et devant la bouche, mais je pouvais voir ses yeux verts et quelques mèches de cheveux noirs qui brillaient dans la faible lueur de l'unique ampoule.

Un homme qui, je le sais maintenant, s'appelait Devlin.

Maintenant Max contre lui, il a retourné la lame contre sa gorge.

— Va-t'en, m'a-t-il dit d'une voix grave et rocailleuse.

Pourtant, encore une fois, elle m'a paru familière.

— Tu es forte, putain. Alors, fous le camp d'ici.

Tu es forte. Les mots d'Alex. C'était forcément une coïncidence, mais ils m'ont engourdie.

Ensuite, j'ai pris mes jambes à mon cou. Bien sûr, je savais ce que cet inconnu allait infliger à Max. Mais cela m'était égal.

À présent, je sens la caresse des larmes sur mes joues quand je regarde Devlin.

— Tu étais là. *Juste là, pour moi.*

— Tu crois que c'était facile ? Si proche et incapable de te dire un mot ? Tu crois que j'en suis reparti indemne ?

Je passe les doigts dans mes cheveux.

— Non. Je pense que nous sommes une putain de tragédie shakespearienne, tous les deux.

— Ce n'est pas une tragédie. Une romance épique, plutôt, avec une fin heureuse.

— Parce que les romances épiques finissent bien ?

— La nôtre, oui, dit-il résolument avant de se lever, la main tendue. Viens au lit, El. J'ai besoin de toi.

Ses paroles résonnent dans mon cœur.

— D'accord.

Je mêle mes doigts aux siens.

— Moi aussi, j'ai besoin de toi.

$$❧ \quad 34 \quad ❧$$

Mon corps est agréablement endolori après l'amour, et avec un soupir de satisfaction, je me retourne sur le côté et passe ma jambe nue sur son ventre.

— Tu ne m'as toujours pas parlé de Carrie. C'était ta cavalière à New York, et maintenant, elle te prend pour le diable.

Son visage se ferme.

— On peut sérieusement dire que Carrie est l'un de mes regrets.

Je soulève ma jambe et m'assieds, ramenant le drap sur moi pour me couvrir, m'adossant contre la tête de lit.

Il se tourne pour pouvoir me regarder, puis secoue lentement la tête.

— Vraiment, reprend-il à voix basse. Il n'y avait rien entre nous, en tout cas, pas de cette façon. Je te l'ai dit. Il n'y a jamais eu qu'une seule femme avec qui j'ai été sérieux.

— Je ne suis pas jalouse.

Au fond, je le suis un peu, et il le sait pertinemment.

— Je me sens juste un peu mal à l'aise. Carrie est comme elle est, et nous ne serions jamais devenues les meilleures amies du monde. Mais c'était une copine et...

— Je sais. Je le savais aussi, à l'époque. Crois-le ou non, c'est en partie pour ça que je l'ai emmenée à New York.

Je penche la tête.

— Alors là, je ne comprends plus rien.

— C'était l'amie d'un ami qui vivait à Manhattan. Jon. Il savait que je venais pour le week-end. C'était une conférence pour divers organismes à but non lucratif et j'avais été invité à prendre la parole. Il y avait un dîner officiel et j'étais censé venir accompagné. Carrie voulait rendre visite à Jon, et Anna était déjà ici, à superviser les dernières étapes de la construction. Ça m'a semblé une bonne idée sur le moment.

— Tu n'avais pas peur qu'elle te reconnaisse ?

Cela dit, aucun de mes amis à l'exception de Brandy n'a jamais su qu'Alex et moi avions eu une relation quand j'étais au lycée, même s'il travaillait chez mon oncle. Quand elles venaient me voir à la maison, mes copines faisaient souvent des commentaires élogieux sur ce bel inconnu.

— Je ne craignais pas que tu me reconnaisses, répond-il. Pourtant si quelqu'un pouvait voir Alex sous le masque de Devlin, c'était bien toi.

— Ce n'est pas un masque, dis-je en tendant la main pour lui caresser la joue.

Il me l'attrape, ma paume contre sa barbe et l'angle net de sa mâchoire.

— Plus maintenant, convient-il. Mais à l'époque...

Je hoche la tête. À cette époque, Devlin n'existait que depuis trois ans environ, après qu'Alex eut disparu sur le papier. Il venait d'émerger du passé trouble que l'armée et les services de renseignements avaient forgé pour lui.

— Carrie était d'accord pour que ce soit juste un voyage amical ? Elle a toujours trouvé Alex sexy. J'imagine qu'elle était encore plus attirée par Devlin.

— En effet.

— Comment ça ?

Veut-il dire qu'elle était d'accord pour rester au stade de l'amitié ou qu'elle était attirée par lui ?

— Les deux, précise-t-il.

Nous partageons un rire.

— Enfin, j'aurais dû m'y attendre.

Quand il se hisse pour s'adosser lui aussi contre la tête de lit, je l'enjambe en laissant glisser le drap. Il pose les mains sur ma poitrine et je me mords la lèvre inférieure, mes hanches ondulant de manière aguicheuse. Je tiens à lui faire comprendre que nous sommes seulement en pause et que nous n'avons pas terminé pour la soirée.

Ses doigts frôlent mes tétons quand il dit :

— Tu ne dois pas avoir très envie d'entendre mon histoire.

— Au contraire.

Je m'allonge, son sexe niché au creux de mes cuisses, puis je me penche vers l'avant, appuyant mon buste contre son torse, la tête inclinée pour le regarder.

— Raconte-moi la suite.

Ses mains se posent sur ma taille et il caresse tout doucement la courbe de mes fesses en poursuivant son histoire.

— La première soirée était sympa. On a dîné en buvant avec Jon. Après, elle est allée dans sa chambre et moi dans la mienne. Elles étaient attenantes, mais la porte était fermée. J'ai passé le lendemain en séminaire pendant qu'elle faisait du shopping. Ce soir-là, elle a pris un verre avec une copine de la fac. J'ai profité qu'elle soit absente pour faire une chose que je n'aurais pas dû faire. Ce que j'ai toujours fait quand je visitais New York, même si, chaque fois, je savais que c'était une erreur très dangereuse.

Il croise mon regard et mon souffle reste suspendu. *Il est venu me voir.* Cette idée me frappe alors même qu'il m'explique :

— C'était une impulsion. Je ne pouvais pas me retenir de te chercher, pas plus que je n'aurais pu me retenir de respirer.

— Chaque fois que tu es venu à New York ?

Mon cœur bat si fort que je crains qu'il ne puisse pas m'entendre, mais il hoche la tête.

— Et moi, je ne t'ai jamais vu. Enfin, je n'ai jamais su que je te voyais, précisé-je.

Les muscles autour de sa bouche se contractent, mais je ne sais pas s'il réprime un sourire ou un rictus amer.

— Je ne voulais pas que tu le saches. Mais je t'ai observée. Chaque fois que je suis venu en ville, j'ai trouvé un moyen de te voir.

Ses yeux se fixent sur les miens.

— Cette nuit-là, avec Max, tu m'as vu sans vraiment me voir.

— Mais j'avais une intuition de ta présence. Ta façon de marcher, de bouger. Je ne sais pas. Je t'ai aperçu avant la ruelle sombre et j'ai pensé à Alex. Je croyais même que j'étais un peu folle, pour tout dire, mais...

Je m'interromps en repensant à cet horrible souvenir de Max et de ce qu'il a essayé de me faire.

Je prends une inspiration, me forçant à me secouer pour continuer.

— Après... dis-je, m'arrêtant un moment afin de respirer et tenter à nouveau : Après, j'ai eu l'impression que l'homme que j'avais vu était un ange gardien. C'était logique, non ? Après tout, pour ce que j'en savais, Alex était mort.

Il fait la grimace à ces mots.

— Ça va, lui dis-je. Ça n'allait pas, à l'époque, mais maintenant, je t'ai retrouvé.

Je lui adresse un sourire enjôleur.

— Tant que cette histoire ne prend pas des proportions trop dingues, alors tout est pardonné.

Je regrette ces mots en voyant la froideur de son regard.

— Devlin, dis-moi. Je sais déjà qu'elle pense que tu es affreux. Je veux savoir pourquoi.

Pendant un moment, je crois qu'il va se taire. Puis il dit :

— Cette nuit-là, après t'avoir vue et après avoir mis Max hors d'état de nuire, je suis retourné à l'hôtel. J'étais survolté. J'avais tué cet homme. Ce connard qui voulait te faire du mal. Mais ce n'était pas suffisant. Ce n'était même pas assez. Je suis allé dans le salon et j'ai bu quelques verres, les enchaînant jusqu'à calmer tous les nerfs de mon corps. Puis je me suis douché pour tout nettoyer. Le sang. Les souvenirs.

Je suis tendue, redoutant ce qui va suivre, mais je ne veux pas qu'il s'arrête.

— Je t'ai dit que nos chambres étaient attenantes, mais on les fermait la nuit. Plus tôt dans la soirée, pourtant, on avait discuté et elles étaient restées ouvertes. J'étais dans ma serviette quand elle est passée devant. Elle avait beaucoup bu. Moi aussi. Je tiens bien l'alcool, mais je n'en avais pas envie ce soir-là. Je voulais me saouler à mort. Une ivresse aveugle. Je voulais oublier.

Je sens les larmes ruisseler sur mes joues, mais je ne les essuie pas. Au lieu de ça, je reste immobile, regrettant amèrement que les choses ne soient pas différentes, comme je l'ai souhaité si souvent dans ma vie.

— Je ne sais pas ce qu'elle voulait à part le sexe. Et après quelques verres de plus, je me suis fait un plaisir de lui rendre ce service.

Je déglutis, guère convaincue de vouloir entendre ça, et en même temps, me raccrochant à ses moindres paroles.

— J'étais... brutal. Et ça lui plaisait. J'avais beaucoup de choses à régler et l'alcool rendait tout cela plus facile.

Il passe les doigts dans ses cheveux, puis m'attire à lui, son front sur le mien de sorte que nous nous touchions sans que je puisse voir ses yeux.

— Je me suis perdu, dit-il. Mais j'ai réussi à m'en sortir. J'ai réalisé que ce n'était pas ce que je voulais. Je ne voulais pas d'elle. Alors, la nuit suivante, quand elle est venue dans mon lit, je l'ai rejetée.

— Tu m'as attachée, chuchoté-je. Et moi aussi, j'aime quand c'est brutal.

Il s'écarte et m'incline le menton, le regard plongé dans mon âme.

— Parce que je te veux. Je veux te posséder, te faire mienne. Je sais ce que tu aimes, cette possibilité de danger, même à l'état de fantasme, et tu sais que je ne te ferais jamais de mal.

— Oui.

Je ravale la boule qui me noue la gorge, sans savoir ce qu'il va dire ensuite.

— Avec elle, je ne pensais qu'à toi. Je la punissais, je *me* punissais, parce que je t'avais perdue. Je l'utilisais, tout comme mon père utilisait les gens. Tout comme il blessait les gens.

J'ai le ventre perclus de crampes.

— Tu lui as fait du mal ? C'était un accident. Elle te connaissait...

— Non, fait-il avec un petit rire sans joie. Je ne lui ai pas fait de mal.

Il prend une inspiration.

— C'était ce qu'elle cherchait. Elle voulait que je l'emmène à nouveau là où nous étions allés la veille, et même plus loin. Comme j'ai refusé de recommencer, elle s'est mise en colère. C'était explosif. Elle a dit que je l'avais piégée, que je m'étais servi d'elle. En un sens, elle avait raison.

Je me penche en avant pour l'embrasser légèrement.

— Ça ne fait pas de toi un monstre et tu ne lui devais plus rien après ça.

Je pose la main sur sa joue, maintenant son visage immobile tout en le regardant au fond des yeux.

— Moi, tu peux m'utiliser. Je veux que tu le fasses. Tu sais que tu ne pourras jamais me décevoir, me repousser. Tu peux tout me demander. De la douceur, de la brutalité. Ce dont tu as besoin, lui dis-je en le regardant bien en face. Chaque fois que tu en as besoin.

Il sourit en reconnaissant ses propres paroles dans ma bouche.

— Je sais, bébé.

Il m'attire à lui, me serrant dans ses bras. Bientôt, il me fait rouler sur le dos, les bras de part et d'autre de mon corps. Il s'avance, ses yeux verts désormais si familiers au-dessus des miens.

— Quoi ?

Je sens un sourire sur mes lèvres et je m'attends à une remarque sarcastique, séductrice, ou bien à un long et langoureux baiser.

Voilà pourquoi je suis prise au dépourvu quand il me dit avec tendresse :

— Je t'aime, El. Je t'ai toujours aimée.

Je cligne des paupières, retenant mes larmes, puis j'essaie de parler malgré le nœud dans ma gorge.

— Je sais.

— J'aurais déjà dû te le dire. Tu me l'as dit, toi, et chaque fois que j'ai entendu ces mots, mon cœur s'est gonflé et je me suis senti l'homme le plus heureux de la terre.

— Tu me l'as dit mille fois, toi aussi. Il y a des façons de parler sans les mots.

— Mais tu adores les mots.

Je ris alors qu'il se penche vers moi.

— Oui, c'est vrai. Je les adore.

Nous restons ainsi, nos corps l'un contre l'autre, nos souffles mêlés, pendant ce qui me semble durer une éternité. Puis il me dit à voix basse :

— Elle pourrait poser problème.

Il me faut une minute pour faire machine arrière et comprendre qu'il parle à nouveau de Carrie.

— Comment ça ?

— Je n'avais pas réalisé qu'elle gardait autant de rancœur.

Je hoche la tête.

— Dès qu'elle a ouvert la bouche, je lui ai demandé si c'était elle qui envoyait les textos. Elle n'a pas dit oui, mais elle n'a pas non plus nié.

— Tu penses que c'est elle ?

— Honnêtement, je n'en sais trop rien.

Je me redresse, mes genoux contre ma poitrine.

— Il y a autre chose que je dois te demander.

Il change de position, lui aussi, le front soucieux.

— L'ambiance retombe, observe-t-il.

Je ris, amusée qu'il cherche à détendre l'atmosphère.

— Tu savais que mon oncle Peter était impliqué dans le porno ?

Avant même qu'il réponde, je sais qu'il n'en avait pas la moindre idée.

— Tu en es sûre ?

— Non.

Je lui raconte alors ce que m'a dit Lamar.

— Ce n'est pas parce que Mulroy trempait dans le porno que Peter aussi, dit-il. Ça ne ressemble pas à l'homme que je connaissais.

— Moi non plus.

Mais ce que je ne précise pas, c'est que je n'aurais jamais cru que Peter travaillait dans le crime organisé et le trafic de drogue. J'ai toujours su que les gens avaient des secrets, pourtant depuis mon retour à Laguna Cortez, cette leçon me frappe de plein fouet.

❧

Devlin a du mélange pour scones aux myrtilles dans ses placards et je le regarde remuer la pâte. Il est à peine huit heures, mais il s'est glissé hors du lit vers six heures. Immédiatement, sa chaleur m'a manqué, et une fois que j'ai réalisé qu'il s'était levé pour la journée, je n'ai pas pu me rendormir.

J'ai enfilé l'un de ses t-shirts et je suis partie à sa recherche. Je l'ai entendu avant de le trouver et j'ai passé une agréable vingtaine de minutes à le regarder frapper son punching-ball, sur son porche arrière. Heureusement, il avait bandé ses mains. Je ne me souviens que trop bien de la fois où j'ai vu ses doigts écarlates, à vif, et les taches de sang sur le cuir lisse et tanné de ce pauvre sac de frappe.

La nuit dernière, ses articulations étaient rouges, mais pas en sang. Il s'est retenu avec Walt, naturellement. Sinon, ce salaud serait mort.

— Ça va mieux maintenant ? demandé-je lorsqu'il se tourne vers moi, la sueur coulant sur son front et jusque dans ses yeux.

Il ne porte qu'un short et son corps scintille comme un dieu ancien en exposition sous les projecteurs, dans un musée.

— Un peu, dit-il avant de me prendre la main. Ça m'a aidé de parler, hier soir. Et maintenant, prendre une douche avec toi, ce sera la cerise sur le gâteau.

— Espèce d'obsédé.

— Par toi, toujours.

Quelque temps après, nous sommes douchés et habillés pour la journée. Bientôt, nous allons déguster des scones ensemble, puis il partira pour la fondation et je rentrerai chez moi, auprès de Brandy, avant de me replonger dans mes recherches sur Peter en commençant par contacter Cyrus Mulroy.

— Treize minutes, dit Devlin en faisant glisser la plaque de cuisson dans le four. Qu'est-ce qu'on peut faire en treize minutes ?

Il me lance un regard faussement sensuel et je pouffe.

— Du calme, mon grand. Je suis habillée et maquillée. Il ne faudrait pas que tu me salisses.

— Il y a mille et une façons de passer un bon moment sans toucher à ton maquillage.

Il contourne l'îlot de cuisine et me soulève du tabouret pour me prendre dans ses bras.

— Tu voudrais une démonstration ?

Je suis sur le point de le mettre au défi de me montrer à quoi il pense lorsque nous sommes interrompus par la sonnette.

Il fronce les sourcils et sort son téléphone pour jeter un œil à la vidéo-surveillance.

— Brandy, dit-il.

Aussitôt, une boule me leste le ventre.

Je me précipite dans l'entrée, Devlin sur les talons, puis j'ouvre la porte à la seconde où il désactive l'alarme.

— Ça va ? demandé-je d'une voix pressante. Il est arrivé quelque chose d'autre ? Merde, j'aurais dû rester avec toi.

Mon débit de parole est rapide, exprimant mon inquiétude, mais Brandy entre en secouant la tête.

— Non, non. Tout va bien, c'est bon. Christopher est rentré à la maison avec moi hier soir. Je vais bien. Vraiment.

— Alors, que se passe-t-il ?

Au même moment, Devlin l'invite à entrer dans le salon et lui demande si elle veut un thé vert.

— Avec plaisir, répond-elle.

Nous le suivons à la cuisine et je ronge mon frein pour me retenir de la bombarder de questions. Devlin a raison. Quelle que soit la raison pour laquelle Brandy est venue ce matin, elle y viendra quand elle sera prête.

Il pose une tasse de thé devant elle.

— Tu préfères que je m'en aille pour te laisser parler à Ellie ?

— Non. Merci, mais je suis venue ici pour te parler, en fait.

— Oh, dis-je. Alors, tu veux que *je* m'en aille ?

Un rire lui échappe.

— Non. Vous pouvez rester tous les deux.

Elle prend une inspiration avant d'expirer vivement.

— Voilà, je me sens mal pour toutes ces photos. Vous ne les avez pas encore vues ? ajoute-t-elle, remarquant mon air perplexe.

— De la ruelle, avancé-je. Devlin et Walt. C'est grave ?

— Certaines sont très explicites, commente Devlin.

Je me rends compte que ce n'est pas une nouvelle pour lui. Et franchement, cela ne devrait pas non plus m'étonner. Mais j'étais tellement absorbée dans notre petit monde à tous les deux que j'ai laissé le monde réel, celui dans lequel nous vivons, m'échapper de l'esprit.

Le punching-ball, pensé-je. Il ne s'agissait pas de Carrie, de Max, de Walt ni rien de cela... ou du moins, pas seulement. Il avait vu les photos et il s'efforçait de se ressaisir, de la meilleure façon qu'il connaisse.

— Tamra te les a envoyées ce matin, deviné-je.

Il hoche la tête.

— Elle est payée pour ça. Je vais y aller dès qu'on aura mangé.

— La plupart des commentaires sont franchement stupides, reprend Brandy. Ils parlent de toi comme un dur à cuire de l'humanitaire. Tamra m'a appelée, aussi. Elle m'a dit de ne pas m'inquiéter et que la fondation était parfaitement capable de répondre aux buzz malheureux sur les réseaux sociaux.

— Tamra est une femme intelligente, dit Devlin. Elle t'a dit exactement ce que j'allais te dire maintenant.

Il la regarde attentivement.

— Ne t'inquiète pas. Et ne t'inquiète pas pour moi.

Je la regarde déglutir.

— Pourtant je m'inquiète, insiste-t-elle en se redressant. C'est pour ça que je suis venue. Je vais rendre cette affaire publique. Je vais porter plainte et dire aux journalistes ce qui m'est arrivé. Je veux qu'ils comprennent pourquoi tu l'as pourchassé. Tu fais un si bon travail avec la fondation, et quelque chose comme ça, si tu donnes l'impression d'avoir frappé un type au hasard... Ce genre de publicité pourrait vraiment te nuire.

Je me tourne vers Devlin, qui pose sur Brandy un regard indéchiffrable.

— Brandy, dis-je d'une voix douce. Tu es sûre ?

— Il ne doit pas s'en tirer comme ça, dit-elle.

— Il n'est pas sûr de s'en tirer, tu sais. Maintenant, Lamar a son nom. Il peut entamer une enquête, voir s'il y a d'autres femmes qu'il a droguées et violées.

Je me rapproche et lui prends les deux mains.

— Ce n'est pas forcément à toi de le faire.

— C'est vrai. Peut-être pas pour un procès futur, mais pour maintenant. Pour les journalistes. Pour Devlin. Sinon, ils vont publier qu'il est...

— Ils publieront que William Alexis Tarkington et moi avons eu une dispute privée, qui va rester privée, ce qui est exactement la déclaration que j'ai fait publier par Tamra ce matin.

Il se rapproche de Brandy.

— Porte plainte si tu veux, si ça t'aide à dormir la nuit et à trouver la paix. Mais tu n'as pas à te décider maintenant. Tu connais son nom. Lamar ne le perdra pas de vue, et il se peut que tu ne sois pas seule dans ton cas.

— Mais enfin, on parlera de toi sur les réseaux sociaux pour quelque chose que tu n'as pas fait. Et avec tous tes secrets...

— Je *l'ai* fait, Brandy, souligne-t-il. Et je protège mes secrets depuis très longtemps. Mais le choix t'appartient.

Son regard alterne entre nous quand le minuteur se déclenche.

— Je vais sortir les scones du four pour qu'ils refroidissent, puis je vais m'habiller. J'ai quelques petites choses à faire au bureau aujourd'hui.

Il effleure l'épaule de Brandy en se tournant vers moi, puis il me prend la main.

— Tu vas rester ici ?

Je secoue la tête.

— Je travaillerai mieux à la maison. Je dois écrire. Passe me voir quand tu auras fini.

— C'est la première chose que je ferai.

Il m'embrasse sur les lèvres, puis éteint la minuterie et sort les pâtisseries avant de se diriger vers la chambre.

Dans la cuisine, Brandy soupire.

— Je sais, dis-je. C'est un homme à garder.

Elle rit et je me verse une tasse de café, puis je m'appuie contre le plan de travail pour la regarder.

— Tu veux un scone ?

— Oui, mais j'attends qu'ils refroidissent.

— Alors, qu'en penses-tu ?

Cette fois, elle comprend que je ne parle pas du petit-déjeuner. Elle respire lentement avant de répondre :

— Je pense qu'il a raison, je ferais mieux d'attendre, mais j'irai quand même parler à Lamar pour qu'il l'arrête officiellement.

— Tu en es sûre ?

— Oui. Non. Je ne sais pas.

Elle enroule une mèche de cheveux autour de son doigt, puis elle saute pour s'asseoir sur le plan de travail en face de moi.

— Je ne veux pas témoigner. *Vraiment pas.* Je n'ai pas envie de revivre un seul instant de ce qui s'est passé.

Sa bouche se tord avec ironie.

— Même si je ne me souviens pas de la plupart de ce qui s'est passé.

— Brandy...

Je laisse ma phrase s'éteindre, incapable de trouver les mots pour lui remonter le moral.

Elle hausse les épaules avec un soupir.

—Je n'en ai pas envie, répète-t-elle, mais je ne veux pas que Walt soit libre. Alors, j'espère que Lamar trouvera d'autres victimes avec plus de cran que moi. Mais c'est une pensée horrible, parce que ça voudrait dire qu'il a fait du mal à d'autres.

— Bran...

—Je suis pitoyable, hein ?

— Cette situation, oui. Mais toi, jamais. Et maintenant, tu as le temps.

— Ce n'est pas juste que Devlin...

— C'est son choix, lui rappelé-je. Il n'était pas obligé de frapper ce type. C'est sa propre décision, tu ne peux pas la lui enlever.

Elle hoche la tête.

— Oui, tu as raison.

Elle prend une inspiration, puis expire lentement.

— C'est vraiment quelqu'un de bien.

Un sourire me vient aux lèvres et je regarde par-dessus mon épaule en direction de la porte fermée de la chambre.

— Oui, c'est vrai.

Brandy saute du plan de travail, puis à l'aide d'une serviette, elle prend un scone et se dirige vers la salle de séjour. J'en prends un, à mon tour, et la suis sur la terrasse. Nous contemplons ensemble les collines et les toits en contrebas jusqu'à ce que Brandy se campe devant moi pour me regarder dans les yeux.

— Christopher m'a présenté ses excuses. Il m'a dit qu'il aurait dû comprendre qui était Walt à partir de ma réaction. Et qu'il aurait dû faire ce que Devlin a fait.

Je ne dis rien. À la place de Christopher, je penserais la même chose.

—Je crois qu'il est épaté par ton homme. Apparemment, il n'aurait jamais cru que Devlin puisse avoir le courage de se jeter à l'eau comme ça. Pendant une seconde, j'ai cru qu'il faisait allusion à son passé, tu sais, qu'en attirant l'attention sur lui quelqu'un risquait de le reconnaître en tant qu'Alex.

J'ouvre la bouche pour parler, mais elle enchaîne :

— J'ai failli dire quelque chose, tu te rends compte ? J'ai failli balancer le secret de Devlin parce que j'étais trop secouée pour penser clairement.

La peur m'étreint, mais je pose ma main sur la sienne et j'arrive à conserver une voix stable en disant :

— Mais tu ne l'as pas fait.

Je parviens même à paraître assurée, en dépit de ma fébrilité.

— Non, je n'ai pas gaffé. J'ai réalisé qu'il voulait seulement dire qu'à la place de Devlin, il aurait craint de se mettre dans une situation aussi explosive.

— Eh bien, il ne sait pas le genre de vie que Devlin a menée réellement. Entre son père et l'armée, les situations explosives, c'est monnaie courante pour lui.

C'est la première fois que j'y pense sous cet angle et je fronce les sourcils en me demandant ce que Devlin a fait au fil des ans. D'après ce qu'il a laissé entendre − et la nature dangereuse de ses secrets −, je suppose que ce qui s'est passé hier soir n'a rien d'explosif à ses yeux.

— Je suis certaine que, jusqu'à présent, Christopher prenait Devlin pour un type riche qui jouait les bienfaiteurs, reprend Brandy. Mais maintenant, il comprend que c'est vraiment un mec bien.

— Eh bien, c'est un point positif.

Nous rions toutes les deux.

— Sérieusement, j'aime beaucoup Christopher. J'espère qu'il ne s'en veut pas trop de ne pas être ton chevalier blanc.

— Si, un peu. Mais même ça, c'est une bonne chose. Parce qu'on a parlé, tu sais ? Une vraie discussion. C'était un tout autre niveau de connexion, comme si on avait vraiment creusé sous la surface.

Son sourire est un peu timide. Le mien, en revanche, est si immense qu'il me fait mal aux joues.

— Brandy Bradshaw, est-ce que tu as...

— Ce soir, je pense. Nous allons sortir pour dîner. À Los Angeles. J'ai des réunions entre midi et deux à Beverly Hills demain, et comme il peut écrire partout avec son ordinateur portable, ça me semble une bonne idée.

— Je suis contente pour toi.

— Moi aussi, je suis contente. Et nerveuse aussi. Dis-moi que ça disparaît ensuite.

— À propos du sexe ? Totalement. À propos de la relation... ?

Je hausse les épaules.

— Tu demandes à la mauvaise personne à ce sujet. Je ne sais toujours pas ce que je ferais si je le perdais à nouveau.

— Tu ne le perdras pas, dit-elle avec résolution.

— Il me l'a dit, au fait. Il a dit qu'il m'aimait. Ces mots-là précisément.

— Oh, Ellie.

L'émotion fait vibrer sa voix et j'ai envie de fondre de plaisir.

— Tu vois ? Il ne partira nulle part.

Je souris, parce que j'ai désespérément envie d'y croire. Mais mieux que quiconque, je sais que l'amour n'est pas un bouclier magique et que, quelle que soit la ferveur avec laquelle on s'y accroche, le destin de malheur peut nous arracher les gens qu'on aime sans le moindre avertissement.

$❧$ 35 $❧$

— Tu as une maison ici ? demande Anna. Où ?

Je suis assise sur le banc en face du bureau d'Anna et j'attends que Devlin lâche le téléphone. Ce n'est pas encore l'heure du déjeuner et je suis sûre qu'il est très occupé, mais je suis venue dans l'espoir de prendre un petit café avec lui. Je suis passée au bureau de *Sunset Immo*, à quelques rues de l'autoroute, où j'ai signé les documents nécessaires pour les désengager du contrat de gestion locative que Peter avait mis en place.

— Du côté de Sunset Canyon, dis-je. Au nord de la Pacific Coast Highway, en face de chez Brandy.

— C'est là que tu as grandi ? demande Tamra.

Elle était en pleine conversation avec Anna quand je suis arrivée, évoquant les failles de sécurité à Las Vegas.

— Seulement jusqu'à mes treize ans. Ensuite, j'ai emménagé dans la maison de Peter sur la plage. Et honnêtement, comme j'allais toujours chez lui après l'école, c'était déjà un peu comme chez moi depuis la mort de ma mère.

Tamra me serre la main avec compassion.

— C'est quand même un beau souvenir à retrouver.

J'acquiesce.

— Et inattendu, aussi. Le même locataire y habite depuis que l'oncle Peter l'a mise en location.

Je ne connais pas cet homme, mais apparemment, il déménage en Virginie pour s'occuper d'un parent âgé. Techniquement, il a donné un préavis d'un mois, mais il a dit à la société immobilière qu'il quitterait les lieux dans une dizaine de jours. Après quoi, je pourrai aller jeter un coup d'œil. Ensuite, je commencerai à chercher des entrepreneurs pour rénover un peu avant d'emménager. Le quotidien avec Brandy va me manquer, mais je suis contente d'avoir à nouveau mon propre logement.

Je vois le signal lumineux s'éteindre sur le téléphone d'Anna, indiquant que Devlin a raccroché. Je me lève, mais au même moment, le voyant se rallume. Avec un soupir, je regarde les deux femmes.

— Bon, qu'est-ce qui se passe à Las Vegas ?

Je les vois échanger un bref coup d'œil, puis Tamra me dit :

— Tu sais que la fondation aide à financer les actions paramilitaires dans la lutte contre le trafic d'êtres humains et autres opérations de ce genre.

Je hoche la tête, même si ce n'était pas une question. Entre ce que m'a raconté Devlin et mes propres recherches, je connais l'étendue du travail de la fondation, depuis l'aide aux victimes par l'insertion professionnelle jusqu'aux missions de sauvetage, en passant par la traque du monstre à la source de ces horreurs.

— Il est évident qu'une grande partie de ce travail est planifiée en secret. Pourtant, à trois reprises au moins, les scènes d'opération – et les victimes – ont été déplacées avant l'arrivée des forces de secours.

— Donc quelqu'un divulgue des informations.

Tamra hoche la tête.

— Il est possible que la fuite ne provienne pas de la fondation, mais d'ailleurs. Un des groupes avec lesquels nous sommes partenaires. À moins qu'on ait piraté nos systèmes ou qu'on ait réussi à obtenir des informations par le biais de l'espionnage.

Je lâche un ricanement.

— J'ai du mal à penser qu'une opération de Devlin puisse avoir ce genre de faiblesse.

— C'est pour ça qu'on pense qu'il s'agit d'une personne, dit Anna. Quelqu'un qui rassemble et revend des données.

— À ce Blackstone, ajouté-je.

Elle fronce les sourcils.

— On n'a pas de preuves. Mais, oui. Devlin pense qu'il vend des informations avant chaque raid.

— Il ferait du profit en avertissant les gens...

— Je le connais depuis des années, reprend Anna. Il en est peut-être capable, mais je n'ai pas le sentiment qu'il a fait le coup.

Elle hausse les épaules.

— Enfin, c'est difficile de comprendre Joseph Blackstone, dit-elle en pinçant les lèvres. Tout comme Devlin Saint, d'ailleurs.

Elle fronce les sourcils en me regardant.

— Quoi ? demandé-je.

— Désolée.

Elle secoue la tête, puis se penche en avant, accoudée à son bureau.

— Comment ça va, tous les deux ? Avec la tempête médiatique, je veux dire ?

Nous sommes mercredi, et l'échange musclé entre Tarkington et Devlin a eu lieu dimanche. Depuis, nous travaillons d'arrache-pied, chacun de notre côté, nous retrouvant à chaque moment de libre. Ni lui ni moi n'avons passé beaucoup de temps en ligne.

Nous avons quand même reçu quelques comptes-rendus, surtout de Brandy et Tamra. Apparemment, on a beaucoup parlé de Devlin lundi, certains le critiquant et d'autres le portant aux nues comme un héros protecteur.

— Tout va bien, dis-je. Je ne comprends pas pourquoi certains sont intéressés, même de loin, par des bribes de la vie de gens qu'ils ne connaissent même pas. Enfin, chacun son truc.

— La célébrité est bien volatile, commente Tamra, concentrée sur son téléphone. Hier, c'était beaucoup plus calme, et il n'y a presque plus de messages sur vous deux aujourd'hui.

— Il a fini, me dit Anna. Vas-y avant qu'il ne reçoive un autre appel.

Elle tend la main vers le bouton pour ouvrir les portes, mais elles pivotent déjà sur leurs gonds, et un instant plus tard, Devlin sort de son bureau.

J'ai beau le voir souvent, il me coupe toujours le souffle. Il se tient bien droit et porte le costume comme s'il était né pour ça, une veste en soie grise parfaitement ajustée avec une cravate verte qui met en valeur ses beaux yeux. Il incarne la richesse et le pouvoir, certes, mais ce n'est pas tout. Le brasier dans ses yeux. Ses cheveux indomptables. C'est un guerrier, et je ne doute pas qu'il finira par retrouver celui qui lui met des bâtons dans les roues. À ce moment-là, il l'anéantira.

C'est ce qu'il a fait pour Brandy avec Walt. Alors, de quoi est-il capable pour sauver sa fondation et les personnes qu'elle protège ?

Je frissonne en pensant aux assassins qui ont éliminé Myers. Je me souviens de ce que Devlin a dit, qu'il les a applaudis parce qu'ils ont servi la justice là où le système avait échoué. Ces assassins étaient probablement des mercenaires, des tueurs professionnels.

Et en ce moment, je suis certaine que si l'occasion se présentait, Devlin paierait volontiers des hommes de sa trempe pour arrêter les fuites de données et protéger sa fondation.

☙❧

— Je suis contente que tu aies pu t'échapper, dis-je une heure plus tard alors que nous marchons pieds nus sur la plage, partageant la coupelle de glace que nous avons achetée à la place d'un café.

— Tu m'offres une pause bienvenue dans ma matinée. Crois-moi.

Il a retroussé les jambes de son pantalon. Si cela peut donner à certains une allure de clochard, Devlin a l'air tout aussi puissant les pieds dans l'eau.

— D'après Anna et Tamra, ce n'est pas le moment idéal.

— À part donner des ordres et passer quelques coups de fil, je ne peux pas faire grand-chose pour l'instant. Alors, tu me soulages d'un peu de frustration.

— Contente d'être utile, dis-je en riant.

Il s'arrête, puis me tend une cuillerée de chocolat à la menthe. Je la prends, savourant la fraîcheur piquante sur ma langue.

— Comment va Brandy ?

— Je ne l'ai pas vue depuis lundi matin.

Nous sommes maintenant mercredi et je sens un sourire me venir aux lèvres.

— Christopher est allé avec elle à Los Angeles pour des réunions, et elle m'a dit qu'ils dîneraient là-bas et qu'ils passeraient la nuit à l'hôtel. Il faut croire qu'ils ont décidé d'y rester deux nuits. Ou alors, ils sont terrés dans l'Airbnb de Christopher.

Devlin rit.

— Je me demandais pourquoi je ne l'ai pas vu dans la salle de recherche hier. C'est devenu un tel pilier ici que j'ai failli demander à Tamra de rameuter les troupes.

— Apparemment, ils sont très bien ensemble.

Après une petite pause, Devlin hoche la tête.

— Oui, c'est vrai.

— Quoi ? Tu as hésité, dis-je devant son froncement de sourcils.

— En fait, je ne connais pas très bien Christopher.

— C'est un écrivain. Cherche sur Google ou sur sa page web. Les renseignements sont assez classiques. En même temps, ce n'est pas comme si tu devais l'embaucher.

— C'est vrai. Mais j'aime entretenir une saine paranoïa. Surtout quand les gens se rapprochent de mon entourage proche.

Je prends sa main libre et la serre doucement, reconnaissante qu'il veille ainsi sur Brandy.

— Dernière bouchée ? demande-t-il.

— Non, vas-y, dis-je en secouant la tête. Un petit plaisir avant de retourner au travail.

Nous sommes revenus à la fondation, mais je n'ai pas envie de le quitter.

— Je pourrais sécher aujourd'hui, propose-t-il, faisant écho à mes pensées.

— Tu as du travail à faire. Et moi aussi. Lamar a enfin obtenu une adresse et un numéro de téléphone pour Cyrus Mulroy. Je lui ai laissé un message, mais je veux être prête quand il me rappellera.

— *S'il* te rappelle.

— Dans le pire des cas, je passerai chez lui. Tu sais que j'aime le danger, dis-je avec une espièglerie qui le fait rire. Du coup, j'essaie à la dernière minute de trouver tout ce que j'ai pu rater sur lui ou sur son lien avec Peter, histoire d'être prête.

J'expire longuement.

— J'espère qu'il m'annoncera que le porno n'était pas l'un des vices de Peter, mais je me prépare au pire.

— Ça te dirait qu'on dîne quelque part ce soir ? On pourrait aller dans un endroit agréable avec vue sur l'océan.

— Et si on choisissait plutôt un snack avec de bons hamburgers et des frites ? Avec une belle vue aussi ?

Ses bras se glissent autour de moi et il répond en riant :

— Ça me convient. J'irai me changer après le travail et je passerai te chercher.

— Le rendez-vous est pris.

Je penche la tête en arrière pour un baiser beaucoup moins chaste que je ne m'y attendais, étant donné que nous sommes à la vue de tous, notamment de Paul et de tous ceux qui se trouvent dans le hall de la fondation.

— Tu es à moi, chuchote-t-il comme s'il lisait dans mes pensées. Et je tiens à ce que le monde entier le sache.

❧ 36 ❧

Je viens de passer la porte de chez Brandy quand mon téléphone sonne et je le sors de la poche arrière de mon jean, m'attendant à ce que ce soit Devlin.

C'est Corbin.

En temps normal, je serais déçue. Mais là, j'ai hâte de répondre et je mets le téléphone sur haut-parleur.

— Tu es prêt ?

— Oui. Tu es devant ton ordinateur ?

— Dans deux minutes, dis-je en pressant le pas dans le couloir pour rejoindre ma chambre.

Mon ordinateur portable est sur le lit défait, là où je l'ai laissé ce matin, toujours branché. Le message de l'écran de veille m'enjoint de *m'asseoir et de travailler, bon sang !*

Je me jette sur le lit, déverrouille l'écran et lui annonce que je suis prête.

— Va voir ta messagerie. Je t'envoie un lien vers un serveur de partage de fichiers. Télécharge-le, puis ouvre-le, installe-le et attends que je te dise quoi faire. Pendant ce temps, je vais me prendre un café.

— Maintenant ?

— Il te faut environ cinq minutes pour le télécharger et encore deux pour l'installer. Ne le prends pas mal, mais ça m'étonnerait qu'on soit capables d'enchaîner sept minutes à parler de la pluie et du beau temps, tous les deux.

J'ai envie de rire. Malgré moi, je commence à apprécier Corbin.

— Bien vu, dis-je en prévoyant d'aller me chercher mon propre café une fois le fichier téléchargé.

Dix-sept minutes et quinze secondes plus tard, je tambourine impatiemment des doigts en attendant le retour de Corbin. Le fichier est téléchargé et installé, et je regarde un écran qui m'annonce : « *Bienvenue, Elsa* ». La patience est une vertu.

En dessous, l'image d'un doigt qui s'agite, avec un « ah, ah » agaçant, qui tourne en boucle d'une voix robotisée.

Je jure que si ce logiciel est un fiasco, je me ferai un devoir personnel de faire tomber Corbin.

— Bon, on peut y aller ? fait soudain sa voix à mon oreille.

— Depuis plus de dix minutes. Tu t'es perdu en revenant de la machine à café ? Je sais que ça peut être compliqué. Il y a beaucoup de boutons dans un ascenseur et il faut faire un choix.

— Ce n'est pas ta meilleure réplique.

Je suis bien obligée de l'admettre.

— Bon, reprend-il. C'est facile quand on a pris le coup de main. Tu as le fichier que tu essaies de rendre plus net, quelque part sur ton disque dur ?

— Oui. Tu verras ce que je vois sur ton écran ?

— Non.

Je passe la langue sur mes lèvres.

— Comment pourrais-je en être sûre ?

— Aucun moyen de le savoir. Mais au cas où tu l'aurais oublié, je suis journaliste, moi aussi. Je ne vais pas foutre en l'air tes informations ou tes sources, Ellie. Toi, sans problème. Mais pas le boulot.

— Oui, excuse-moi. Je n'en doute pas.

Je pose mes doigts sur les touches.

— Alors, qu'est-ce que je fais ?

Il m'explique le chargement dans le programme, puis les différents contrôles du processus.

— En gros, l'ordinateur cherche des informations dans les pixels, et toi, tu le guides. Ça ne fonctionne que si tu as une idée de ce que l'image est censée représenter. C'est l'immeuble de la banque avec les deux grimpeurs, c'est ça ? Donc tu t'attends à un bâtiment et à des silhouettes humaines. Éventuellement des voitures dans le parking, selon l'angle. Peut-être des machines sur le toit. C'est une image de drone, n'est-ce pas ?

— C'est ça.

— Très bien. Essayons ça.

Il me donne ses instructions et je les exécute minutieusement, de sorte que le programme se concentre sur l'immeuble et les hommes, et non sur l'arrière-plan. Ensuite, il m'explique comment isoler les silhouettes et demander à l'ordinateur de clarifier leurs caractéristiques.

— Ça prendra au moins quelques heures, peut-être même plusieurs jours. Mais laisse-lui le temps de s'adapter. Si tu penses reconnaître l'une des personnes, tu peux charger sa photo et laisser l'ordinateur décider s'il y a une correspondance. Mais si tu te lances à l'aveuglette, il suffit de dire au programme qu'il doit s'attendre à un être humain. Compris ?

— Ça marche.

— Bien. Appelle-moi si tu as besoin d'aide.

— Vraiment ?

— Ça va, je ne t'invite pas non plus à m'appeler pour me raconter ta journée. Mais si tu es coincée, n'hésite pas. Moi aussi, j'aimerais que ce logiciel fonctionne. Et puis, on ne peut pas dire qu'on suive des horaires de bureau stricts, tous les deux.

— Merci, dis-je, admettant à contrecœur que si Corbin est un connard, ce n'est peut-être pas le pire de l'univers.

Il me souhaite bonne chance, et dès que nous raccrochons, j'appelle Roger pour lui annoncer que je suis installée et que le programme tourne. Je le tiendrai au courant dès que j'en saurai plus.

Puis je reste assise sur mon lit, à regarder les pixels prendre forme sur mon écran. Au début, c'est fascinant, mais ça devient vite assommant. Au bout de dix minutes, je décide de faire un peu de ménage. Non seulement ça m'empêchera de réfléchir aux progrès de l'ordinateur, mais ce sera aussi un bon moyen de remercier Brandy de m'accueillir chez elle en dépit du règlement de son propriétaire.

Je passe quelques heures à nettoyer les salles de bains et à plier le linge, puis je passe l'aspirateur et la serpillière. Je jette un œil à mon ordinateur entre chaque étape, et même si l'image n'est pas encore nette, la barre indique que tout progresse peu à peu. Je ne peux qu'espérer obtenir une image exploitable.

Je m'attaque ensuite à la cuisine, et comme je peux voir la télévision par-dessus l'îlot central, je mets une chaîne de cinéma classique tout en travaillant. Je souris en constatant que c'est *Ève*, l'un de mes films préférés de Bette Davis, et que je n'ai manqué que les dix premières minutes.

Mon attention est partagée entre le film et le rangement de la vaisselle. Je pensais à Bette Davis l'autre jour, car c'était elle que Reggie me rappelait. Pourtant, quelqu'un d'autre aussi m'a fait penser à l'actrice. Une femme aux yeux un peu enfoncés.

Je secoue la tête en fronçant les sourcils pour tenter de saisir le fil d'un souvenir. Cette frustration, quand vous essayez de vous raccrocher à une pensée qui vous glisse entre les doigts comme de la fumée ! Elle est là, et en même temps, impossible de...

La prostituée.

Ça y est. La prostituée de Las Vegas. Celle dont j'ai vu la photo dans le journal. Elle avait le regard de Bette Davis. C'est elle qui rôdait dans mon esprit quand j'ai rencontré Reggie pour la première fois.

La prostituée qui était avec Lorenzo Bell quand il a été assassiné. Le grand organisateur d'un réseau d'esclavage sexuel que quelqu'un a tué à bout portant lorsque j'étais à Las Vegas avec Devlin.

Comment ai-je pu ne pas m'en rendre compte avant ?

D'ailleurs, en suis-je vraiment sûre ?

Laissant le lave-vaisselle ouvert et les verres sur le plan de travail, je retourne dans ma chambre. Mon ordinateur progresse, la barre indiquant que le logiciel a déjà atteint 80 % de sa capacité de calcul. Comme je ne veux pas mettre le programme en pause, j'utilise ma tablette et ouvre le navigateur pour chercher l'article en rapport avec l'assassinat de Bell.

Je retrouve la photo assez vite. Elle a été reprise par plusieurs agences de presse. L'image est en noir et blanc, mais il est assez évident que la femme est blonde avec des cheveux bouclés. Reggie a les cheveux foncés et raides, mais les deux femmes ont les mêmes yeux enfoncés. Et même si la photo a du grain, le teint de la prostituée semble correspondre à celui de Reggie. Elle est plus mate qu'une blonde naturelle ne le serait, aussi indistincte que soit la photo en noir et blanc. Mais les pommettes. Les lèvres épaisses. Les cils fournis. Et la petite fossette au menton.

Reggie.

J'en suis certaine.

Je jette ma tablette sur le lit et me lance dans une intense réflexion pour essayer de comprendre ce que cela signifie. Bell a été assassiné, et elle était présente. Est-ce elle qui s'est approchée pour appuyer sur la détente ? Ou n'était-elle qu'une diversion, laissant quelqu'un d'autre faire le sale boulot ? Quelqu'un comme Ronan, par exemple, ami de Reggie. Il était aussi à Las Vegas, j'en suis certaine, même s'il prétend qu'il était à Victorville.

Reggie dirige un hôtel, officiellement, mais c'est une excellente couverture pour toutes sortes d'opérations criminelles, surtout s'il faut blanchir de l'argent.

Et Ronan ? En quoi consiste exactement le travail de consultant indépendant en matière de sécurité ? Jouer les porte-flingues ?

C'est ma meilleure hypothèse. La seconde, c'est que Reggie et lui travaillent non seulement ensemble, mais qu'ils mènent leurs opérations au nez et à la barbe de Devlin, employant les ressources de la fondation pour atteindre leurs objectifs.

Je passe les doigts dans mes cheveux, mes pensées tellement en ébullition que je n'arrive à m'arrêter sur aucune. Lorenzo était un être humain lamentable. Même si je ne soutiens pas l'idée de justiciers auto-proclamés, je ne peux pas nier que le monde se porte mieux sans lui. Mais cela ne justifie pas ce qu'ils ont fait en contournant la loi. Qui plus est, comment savoir qu'ils ne s'attaquent qu'aux monstres ? Si Ronan et Reggie sont des mercenaires, alors n'importe qui pourrait se retrouver dans leur ligne de mire.

Je referme les bras autour de mon buste, atterrée par les ramifications de ce que j'ai découvert. Parce qu'en fin de compte, Devlin a tort. Pendant des années, il a fait confiance à son ami Ronan, alors que cet enfoiré utilisait son amitié et la fondation pour mener sa propre entreprise criminelle avec Reggie.

Bon sang, je dois absolument le lui dire.

D'une main tremblante, je compose son numéro de téléphone et il répond à la première sonnerie.

— Je pensais à toi, justement, me dit-il. Comme toujours.

J'ouvre la bouche, mais aucun son n'en sort. Comment puis-je lui parler de son meilleur ami au téléphone ? J'aurais dû attendre. J'aurais dû...

— El ? Est-ce que ça va ?

— C'est Ronan, dis-je d'une voix aussi râpeuse que du papier de verre. Reggie et lui. Ils ne sont pas clairs. Ils se servent de toi.

Il y a un long silence, si long que j'écarte le téléphone pour regarder l'écran et m'assurer que l'appel n'a pas été interrompu. Enfin, Devlin dit très lentement :

— De quoi est-ce que tu parles ?

Je déglutis, puis je reprends le récit de tout ce que j'ai découvert. Depuis la prostituée en compagnie de Bell jusqu'à Ronan et Reggie ensemble au festival.

— J'ai raison, dis-je en guise de conclusion. Je le sens dans mes tripes.

— Non.

Un seul mot, tranchant par sa certitude.

— Devlin, tu ne peux pas fermer les yeux. Penses-y. Tu sais que j'ai raison.

— Tu te trompes, insiste-t-il. Ellie, tu dois me faire confiance sur ce point. Je connais Ronan. Je connais Reggie. Je leur fais confiance à tous les deux, et ils ne font rien dans mon dos.

Je ferme les yeux, culpabilisant de le forcer à poser un œil neuf sur ses amis. Et je suis encore plus atterrée par la trahison dont il fait l'objet.

— Je sais que tu ne veux pas le voir, dis-je lentement. Je sais combien les gens dans ta vie t'ont trahi. Tu crois que ça me fait plaisir de t'annoncer ça ? Tu crois que ça m'amuse ? Ouvre les yeux, Devlin. Ce sont des faits que je te donne. Le moins que tu puisses faire, c'est de les examiner aussi.

— Je connais les faits. Et je sais que tu te trompes.

Je soupire. Ce n'est pas ce que je voulais, et je regrette de ne pas avoir attendu pour le lui dire en face.

— Viens, lui dis-je. On peut en discuter en personne. En plus, j'aurai peut-être de nouvelles preuves d'ici ton arrivée.

— Comment ça ?

— Le logiciel de Corbin. Il continue. Il y a de fortes chances que Ronan soit l'une des deux personnes sur l'immeuble de la banque. Dans ce cas, l'autre est sûrement Reggie.

— Bon sang, Ellie. Qu'est-ce que tu as...

Il s'interrompt et je l'entends prendre une grande inspiration.

— Tu me dis que le logiciel montre presque une image claire de ces gens ?

— Je ne peux pas encore le savoir, mais le premier rendu est bientôt terminé. La façade est déjà nette.

En effet, les lignes sont claires à présent. Je me fiche du bâtiment, mais cela augure de bons résultats pour les visages.

— Avec de la chance, je serai en mesure de distinguer leurs traits dans une vingtaine de minutes.

J'attends qu'il me réponde, mais rien ne se passe. Cette fois, quand je regarde le téléphone, je constate que nous avons été interrompus.

Quand je le rappelle, je tombe directement sur la messagerie vocale. Je fronce les sourcils et vérifie mon signal, mais je capte bien. Je me contente donc de regarder le logiciel continuer son travail en attendant que Devlin me rappelle.

Sauf qu'il n'appelle pas.

Dix minutes après, j'entends les bips du code de l'entrée.

— Brandy ?

— C'est moi.

Une fraction de seconde plus tard, Devlin fait irruption dans la chambre.

— Éteins ça, me dit-il. Arrête ce programme.

Il ne m'aurait pas surprise davantage s'il m'avait giflée. Je suis sur le lit, les jambes croisées, et je le fixe, bouche bée. Pour le coup, je ne sais pas quoi dire.

— Arrête-le, ordonne-t-il en me rejoignant.

— Mais tu es fou ? Non ! Tu as peut-être raison, et dans ce cas, je me trompe. À moins que nous ayons tort tous les deux. Toujours est-il que j'écris un article sur l'assassinat de Myers et je compte bien révéler qui en est responsable. Excuse-moi si le tueur est ton ami, mais ça ne change rien...

— Ronan n'a rien fait.

Ses paroles sont lentes, mesurées. Frustrée, je laisse retomber ma tête.

— Putain de merde, Devlin. On peut arrêter ce petit jeu ? On le saura bien assez tôt.

— Je le sais déjà, dit-il en me dépassant pour appuyer sur la barre espace, mettant le programme en pause.

Je lui tape sur la main avant de me figer lorsqu'il reprend :

— Je le sais, parce que c'est moi qui ai tué Myers.

$$\text{❧ } 37 \text{ ❧}$$

—Non.

Je secoue la tête, regrettant de ne pas pouvoir revenir sur ses mots pour les oublier.

— Non. Ce n'est pas vrai.

J'en ai la nausée, et quand il tend la main vers moi, ses doigts me frôlant à peine l'épaule, je recule précipitamment, manquant tomber de l'autre côté du lit dans une tentative désespérée pour m'enfuir.

— Arrête, lui dis-je.

Des larmes me nouent la gorge quand je vois la douleur dans ses yeux. Cette douleur que je lui ai infligée avec ce petit mot.

Mais je ne veux pas revenir là-dessus.

—Je ne peux pas. Pas maintenant. J'ai besoin de réfléchir. Et si tu me touches...

Ma voix se brise et j'essaie à nouveau :

— Si tu me touches, tu sais aussi bien que moi que je serai incapable de penser clairement.

— Laisse-moi t'expliquer.

— M'expliquer ? rétorqué-je.

J'ai envie de me disputer, de me rebeller. Et pourtant, chacun de ses mouvements est aussi doux que ses mots, si bien que je n'ai pas matière à résister.

Je prends une inspiration.

— M'expliquer ? répété-je, me laissant aller à la confusion et à la douleur. Tu crois que je ne comprends pas déjà ?

Au moment même où je parle, tout devient de plus en plus évident.

— Du matériel d'escalade. Une répétition. Ce n'était pas une décision sur un coup de tête, parce que tu pensais que la cour d'appel avait merdé. C'est toi, c'est ce que tu fais.

Je m'étreins pour atténuer la douleur.

— C'est une partie de qui tu es.

J'ai la gorge sèche et je m'éloigne, les mains autour de mes propres épaules. Je m'arrête à la fenêtre, puis je me retourne pour le regarder.

— Oui.

Voilà, c'est tout. Il ne dit rien de plus.

— C'est un coup du gouvernement ? Tu as été engagé par une agence pour éliminer Myers ?

Il hésite et je vois une lueur d'espoir sur son visage. Elle se répercute en moi. Parce que s'il a toujours un lien avec l'armée... s'il était en mission pour le gouvernement...

Mais cet espoir infime se brise comme du verre quand il répond :

— Non.

Le poing autour de mon cœur se resserre alors que de nouvelles pièces de puzzle se réorganisent dans mon esprit, formant peu à peu des réponses. J'ai l'impression d'être à l'école, bloquée par une question lors d'un contrôle. En retournant l'énoncé sous un autre angle, je découvre de toutes nouvelles pistes de réflexion.

— Tu as tué Myers, dis-je lentement. Mais j'ai toujours raison pour la vidéo. C'est toi, bien sûr, là-dessus, mais il y a aussi Ronan.

Son silence est suffisamment éloquent.

— Et Las Vegas. J'avais raison depuis le début. C'est Ronan qui a descendu Bell.

— Non. C'était moi aussi. Je te l'ai dit, Ronan était à Victorville.

— Mais il fait partie de ton équipe. C'est lui, la seconde personne sur l'immeuble. Vous avez fait un essai pour savoir qui des deux était le plus rapide. Tu as gagné.

Il hoche la tête.

L'atmosphère entre nous est mortellement calme.

— À Las Vegas. Le Glock que j'ai trouvé dans ton tiroir. Ce n'était pas seulement pour ta protection, c'était une arme de secours. Tu as tué Bell à bout portant, d'une seule balle, avec un 22, puis tu t'es débarrassé de ton arme. Non enregistrée, sans empreintes. Mais au cas où tu rencontrerais un problème, tu avais le Glock avec toi.

— Faut-il vraiment que je réponde ? Tu te débrouilles bien toute seule.

— Ne plaisante *pas* avec ça.

— Non, dit-il. Je suis désolé.

Je passe les mains dans mes cheveux tout en faisant les cent pas dans la pièce, une partie de mon esprit hurlant contre cette conversation, l'autre partie me reprochant de ne pas l'avoir compris dès le début. Je l'ignorais peut-être parce que je ne voulais pas faire face à la vérité qui me gifle maintenant.

Je reprends mon souffle.

— Et Reggie ?

— Elle fait partie de l'équipe depuis des années.

— L'équipe, répété-je.

D'une part, je suis fascinée, de l'autre, dégoûtée.

En fait, je perds pied, et la proximité de Devlin ne facilite pas ma réflexion. Comment est-ce possible, alors que je suis sous le choc et que tout ce que je désire, c'est que l'homme que j'aime me serre dans ses bras pendant que je démêle tout cela ? Mais c'est à cause de lui que je me retrouve dans tous mes états et j'ai complètement perdu mon ancrage.

— Bon, alors... que fait cette équipe exactement ? Êtes-vous des mercenaires ?

— Parfois. Mais pas avec Myers.

— Oui, je vois.

Ses réponses courtes et précises commencent à m'énerver. Je sais que c'est sa façon de me laisser comprendre la vérité à mon propre rythme, mais ce que je veux, c'est un combat. Un affrontement.

— Tu me l'as déjà dit, n'est-ce pas ? Il a été libéré et vous avez estimé que ce n'était pas juste. Alors, le grand Devlin Saint a décidé de rendre justice lui-même.

— Et tu sais pourquoi. Tu as rencontré Sue. Tu sais ce que cet enfant a vécu. Et sa mère. Tu as parlé avec Laura. Tu sais combien cette famille est brisée maintenant. Enfin, au moins, ils vont pouvoir guérir. À combien d'autres familles a-t-il enlevé cette chance ?

— Ça ne rend pas plus acceptable ce que tu as fait.

— Ah bon ?

— Tu n'es pas un dieu. Tu n'es même pas un saint. Tu n'es qu'un homme et tu ne peux pas jouer au juge, au jury et au bourreau.

— Pas toujours, non. Mais dans certains cas...

— Non, déclaré-je résolument.

Il rencontre mon regard.

— Alors, nous sommes d'accord sur le fait que nous ne sommes pas d'accord.

— Va te faire voir, Devlin !

Ma voix est sèche, cinglante comme un fouet. J'ai envie de le frapper, de le blesser.

— Tu as tout détruit. *Tout.*

Ce que je ne dis pas, c'est qu'il m'a surtout détruite, moi. Parce que ce n'est pas le secret de la vidéo qui m'a fait l'effet d'un coup de poing dans le ventre, ni même cette terrible vérité sur ce qu'il fait avec cette équipe de justiciers.

C'est grave, bien sûr, mais le pire, c'est le mensonge. Même s'il s'est dévoilé au grand jour près des flaques sur la plage, même s'il m'a dit qu'il m'aimait, Devlin Saint ne m'a jamais vraiment montré ses secrets.

Il y aura toujours des secrets entre nous, m'a-t-il dit. Je frissonne à ce souvenir, le cœur endolori. Des choses dont je ne suis pas prêt à parler. Jamais. Tu aurais dû rester à l'écart, m'a-t-il prévenu. Je suis un pari dangereux.

Je laisse ce souvenir me submerger, le corps glacé comme quelqu'un qui regarderait dans sa propre tombe, consciente pour la première fois de l'obscurité inévitable à venir. Enfin, je croise son regard.

— Tu avais raison, dis-je en levant le menton. Tu étais un pari dangereux. Et il semblerait que j'aie perdu.

Il secoue la tête.

— Ce n'est pas fini. Tu as besoin de temps pour réfléchir. J'ai compris ça. Tu veux plus de réponses. Ça aussi, je l'ai compris. Mais je sais que ce n'est pas fini.

— Tu ne sais rien.

Il penche la tête, me regardant droit dans les yeux.

— Tu as dit un jour que je ne te perdrais pas, sauf si je m'en allais. Et je ne m'en irai nulle part.

Mon cœur se serre, mais je ne dis rien.

— Je sais que tu me fais toujours confiance, poursuit-il. Et je sais que c'est un début.

— Pas moi.

Il se retourne et franchit la porte de la chambre, avant de s'arrêter pour me regarder.

— Mens-moi autant que tu voudras, mais ne te mens pas à toi-même.

Sur ce, il s'en va et je reste là, à le maudire parce qu'il a raison. Je lui fais confiance.

Ce qui ne m'éclaire pas du tout sur la marche à suivre, maintenant.

38

— Et tu es parti, dit Ronan en faisant les cent pas devant le bureau de Devlin. Tu as tourné le dos et tu l'as laissée là ?

Devlin se frottait les tempes en regardant son ami. Il avait appelé Ronan et Reggie après son départ de chez Ellie. Il était certain qu'elle ne ferait rien – qu'elle ne les provoquerait pas, ne le dirait pas à Lamar ni à aucune tierce personne –, mais ils méritaient tout de même de savoir que le voile avait été levé sur leurs agissements.

C'était ce qu'il avait pensé en les appelant, en tout cas. Alors que la voix de Ronan montait d'un cran, il se demandait à présent s'il n'aurait pas mieux valu attendre un jour de plus. Il était venu ici, dans son bureau, pour s'occuper l'esprit afin de ne pas revoir le visage interloqué et furieux d'El en boucle comme un GIF, la même image, encore et encore.

Or maintenant que Ronan était là, Devlin ne pensait plus qu'à la trahison.

Parce qu'il l'*avait* trahie.

Non pas à cause de ce qu'il était ni de ce qu'il avait fait. Là-dessus, il avait la conscience tranquille. Devlin n'allait pas perdre le sommeil en supprimant de sales types comme Lorenzo Bell et Terrance Myers.

Non, sa trahison avait été de ne pas lui faire confiance dès le début. Il avait gardé ses secrets pour lui, car il craignait de la perdre après l'avoir récupérée de justesse. La peur que l'écart entre eux soit trop grand pour qu'il puisse être comblé.

En fin de compte, sa crainte allait peut-être se réaliser.

Passant les doigts dans ses cheveux, il se pinça l'arête du nez. *Peut-être*.

Il avait porté un jugement personnel en choisissant de ne pas dire toute la vérité à Ellie, tout à l'heure, et c'était la mauvaise décision.

Il lui devait toute la vérité. L'histoire d'amour de leur jeunesse était fondée sur un mensonge. Il était revenu dans sa vie récemment, et il avait recommencé, parce qu'il n'était qu'un lâche. Il avait trop peur, en lui disant la vérité dès le début, de la perdre à ce moment-là. Il avait été trop cupide, avide de passer du temps avec elle, espérant que la force de leur relation permettrait de surmonter sa trahison.

Mais comment cette relation pouvait-elle être solide alors qu'il l'avait bâtie sur des sables mouvants ?

Il s'était trompé sur toute la ligne. Il le savait.

C'était une énorme erreur.

Maintenant, il allait faire son possible pour la récupérer, la convaincre.

Il gagnerait — il le fallait, parce qu'il ne supportait pas l'idée de la perdre —, et ils avanceraient ensemble dans la lumière plutôt que dans la fange obscure des secrets qu'il lui avait cachés.

Il ne voulait pas la perdre. Il ne *pouvait* pas la perdre.

Il fit donc le choix de refuser la possibilité d'un échec.

Peut-être pensait-elle que le fossé entre eux était aussi vaste qu'un océan, mais elle se trompait. Ce n'était qu'un petit ruisseau et elle l'enjamberait pour le rejoindre. Il devait seulement lui laisser le temps.

— Putain de merde, Devlin, dit Ronan, interrompant à nouveau ses pensées. Elle a cette vidéo. Nos photos sont dessus. Le putain de FBI pourrait débarquer à la fondation d'une minute à l'autre.

Il leva les yeux vers le visage sévère de son ami.

— Ça n'arrivera pas.

— Vraiment ? Tu en es convaincu ?

— Absolument.

Les mots restaient suspendus dans le silence. Plus qu'une simple déclaration, c'était une promesse, une bénédiction.

— Je la connais, dit-il. Je sais qui elle est et en quoi elle croit.

— Elle était flic. Elle a été élevée par un flic. C'est évident de savoir de quel côté de la ligne elle se place.

— De notre côté, insista Devlin. Celui de la justice.

— En théorie, peut-être. Mais elle n'est pas du genre à enfreindre les règles. Au cas où tu ne l'aurais pas remarqué, c'est exactement ce que nous faisons.

— Tu as confiance en moi ?

Ronan arqua un sourcil.

— Quoi ?

Devlin se leva.

— Tu m'as bien entendu. Ça fait combien d'années qu'on travaille ensemble ? Combien de fois est-on partis en mission ? Un mot de ma part, et je pourrais te mettre derrière les barreaux à vie. Un mot de toi, et je subirais le même sort. Alors, je te le demande encore une fois. Est-ce que tu as confiance en moi ?

— Tu sais bien que oui. Je te confierais ma vie. Ce n'est pas la question.

— Si, c'est la question. Parce que moi, je lui fais confiance.

— L'un de ses meilleurs amis est inspecteur de police. Elle détient des preuves qui pourraient nous mettre dans la merde jusqu'au cou. Le calcul est vite fait.

— Je lui fais confiance, répéta résolument Devlin. Et tu sais que j'ai raison.

— Vraiment ? Tu places une trop grande confiance en elle.

— Oui, c'est vrai. Mais elle ne nous dénoncera pas.

— Nous ? Peut-être pas toi, mais...

— *Nous.*

Ronan posa les mains sur le bureau de Devlin, puis se pencha en avant de sorte qu'ils se regardent dans les yeux.

— Mettons que tu aies raison. Elle va garder notre secret. Mais ensuite, où en serez-vous, tous les deux ?

— Je t'avoue que je n'en sais rien. Elle peut me tourner le dos. Après tout, elle le fera peut-être. Mais ce n'est pas la fin. Je suis parti quand j'étais Alex et ça m'a brisé le cœur. Ensuite, elle est revenue, et j'ai essayé de la repousser à nouveau. Cette fois, j'ai échoué.

— Tu aurais pu essayer plus fort, rétorqua Ronan.

— Mais c'est le but, n'est-ce pas ? J'ai envie d'elle. Non, j'ai *besoin* d'elle. Et elle peut me repousser autant qu'elle le voudra, je ne la laisserai pas partir sans me battre. Cette femme est mon cœur, Ronan. Elle l'a toujours été.

— Tu crois que je ne le sais pas ? Tu crois que je ne t'envie pas tous les jours de l'avoir trouvée ? Mais ce n'est pas un film. L'amour ne surmonte pas tout. Elle est ce qu'elle est.

— Tu as raison. Pourtant, même si elle ne le réalise pas encore, elle est du même avis que nous.

Ronan répondit d'un ton goguenard :

— Oui, c'est ça, excuse-moi de ne pas être aussi confiant que toi.

— Tu y viendras.

Son ami hocha la tête.

— Je te fais confiance, comme je l'ai dit. Et je l'apprécie. Elle a du cran. Mais bon sang, j'espère que tu as raison. Parce que si on fait le mauvais choix, c'est foutu pour nous deux.

Devlin appuya sur le bouton de son interphone pour appeler Anna, poussant un juron à mi-voix devant l'absence de réponse. Elle avait quitté son bureau quand il était arrivé. Apparemment, elle n'était toujours pas revenue.

La colère s'empara de lui – bon sang, c'était son assistante de direction, elle devrait être là pour l'assister ! –, mais il finit par se ressaisir. Il s'en voulait d'avoir reporté sa frustration sur elle, même si elle n'était pas dans la pièce pour subir ses foudres.

C'était son épreuve, son problème, et il n'allait pas s'en prendre à Anna.

Mais il devait lui dire ce qui s'était passé. Ronan avait raison : Ellie possédait des preuves susceptibles de les détruire, tous les deux.

Devlin savait qu'elle ne s'en servirait pas contre lui, mais il n'était pas arrivé à son niveau sans couvrir ses arrières. Aussi difficile que ce soit, il devait le faire savoir à Anna. Si le pire devait advenir, et si l'inspecteur Gage débarquait dans son bureau avec un mandat d'arrêt, tout irait très vite. Il voulait qu'Anna et Tamra restent vigilantes, car dans ce cas, elles devraient prendre le relais et s'assurer que leurs opérations soient sécurisées, les dossiers protégés et les autres membres de l'équipe en sûreté.

Tamra était repartie à Las Vegas. Quant à Anna...

Il appela la réception, où Paul répondit immédiatement.

— Oui, monsieur ?

— Anna n'est pas à son bureau.

— Je sais, monsieur. Elle m'a transféré vos appels. Je peux vous aider ?

— Elle est sortie ?

— Elle est dans la salle de recherche. Dois-je l'appeler ?

— Non, ça ira. Merci.

Il allait appeler la salle de recherche, mais il se ravisa, décidant d'y aller en personne. Marcher un peu lui ferait du bien. Il était trop tendu et le mouvement le calmerait. Il dévala les marches jusqu'au deuxième étage, puis il poussa la porte, s'arrêtant net lorsque le rire d'Anna lui parvint.

Il fit un pas de plus, passant devant les étagères où étaient entreposées les boîtes d'archives contenant tous les documents relatifs à la fondation, depuis les candidats jusqu'aux subventions. Franchissant l'angle du mur, il découvrit la grande table en chêne qu'il en était venu à considérer comme celle de Christopher. Elle était là, penchée près de lui, riant de quelque chose sur son écran.

— Anna.

Elle releva la tête et une mèche de cheveux roux tomba devant son visage soudain sérieux. Un instant plus tard, elle sourit :

— Devlin, tu as besoin de moi ? Christopher me montrait la scène qu'il vient d'écrire.

— Je suis surpris de te voir, Christopher, dit-il. Je croyais que tu étais à Los Angeles pendant deux jours.

Le visage de l'autre homme vira au rouge pivoine.

— Oui. On aurait pu rester un jour de plus, mais Brandy était invitée à présenter des échantillons dans une boutique de San Diego. Alors, elle est partie. Je pense qu'elle va passer quelques jours chez ses parents.

— C'est bien. Et bonne chance pour ton livre. Anna, ajouta-t-il. J'ai besoin de toi dans mon bureau.

— Bien sûr.

Il quitta la salle de recherche pour retourner à son bureau. En parfaite professionnelle, elle le rejoignit peu de temps après. Lorsqu'elle entra, il était sur le balcon, les portes ouvertes derrière lui, tourné vers les rochers à marée basse.

Il prit une inspiration, puis se tourna vers elle.

— À quoi tu joues ? demanda-t-il en s'efforçant de conserver une voix impassible.

— Qu'est-ce que tu...

— Ne joue pas, Anna. Ni avec moi ni avec lui. Il sort avec Brandy.

Elle écarquilla les yeux.

— C'est ce que tu crois ? Que je m'intéresse à Christopher ? Devlin, non. Brandy et lui sont très bien ensemble. On réfléchissait à son intrigue, c'est tout. C'est fascinant. Tous ces rebondissements. Une branche mène quelque part, et l'autre dans une direction opposée. Et puis tout s'enchaîne à la fin.

— Intrigue...

— Il écrit des thrillers. Des assassins commandités, des agents doubles.

Elle haussa les épaules.

— Il trouve mes idées très créatives.

Il ne put s'empêcher de rire.

— Oui, tu dois lui être très utile.

— Ce n'est pas pour ça que tu me cherchais. De quoi voulais-tu parler ?

Il retourna à l'intérieur, puis désigna le canapé, s'installant en face d'elle sur le fauteuil.

— Ellie est au courant.

Ses yeux s'arrondirent :

— Oh. Tu le lui as dit ?

— J'aurais dû le lui dire il y a longtemps. Elle était sur le point d'en apprendre plus par elle-même... Grâce aux images du drone prises pendant l'affaire Myers. Maintenant, elle est persuadée que j'ai avoué pour sauver mes fesses.

— Tu penses qu'elle va nous dénoncer.

C'était une déclaration, et la certitude dans sa voix, ce manque de confiance dont elle semblait faire preuve envers la femme qu'il aimait, lui transperça le cœur.

— Non, dit-il fermement, remarquant la surprise dans ses yeux. Non, je ne crois pas. Mais nous devons être prêts au cas où je me tromperais. Et j'aimerais intensifier nos efforts pour découvrir d'où proviennent ces images. Qui pilotait ce putain de drone ?

— L'équipe est sur le coup, lui assura-t-elle. Aucune piste pour l'instant.

Il hocha la tête. Au moment où Ellie lui avait parlé des images, il avait demandé à Anna de mettre les recherches en branle. Jusqu'à présent, il n'y avait aucune piste, mais si Devlin devait deviner, il pencherait pour la même explication que les failles de sécurité. Quelqu'un épiait non seulement la fondation, mais également ses autres opérations.

— Qui d'autre dans l'équipe sait qu'Ellie est au courant ? s'enquit Anna.

— Ronan et Reggie. Je vais l'annoncer à Tamra aujourd'hui. Les autres ne sont pas en ville. Tant que tu fais ton travail, personne ne s'en rendra compte, même si le pire arrive.

Elle hocha la tête et il en fut satisfait. Ils avaient déjà fait de nombreux exercices pour se préparer au pire. Il savait qu'elle garderait une main sur le fusible, mais ne l'allumerait qu'en cas d'absolue nécessité.

— Je te couvre, déclara-t-elle.

— Je sais. Comme toujours.

— Bon, fit-elle en quittant le canapé. Je vais aller voir Paul et retourner à mon bureau.

— Encore une chose, dit-il en se levant à son tour. As-tu déjà entendu parler d'un certain Cyrus Mulroy ?... Oui, ajouta-t-il devant la réponse évidente dans ses yeux ébahis.

— Bon sang, qu'est-ce que tu veux savoir sur ce vaurien ?

— Tout ce que tu sais à son sujet.

— Il a contacté Peter pour passer par sa société dans son trafic de drogue.

— Tu es au courant parce que tu travaillais avec Peter ?

Elle pencha la tête, les yeux plissés.

— Je le sais parce que je couchais avec lui, ce que tu sais déjà. Mais je n'ai jamais travaillé avec lui. Je marchais déjà sur des œufs avec ton père, en m'envoyant Peter, mais j'aurais toujours pu me justifier s'il l'avait fallu. Des confidences sur l'oreiller, rien de plus. S'il avait connu la vraie nature de ma relation avec lui, le Loup m'aurait réduite en morceaux.

C'est la vérité. Pour la première fois, il se demandait si elle avait couché avec Peter sur ordre de son père ou simplement parce qu'elle voulait se donner le frisson de s'envoyer en l'air avec un homme plus âgé et puissant, haut placé dans l'organisation du Loup.

— Pourquoi cette question ?

— Cyrus a parlé à la police.

— Quoi ? Maintenant ?

— Après la mort de Peter. Un des premiers interrogatoires. Il a dit qu'ils faisaient des affaires ensemble. Que sais-tu à ce sujet ?

— Rien. Son métier, c'était le porno. Pour autant que je sache, ce n'était pas quelque chose qui intéressait Peter.

— Alors, il a menti ?

— Je ne sais pas, Devlin. Tout ça, c'est nouveau pour moi. Mais Mulroy achetait de la drogue à Peter à l'occasion.

— D'après mes informations, il n'était ni un utilisateur ni un distributeur.

Anna haussa les épaules.

— C'était peut-être pour les filles qu'il filmait. Peut-être qu'il envisageait de se diversifier.

Oui, c'était plausible.

— Pourquoi est-ce que ça ressort maintenant ?

— Ellie a prévu une interview avec Mulroy et je veux savoir ce qu'il va lui dire.

— Il va lui parler de la drogue, j'imagine. Qu'y aurait-il d'autre ?

— C'est toujours la question, n'est-ce pas ?

Cependant, c'était une question rhétorique, et il la balaya d'un geste.

— C'est tout. Nous avons terminé.

Elle le salua et se dirigea vers la porte, avant de marquer une pause après quelques pas seulement, se retournant pour lui faire face.

— Je sais que tu ne veux pas l'entendre, mais c'est peut-être mieux comme ça. Ellie et toi, je veux dire. Elle ne verra jamais le monde comme tu le vois. Comme nous tous, qui croyons en toi.

Sur ce, elle fit volte-face et quitta le bureau, le laissant planté devant les portes qui se refermaient automatiquement derrière elle.

Elle avait peut-être raison, il le savait, mais il était hors de question qu'il tourne le dos à Ellie. Qu'il renonce. Il n'abandonnerait pas.

Cela dit, peut-être avait-il besoin de regarder le monde d'un œil différent. Peut-être qu'au bout du compte, Ellie et lui devaient trouver leur propre perspective commune, leur regard à porter sur l'existence.

$\maltese$ 39 $\maltese$

Je ne pensais pas que ça finirait comme ça.

Voilà la pensée qui me revient sans cesse lorsque je traverse la maison, une pile d'Oreo dans ma main comme des jetons de poker. J'ai presque vidé le paquet, et je ne me sens pas mieux. Je ne me sens pas plus mal non plus.

Dans l'ensemble, je me sens encore assommée.

Franchement, ça m'énerve. Nous avions tout pour nous. Tout. Malgré cet inconnu inquiétant qui m'envoyait des textos, et même cette Range Rover qui a essayé de me renverser, j'étais heureuse. Plus que je ne l'avais été depuis longtemps.

Depuis la dernière fois que j'ai vu Devlin – encore Alex, à l'époque.

Nous sommes liés, lui et moi, et après nos efforts acharnés pour redevenir *nous*, il n'avait pas le droit de me cacher un si grand secret.

Je mords dans un Oreo avant de jeter le morceau qu'il me reste dans la main à travers la cuisine, où il atterrit dans l'évier en acier inoxydable avec un cliquetis.

J'aimerais que Brandy soit ici, mais elle est à San Diego avec ses parents pour quelques jours. Sa mère doit être ravie, mais son père se montre distant depuis son viol. Je lui ai proposé de m'appeler si elle en avait besoin, alors le moment serait mal choisi pour décharger mes propres problèmes sur elle.

Honnêtement, je vais devoir réfléchir longuement avant de lui parler de la nouvelle révélation de Devlin.

Avec un soupir, je prends un nouveau biscuit. Honnêtement, je ne sais pas si je dois rire ou pleurer. Surtout parce que je ne sais pas ce que je ressens. Suis-je en colère de savoir qu'il est capable d'ôter une vie sans sourciller ? Qu'il a l'arrogance de se placer en juge, jury et bourreau, pleinement confiant dans la moralité de son choix ? Ou suis-je furieuse parce qu'il a gardé le secret, estimant que je ne comprendrais pas ou que je ne saurais pas me taire ?

À moins que je sois frustrée par ma propre hypocrisie. Je savais que Max allait mourir dans cette ruelle de New York, il y a des années, et je n'ai ressenti que deux émotions : la gratitude envers l'homme qui m'a protégée et la crainte d'avoir laissé derrière moi des preuves incriminantes, pour moi ou mon nouveau sauveur. Plus récemment, j'ai vu Devlin tabasser Walt, et la seule émotion que j'ai ressentie a été la peur qu'il se fasse étriller par la presse ou poursuivre par Walt pour agression.

Quant à l'agression en tant que telle ? Eh bien, Walt l'avait bien cherchée.

Cependant, contrairement à Max et aux autres victimes de Devlin, Walt est toujours en vie.

Merde.

Mes pensées sont à l'orage, aussi folles qu'effrénées. Mais là, en plein milieu, comme dans l'œil du cyclone, se trouve Devlin. Toujours Devlin.

Je l'aime. Sincèrement. Même ce que je sais maintenant n'y change rien.

La question est donc de savoir si je peux vivre avec ce qu'il a fait, le secret qu'il m'a caché, la vie qu'il mène sous la surface...

Je ne connais pas la réponse à cette question. Mais je sais qu'il n'y a qu'une seule façon de le savoir.

Je dois aller parler à l'homme que j'aime.

Je délaisse mon téléphone, décidant d'aller chez lui pour l'attendre là-bas. Je pense patienter un moment, mais je suis étonnée d'entendre le grondement de la porte du garage moins d'une demi-heure après mon arrivée, rapidement suivi par le bruit de la porte qui s'ouvre et se referme. Devlin lance :

— Ellie ?

Je retiens mon souffle en me levant du canapé. Tout de suite, je me sens bête. Évidemment, il reçoit des notifications chaque fois que quelqu'un saisit le code de sa porte d'entrée, et bien sûr, il a des caméras tout autour de la maison.

Je jette un œil vers le couloir qui mène à son garage et mon cœur s'emballe dès que je le vois. Il se fige sur place, ses yeux sur les miens, pleins d'espoir. Il fait un pas timide vers moi avant de s'arrêter.

— Qu'est-ce que tu fais ici ? Est-ce qu'on est...

— Ne me pose pas cette question, dis-je. Pas encore.

Pendant un moment, je crains qu'il se fâche. Mais ensuite, il hoche la tête et me fait signe de me rasseoir.

Je m'exécute en lui montrant le paquet d'Oreo que j'ai apporté.

— Au cas où tu aurais besoin de chocolat, toi aussi.

Un sourire fait frémir ses lèvres alors qu'il prend place en face de moi, avançant la main vers les biscuits.

— D'accord, dit-il.

Après une inspiration, il ajoute :

— Dis-moi ce que tu es venue me dire.

Immédiatement, je me sens stupide et je m'empresse de le rassurer.

— Ce n'est pas ça. Je ne suis pas là pour te dire d'aller te faire voir. Je ne suis pas là pour te dire que je vais appeler les autorités ou écrire pour te dénoncer.

Il serre les dents.

— Bon à savoir. Alors, pourquoi ?

— J'ai des questions. Tout à l'heure, je n'avais pas les idées claires. Maintenant, si.

Je redresse le menton.

— Donne-moi les détails. Comment ça marche. Comment vous êtes financés. Qui est sur ta liste.

Il pince les lèvres.

— Ma liste…

— Tu vois ce que je veux dire.

— Oui. Je vois.

Il désigne les biscuits d'un mouvement de tête.

— J'ai besoin de quelque chose à boire, de plus fort que le lait. Et toi ?

— Ce que tu veux.

Il se lève, puis revient avec deux verres et une bouteille de bourbon. Il en verse, me tend un verre, puis pose fermement la bouteille sur la table.

— J'ai l'impression que nous aurons besoin d'un second.

Je réprime un sourire.

— Je n'en doute pas. Continue.

— Tu sais que j'ai suivi une formation de tireurs d'élite après avoir rejoint l'armée. J'étais doué. Avec mon père, j'avais été à bonne école.

— Tu étais encore Alex à l'époque.

— Alejandro, oui. Mais il a disparu.

— C'est à ce moment que tu es devenu Devlin. Et je suppose que tu as utilisé des sociétés-écran ou quelque chose comme ça pour blanchir l'héritage d'Alejandro afin que Devlin puisse en disposer.

Il hoche la tête.

— D'accord, dis-je en réfléchissant. Tu as dit que tu ne travaillais pas pour le gouvernement. Alors, qu'est-ce que tu fais ?

— J'ai dit que Myers et Bell n'étaient pas des opérations gouvernementales, et c'est la vérité. Mais j'ai commencé dans les renseignements. Tout comme Ronan. Nous étions des fantômes, envoyés pour régler des problèmes qui exigeaient une habileté toute particulière.

Je m'humecte les lèvres.

— Continue.

— Après la mort de mon père...

— Après que tu l'as tué, précisé-je.

Il ne me l'a pas dit, mais je sais maintenant que c'est la vérité.

— Tu me le reproches ?

J'hésite un moment.

— Non.

— Tu me dénoncerais pour ça ? Faut-il que je sois poursuivi pour le meurtre de ce porc ?

— Non.

Cette réponse m'est venue spontanément et je lève le menton d'un air provocateur, le mettant au défi de me confirmer qu'il le savait.

— Après, j'ai créé la fondation. Tu connais aussi cette partie de ma vie.

J'opine du chef.

— Mais tu utilises la fondation pour autre chose que du travail de bienfaisance, ajouté-je.

— Non. Je t'ai dit la vérité à ce sujet. Au début, Saint et ses Anges ont été financés uniquement par moi, personnellement. Maintenant, nous sommes auto-suffisants.

— Saint et ses Anges...

Je ne peux m'empêcher de sourire.

— C'est le nom que tu as donné à cette équipe ?

— Je ne suis pas du genre modeste.

Nous partageons un sourire et je lui fais signe de continuer.

— Mais j'utilise la fondation, reprend-il, pour identifier les personnes qui méritent de disparaître.

— Comme Myers ou Bell.

— Exactement.

— Ou Adrian Kohl.

Son visage se ferme.

— Non. Nous n'avons rien à voir avec son assassinat.

— Oh.

Je suis étonnée, mais en même temps, son équipe et lui ne peuvent pas éliminer tous les méchants de ce monde.

— Bon. Explique-moi comment vous pouvez être auto-suffisants... commencé-je, rassemblant mes pensées. Je pensais que vous n'étiez pas des mercenaires.

— Non, c'est vrai. Nous intervenons quand c'est nécessaire. Comme pour Bell ou Myers. Mais nous ne faisons pas de publicité et nous ne sollicitons rien. Tu ne nous trouveras pas sur Yelp.

Je prends une gorgée de bourbon en levant les yeux au ciel.

— Bon, alors d'où viennent les revenus ?

— Ces missions ne sont pas rémunérées, mais il nous arrive d'accepter des mandats du gouvernement. Parfois aussi des commandes privées. Et nous sommes bien payés, dans ces cas-là, puisqu'une partie de nos tarifs prend en compte le risque.

— Le risque ?

Il lève son verre, faisant tournoyer l'alcool.

— Les missions du gouvernement n'ont rien d'officiel, bien sûr, et ils ne s'en portent pas garants.

— Ils vous lâchent si vous vous faites pincer.

— Voilà pourquoi on ne se fait pas pincer.

— Combien. Combien de fois ?

— Peut-être une douzaine d'opérations par an. Parfois, je suis sur le terrain. Parfois non.

Il me regarde dans les yeux.

— La plupart du temps, je suis exactement ce qu'il paraît. Un homme riche à la tête d'une fondation caritative.

Ma bouche est sèche et mes paumes moites. Je passe les mains sur mon jean, puis je prends une inspiration avant de compléter sa pensée :

— Le reste du temps, tu es un tueur.

— Je préfère dire tireur d'élite. Milicien aussi, ça sonne bien.

— Ne plaisante pas avec ça.

Son expression se durcit.

— Jamais, dit-il avant de se pencher en avant. Je t'ai dit que j'avais des secrets, Ellie. J'ai été parfaitement clair.

— C'est vrai. Et tu m'as dit aussi que tu m'aimais.

— Je t'aime. Certainement plus que tu ne le sauras jamais.

— Quand tu t'es révélé comme Devlin, tu as dit que tu me faisais confiance. Tu pouvais me dire la vérité sur qui tu étais vraiment. En fait, tu ne l'as jamais fait. Pas vraiment.

— Non.

— Tu as gardé le silence. Tu as fait miroiter la promesse d'un avenir devant nous, en sachant très bien qu'un jour, je découvrirais le pot aux roses.

Il inspire et hoche la tête.

— Oui.

Pendant un instant, je reste assise là, à m'imprégner des implications de ce seul mot. Enfin, je me lève.

— Merci d'être honnête maintenant.

Il se lève aussi.

— Ellie.

Il tend la main, mais comme je reste parfaitement immobile, elle retombe et il la glisse dans sa poche.

— Je ne veux pas te perdre, me dit-il.

Je baisse les yeux, mon attention rivée sur les motifs du parquet. J'attends d'être certaine de pouvoir rester impassible pour relever la tête. Mais je garde toujours le silence.

— Qu'est-ce que tu vas faire ? demande-t-il.

— Je ne te dénoncerai pas pour ce que tu as fait. Je comprends votre code d'honneur, mais ce n'est pas le mien.

— Pour ce que j'ai fait, répète-t-il. Pas pour ce que je *vais* faire.

Je sombre dans le mutisme. En vérité, je ne sais pas quoi dire ni ressentir. En ce moment, je dois redoubler d'efforts pour rester devant lui sans éclater en sanglots et pour voir, au-delà de cette minute, la suivante et encore celle d'après, jusqu'à ce que je sois dehors, au grand air, à respirer librement. Tout ce qui se passe au-delà est un grand flou.

— Et nous deux, alors ?

Ses mots sont posés, mais je perçois l'émotion sous-jacente et je me force à ne pas pleurer en rencontrant son regard.

— Comme je l'ai dit, ton code d'honneur ne correspond pas au mien.

Il tressaille, comme si mes paroles étaient un coup dur.

— Alors, comment allons-nous avancer maintenant ?

— Je ne sais pas, lui dis-je. Honnêtement, je ne sais même pas si on peut.

＊ 40 ＊

— Tu survis ? demandé-je à Brandy quand elle m'appelle, le
lendemain.

— Ça me fait plaisir de voir maman. Elle te passe le bonjour.
Mais papa...

Brandy ne termine pas sa phrase et je peux presque la voir
hausser les épaules.

— Enfin, tu sais, c'est mon père.

— Désolée. Je sais que ce n'est jamais facile d'être avec lui.

— Bah...

Quand elle était enfant, Brandy était le petit ange de Monsieur
Bradshaw, mais depuis son viol et sa grossesse, on dirait que
quelque chose s'est brisé en lui. Sa mère, Sally, lui a expliqué que ça
ne venait pas d'elle, que c'était le dégoût de son père pour lui-
même et le regret de ne pas avoir su protéger sa petite fille.

C'est peut-être vrai, peut-être pas. Toujours est-il qu'il a rejeté
Brandy, et pour autant que je sache, il n'a jamais vraiment cherché à
rattraper les choses, par la suite.

— Et tes différentes réunions ?

— C'était vraiment bien, me dit-elle avant de me donner un
aperçu des entretiens passés et des commandes recueillies.

— Je suis contente pour toi. Et tu remarqueras que je t'interroge uniquement sur ton travail. Je me suis dit que tu me raconterais les choses plus personnelles quand tu en aurais envie.

— Tu as vraiment l'esprit sous la ceinture, toi !

Je ris.

— Ça veut donc dire que la ceinture est tombée ?

— Oui, et c'était merveilleux.

Sa voix est chantante et je devine son sourire.

Je souris à mon tour.

— Je suis tellement heureuse pour toi.

— Je vais bientôt l'amener ici. Au moins, je veux qu'il rencontre maman. Peut-être pour le déjeuner ou quelque chose comme ça. Mais en attendant...

— D'ici là, j'en déduis que je verrai Christopher plus souvent à la maison ?

— Il y a de fortes chances.

— Tu m'étonnes. J'essaierai de porter mes pyjamas les plus présentables.

Elle éclate de rire.

— Oh, sais-tu quand l'article sur Christopher va paraître ?

— Dans quelques semaines, j'espère. J'ai parlé à Tamra hier et elle m'a dit qu'il y avait eu une petite crise au travail, mais qu'elle allait lui consacrer du temps aujourd'hui. Je croise les doigts. Et toi, alors, comment se passe la romance du siècle ? demande-t-elle en changeant de sujet.

— Bien.

Malheureusement, je ne dois pas paraître assez naturelle.

— Hmm. Bon, alors, qu'est-ce qui ne va pas ?

— Ce n'est rien. Juste un désaccord tout bête. Ce sera réglé d'ici ton retour.

Je regrette immédiatement ce mensonge. Devlin a sûrement raconté à Anna ce qui s'est passé. Et Anna est très proche de Christopher, ces derniers temps. Si elle lui explique qu'il y a des soucis au paradis et qu'il le répète à Brandy...

Je secoue la tête, m'imposant le silence. Si Christopher dévoile mes secrets, j'avouerai tout. Mais Brandy est à plusieurs heures de route et elle doit affronter la proximité avec son père. Elle n'a pas besoin que j'alourdisse son fardeau.

— J'ai obtenu des informations supplémentaires sur Peter, lui dis-je en réorientant la conversation de façon moins subtile.

Je lui parle de Cyrus Mulroy.

— J'ai appelé deux fois, mais il ne m'a jamais recontactée.

— Le porno, répète Brandy une fois que je lui explique tout. Waouh, je n'aurais pas pensé ça de Peter, mais nous n'étions que des gamines à l'époque, alors c'est peut-être vrai. Du coup, il ne sortait pas qu'avec une seule blonde, j'imagine. Peut-être y en a-t-il eu plusieurs. Peut-être qu'il les a filmées et qu'il a vendu les vidéos à ce fameux Cyrus.

J'ouvre la bouche pour taquiner Brandy sur son cynisme tout nouveau, mais je me rends compte qu'elle pourrait avoir raison. Ça ne me plaît pas, mais c'est le problème avec les secrets. Pour la plupart, on ne les voit pas venir. Et ils sont presque toujours très désagréables.

Nous raccrochons enfin. Brandy m'a promis de partager une bouteille de vin avec moi et de me donner tous les détails dès son retour. Maintenant qu'il occupe mes pensées, j'essaie à nouveau de contacter Cyrus Mulroy. Mais cette fois, je ne peux même pas lui laisser de message, car sa boîte vocale est pleine.

Je passe le reste de la journée à reporter l'écriture de mon article, évitant la photo sur mon ordinateur portable. Même si Devlin a mis le processus en pause, je l'ai relancé après son départ – par dépit ou par provocation, ou simplement parce que je suis un peu maso.

Maintenant, le rendu est terminé et je découvre le portrait de Devlin, légèrement flou, mais parfaitement reconnaissable sur la paroi du bâtiment. L'image de Ronan est moins claire, mais je vois bien qu'il s'agit de lui. Je reste là, un instant, à les regarder tous les deux en pensant que Corbin est un excellent programmeur, tout connard qu'il soit. J'aimerais bien savoir quels sentiments je devrais éprouver, maintenant.

Sans vraiment réfléchir, je m'assieds sur le lit et je tire l'ordinateur sur mes genoux. J'éteins le programme, puis j'envoie un petit e-mail à Roger.

Rendu terminé. Dis à Corbin que c'est peut-être un journaliste de merde, mais qu'il sait s'y prendre en informatique. Malheureusement, la photo ne nous aide pas. Les visages sont orientés dans la mauvaise direction. Aucun élément d'identification.

Mais ça valait le coup d'essayer.

J'appuie sur « envoi » sans me laisser l'occasion de changer d'avis. Cela dit, j'ai encore le temps. Je mettrai peut-être des jours à réfléchir, plongée dans un débat avec moi-même, mais le résultat sera toujours le même. Je n'ai pas l'intention de dénoncer Devlin. Pas comme ça.

Je ne le ferai sans doute jamais.

Roulant sur le côté, je ramène un oreiller sous ma tête et je me recroqueville en me demandant quel genre de personne je suis, maintenant.

Et puis, je me demande ce que cette faveur que je viens d'accorder à Devlin et à Ronan signifie pour notre couple sur le long terme. Vais-je retomber dans ses bras ? Ou suis-je en train de faire mon possible pour prendre mes distances, laissant derrière moi un vague statu quo ?

❦

C'est le soleil qui me réveille, filtrant au travers des fenêtres. La batterie de mon ordinateur portable est déchargée et je suis toujours tout habillée sur la couverture.

Je m'assieds, un peu groggy, avant de sursauter quand mon téléphone sonne. C'est ce bruit-là qui m'a tirée du sommeil. Je récupère mon appareil de l'autre côté du lit, où j'ai dû le pousser avec agacement dans mon demi-sommeil, puis je décroche maladroitement. J'ai reconnu le nom de Tamra à l'écran.

— Euh, allô ?

— Bonjour, ma chérie, comment vas-tu ?

Je me redresse et mets le téléphone sur haut-parleur, tout en me frottant le visage pour essayer de balayer les dernières bribes de sommeil.

— Devlin vous l'a dit.

— Oui, en effet.

Je hoche la tête en entendant sa réponse. Bien sûr, il l'a dit à Tamra. Ce que je sais maintenant l'affecte tout particulièrement, ainsi qu'Anna. Mais surtout, Devlin sait qu'elle tient à moi et que le sentiment est réciproque. Il voudrait sûrement que je puisse m'ouvrir à elle.

Je souris un peu, touchée qu'il y ait pensé alors même que je l'ai repoussé.

— Tu veux en parler ?

— Honnêtement ? Je ne sais pas.

— Je comprends. Parfois, on peut discuter d'un sujet jusqu'à plus soif, et par moments, il n'est pas question de mots, mais de ressentis.

— Je pense que c'est toujours une question de ressentis. Mais là, j'essaie encore de comprendre ce que je ressens.

— Et de trouver les mots pour le décrire, ajoute-t-elle en riant. Tout revient à la surface.

— Peut-être. Enfin, pour quelqu'un qui écrit, les mots me font défaut.

— Je ne suis pas étonnée. Ta tête doit déborder d'émotions, de vérités et de dilemmes moraux.

— C'est un bon résumé.

— Pardonne-moi de continuer sur ce sujet, mais je me suis rendu compte que je ne t'avais jamais dit comment j'avais intégré les Anges de Saint. Cette histoire pourrait t'intéresser.

— C'est vrai...

Je remonte sur le lit pour m'asseoir plus confortablement.

— Je connais Devlin depuis qu'il est tout jeune. Mais il ne m'a rencontrée qu'après avoir fui son père. Je te l'ai déjà dit, bien sûr.

Je hoche la tête avant de réaliser qu'elle ne peut pas me voir :

— Oui.

— Mon mari dirigeait une mission de sauvetage militaire. Son équipe... eh bien, ils ont été pris au piège.

Sa voix se brise et je lève les genoux pour les serrer dans mes bras, redoutant ce qui va suivre.

— Ils ont été pris. Retenus en otage. On a exigé une rançon pour eux tout en les torturant. Nous le savons, car leurs ravisseurs ont envoyé des photos.

Je l'entends déglutir.

— Mais nous n'avons envoyé personne. Aucune équipe de secours. Aucun soutien.

— L'équipe de Devlin a pu les aider ?

J'entends l'espoir dans mes propres paroles.

— Non. Devlin n'avait pas d'équipe. Pas encore. Et comme ça, j'ai perdu mon mari.

Elle marque une pause.

— Devlin est venu me voir un an plus tard. Il m'a annoncé ce qu'il faisait avec la fondation, me disant que c'était à la fois réel et de façade. Il m'a parlé de ses Anges, du travail qu'il accomplissait des deux côtés du tableau. La fondation vient en aide aux personnes que le business de son père a transformées en victimes. Et pendant ce temps, son équipe invisible éradique les hommes comme lui.

Je ferme les yeux en imaginant tout cela dans ma tête, comment tout a commencé, ce que Devlin a voulu construire et ses raisons.

— J'ai tout de suite intégré son groupe.

— Pourtant, le cas de votre mari ne correspond à aucune de ces catégories.

— Non, mais si les Anges avaient existé, mon mari et son équipe seraient encore en vie. J'en suis convaincue. Officiellement ou non, les Anges y seraient allés. C'est pour ça que je les aide, même en connaissant les risques.

Elle est au bord des larmes et j'aimerais pouvoir lui prendre la main.

— Parce que c'est important, poursuit-elle. Parce que nous aidons des gens qui, autrement, ne recevraient aucune aide. Et parce que nous rendons justice, là où rien ne s'oppose aux êtres malveillants de ce monde.

— C'est un peu excessif, même dans votre bouche.

— Non. Pas du tout. Prends le temps d'y penser. C'est tout ce que je demande. N'abandonne pas Devlin et n'écarte pas ce qu'il fait, ce en quoi il croit, sans y réfléchir.

— D'accord, lui assuré-je. En ce moment, je ne pense qu'à ça. Je l'aime, lui dis-je, exprimant à mon amie ce que je n'ai même pas dit à Devlin hier. Mais est-ce que l'amour suffit pour nous faire franchir ce gouffre ?

— Tu poses peut-être la mauvaise question.

— Comment ça ?

— Ce n'est pas de savoir si l'*amour* suffit. La question est de savoir quelle est la *largeur* de ce gouffre. Si tu y réfléchis bien, tu verras qu'il est plus étroit que tu ne le penses.

Je suis toujours assise là, à penser à ses paroles dix minutes plus tard. Elle a raison. Je me tiens en face d'un gouffre qui me sépare de Devlin, et j'ignore s'il s'agit d'une fissure dans le trottoir ou du Grand Canyon.

Et je n'ai pas le moindre début de solution.

❧ 41 ☙

Je pense encore à ce fichu gouffre en faisant les cent pas dans la cuisine en attendant que mon eau bouille pour pouvoir prendre un café. J'espère que cela me débarrassera des toiles d'araignée qui m'empêchent de penser clairement aux secrets et à Devlin. À ce que je veux et à ce que je crois. À ce qui est bien et ce qui est mal, et comment déterminer cette ligne fluctuante qui sépare les deux côtés.

Cinq tasses plus tard, les toiles d'araignée ont disparu, mais je n'ai toujours pas de réponses.

J'envisage d'aller me promener sur la plage, mais Jake est à San Diego avec Brandy, et je sais que si je marche seule, j'irai tout droit vers les flaques entre les rochers.

Au lieu de quoi, je reprends mes recherches sur l'oncle Peter. J'ai perdu un peu d'enthousiasme pour l'article. La question de savoir comment il est passé d'enfant de la classe moyenne à bras droit du Loup, qu'il a ensuite trahi, était intéressante à un moment donné. Maintenant, ça me semble être une histoire ennuyeuse et de moindre importance, en comparaison avec la vie et l'œuvre de Devlin Saint.

Mais ce n'est pas une histoire que je pourrai partager un jour, même si mon instinct de journaliste me hurle qu'elle est excellente.

— Écris, m'intimé-je. Quatre paragraphes, et si tu es bloquée, tu peux arrêter.

C'est un jeu auquel je joue avec moi-même, et qui ne fonctionne que la moitié du temps. Aujourd'hui, cependant, le travail s'avère un refuge, et à l'heure du déjeuner, j'ai écrit trois paragraphes et je passe en revue mes notes en me demandant quel autre acteur de la vie passée de Peter pourrait être dans les parages. Qui d'autre interroger pour retrouver cette mystérieuse petite amie ?

Anna.

J'ai envie de me frapper le front. Devlin m'a dit que, jusqu'à ce qu'elle parvienne à s'extraire de l'organisme du Loup pour déménager à Chicago, à l'université, elle était souvent chargée de transmettre des messages à ses lieutenants dans tout le pays.

C'est même elle qui a transmis à Devlin l'ordre de tuer Peter.

Elle était dans les parages. Elle connaissait Peter. Si quelqu'un a vu quelle femme il fréquentait, c'est certainement elle.

Je prends mon téléphone et compose la ligne directe de son bureau. Ça sonne deux fois, puis j'entends le déclic, suivi de :

— Bureau de Devlin Saint.

Je prends une inspiration avant de raccrocher. Je me sens bête de ne pas l'avoir compris plus tôt.

Évidemment qu'Anna sait qui sortait avec Peter.

Puisque c'était *elle*.

J'en mettrais ma main à couper. Elle n'est peut-être pas blonde, mais elle n'est pas naturellement rousse. J'ai vu ses racines. Alors, si elle se teint les cheveux, elle peut très bien avoir opté pour le blond décoloré, autrefois.

Or dans ce cas, pourquoi ne pas avouer ? Elle sait que je recherche l'ancienne petite amie de Peter. Soit elle pensait ne rien avoir d'intéressant pour mon article, soit elle était gênée. Nous avons presque le même âge. Il est logique qu'elle ne tienne pas à ce que je sache qu'elle a couché avec mon oncle.

D'ailleurs, elle ne voulait peut-être pas que Devlin l'apprenne. Manifestement, elle ne le lui avait pas dit à l'époque. Pensait-elle qu'il n'approuverait pas ? À moins qu'il se soit passé quelque chose de plus sombre ? Peter était-il impliqué dans cette histoire de porno ? A-t-il entraîné Anna, d'une manière ou d'une autre ?

Je prends à nouveau le téléphone, mais je le lâche en prenant conscience que je suis en pilotage automatique, car mon réflexe était d'appeler Devlin pour lui faire part de mes pensées.

Je n'ai plus le droit de faire ça. Pas encore.

Peut-être même jamais.

Cette pensée me broie les entrailles, une fois de plus, et je ferme mon ordinateur portable avant de glisser du tabouret. Je travaillais sur l'îlot de la cuisine, et maintenant, je vais ouvrir le réfrigérateur. Je me penche à l'intérieur comme si j'allais trouver des réponses en même temps qu'une collation.

En fin de compte, je ne trouve ni l'un ni l'autre.

Tout ce que je sais, c'est que je ne veux plus penser à Peter. Pas aujourd'hui.

J'ignore quand je prends cette décision, mais bientôt, je fais les cent pas dans la pièce avec mes écouteurs en attendant que mon interlocutrice décroche. Après cinq sonneries, elle le fait.

— Allô ?

— Salut, Laura ? C'est Ellie Holmes.

— Ellie, dit-elle. L'article que vous avez écrit était formidable. C'était émouvant de lire l'histoire du sauvetage, et le reste aussi. Ça m'a soulagée de savoir que les gens comprenaient un peu ce que mon bébé avait traversé.

La fille de Laura, Sue, a été séquestrée dans le manoir du monstre, Terrance Myers. Elle fait partie des chanceuses à avoir survécu et à avoir été secourues.

Je sais que la fondation a apporté son soutien pour le sauvetage et que Devlin a tiré sur Myers, quand la cour d'appel a ordonné sa libération de prison pour un détail technique.

— Si cet article vous a donné ne serait-ce qu'un peu de paix, je suis contente.

— Mais je digresse, reprend Laura. J'imagine que vous ne m'appelez pas pour ça.

— Non, avoué-je. Je me demandais si vous saviez qui a tué Myers.

Elle ricane.

— Non. Mais j'aimerais bien le savoir. Je lui remettrais une médaille.

Je sens le sourire me venir aux lèvres.

— Comment va Sue ?

— Mieux. Ses cauchemars sont moins nombreux. Elle joue plus, elle rit, comme si elle avait un ange gardien qui veille sur elle.

— Oui, je vois.

Pourtant, alors même que les mots franchissent mes lèvres, je sens le regret me submerger. Parce qu'en vérité, cet ange est arrivé trop tard. Myers a pris la vie de tant d'enfants. Après sa libération, il aurait sûrement recommencé si Devlin ne l'avait pas descendu.

Un ange gardien ? Oui, on peut dire ça.

J'ignore si je serai un jour à l'aise avec ses opérations, mais je fais confiance au cœur de cet homme. Plus important encore, je l'aime. Et je me battrai pour lui.

Ce n'est pas le Grand Canyon qui nous sépare. C'est plutôt un cours d'eau, torrentiel, mais facile à traverser.

C'est ce que j'ai envie de faire, maintenant. Traverser.

Il me suffit de le faire pour me retrouver dans les bras de Devlin.

Je prends congé de Laura, en lui expliquant qu'une urgence est survenue.

Ensuite, je prends une douche rapide et je m'habille en un temps record.

Comme je n'ai pas mis ma Shelby dans le garage hier soir, je sors par la porte d'entrée et rejoins l'allée. En reculant, j'ai une vue imprenable sur toute la rue et j'aperçois une Tesla noire, garée au bout du pâté de maisons.

Je souris. Elle n'a pas de plaque d'immatriculation à l'avant, si bien que je ne peux pas en être sûre, mais je suis prête à parier que Devlin se trouve dans cette voiture. Et il est resté assis là, à attendre que je réalise enfin ce qu'il sait déjà : que nous devons traverser le Grand Canyon ou le petit cours d'eau. Parce qu'en fin de compte, nous sommes faits l'un pour l'autre.

Et plus vite je serai à ses côtés, mieux ce sera.

⚜

J'hésite encore un moment devant la portière de ma Shelby, puis je dépasse ma voiture en direction de la Tesla. C'est la fin de l'après-midi maintenant et le soleil décline déjà sur le Pacifique, projetant des ombres effilées sur les contreforts et les canyons.

Je plisse les yeux en m'approchant, essayant de voir qui se trouve au volant, mais c'est inutile. Tout ce que je vois, c'est l'éclat du soleil couchant qui se reflète. Quand je suis à environ trois mètres, la voiture recule silencieusement dans une allée voisine et disparaît dans la direction opposée.

Ce n'est pas Devlin.

Je sens le poids de la déception m'écraser la poitrine, ne faisant que confirmer ce que je sais déjà, à savoir que je fais le bon choix en allant le voir. En *nous* choisissant.

Or maintenant, je suis d'autant plus impatiente de le lui dire et je me dépêche de retourner à ma Shelby, d'allumer le moteur et de sortir de l'allée dans un vrombissement.

La certitude de ma décision me submerge et j'accélère, empressée de le voir et de lui dire que je n'aurais jamais dû m'en aller. Ses révélations m'ont interloquée et surprise, certes, mais rien n'a changé, au fond, à ce qu'il est et ce qui nous unit.

J'étais morte à l'intérieur jusqu'à ce que je retrouve Devlin, et je sais qu'il est le même qu'autrefois. C'est l'amour de ma vie, la lumière de mon monde. Même s'il y a d'importants sujets que nous devons aborder, je sais que nous les surmonterons.

Plus vite je le rejoindrai pour le lui dire, mieux ce sera.

Je descends la rue à toute vitesse, bifurquant sur la route princi-pale qui conduit plus haut dans les collines. Je pousse Shelby jusqu'à ses limites, laissant le vent chanter dans mes cheveux et me cingler le visage. La vitesse et la puissance reflètent l'urgence de mon besoin.

Les routes deviennent plus étroites à mesure que je me rapproche du raccourci. Au lieu de couper par le quartier résidentiel, je choisis les petites routes du canyon, mon chemin habituel vers sa maison isolée au sommet d'une bute, sur un terrain de près d'un hectare assurant son intimité. Une route sinueuse s'étend depuis l'angle sud-est de sa propriété jusqu'à la partie sauvage de l'arrière-pays, puis un réseau entrelacé de petites routes qui finissent par descendre jusqu'à Sunset Canyon, la principale voie de communication à travers les collines.

C'est le chemin que j'emprunte maintenant, sachant que non seulement il y aura moins de circulation, mais qu'elle me permettra aussi de rouler pied au plancher. Je n'ai pas forcément envie de danger, pas cette fois. Pour l'instant, c'est la joie que je veux. La joie de la vitesse, de la puissance et l'attente impatiente de retrouver bientôt les bras de Devlin.

Je tourne brusquement vers la gauche, en direction du soleil couchant qui brille dans le canyon. Soudain, j'aperçois une forme noire derrière moi. Je jette un œil dans le rétroviseur, convaincue que la Tesla noire est de retour.

Je souris, tout mon corps frémissant avec la douce certitude qu'il est non seulement derrière moi, mais qu'il sait exactement où je vais.

J'envisage d'accélérer et de faire la course jusqu'à sa maison, mais je conserve une vitesse relativement prudente sur cette route étroite. Il n'y a pas d'accotement et les virages sont serrés. J'ai conduit sur cette route une centaine de fois et il m'est arrivé de rouler plus vite.

À l'époque, je prenais un risque. Je tutoyais le danger.

Ce n'est pas ce qui m'anime aujourd'hui. Au lieu d'accélérer, je ralentis pour lui permettre de s'avancer à côté de moi.

Il accélère. Son moteur silencieux m'empêche de juger de sa vitesse et de son accélération jusqu'à ce qu'il soit trop tard. Il est presque à ma hauteur.

— Merde, Devlin. C'est quoi ce bordel ?

J'ignore s'il a mal évalué la distance ou s'il joue à quelque chose, mais je me renfrogne en regardant le rétroviseur, puis j'accélère, mettant un peu de distance entre nous.

Le prochain virage est serré et je ralentis pour le prendre. Bon sang, il est toujours contre mon pare-chocs. Je maudis mon petit ami imprudent quand soudain, l'horrible vérité me frappe : ce n'est *pas* Devlin.

J'ai à peine le temps d'accepter cette réalité que la Tesla heurte l'arrière de ma Shelby, me poussant vers l'avant sur le bas-côté en terre friable, alors que la route s'incurve brusquement vers la gauche. Je tourne le volant, mais mes pneus ont perdu leur adhérence. Mon poursuivant me frappe à nouveau. Cette fois, mon pneu avant droit ne touche presque plus la terre ferme.

Je retiens mon souffle lorsque le capot s'abaisse dangereusement, comprenant que la motte de terre s'est affaissée. *Merde*. Je passe en marche arrière et j'essaie de reculer, mais la Tesla fait la même chose, bien plus rapidement.

Avec horreur, je la regarde revenir à la charge.

Je ne veux pas abandonner Shelby, pourtant je n'ai pas le choix. Ouvrant ma portière d'une main, je détache ma ceinture de l'autre.

Malheureusement, il est trop tard. La Tesla nous heurte à nouveau et tout l'avant de la Shelby bascule en haut de la falaise. Je vacille pendant un moment, puis le sol se dérobe et je me retrouve suspendue dans les airs. Je me raccroche à la portière, à moitié dedans, à moitié hors de la voiture. J'ai la certitude absolue que, cette fois, je vais vraiment mourir.

$$\text{❦ } 42 \text{ ❦}$$

—Devlin ! Dieu merci, je te trouve.

Devlin fronça les sourcils en s'arrêtant sur le parking de la fondation, à quelques mètres de sa Land Rover. L'inquiétude était palpable dans la voix de Tamra, et si Ellie lui vint à l'esprit en premier, il se reprocha aussitôt d'être paranoïaque. Plus vraisemblablement, il s'était passé quelque chose qui exigeait le soutien de la fondation.

Ou alors, elle venait de trouver une nouvelle mission de première importance pour Saint et ses Anges.

— Qu'y a-t-il ? demanda-t-il en avançant à sa rencontre, de plus en plus soucieux à mesure qu'il découvrait la peur dans ses yeux sombres.

— C'est Ellie, dit-elle en lui prenant le bras.

Il recula en titubant, regrettant aussitôt d'avoir écarté son premier instinct.

— Et Christopher.

— De quoi parles-tu ?

— Elle ne répond pas au téléphone et je crois qu'elle est en danger. Je faisais des recherches sur…

— Monte dans la voiture. Tu m'expliqueras en chemin.

— Où allons-nous ? demanda-t-elle en attachant sa ceinture de sécurité tandis qu'il démarrait le moteur.

Il lui tendit son téléphone.

— La retrouver.

Il lui donna le mot de passe avant de lui demander de suivre la localisation GPS d'Ellie. Il ne savait pas où il allait, mais si elle avait eu un accident, elle était sûrement dans les canyons. Bon Dieu, elle roulait toujours trop vite sur ces routes. Elle était habile, mais ce n'était pas toujours suffisant et...

Il fronça soudain les sourcils alors que les mots de Tamra lui revenaient.

— Comment ça, Christopher ?

— Le signal n'arrête pas d'apparaître, mais on dirait qu'elle est sur Winding Hill Road.

— Le réseau est affreux, là-bas. Ce sera difficile à localiser. Mais nous la retrouverons. Ne lâche pas, dit-il en fusant sur la Pacific Coast Highway en trombe, fendant la circulation jusqu'à amorcer la côte du canyon. Pourquoi Christopher ? insista-t-il d'une voix glaciale. Dis-moi.

— J'ai fait des recherches pour Brandy. Elle voulait que le *Laguna Leader* fasse un article sur l'auteur qui réalise des recherches pour son prochain roman dans notre petite ville.

Il sentait son pouls battre dans son cou.

— Continue.

Il n'avait pas la moindre idée de ce qui se passait, mais si Christopher s'en prenait à Ellie, ce salaud était un homme mort.

— Christopher Doyle est un pseudonyme. Son vrai nom est Christopher Morelli Blackstone.

Devlin freina net devant un panneau stop.

— Répète ça ?

— C'est le demi-frère de Joseph Blackstone. Et ce n'est peut-être rien, mais avec les textos de menaces, et maintenant, Ellie qui ne répond plus au téléphone, je...

— Non, déclara Devlin. Ce n'est pas rien.

Il se demandait bien comment ils avaient pu atteindre Winding Hills Road sans accident. Il conduisait à l'aveugle, poussé par la peur et la fureur, négociant ses virages à une vitesse périlleuse, surtout pour sa Land Rover, ne ralentissant que lorsque Tamra lui rappela qu'ils ne pourraient pas aider Ellie s'ils dégringolaient.

Ses mots étaient encore suspendus dans l'air lorsqu'il emprunta le virage le plus serré. Il étouffa un cri en voyant des traces de dérapage devant lui sur la route. Et les empreintes de pneus se terminaient juste au bord de la falaise.

La bile remonta dans sa gorge et la peur jeta sur lui sa couverture sombre. Elle ne pouvait pas être morte. *Elle ne pouvait pas être morte.*

Il ne se rappelait pas avoir appuyé sur les freins ni même avoir coupé le moteur. Il ne se rappelait pas avoir couru vers le précipice.

Il n'y avait rien dans sa tête, jusqu'au moment où il atteignit le bord. Jusqu'à ce qu'il se force à regarder en contrebas. Ses genoux se dérobèrent alors que le soulagement se transformait rapidement en terreur.

Il la voyait, là en bas, mais sa position était redoutablement précaire. Surtout, elle était d'une immobilité mortelle, à moitié hors de la voiture, une partie de son corps penchée sur la portière ouverte, sa voiture à peine retenue par les branches tordues d'un arbre.

Il n'avait aucun moyen de savoir si elle était encore en vie, même s'il refusait de croire qu'elle puisse être morte. La voiture était tombée et Ellie avait dû tenter de sortir avant de basculer dans le gouffre.

C'était cette tentative qui l'avait sauvée, elle et sa voiture, songea-t-il. La portière ouverte s'était accrochée à un arbre qui poussait à flanc de falaise comme s'il sortait en perpendiculaire au rocher. Ses racines devaient être profondes pour soutenir la voiture sans arracher le tronc.

Malgré cela, la pression était indéniable. Le poids du véhicule et l'attraction inexorable de la gravité exerçaient leur œuvre. À tout moment, ce soutien précaire pouvait s'écrouler, et Ellie avec.

— Oh, mon Dieu.

Tamra s'était approchée derrière lui.

— C'est un miracle, murmura-t-elle. Si la voiture était tombée jusqu'en bas. Si elle glissait maintenant...

— Je sais.

Si la voiture chutait, la dégringolade serait mortelle. La moindre secousse risquait de faire tomber la voiture dans le canyon, envoyant Ellie à une mort certaine.

— Avec moi, souffla-t-il à Tamra, qui le suivit jusqu'au 4x4.

Devlin ouvrit le coffre et fouilla parmi les quelques affaires qu'il y conservait. Un cric. Un pied de biche. Une longue chaîne et une corde.

Il prit la corde et s'empressa de revenir au bord de la falaise, ralentissant en arrivant près du bord, terrifié à l'idée que la pression de ses pas ne fasse basculer la voiture.

Là, il prononça une prière silencieuse, puis il baissa les yeux.

Il n'avait pas beaucoup de temps.

— Ne bouge pas, bébé, lança-t-il. Je viens te chercher.

$$\text{❧ 43 ❦}$$

Je viens te chercher.

J'ai envie de pleurer en entendant les mots de Devlin. Par-dessus tout, j'ai envie de lui répondre. De lui dire que j'ai besoin de lui. Et que je dois me sortir de ce pétrin pour lui prouver combien je l'aime.

Mais je ne peux rien dire de tout cela. J'entends les branches craquer et je sais que c'est tout ce qui nous retient, ma Shelby et moi. Quand je baisse les yeux, tout ce que je vois, c'est une chute mortelle vers les toits, loin, très loin en contrebas. Si je parle, je bougerai. Et si je bouge, je risque de mourir.

— Je descends, dit Devlin.

Je réprime un gémissement lorsqu'il ajoute :

— Ne bouge pas. Ne regarde pas. J'ai une corde. Elle est atta-chée. Je vais descendre, te récupérer, et on remontera ensemble.

J'aimerais m'autoriser un ricanement. Devlin qui descend en rappel pour me sauver... très poétique.

— Bon, j'arrive. Je te demande surtout de ne rien faire !

Je ferme les paupières, regrettant de ne pas pouvoir lui indiquer que je suis indemne. Si ce n'est terrifiée. Il agit avec l'énergie du désespoir, car il ne peut pas savoir que je suis encore consciente, ni même vivante. Mais il vient me sauver.

Je ne suis pas étonnée. Je sais bien que Devlin viendra toujours à mon secours.

J'entends le bruit de ses pieds qui grattent le bord de la falaise, sa respiration lourde alors qu'il se rapproche prudemment.

Et puis, au loin, des sirènes me parviennent, de plus en plus fortes à mesure que Devlin descend.

— Je suis là, bébé.

Il est si près que je peux sentir son souffle sur ma nuque.

— Bouge très lentement pour me laisser faire une boucle autour de toi.

J'avale ma salive, puis je me déplace avec prudence pour le regarder. Je tiens toujours le volant d'une main et la portière de l'autre, mon corps suspendu dans le vide. Je dois me hisser grâce au volant, mais ce faisant, je sens la voiture bouger et j'entends le claquement léger de l'arbre qui me retient.

— Putain, souffle Devlin en même temps que le sol semble s'effondrer sous mes pieds.

J'entends un bruit métallique aigu, et au même moment, les bras de Devlin passent sous les miens.

Il m'attire à lui et mes jambes se dégagent alors que la Shelby bascule. Je n'ai qu'un instant pour haleter, pour pleurer ce qui sera bientôt une carcasse métallique, lorsqu'elle s'arrête brutalement, sa chute interrompue par un câble épais accroché à son pare-chocs.

Je pousse un soupir de soulagement, pressée contre Devlin au-dessus de l'abîme. Ma Shelby est en sécurité. Et moi, je suis dans les bras de Devlin.

Désormais, je sais que tout ira bien.

— Seigneur, Ellie ! s'écrie Lamar en me prenant dans ses bras.

Je suis toujours attachée à Devlin et le mouvement de Lamar l'attire, lui aussi. Bientôt, nous nous retrouvons tous les trois dans une étreinte vigoureuse.

— Tu dois vraiment arrêter de conduire aussi vite, de prendre tes virages à la corde. Combien de fois t'ai-je dit...

— Je n'ai pas été imprudente !

Je recule pour les regarder tous les deux, reportant ensuite mon attention sur Devlin.

— J'étais attentive, justement, parce que je venais te voir.

Je décèle le moment précis où il comprend le sens profond de mes paroles. Il porte nos mains jointes à ses lèvres.

— Alors, quoi ? Tu as perdu le contrôle ? demande Lamar tandis que Tamra nous rejoint, le visage encore crispé par l'inquiétude. C'était un accident ?

— Elle dit que quelqu'un a essayé de la tuer, rétorque Devlin.

Lamar me regarde et je hoche la tête en guise de confirmation.

— Qui ? demande-t-il, d'une voix aussi aiguë que le crissement métallique de la chaîne qui repêche ma voiture.

— Je ne sais pas.

Mon regard alterne entre les deux hommes.

— C'était une Tesla noire. J'ai cru que c'était toi, au volant, jusqu'à ce qu'on me force à passer par-dessus la falaise, ajouté-je, le souffle court et les yeux sur Devlin. Maintenant, ma meilleure supposition est Joseph Blackstone. Si tu t'apprêtes à prouver qu'il est derrière les failles de sécurité de la fondation, alors en me tuant, on peut dire qu'il réussit à détourner ton attention.

— C'est vrai, répond-il alors que Lamar écrit quelque chose sur son téléphone. Je sais que Blackstone est actuellement dans l'Utah.

— Oui, mais... commence Tamra.

Devlin pose une main sur son épaule pour l'interrompre.

— Tu as raison, bien sûr. Il n'aurait pas fait ça personnellement, mais un de ses hommes...

— Exactement, dit-elle.

Je ne peux m'empêcher de penser qu'elle avait envie d'ajouter autre chose.

— J'ai une équipe de la scientifique en route, annonce Lamar. Ramène-la, ajoute-t-il à Devlin. Je vous tiendrai au courant.

— Merci, dis-je en le serrant une dernière fois dans mes bras.

Et merci d'avoir appelé Lamar, ajouté-je à l'attention de Tamra, qui m'enlace à son tour en me caressant les cheveux.

Lorsqu'elle me libère, Devlin m'embrasse sur le front et un aimable ambulancier m'emmène à l'écart pour m'examiner. Comme je suis certaine que Devlin souhaite parler à Tamra seul à seule, je ne lui demande pas de m'accompagner. Très vite, l'ambulancier m'annonce que je n'ai rien et que je peux partir. En me dirigeant vers Devlin, je constate qu'il est maintenant au téléphone et je change de direction pour aller l'attendre dans le 4x4. Mes pieds sur le siège, je serre mes genoux contre ma poitrine. Je m'accorde le mérite de ne pas avoir tremblé, mais il ne fait aucun doute dans mon esprit que si mon habitude de flirter avec le danger était un désir de mort, j'ai résolument tourné la page.

Je suis vivante. Je suis vivante parce que Devlin m'a retrouvée.

Un instant plus tard, il me rejoint, et dès que nous sommes enfermés à l'intérieur, il frappe sa main sur le volant, si fort que tout le véhicule est secoué.

— J'aurais pu te perdre aujourd'hui, El. Tu aurais pu tomber dans ce gouffre et disparaître à jamais.

Il se retourne, ses yeux brûlants dardés sur moi.

— Dis-moi que je ne t'ai pas perdue quand même ?

— Jamais, murmuré-je, les joues baignées de larmes. C'est pour ça que je venais te voir. Je voulais…

Les mots refusent de sortir. Il m'attire à lui, mon corps plaqué contre le tableau de bord, et m'embrasse avec passion. Je lui rends son baiser avec tout autant de ferveur, me libérant enfin de la terreur de ce que nous avons frôlé, apaisant nos peurs dans les bras l'un de l'autre.

— À la maison, dis-je lorsque nous nous séparons enfin.

Il hoche la tête avant de remonter la colline jusque chez lui, sans même demander de quelle maison je parle.

— Et Tamra ? demandé-je alors qu'il entre dans son garage.

Je me sens coupable de ne pas y avoir pensé avant. Nous l'avons pratiquement abandonnée sur la route du canyon.

— Lamar la ramènera. Je lui ai demandé de ne pas lui dire qui aidait Blackstone.

— Quoi ? Qui ?

— Christopher, répond-il.

Ce nom propage une nouvelle vague de terreur en moi.

— *Brandy*, soufflé-je, tendant la main vers mon sac pour me rendre compte qu'il est toujours dans ma Shelby.

— J'ai demandé à Ronan de surveiller le remorquage de ta voiture. Il récupérera ton sac à main et veillera à ce qu'on prenne bien soin de ton bolide.

— Ronan ? Quand lui as-tu parlé ?

— J'ai passé quelques appels pendant que tu étais dans l'ambulance.

— Bon, d'accord. Dis-lui de la confier à Monsieur Ortega. Il fera du bon travail.

— C'est comme si c'était fait.

— Mais je dois appeler Brandy. Je dois l'avertir. Christopher... dis-je, secouant la tête en saisissant le téléphone de Devlin, posé sur la console entre nous.

— Non, me prévient-il. Je ne veux pas l'avertir.

— Mais s'il découvre que je m'en suis sortie, il pourrait s'en prendre à elle.

— J'ai envoyé Reggie à San Diego. Elle gardera un œil sur Brandy. S'il le faut, elle lui dira pourquoi. Mais je ne pense pas que ce soit nécessaire. Christopher sait qu'elle est chez ses parents. Il n'a aucune raison d'aller là-bas.

Il coupe le moteur quand je me tourne pour le regarder plus directement.

— Pourquoi ? demandé-je. Pourquoi Christopher aiderait Joseph Blackstone ?

— Parce qu'ils sont frères. Ce connard s'est introduit dans ma vie et ma fondation. Il a essayé de te tuer. Et je jure sur ma vie que je vais le lui faire payer.

$\mathscr{K}$ 44 $\mathscr{K}$

J'aimerais passer du temps seule avec Devlin, mais Ronan arrive sur nos talons.

— Il faut qu'on parle, dis-je à Devlin, l'emmenant à part alors que son complice entre dans la cuisine pour passer un coup de fil. J'ai des choses à te dire.

— Des choses que je veux entendre ?

Il penche légèrement la tête en me dévisageant attentivement.

— Oui. Il y a aussi des choses que je veux savoir.

— Je te dirai tout, m'assure-t-il, et je veux savoir toutes tes pensées. Pour l'instant, je dois me concentrer sur ta sécurité. Alors, j'ai juste une question.

Il m'incline le menton et m'embrasse sur les lèvres.

— Est-ce que tu es à moi ?

— Autant que tu es à moi, murmuré-je.

Je soupire lorsque ses bras se referment autour de moi.

— Dans ce cas, dit-il, tu es à moi à cent pour cent.

Nous nous séparons juste assez longtemps pour nous retrouver avec un baiser intense et langoureux. Le genre de baiser qui nous pousse généralement à nous déshabiller fébrilement et à faire fougueusement l'amour sur la table de la cuisine.

Malheureusement, nous avons de la compagnie. Sans parler d'un plan à élaborer.

Nous retrouvons Ronan dans le salon et il hoche lentement la tête en regardant autour de lui.

— Si tu habites ici, ce n'est pas sans raison. Cet endroit est aussi inaccessible que Fort Knox. C'est bien. Je pense que ça va marcher, dit-il avant de nous exposer son plan.

Devlin pose quelques questions, puis il confirme :

— Ça devrait marcher.

— Je préférerais que Reggie soit ici avec nous, mais je ne veux pas laisser Brandy sans protection.

— Nous sommes trois, dit Devlin en me regardant. Tu seras armée, toi aussi.

— Clairement ! Mais tu es sûr de ne pas vouloir mettre Anna et Tamra dans le coup ?

Devlin secoue la tête.

— C'est le protocole standard pour les Anges. On ne donne les renseignements qu'en cas d'extrême nécessité, et ni l'une ni l'autre ne travaille sur le terrain. Elles n'ont pas besoin de savoir. D'autant plus qu'elles connaissent le sujet personnellement et c'est une configuration inédite pour nous. Ce n'est pas une trahison dont elles ont l'habitude. S'il parle à l'une d'elles et qu'il a le moindre soupçon...

Je hoche la tête.

— J'ai compris.

— Avec de la chance, ça se terminera ce soir, dit Ronan. Tu es prête à passer l'appel ?

J'inspire, puis je hoche la tête. Prenant le téléphone, je compose le numéro de Christopher. En tombant sur la messagerie vocale, je pousse un juron.

— Salut, Christopher. C'est Ellie. Tu peux me rappeler ? Merci.

Je raccroche et regarde les hommes avant de hausser les épaules.

Ils échangent un regard, puis Devlin prend le téléphone pour passer un autre appel.

— Anna, salut ! Tu es toujours au bureau ? Quoi ? Non, juste une chose. J'ai besoin de prendre un vol pour Las Vegas. Tu peux appeler pour faire préparer mon avion ? Merci. Oh, encore une chose. J'ai essayé de joindre Christopher. Je me suis dit qu'il était peut-être encore dans la salle de recherche.

Il rencontre mon regard, puis celui de Ronan.

— Super, dit-il en souriant. C'est parfait. Donne-lui un message de ma part. Je dois juste vérifier quelque chose. D'accord ? Bien.

Une autre pause, puis il continue, son regard sur moi maintenant. Sa voix est sèche quand il reprend :

— Quelqu'un a essayé de pousser Ellie hors de la route et je ne veux pas la laisser seule. Mais j'ai une théorie que j'aimerais explorer. C'est pour ça que je vais à Las Vegas. Écoute, j'ai essayé de joindre Brandy, mais je n'ai pas de réponse. Tu peux demander à Christopher de la contacter pour qu'elle vienne passer la nuit ici ? Oui. Chez moi. Donne-lui le code de l'alarme à transmettre à Brandy. Oui. N'oublie pas de lui préciser que ça ouvre la porte en plus d'éteindre l'alarme. C'est un système inhabituel. Et dis-lui qu'Ellie dormira peut-être. Je lui ai donné quelque chose pour la détendre. Quoi ? Oui, oui, tout va mieux entre nous maintenant.

Il rencontre mon regard avec un petit sourire tendre. *Je t'aime*, articule-t-il.

Je sais, soufflé-je en retour, submergée de bonheur.

Une joie fugace éclaire son visage avant qu'il ne retrouve son sérieux.

— Oh, oui. Oui, bien sûr. Merci, Anna. Je savais que je pouvais compter sur toi. On se voit demain.

Il met fin à l'appel, puis s'assied à côté de moi.

— Elle me charge de te dire qu'elle est désolée et qu'elle espère que tu vas bien.

— Tu lui as demandé de préparer ton avion ?

— Il faut que l'illusion soit parfaite.

Il saisit un texto.

— Marci fera en sorte que le journal de bord indique que j'étais dans l'avion. L'équipage et elle passeront une belle nuit à Las Vegas, je n'en doute pas.

J'ai envie de signaler que la falsification du journal de bord est une pratique illégale, mais je me ravise. Ce n'est pas le sujet.

— Et maintenant ?

— Maintenant, on attend, déclare Ronan.

Il me regarde. Son visage reflète une telle inquiétude que je ne sais pas comment j'ai pu penser qu'il était fâché contre moi.

— Tu vas bien ?

— Vous êtes tous les deux avec moi, dis-je. Alors, ça va très bien. Au fait, merci. Tout ce qui s'est passé est tellement flou. Si je ne t'ai pas déjà remercié d'être venu m'aider et de t'être occupé de ma Shelby, alors je te le dis maintenant.

— Si, tu l'as fait. Et il n'y a vraiment pas de quoi.

Je souris. Soudain, une nouvelle pensée me vient à l'esprit et je regarde Devlin.

— Et si Brandy appelle pour savoir comment je vais ? Ou débarque ici dans une demi-heure, toute fébrile à mon sujet ?

— Alors, nous saurons que Christopher n'est pas notre homme.

Je referme les bras autour de moi.

— Hmm, je pense que tu as raison. Son lien avec Blackstone, déjà. Et je l'ai entendu parler de différents moyens de tuer quelqu'un. Pour son livre, soi-disant, en tout cas, l'accident de voiture en faisait partie.

Devlin passe les doigts dans ses cheveux.

— J'aurais dû m'en douter.

— C'était impossible, dis-je en secouant la tête. Merde, je l'aimais bien.

— Il est doué, observe Ronan. Il sait ce qu'il fait. Mais nous aussi.

Je déglutis.

— J'essaie encore d'appeler ?

— Pas besoin, dit Devlin. J'ai transmis le message à Anna. Elle sait que c'est urgent. Elle ne m'a jamais déçue une seule fois.

Il se lève et tend la main vers moi.

— Viens, tu dois te nettoyer maintenant.

Je hoche la tête. Mes vêtements sont sales et j'ai de la terre dans les cheveux. Je laisse Devlin me conduire dans la salle de bains, où il me fait couler un bain, puis m'aide à me déshabiller et à m'immerger dans l'eau chaude. C'est un vrai délice sur ma peau meurtrie. Miraculeusement, je n'ai pas beaucoup de blessures, mais je suis clairement endolorie et amochée. L'eau me fait un effet de paradis.

J'entends le signal d'un texto, quelque part, mais je l'ignore. Devlin est avec moi, et en ce moment, c'est tout ce qui compte. Je ferme les yeux en soupirant, alors qu'il nettoie doucement la crasse qui s'est accumulée sur mon visage, puis me rince les cheveux.

Il est assis sur un tabouret à côté de la baignoire. M'adossant pour mieux me prélasser, j'ouvre les yeux et lui prends la main.

— Merci de m'avoir sauvée. Et de t'être occupé de moi.

— Toujours, dit-il. Je t'aime, El. Je te protégerai toujours. Je prendrai toujours soin de toi. Tu le sais, n'est-ce pas ?

— Oui, lui assuré-je, mon cœur gonflé par l'amour que je vois dans ses yeux. Bien sûr, je le sais.

❦

Nous sommes arrivés chez Devlin juste après le coucher du soleil et nous avons appelé Anna, lui transmettant le message pour Christopher environ une demi-heure après.

Maintenant, il est presque vingt et une heures. L'heure à laquelle on suppose que Christopher va venir, au moment où je suis censée attendre l'arrivée de Brandy.

Je suis dans le salon, avec la télévision à bas volume et un Glock 9 mm sous le coussin. Devlin est derrière moi, couvrant l'entrée depuis la porte latérale du garage jusqu'à la porte principale. Ronan est de l'autre côté, dans la buanderie, où une porte donne sur le jardin.

Ainsi, les uniques points d'entrée de la maison sont sous contrôle.

— On peut aussi accéder à la terrasse, a souligné Devlin. Il y a un escalier en colimaçon qui descend dans le canyon. Mais il faut couper à travers le jardin, puis descendre les rochers. Si on ne connaît pas la maison, impossible de le savoir.

Je regarde d'un œil distrait *L'Empire contre-attaque* à la télé, guettant le bip électronique signalant que quelqu'un utilise le clavier pour désarmer le système. C'est un procédé silencieux uniquement quand on l'ouvre par l'application, ce dont Christopher ne dispose pas.

Au bout de quelques minutes, je n'en peux plus. Je me lève et me rassieds en essayant à nouveau de regarder le film, sans succès. Retournant au centre du salon, je tourne le dos à la télévision et au balcon pour pouvoir parler vaguement dans leur direction.

— Les mecs, je ne pense pas que ce soit...

Immédiatement, je tressaille. Quelle idiote ! Mon arme est toujours sur le canapé, et à présent, je vois Ronan braquer son arme droit sur moi.

Je vais mourir.

Cette pensée est une certitude. Je m'en veux terriblement d'avoir baissé ma garde. J'en suis venue à faire confiance à cet homme, et non seulement il m'a bien eue, mais il a aussi eu Devlin.

— Comment as-tu pu ? murmuré-je.

Mais mes mots sont noyés par la détonation aiguë de son arme et un cri de douleur derrière moi.

Je fais volte-face en même temps que Devlin apparaît.

Anna.

Elle est tombée, arrachant l'un des rideaux dans sa chute, et maintenant la gaze blanche prend une teinte rouge à cause de sa blessure à l'épaule.

— Désolé, me dit Ronan. Elle allait te tuer.

Je hoche la tête, muette, tandis que Devlin se précipite pour me prendre dans ses bras

Au bout d'un moment, il finit par me lâcher et se tourne vers Anna.

— Pourquoi ? demande-t-il, décochant un coup de pied dans son arme pour l'écarter.

Elle est affalée contre le mur, le rideau enroulé autour d'elle flottant légèrement dans la brise.

— Pourquoi ? répète-t-il.

L'intensité et la douleur de la trahison dans sa voix me donnent le frisson.

Il s'empare d'une partie du rideau et s'en sert pour tamponner le sang.

— Bon sang, Anna, j'ai besoin que tu me dises pourquoi.

Elle le regarde, puis reporte son attention vers moi.

— On aurait pu être amies, dit-elle d'une voix cassée. Mais tu as pris ce qui ne t'appartenait pas.

— Devlin n'est pas une chose.

Je fais un mouvement vers eux, mais Ronan me retient, une main sur mon épaule.

— Ce n'était pas seulement une question de jalousie, ajouté-je.

Devlin me regarde.

— De quoi parles-tu ?

— J'ai consulté mes textos tout à l'heure. Cyrus Mulroy est mort. Voilà pourquoi il n'a pas répondu à mon coup de téléphone. Anna l'a tué, n'est-ce pas ? Parce qu'elle apparaissait sur ses vidéos.

La haine dans ses yeux répond à ma question.

— Tu savais que Peter te filmait ? Ou avait-il des caméras cachées ?

Je vois sa gorge bouger lorsqu'elle déglutit. Puis elle se détourne, le visage blême, pour se concentrer sur Devlin.

— Il les a vendues, dit-elle d'une voix éraillée, le souffle court. Il aimait me filmer, mais il les a vendues à Cyrus en disant qu'il en avait fini avec moi. *Fini*.

— Devlin, il faut appeler les urgences.

J'ai la gorge nouée par la fureur et le chagrin.

— Elle perd beaucoup de sang, ajouté-je.

— Il allait... diffuser ces vidéos, reprend Anna alors que Devlin se lève en sortant son téléphone. L'oncle de ta putain de copine... Je t'ai demandé de le tuer... C'est pour ça... C'est pour ça que je t'ai dit de le faire. Comme si l'ordre venait de lui... de ton père.

Ses lèvres bougent à peine et elle lutte pour prononcer les mots.

— Il fallait... Il fallait punir Peter parce qu'il...

Ses yeux s'arrondissent et son corps se raidit, comme si elle réalisait enfin qu'elle en avait trop dit.

Je suis sous le choc. La réalité de ses paroles se confond devant moi en une image que je ne veux pas voir. Le Loup n'a jamais ordonné l'exécution de Peter. Anna a piégé Devlin pour qu'il assassine son amant, par vengeance pour la vente des vidéos compromettantes. Et depuis le début, Anna me harcèle, essaye de se débarrasser de moi. Jusqu'à ce qu'enfin, elle franchisse le pas en décidant de me tuer.

— Cette fille est un poison, lâche Anna, les yeux rivés sur moi, le visage tordu, portée par un regain d'énergie.

Elle tend la main derrière elle et je me jette au sol, redoutant ce qui va arriver. Je la vois récupérer l'arme, j'entends le bruit de la balle, mais elle s'effondre sur le sol, son arme de rechange glissant de ses doigts en sang.

Je me tourne vers Ronan, mais ce n'est pas lui qui a appuyé sur la détente, cette fois.

C'est Devlin.

Pour me sauver, il a tué la femme qu'il prenait pour son amie.

J'étouffe un sanglot avant de me ruer dans ses bras. Cette fois, Ronan ne m'arrête pas. Nous roulons au sol, dans les bras l'un de l'autre, pendant que Ronan compose le numéro des urgences.

— Je suis désolée, dis-je, certaine qu'il doit avoir le cœur brisé devant ce bouleversement. Je suis tellement, tellement désolée.

— Je te l'avais dit, chuchote-t-il. Je te protégerai toujours. Quoi qu'il en coûte. À n'importe quel prix.

ÉPILOGUE

— N'y pense même pas, dis-je alors que la main de Devlin remonte le long de ma cuisse, profitant de la coupe fendue de ma robe de soirée. Hors de question que tu m'allumes avant d'avoir accepté ce prix.

— Et après ? demande-t-il.

— Après, sans problème. Combien de filles peuvent se vanter d'avoir baisé l'humanitaire de l'année à l'arrière d'une limousine ?

— Je ne voudrais pas que tu rates ça.

— Tant mieux. Parce que je n'en ai pas l'intention. Allez... ajouté-je en prenant sa main, la faisant glisser sur ma jambe. Juste un aperçu.

Je guide ses doigts plus haut, jusqu'à ce qu'il devienne délicieusement évident que je ne porte rien sous cette robe. Je vois sa mine à la fois excitée et frustrée.

Il gémit pour protester quand je lui retire la main.

— On fera un long détour pour rentrer à l'hôtel.

— Oui, promet-il. Sans hésiter.

Après avoir échangé un sourire, nous continuons en silence. Les rues se succèdent et nous sommes presque arrivés au théâtre de Manhattan, où se déroule la cérémonie de remise des prix. Je lui tends la main.

— Ça va ?

Depuis la mort d'Anna, nous avons beaucoup discuté de ce qui s'est passé. Lamar nous a reproché de ne pas l'avoir impliqué dès le début, d'avoir méprisé la loi en mettant nos vies en danger.

Sous le regard médusé de Brandy, nous lui avons tout raconté, notamment les soupçons que nous avons nourris envers Christopher. Lamar a emmené l'écrivain pour un interrogatoire en bonne et due forme, mais rien ne laisse supposer qu'il était de mèche avec Anna dans sa quête meurtrière. Au contraire, les pièces du puzzle semblent suggérer que c'est mon enquête sur Peter qui a mis la vengeance en branle. Parce que tôt ou tard, j'allais découvrir le porno. Et cela m'aurait conduite vers Cyrus et les vidéos d'Anna. Des vidéos qu'elle tenait à garder secrètes.

Tout cela parce qu'elle aimait Devlin. Dans son esprit troublé, elle croyait pouvoir le conquérir en se débarrassant de moi pour faire table rase de son passé.

Quant à savoir si Christopher travaillait avec Joseph Blackstone sur les informations divulguées, il n'y avait pas de preuves non plus de ce côté-là. Mais à ce sujet, Lamar n'est pas au courant. Ce qui n'empêche pas Devlin, Ronan et le reste de son équipe de garder un œil sur la situation. Quant à moi ? J'espère seulement que tout ne se retournera pas contre Brandy.

Par-dessus tout, je suis heureuse d'être en vie et avec Devlin. Nous avons des problèmes à surmonter, bien sûr. Quel couple n'en a pas ? Mais je l'aime, et cela en vaut la peine.

— Devlin ? insisté-je.

— Ça va, m'assure-t-il. Je ne...

— Quoi ?

— Ce prix. Qu'en penses-tu ? demande-t-il.

J'entends la grande question dans ses paroles. Il reçoit ce prix pour l'aspect caritatif de sa vie. Mais il a aussi d'autres facettes. Des facettes qui exigent de lui des choix difficiles pour résoudre de graves dilemmes. Par des méthodes que les causes humanitaires du monde entier pourraient trouver douteuses, c'est le moins qu'on puisse dire.

— Je trouve ça merveilleux, lui dis-je sincèrement. Tu le mérites. Ce prix, et bien plus encore.

Il m'attire pour m'embrasser.

— Merci.

— Ne doute pas de toi.

— Rarement, fait-il en riant.

Avec tendresse, il me caresse la joue.

— Si je te montre mes faiblesses, ça doit vouloir dire que je t'aime.

— C'est vrai, dis-je. Mais tu n'es pas faible.

Je penche la tête et souris en récitant les mots qu'il m'a confiés un jour, imprimés sur un message qu'il m'a laissé comme un talisman.

— N'oublie jamais que tu es fort.

— Avec toi à mes côtés, le contraire est impossible. Maintenant, embrasse-moi vite. On arrive.

Nos lèvres s'effleurent et le baiser s'attarde avant que la portière ne s'ouvre. Il y a un tapis rouge et une foule de part et d'autre des cordons de velours.

Aussitôt, le bruit devient plus fort et les lumières clignotent tandis que la foule crie son nom et que les journalistes le bombardent de questions. J'ai envie de rire, car c'est ma première expérience des photographes. J'ai beau éviter les réseaux sociaux, une chose est sûre, je chercherai ces photos-ci dès demain.

C'est alors que je prends conscience des questions qu'on lui lance. Mon sourire se fige et mon sang ne fait qu'un tour.

« C'est vrai ce qu'on raconte ? »

Devlin me serre la main plus fort.

« Votre nom est-il vraiment Alejandro Lopez ? »

« Comment avez-vous réussi à garder votre identité secrète pendant si longtemps ? »

« Pourquoi ce stratagème, Monsieur Saint ? »

« Avez-vous travaillé pour votre père ? »

« Comment osez-vous accepter le Prix humanitaire du Conseil mondial sous un faux nom ? »

« Votre père est-il vraiment Daniel Lopez ? »

« Avez-vous grandi avec le Loup ? »

« Devlin, est-ce vous qui avez tué votre père ? »

Nous pressons le pas. Le tapis rouge me semble d'une longueur interminable, même si je sais qu'il ne s'est écoulé que quelques secondes depuis notre départ de la limousine. À présent, le brouhaha et les flashes ont disparu. Nous sommes à l'intérieur avec le comité de remise du prix, et ma main me fait mal comme si j'avais les os broyés.

Je baisse les yeux pour constater qu'il me serre violemment les doigts.

— Devlin, dis-je à voix basse, mon cœur aussi douloureux que ma main à cause de la détresse que je perçois dans ses yeux. Devlin, tu me fais mal.

Pendant un instant, il ne se passe rien. Puis il me libère si vite qu'on dirait que ma peau le brûle, tout à coup. Son torse palpite frénétiquement, mais son visage demeure soigneusement inexpressif.

— Monsieur Saint.

Un homme en smoking s'avance.

— Je suis Arthur Packard, le président du comité. Pourrions-nous avoir un mot avec vous ?

— Bien sûr. J'aimerais que Mademoiselle Holmes se joigne à nous.

Packard hoche la tête, puis nous conduit dans une arrière-salle.

— Si vous voulez bien m'excuser un moment.

Il s'en va et Devlin rencontre mon regard ébahi.

— Ils vont me retirer le prix. Ils vont privilégier leurs autres candidats et je serai mis de côté.

— Sans doute.

Évidemment, c'est ce qui va se passer.

— Bon sang ! lâche-t-il en frappant son poing sur sa cuisse. Putain de merde.

J'ai envie de le toucher, de le guérir. Mais je sais que je ne peux rien faire et la terreur me transperce comme un coup de poignard.

Il m'a repoussée autrefois parce qu'il ne voulait pas me mettre en danger. Maintenant, alors que son monde vole en éclats autour de nous, je ne peux pas nier que tout est sur le point de changer. Dieu seul sait quels secrets seront révélés et quelles épreuves nous devrons affronter.

Alors oui, je suis terrifiée à l'idée qu'il me rejette encore.

Enfin, Devlin écarquille les yeux et me regarde avec force et détermination. Mais ce que je vois par-dessus tout, c'est l'amour.

Lentement, sans un mot, il me tend la main. Je la prends et la serre fort.

Je ne sais pas ce qui nous attend. Mais je sais que nous allons nous en sortir. Parce qu'ensemble, Devlin et moi pouvons survivre à tout.

L'histoire de Devlin et Ellie se termine avec
Ma cruelle rédemption

été 2021

L'HOMME DU MOIS

Qui sera votre Homme du mois ?

Lorsqu'un groupe d'amis à la détermination farouche apprend que son bar préféré risque de fermer ses portes, ils prennent les choses en mains pour faire revenir les clients séduits par la concurrence. Investis d'une énergie vibrante, ils ripostent sous la forme d'épaules larges, de tablettes de chocolat et de torses nus : ceux d'une douzaine d'hommes du coin qu'ils tentent de convaincre, par la douceur et par la force, de participer au concours de l'Homme du mois pour leur grand calendrier.

Mais le sort de leur bar n'est pas le seul enjeu. Au fur et à mesure que la température monte, chacun des hommes va rencontrer sa moitié dans cette série de douze romances sexy et légères que vous ne pourrez pas lâcher jusqu'à la dernière page, sous la plume de J. Kenner, auteure de best-sellers classés par le New York Times.

— Chacun de ces tomes aborde une intrigue qu'on adore retrouver dans les romances – la belle et la bête, le bad boy milliardaire, l'amitié transformée en amour, l'histoire de la seconde chance, le bébé secret et bien plus encore – pour une série qui touche au cœur et à l'âme de la romance. — Carly Phillips, auteure de best-sellers classés par le New York Times

Ne manquez aucun tome de la série pour savoir à quel homme du mois ira votre préférence !

Droit au cœur - Mister Janvier
Vague à l'âme - Mister Février
Raison d'être - Mister Mars
Coup de sang - Mister Avril
État d'âme - Mister Mai
Droit au but - Mister Juin
Au beau fixe - Mister Juillet
Diable au corps - Mister Août
Cri du cœur - Mister Septembre
Corps à corps - Mister Octobre
État d'esprit - Mister Novembre
Force d'âme... - Mister Décembre

Chaque tome de la série est un roman indépendant qui ne laisse pas le lecteur sur sa faim et se termine toujours bien !

À PROPOS DE L'AUTEUR

J. Kenner (alias Julie Kenner) est une auteure de best-sellers internationaux figurant aux classements des journaux *New York Times*, *USA Today*, *Publishers Weekly* et *Wall Street Journal*. Elle a écrit plus d'une centaine de romans, de romans courts et de nouvelles dans toutes sortes de genres littéraires.

Selon *Publishers Weekly*, JK est une auteure qui a un « don pour le dialogue et la création de personnages excentriques », et le *RT Bookclub* estime qu'elle a su « répondre aux besoins du marché en créant des antihéros scandaleusement attirants et dominateurs, et des femmes qui fondent pour eux. » Six fois finaliste de la prestigieuse récompense RITA (*Romance Writers of America*), JK a remporté son premier trophée RITA en 2014 pour son roman *Claim Me* (tome 2 de sa trilogie *Stark*) et le second en 2017 pour son roman *Wicked Dirty*. Elle a vendu des millions de livres, publiés dans plus de vingt langues.

Au cours de sa précédente carrière, JK a exercé comme avocate en Californie du Sud et au Texas. Elle vit actuellement dans le centre du Texas, avec son mari, ses deux filles et deux chats plutôt lunatiques.

Visitez son site web pour en savoir plus et pour entrer en contact avec JK sur les réseaux sociaux !

www.jkenner.com